세상의 저녁

세상의
저녁

정찬 장편소설

문학동네

작가의 말

『세상의 저녁』은 저의 첫 장편소설입니다. 이 소설을 쓰는 동안 저의 머릿속에 쇳조각처럼 박혀 있던 말이 있었습니다. '시간의 무게'라는 말이었습니다. 고백하건대 저는 시간의 무게를 견디는 소설을 쓰고자 했습니다.

궁극(窮極)이란 말이 있습니다. 작가에게 궁극은 시간의 무게를 견디는 소설입니다. 저는 그렇게 생각합니다. 그 궁극에 이르기 위해서는 '무엇'을 버려야 합니다. 버리지 않고서는 궁극을 꿈꿀 수 없습니다.

이 소설을 쓰면서 저는 무엇을 버렸는지 지금도 곰곰이 생각하고 있습니다.

1998년 여름
정찬

차 례

1
신의 눈물

1

그곳은 이상한 공간이었다. 텅 비어 있으면서 알 수 없는 생명들로 가득 차 있는 그곳은 불처럼 뜨거우면서 얼음처럼 싸늘했다. 그곳은 이상한 공간이었다. 해가 뜨는 곳이면서 황혼이 지는 그곳은 세계의 외부이면서 심연이었다. 그곳은 이상한 공간이었다. 낮은 곳이 높은 곳이며 높은 곳이 낮은 곳인 그곳은 땅이면서 하늘이고, 하늘이면서 땅이었다.

그는 고개를 끄덕였다. 그곳은 낡은 시간이 소멸되고 새로운 시간이 시작되는 묵시의 공간이었다. 구름이 흐르고 빛들이 물결을 이루고 있는 그 묵시의 공간은 고요한 아침의 들판 같았다.

그는 고요한 아침의 들판 같은 그 속으로 조심스럽게 들어갔다. 설혹 천사를 만난다 할지라도 조금도 놀랄 것 같지 않았다. 그가 움직일 때마다 빛들이 출렁거렸다. 공기는 투명했고, 바람은 없었다. 눈이 깊어지고, 귀가 밝아지고 있었다. 그는 그것을 또렷이 느꼈다. 깊음이 그를 에워싸면서 보이지 않는 것들이 보이고, 들리지 않는 것들이 들렸다. 그것은 시간 속의 시간에 깃들인 존재들의 수런거림이었다. 그들은 영혼과의 경계선에서 가장 희미한 물질의 모습을 취하고 있었다. 그들의 수런거림은 꿈속의 소리처럼 아득했다.

그는 걸음을 멈추었다. 흰 옷 입은 남자가 등을 보이며 서 있었다. 남자의 옷은 눈처럼 희었다. 어떤 사람일지라도 그보다 더 정결한 옷을 만들 수 없을 것 같았다.

—당신은 누구십니까?

그의 목소리에 남자는 천천히 돌아섰다. 그는 눈을 감았다. 남자의 얼굴은 빛의 덩어리였다. 그 휘황한 빛을 그의 눈은 견디지 못했다. 그가 눈을 떴을 때 남자는 보이지 않았다. 고요한 아침의 들판 같은 그곳은 텅 비어 있었다.

2

그는 갈증을 느끼며 잠에서 깨어났다. 꿈을 꾸면서 땀을 흘렸는지 베개가 축축했다. 손으로 벽을 더듬어 불을 켠 후 머리맡에 있는 냉수를 들이켰다. 갈증이 가시면서 머리가 맑아지고 있었다.

그는 꿈속에 본 남자를 생각했다. 그러자 낮에 보았던 남자의 얼굴이 떠오르면서 꿈속의 남자와 섞이고 있었다. 꿈속의 남자는 눈처럼 흰 옷을 입고 있었지만 낮에 본 남자는 남루한 옷을 입고 있었다. 너무나 남루해 짐승처럼 보였다.

　그는 오랫동안 끈질기게 그 남자의 뒤를 쫓았다. 남자의 영혼은 확실히 희귀했다. 그 희귀함에 그는 매료되었다. 그랬다. 그는 남자에 홀려 있었다. 하지만 그 이상은 아니었다. 그 이상의 감정이 있었다면 걸인이 되어 있는 남자를 그토록 메마른 시선으로 보지 않았을 것이다. 하다 못해 눈에 이슬이라도 맺혔어야 하지 않았을까.

　그는 창가로 갔다. 창 밖은 캄캄한 어둠이었다. 차가운 유리창에 얼굴을 바짝 들이댔다. 얼어붙은 땅의 한 부분이 희뿌옇게 보였다. 그는 다시 남루한 남자를 생각하기 시작했다.

3

　남자는 구부렸던 허리를 펴면서 주위를 둘러보았다. 마지막 남은 상인마저 가버린 시장은 텅 비어 있었다. 눈은 쉬임 없이 내리고 있었다. 게다가 기온이 급격히 떨어지면서 바람은 더욱 세차게 불었다. 쌓인 눈이 고스란히 얼어붙어 길은 걷기 힘들 정도로 미끄러웠다. 남자는 상인들에게서 얻은 음식을 품에 안고 조심스럽게 걸었다.

　움막에는 그를 기다리는 노인이 있었다. 어느 날 아침 잠에서 깨어난 그 노인은 자신이 일어날 수 없다는 것을 알았다. 하반신이 마비되어버린 것이다. 노인은 걸인이었고, 그를 보살펴줄 사람은 하늘 아래 아무도 없었다. 처음에는 주변 걸인들이 가끔 음식을 머리맡에 놓고 가곤 했는데, 몸에서 고름과 함께 악취가 나기 시작하자 발길을 끊었다. 이제 노인에게 남아 있는 일은 누워서 죽음을 기다리는 것뿐이었다.

그러던 어느 날 한 젊은 부랑자가 노인의 움막에 들어와 밥을 먹여주었다. 몇 번 그러다 떠날 줄 알았는데 그는 떠나지 않았다. 다음날은 떠나겠지 했는데 다음날도 떠나지 않았다. 노인은 자신이 죽으면 움막을 차지하려고 그러나보다 생각했다. 하지만 그렇지 않았다. 노인을 보살피는 젊은 부랑자의 정성은 지극했다.

어느 날 노인은 젊은 부랑자에게 자신의 몸에서 냄새가 나지 않느냐고 물었다. 젊은 부랑자는 미소를 지으며 고개를 가로저었다.

"할아버지의 몸에는 향기가 가득합니다."

전혀 엉뚱한 말에 노인은 어리둥절한 표정으로 그를 올려다보았다.

"왜냐하면 할아버지의 얼굴 위로 신의 눈물이 흘러내리고 있으니까요. 신의 눈물이 흘러내리는 분의 몸에 어찌 향기가 가득하지 않겠습니까?"

노인은 그가 무슨 말을 하는지 알 수 없었다. 하지만 그의 얼굴에 어린 기쁨을 보고 그가 지금 거짓말하는 것이 아님을 알았다. 노인은 눈물을 글썽이며 그의 손을 꼭 잡았다.

다리가 풀리면서 자꾸만 미끄러졌다. 게다가 눈이 어두워지고 있었다. 남자는 손으로 눈을 비볐다. 그러나 조금도 밝아지지 않았다. 눈으로 덮인 세상은 너무나 밝은데, 그의 눈은 점점 어두워지고 있었다. 더이상 걷기가 힘들었다. 몸이 허물어지면서 그의 얼굴은 어느새 얼어붙은 땅에 닿아 있었다. 조금도 아프지 않았다. 차가운 땅이 오히려 따뜻했다. 그의 입가에 미소가 피어올랐다. 어린아이처럼 천진한 미소였다. 눈발은 점점 드세어지고 있었다.

4

천지가 흰빛이었다. 어둠조차도 흰빛을 이기지 못하고 짙은 보라색으로 변색되어 있었다. 바람이 일 적마다 흰빛의 가루들은 춤추듯 허공을 떠돌았다.

그는 시계를 보았다. 남자가 눈길에 쓰러진 지 한 시간이 다 되어가고 있었다. 그는 뼛속으로 파고드는 추위 속에서 한 시간 동안 꼼짝도 않고 희디흰 대지 위에 쓰러져 있는 남자를 지켜보고 있었다. 아니, 그는 장터에서부터 지금까지 남자의 일거수 일투족을 놓치지 않았다. 그는 알고 있었다. 아직 남자가 죽지 않았음을. 생명이란 쉽게 끊어지지 않는다. 남자는 지금 천천히 죽어가고 있을 뿐이다.

그는 물론 알고 있었다. 남자를 살리려면 지금도 늦지 않았음을. 그는 남자를 살리고 싶었다. 살리고 싶은 마음이 너무나 간절해 고통스러울 지경이었다. 정말 견디기 힘든 고통이었다. 하지만 견뎌야 했다. 아니, 견딜 수밖에 없었다. 그는 무릎을 꿇었다. 그리고 몸을 굽혀 희디흰 대지 위에 누워 있는 남자를 고통스러우면서도 희열에 넘친 눈으로 내려다보았다.

5

먼동이 트고 있었다. 밤새 내리던 눈이 그치고 바람도 잠잠해졌다. 그러나 추위는 조금도 누그러지지 않았다. 살을 에는 듯한 추위였다. 청소부 한춘길은 눈을 쓸다 말고 두 손을 비볐다. 워낙 매서운 추위라 장갑을 꼈는데도 손끝이 시렸다. 그는 담배 한 대 필까 생각하다가 고개를 흔들었다. 조금만 더 쓸다가 피우는 게 마음 편할 것 같았다.

나이 마흔이 넘으니 자식들에게 돈 들어갈 일이 자꾸 생겼다. 그는 배우지 못해 이런 일을 하지만 자식들에게만은 아비의 초라한 모습을 물려주고 싶지 않았다. 하지만 그것은 마음뿐 뜻대로 되지 않는 게 세상이었다. 며칠 전 일을 생각하면 가슴이 쓰렸다.

저녁을 먹고 있는데 초등학교 삼학년인 막내아들이 울면서 들어왔다. 왜 우느냐는 아내의 물음에도 막내는 눈물만 닦을 뿐 입을 다물고 있었다. 그는 저희들끼리 싸우다 그랬겠지, 하고 대수롭지 않게 말했는데, 막내는 아이들이 아버지가 청소부라고 놀린다면서 다시 울음을 터뜨렸다. 그는 막내 얼굴 보기가 민망해 밥숟갈을 놓고 슬며시 집을 나왔다.

하늘을 쳐다보았다. 조각달이 덩그렇게 떠 있었다. 아무래도 담배 한 대 피워야 할 것 같았다. 그는 웅크리고 앉아 담배를 입에 물었다. 자식이 아버지를 부끄러워한다면 힘든 세상에서 살아가야 할 이유가 없었다. 하지만 그런 놀림을 받을 때 이제 열 살밖에 안 된 아이가 무슨 생각을 할 수 있을 것인가. 가난하다는 이유만으로 아이에게 자꾸 상처를 주는 세상이 원망스러웠다.

그는 가끔 이 세상이 잘못된 게 아닌가, 생각하곤 했다. 지금 세상을 움직이는 것은 돈이었다. 사람 사는 모습이 대부분 돈으로 결정되었다. 막내아들이 아버지 모습을 숨기고 싶어하는 것도 이런 세상 때문이었다. 아버지와 아들의 소중한 관계가 돈에 의해 일그러진다고 생각하면 끔찍했다.

그는 한숨을 쉬며 담배를 눌러껐다. 한꺼번에 다 피워버리는 건 낭비였다. 담배 한 개비를 나눠 피우면 일 주일에 담배 한 갑이 절약되었다. 타다 남은 담배를 윗주머니에 넣고 막 일어서는데 건너

14

편 길에서 시커먼 것이 눈에 들어왔다. 그 사이 날이 제법 밝아져 주위가 비교적 잘 보였다.

한춘길은 이상한 생각이 들어 그쪽으로 건너갔다. 사람이었다. 몸을 구부린 채 엎드려 있었는데, 옷차림으로 보아 걸인인 것 같았다. 말로만 듣던 행려사망자가 아닌가 하는 생각이 얼핏 머리를 스치고 지나갔다. 날씨가 추운 날 새벽에 청소하다 보면 얼어죽은 사람을 가끔 발견한다고 듣긴 했으나 다행히 그에겐 한 번도 그런 일이 없었다.

한춘길은 조심스럽게 걸인의 몸을 살폈는데, 가슴이 철렁했다. 죽어 있었다. 간밤의 혹독한 추위에 얼어죽은 게 틀림없었다. 몸을 오그린 채 두 손을 모으고 있는 모습이 꼭 기도하는 것처럼 보였다. 얼굴로 보아 젊은 사람인데 표정이 참으로 평온했다. 죽은 사람의 얼굴이 이렇게 평온할 수 있을까 싶었다. 그런데 가만히 보니 두 손은 무엇을 꼭 쥐고 있었다. 호기심이 생겨 손을 떼어보았는데, 작은 십자가가 반짝이고 있었다. 은으로 만든 듯한 그 십자가는 무척 섬세하고 아름다웠다.

6

"이것 당신이 가지지."

한춘길은 성당에 가기 위해 거울 앞에서 머리를 매만지는 아내에게 십자가를 슬쩍 내밀었다. 그녀는 시큰둥한 표정으로 얼굴을 돌렸는데, 그것을 보자 눈을 휘둥그레 떴다.

"굉장히 예쁜 십자가네요. 이거 어디서 났어요?"

"며칠 전 새벽에 눈길 쓸다 주웠는데 당신이 좋아할 것 같아 가져왔지."

한춘길은 애써 태연히 말했다. 아내의 환한 표정으로 보아 마음에 드는 모양이었다. 그는 슬며시 일어나 방을 나왔다. 혹시 어색한 자신의 표정에서 거짓말이 드러날까 염려되었던 것이다. 아내를 속이는 게 다소 마음에 켕겼지만, 죽은 사람 것이라 하면 질겁할 게 분명했다.

죽은 남자는 여느 행려사망자처럼 시립병원으로 옮겨졌다. 그런데 며칠 후 시체 처리를 담당한 구청 동료가 한춘길을 찾았다. 그에 의하면 걸인은 시립병원에서 신원 미상으로 처리되어 의대생의 신체해부용으로 매각되고 그 대금은 국고에 귀속되었다고 했다. 그러면서 죽은 이의 유품은 당연히 처음 발견한 사람이 가져야 하지 않겠느냐면서 십자가를 내밀었다. 한춘길은 얼떨결에 받았는데, 가만히 보니 아름답기도 하거니와 모양이 퍽 특이했다. 여느 십자가와 달리 윗부분이 고리 형태의 원으로 되어 있었는데, 성당에 다니는 아내가 좋아하겠다는 생각이 들었다.

7

한춘길의 부인 김영자는 기도하기 위해 남편이 준 십자가를 손에 쥐고 무릎을 꿇었다. 오늘 그녀를 괴롭게 한 일이 있었다. 남편이 출근한 지 얼마되지 않아 옆집 여자가 찾아왔다. 갑작스러운 그녀의 방문에 김영자는 내심 불안했다. 아니나 다를까, 자리에 앉기도 전에 이자를 더 올려야겠다고 말했다. 이자 올린 지 몇 달 됐다고 또 올리느냐고 항의하자 옆집 여자는 자신은 시세대로 받는다면서 비싸게 생각되면 원금을 갚으면 될 것 아니냐고 말했다. 김영자는 따귀를 갈기고 싶은 충동을 가까스로 참았다.

그녀는 우선 옆집 여자를 한순간 증오한 자신의 잘못을 용서해달라고 주님께 빌었다. 그녀는 가난을 결코 두려워하지 않았다. 가난은 끊임없이 마음에 생채기를 냈지만 가난 자체는 죄가 아님을 주님을 통해 알고 있었다. 그녀가 정말 두려운 것은 가난으로 인해 자신도 모르게 쌓이는 마음의 죄였다. 비록 한순간이었지만 어떤 경우라도 증오는 죄였다.

한 사람이 죄를 지어 세상에 죄가 들어왔고, 그 죄가 모든 사람들의 죄를 만들어 죽음이 온 세상을 둘러싸게 되었다는 사도 바울의 가르침이 귓전을 맴돌았다. 만약 모든 사람이 일제히 증오의 마음을 갖는다면 세상은 곧 무너질 것이라고 그녀는 생각했다. 증오는 재앙의 근원이었다.

하느님으로부터 받은 유일한 자유는 사랑을 위한 자유라고 그녀는 믿었다. 하지만 너무나 작고 보잘것없는 인간인지라 남에게 사랑을 베풀기가 힘들었다. 그 대신 죄는 절대 짓지 않겠다고 주님께 맹세했다.

기도를 마친 김영자는 십자가를 서랍 속에 넣다가 불쑥 떠오른 어떤 생각에 동작을 멈추었다. 남편이 길거리에서 주운 이 십자가를 내가 이토록 소중히 여기는데, 그렇다면 원래 주인이 십자가에 기울인 마음은 어떠했을까. 그녀는 눈을 감고 골똘히 생각했다.

8

십자가상 앞에 꿇어앉아 성무일도를 바친 루드비코 신부는 사제관을 나와 성당을 향했다. 달은 이미 산 너머로 기울고 동쪽하늘에

샛별이 반짝이고 있었다.

성당 안으로 들어서자 은은한 불빛 속에 잠긴 제대의 십자가가 눈에 들어왔다. 미사 준비를 하느라 수녀들이 제대와 제의실을 오가고 있었다. 낯익은 한 신자가 다가와 그에게 고백성사를 부탁했다. 미사에 하루도 빠지지 않는 신실한 신자였다. 시간이 조금 빠듯했지만 마음으로 느껴지는 죄를 안고 성체를 모실 수 없다는 신자의 마음이 환히 보여 그는 기쁜 마음으로 응했다.

루드비코 신부는 검은 휘장이 쳐진 고백성사실로 들어갔다. 그런데 그녀는 조금 색다른 고백을 했다.

"저의 남편은 청소원입니다. 며칠 전 남편이 거리를 청소하다가 우연히 십자가를 주워 저에게 주었는데, 모양이 너무 아름다워 얼른 받았습니다. 그런데 곰곰이 생각해보니 남편과 제가 자신도 모르는 사이에 죄를 지었다는 걸 알았습니다. 우선 그리스도의 상징인 성스러운 십자가를 잃어버리고 가슴 아파하고 있을 주인의 처지를 전혀 헤아리지 않고 집으로 가져온 남편의 죄를 사하여주십시오. 그리고 모양에만 혹해 거룩한 십자가의 뜻을 헤아리지 못하고 탐욕을 부린 저의 죄를 사하여주십시오."

루드비코 신부는 신자의 소박한 신앙심에 빙그레 웃으며, 고백을 함으로써 죄는 이미 사하여졌다고 말하고 성모송 세 번을 하라고 이른 뒤 사죄경을 외웠다. 그는 고백성사를 언제나 기꺼운 마음으로 했다. 죄로 말미암아 하느님과의 단절된 관계를 회복시켜주는 고백성사는 소중한 은총이었다. 아무리 사소한 죄라도 사함을 받아야 한다는 것이 그의 믿음이었다.

미사를 끝낸 루드비코 신부가 신자들을 전송하고 성당을 막 나가려는데 한 여인이 다가왔다. 미사 전 죄를 고백한 신자였다. 얼굴이 약간 상기된 그녀는 조심스럽게 무엇을 내밀었는데, 십자가였다.

"남편이 주웠던 십자가입니다. 주인에게 돌려주고 싶었지만 남편 말로는 찾을 방법이 없다고 합니다. 어떻게 할까 생각한 끝에 신부님께 드리는 게 제일 좋을 것 같아 이렇게 갖고 왔습니다."

루드비코 신부는 그녀의 진심이 마음에 닿는 것 같아 기꺼이 십자가를 받았다.

9

성당이 보이자 베드로 신부는 걸음을 빨리했다. 멀리 사제관 앞마당에 자신을 맞기 위해 서 있는 루드비코의 모습이 보였다. 제자와의 만남은 늙어갈수록 그 감회가 새로웠다. 지나온 삶의 결실을 보는 듯한 느낌이라고나 할까. 이십여 년 동안 강단에서 수많은 제자들을 배출했지만 유독 기억에 남는 학생들이 있었다. 루드비코는 그중의 한 사람이었다.

그는 제자들을 진심으로 사랑했다. 사제가 된다 함은 소명의 촛불 앞에 서는 것으로, 정신은 타오르는 촛불처럼 늘 깨어 있어야 한다. 그것은 끊임없는 인내와 눈물을 요구한다. 이 인내와 눈물을, 사랑 없이 요구할 수는 없었다.

"조금도 변하지 않으셨군요."

루드비코 신부는 환한 목소리로 말했다. 그의 기억으로는 삼 년만의 재회였다.

"신부가 거짓말을 다 하는군."

베드로 신부는 미소를 지으며 제자의 덕담을 받았다.

"아닙니다. 정말 변하지 않으셨습니다."

"그래? 그렇다면 자네 덕일세. 기차 속에서 지난날을 한참 생각 했더니 젊어진 모양이니까. 자네가 본당 주임신부가 되었다는 기쁜 소식을 오래 전에 들었지만 늙은 몸이라 그 동안 한 번도 오지 못 했네. 나는 무척 보고 싶었지. 루드비코 본당 주임신부의 모습을 말 일세."

베드로 신부가 사제관 내부를 둘러보는 동안 루드비코 신부는 차 를 끓였다. 질 좋은 포도주를 준비해두었지만 스승이 지금도 포도 주를 즐겨 하시는지 알 수 없었다. 물어볼까 하다가 너무 서두르는 것 같아 그만두었다. 차를 마시면서 슬쩍 물어보는 게 나을 성싶었 다.

응접실 벽에 걸린 십자가상 앞에서 잠시 묵도한 베드로 신부는 주위를 둘러보다가 탁자 위에서 반짝이는 십자가를 보았다. 은빛 십자가였는데 보기 드문 아름다움이 있었다. 게다가 왠지 낯익어 보였다. 그는 품속에서 안경을 꺼내 썼다. 확실히 낯익은 십자가였 다. 단순히 낯익은 게 아니라 오래 전의 기억을 자극하고 있었다.

"무엇을 그렇게 보고 계십니까?"

"이 십자가가 왠지……."

베드로 신부는 이마에 주름을 지으며 말했다. 스승의 얼굴 표정 이 예사롭지 않아 루드비코 신부는 긴장했다. 십자가를 자세히 살 피던 베드로 신부는 뒤쪽에 새겨진 작은 글자를 보았다.

"빈첸시오."

그의 입에서 신음처럼 한 사람의 이름이 흘러나왔다.

"어떤 신자가 제게 맡긴 것입니다. 남편이 청소부인데 길에서 주 웠던 모양입니다. 주인 없는 십자가를 가지고 있기가 불편하다면서 제게……."

"길에서 주웠다고, 이것을?"

베드로 신부는 천천히 고개를 저었다.

소파에 몸을 깊숙이 묻은 베드로 신부는 추억 속에서 선명히 떠오르는 한 얼굴을 생각하고 있었다. 뚜렷한 이목구비, 신학이라는 깊고 넓은 세계를 마치 굶주린 짐승처럼 삼키려 한 학문적 열정, 그리고 냉철하고 차가운 영혼. 세월이 흐르고 몸은 늙어갔건만 빈첸시오에 대한 기억은 조금도 바래지지 않았음을 그는 알았다.

"나는 빈첸시오를 사랑했지. 그를 가르친 누구라도 사랑하지 않을 수 없었을 걸세. 그만큼 그는 뛰어난 신학도였어. 하지만 그 뛰어남 속에 하나 마음에 걸리는 게 있었네. 하느님 앞에 선 그의 정신이 너무 차가웠어. 뭐라고 할까. 하느님마저 인식의 대상으로 보고 있다고나 할까. 성직자의 길을 걷는 신학도로선 위태로운 모습이지."

베드로 신부의 시선은 맞은편 창을 향해 있었다.

"그러면서 빈첸시오는 그리스도인으로서 완전을 추구하고 있었네. 그리스도인의 완전은 사랑이 그 핵심이라는 것을 자네도 잘 알고 있을 걸세. 사도 바울께서는 사랑은 모든 것을 하나로 묶어 완전하게 한다고 말씀하셨지. 바울이 말씀하신 사랑은 따뜻한 사랑이라고 나는 믿어왔네. 이 믿음은 지금까지 변함 없다네. 그런데 당시 빈첸시오의 정신에는 따뜻한 사랑이 결핍되어 있었어. 물론 느낌에 불과했지만 그 느낌이 틀리지 않았음을 확인시킨 것이 바로 이 십자가지."

루드비코 신부는 스승의 식은 찻잔에 뜨거운 물을 부었다.

"차가운 비가 부슬부슬 내리던 어느 가을날, 빈첸시오가 내 방을 찾아왔네. 그의 얼굴은 돌덩이처럼 굳어 있었어. 나에게 한 가지 청이 있다고 하더군. 무슨 청이냐고 물었더니 바로 이 십자가를 맡아 달라고 했어. 나는 당연히 그 이유를 물었지. 빈첸시오 이야기를 간단하게 요약하면 이렇다네. 한 여자가 그를 사랑했네. 그도 그녀를 사랑한다고 했네. 하지만 그것은 허락될 수 없는 사랑이었지. 결국 그들은 헤어졌다네. 십자가는 그들이 헤어지기 직전 여자가 준 선물이었어. 빈첸시오가 거절할 수 없도록 소포로 보내왔다고 하더군."

"그것을 선생님께 가져왔군요."

"그렇다네. 하지만 난 받을 수 없다고 했네. 그 십자가는 사랑을 표징하는 사물이며, 사랑의 표징은 사제의 길을 더욱 기름지게 할 수 있다고 말했지. 그러나 빈첸시오는 고집스럽게 맡아줄 것을 간청하더군. 그의 차가운 영혼은 따뜻한 사랑의 표징을 껴안을 수 없었던 거지. 나는 그의 고집을 꺾을 수 없다고 판단했네. 그래서 훗날 이 따뜻한 사랑의 물건을 품을 수 있을 때 돌려줄 것이라고 말하면서 십자가를 받았네."

"그 뒤 돌려주셨군요."

"돌려주었고말고. 주교님이 빈첸시오에게 신품성사를 주신 날이었지. 사제로서 청빈과 정결, 순명을 지킬 것을 하느님과 교회공동체 앞에서 서약하는 그의 아름다운 모습을 보면서 나는 십자가를 돌려줄 때라고 생각했네. 빈첸시오는 눈물을 글썽이며 받았네. 내 뜻을 알고 있었던 게지. 그런데 어떻게 해서 그것이 청소부에게 발견되었을까?"

"잃어버릴 수도 있지요."

"물론 잃어버릴 수 있겠지. 하지만 이 십자가는 빈첸시오에게 잃어버려서는 안 될 물건이야. 아직도 연락이 안 되는 모양이군."

"빈첸시오 신부가 수도원으로 들어오는 즉시 이곳으로 전화하라고 신신당부했습니다."

전화를 초조하게 기다리는 스승의 모습이 꼭 어린아이 같다고 루드비코 신부는 생각했다.

10

빈첸시오 신부는 경쾌한 걸음으로 마을에 들어섰다. 언덕 위 수도원이 보였다. 불과 이틀을 비웠을 뿐인데도 수도원에 빨리 들어가고 싶었다.

이번 산간마을의 공소 방문은 여러 가지로 즐거웠다. 눈 덮인 산의 아름다움은 물론이거니와 헐벗은 겨울나무에서 느껴지는 생명의 성스러움은 마음을 숙연하게 했다. 헐벗음은 비어 있음이며, 비어 있음 속에서만 풍요로운 씨앗이 자란다. 그는 겨울나무를 보면서 가난하고 고통받는 이들을 생각했다. 그들의 헐벗음은 아무리 조그마한 사랑이라도 놓치지 않고 빨아들인다. 이 사랑의 즐거움을 보다 많은 사람들이 안다면 세상은 그만큼 밝아질 것이다.

마을에서 내려오던 중 조그만 절이 보였다. 그는 안으로 들어가 약수로 마른 목을 축였다. 절 마당에는 커다란 느티나무가 있었다. 눈으로 보아 족히 백 년은 살았음직했다. 나무는 언제나 따뜻하다. 어떤 나무라도 냉기를 뿜어내지 않는다. 나무의 따뜻함은 자연의 섭리를 고스란히 받아들이는 생명만이 가질 수 있는 체온이 아닐까 그는 생각했다.

스님 두 분이 등을 보이며 눈 쌓인 길을 조심조심 내려가고 있었다. 그들의 뒷모습은 감탄이 절로 나올 만큼 주위 풍경과 어울렸다. 그들의 옷 때문이었다. 푸른빛이 감도는 회색 옷이 자연의 일부가 되어 아름답게 펄럭이고 있었다. 조화야말로 모든 것을 아름답게 하는 마법의 손이다. 이 조화를 사람의 욕망은 쉽게 허문다.

빈첸시오 신부가 수도원 마당으로 들어가자 일하는 아주머니가 반색하며 뛰어나왔다.

"어휴, 신부님 찾는 시외전화가 몇 번 왔었어요. 급한 일인가본데, 들어오시는 대로 연락을 주시래요."

"무슨 전화였습니까?"

평소 행동이 굼뜬 아주머니가 다급하게 뛰어나오는 걸 보니 어지간히 급한 전화였나보다고 빈첸시오 신부는 생각했다.

"베드로 신부님이라고 하시던데 용건은 말씀 안 하셨어요."

"베드로 신부님? 정말 베드로 신부님이라고 하셨습니까?"

그는 눈을 휘둥그레 뜨며 물었다.

"예, 베드로 신부님이라고 여러 번 말씀하셨어요. 여기 전화번호로 연락해달라고 부탁하시던데……."

그러면서 아주머니는 쪽지를 내밀었다.

빈첸시오 신부는 베드로 신부의 갑작스러운 전화에 깜짝 놀랐다. 신으로 향하는 길 위에서 그에게 베드로 신부는 크고 아늑한 나무였다. 외롭고 고단할 때 그 나무는 따뜻한 사랑으로 감싸 안았으며, 목마르고 허기질 때 단 열매를 기꺼이 주었다. 그분에게 여러 번 전화가 왔다는 말을 들었을 때의 놀람은 실은 반가움이었다. 정말로 그를 놀라게 한 것은 스승이 전화한 까닭을 듣고서였다.

신품성사 후 돌려받았던 십자가를 스승이 지금 가지고 있다는 말에 빈첸시오 신부는 자신의 귀를 의심했다. 절대 그럴 리 없다며 그것과 비슷한 십자가일 것이라 말했으나 스승은 허허 웃으며 십자가 뒷면에 새겨져 있는 제자의 이름을 잊어버릴 만큼 기억이 쇠하지 않았노라고 했다.

한 청소부가 눈을 쓸다 그 십자가를 주웠다. 청소부는 그것을 성당에 다니는 부인에게 주었으나, 부인은 주인 잃은 십자가를 가지는 일이 온당하지 못하다고 생각해 신부에게 맡겼고, 마침 그 성당을 방문한 베드로 신부가 우연히 보았다고 했다. 스승으로부터 그 이야기를 들은 빈첸시오 신부는 한동안 멍한 상태 속에 있었다.

그 십자가에는 한 여인의 사랑이 고여 있었다. 그녀와의 사랑은 기쁨이었다. 하지만 신으로 가는 길 위에서 그 기쁨은 독이었다. 기쁨과 독의 고통 사이에서 그는 번민했다. 기도실의 차디찬 마루에서 밤을 지새며 올바른 선택을 하게 해달라고 기도했다. 어느 날 새벽 그는 누군가 곁에 있다는 느낌을 받았다. 그 느낌은 몸에 닿을 만큼 또렷했다. 눈을 뜰 수 없었다. 눈을 뜨면 사라져버릴까 두려웠다. 손이 다가오고 있었다. 보이지 않는 그 손은 살며시 다가와 그의 뺨을 어루만졌다. 눈물이 손을 타고 흘러내렸다. 그것은 그의 눈물이기도 했고, 보이지 않는 이의 눈물이기도 했다. 그는 깨닫고 있었다. 그가 눈물을 흘릴 때 보이지 않는 이도 눈물을 흘리고 있었음을. 그분의 눈물은 그의 눈물에 의해 만들어졌음을. 그리고 여인의 눈물을 버릴 수 있을지언정 그분의 눈물을 버릴 수 없음을. 그는 여인을 버렸고, 버려진 여인은 십자가를 남겼다. 하지만 그는 가질 수 없었다. 가슴속에 박힌 여인을 뽑기 전까지는.

아픔이 차츰 아물어갈 즈음, 신과의 영원한 관계를 서약하는 신품성사를 받았다. 그에게 신품성사는 잊을 수 없는 추억이었다. 눈을 발갛게 달아오르게 한 그 추억은 경이롭고 장엄했다.

─진실로 진실로 내가 너희에게 말하노니 내가 보내는 이를 받아들이는 이는 나를 받아들이는 것이며, 나를 받아들이는 이는 나를 보내신 이를 받아들이는 것이다.

사제가 됨은 곧 그리스도가 보내는 이가 된다는 주교의 말은 뜨거운 불이 되어 그의 가슴에 닿았다. 신품성사가 끝나자 베드로 신부는 그를 껴안았다. 그리고 작은 선물이라면서 하얀 아마포로 정성스럽게 싼 것을 내밀었다.

─예수 그리스도가 위대하심은 신의 충만함과 인간의 남루함을 동시에 가지고 계셨기 때문일세. 신성의 광채와 인간의 고통을 우리들에게 모두 보여주셨던 것이지. 주님의 광채와 고통은 모두 어디에서 나왔나? 사랑일세. 사랑에서 발현하는 신성은 우리의 눈을 부시게 했고, 사랑에서 흘러내리는 눈물은 우리에게 한없는 슬픔을 주었네. 주님은 어떤 사랑이라도 소중히 하셨다네. 여인의 사랑 역시 소중히 품으셨지. 주님이 십자가에 못 박혀 돌아가시자 그 여인들이 얼마나 슬퍼했는가. 이 십자가는 여인의 사랑이네. 이제 자네는 사제가 되었으니 차가운 가슴은 거두게."

그 십자가는 추억의 여인이 만든 작은 꽃이었다. 하지만 그의 가슴속에서는 자랄 수 없는 꽃이었다. 그 꽃을 활짝 피운 이가 베드로 신부였다. 여인의 사랑보다 차라리 스승의 깊은 사랑이 고인 십자가를 그는 소중히 간직했다. 하지만 삼 년 전 십자가는 자신의 품에서 떠났다.

빈첸시오.

빈첸시오 신부는 또다른 빈첸시오를 나직이 불렀다.

─성 빈첸시오를 아는가? 성자 빈첸시오는 세 분이 있지. 한 분은 성 빈첸시오 페 레리오 사제 증거자로서 중세기의 위대했던 설교자이고, 또 한 분은 쇠갈퀴로 살점을 떼어내고, 벌겋게 달군 쇠판에 살을 지지고, 철의 파편이 흩어져 있는 감옥 속으로 던져져서도 믿음을 버리시지 않았던 성 빈첸시오 부제 순교자이네. 그리고 세번째 성인으로, 너희가 여기 있는 형제 중에서 가장 보잘것없는

사람에게 해준 것이 바로 나에게 해준 것이다, 라는 주님의 말씀을 가장 완전하게 실천하신 성 빈첸시오 아 바울로 증거자가 있지. 자네의 새 이름을 빈첸시오라고 하고 싶네. 세번째 성인인 성 빈첸시오 아 바울로 증거자 말일세.

새 이름과 새 생명을 주는 성세성사에서 빈첸시오 신부가 그에게 준 것은 빈첸시오라는 이름과 이마 위에 붓는 몇 방울의 물뿐이었다. 그는 더 주고 싶었으나 그의 손은 텅 비어 있었다. 허공 속에서 돌처럼 굳어 있던 텅 빈 손은 십자가를 찾아내었고, 그는 망설이지 않고 추억 속의 꽃을 빈첸시오에게 주었다.

회상에 빠진 빈첸시오 신부의 고개는 왼쪽 어깨로 비스듬히 기울어져 있었다.

나는 그에게 사랑을 주고 싶었지. 눈에 보이는 사랑을. 그것이 바로 십자가였어. 그 십자가야말로 빈첸시오가 품어야 할 꽃이었어. 그런데 청소부가 눈 오는 날 새벽에 주웠다고? 빈첸시오가 그 십자가를 잃어버렸을까? 그럴 리 없어. 그가 십자가를 잃어버릴 턱이 없지. 그런데 어째서 청소부가 길에서……

그는 벌떡 일어나 황급히 옷을 갈아입었다.

11

퇴근 후 오랫만에 동료들과 술추렴을 한 한춘길은 버스 정류소 앞에서 따끈한 군고구마 이천원어치를 샀다. 여느 때 같았으면 그냥 지나치거나 사더라도 천원어치가 고작이었지만, 얼큰한 술기운이 그의 손을 약간 크게 만들었다. 고구마 봉지를 옆구리에 끼고 돌아서는데 그에게로 허둥지둥 달려오는 아내의 모습이 보였다.

"당신 나에게 거짓말한 게 있어요?"

아내가 숨을 헐떡이며 따지듯 묻자 그는 이 여자가 왜 이러나 싶었다.

"일전에 나에게 준 십자가 있잖아요. 새벽청소 하다가 길에서 주웠다는 십자가 말이에요."

"그 십자가가 왜?"

잔뜩 긴장되어 있는 아내의 얼굴이 심상찮아 그는 약간 주눅이 든 목소리로 물었다.

"신부님이 집으로 찾아오셨어요. 다른 신부님을 데리고 오셨는데, 그 십자가를 어디서 어떻게 주웠는지 자세히 알고 싶어 오셨대요. 당신 정말 길에서 주웠어요?"

"그게 글쎄……."

한춘길은 머리를 긁적이며 난감한 표정을 지었다.

"빨리 똑바로 말해봐요."

아내의 다그침에 한춘길은 할 수 없이 얼어죽어 있던 걸인과 십자가를 가지게 된 경위를 털어놓았다. 그녀는 잠시 무엇을 생각하더니 지금 집에 가서 신부들에게 사실 그대로 다 이야기하라고 말했다.

12

해부학 교실은 대학 건물 뒷마당 그늘진 곳에 있었다. 버려진 창고와도 같은 건물이었는데, 경비원이 열쇠로 문을 여는 동안 빈첸시오 신부는 간절한 마음으로 기도했다.

청소부 한춘길로부터 새벽 눈길에 얼어죽어 있던 걸인이 십자가를 갖고 있었다는 말을 듣는 순간 빈첸시오 신부는 현기증을 느꼈다. 허공 속에서 종이처럼 얇은 몸이 나타났다가 사라졌다.

"들어오시죠."

경비원의 목소리에 그는 안으로 들어갔다. 나무 침대 같은 해부대와 통로 중앙의 수도 시설, 그리고 벽에 걸린 검은 칠판과 낡은 인체해부도가 보였다.

"시체는 저 포르말린 탱크 속에 있습니다. 부패를 막기 위해서죠. 지금은 세 구가 있는데, 찾으시는 분이 제발 없기를 빕니다."

그러면서 경비원은 갈고리 달린 긴 장대로 가장 가까이 있는 시체 한 구를 끌어당겼다. 노인이었다. 신부는 고개를 저었다.

"이 사람은 여잔데요."

갈고리로 두번째 시체를 바짝 끌어당긴 경비원이 말했다.

"그러면 이제 저 사람뿐이군요. 조금 젊게 보이는데 잠깐 기다리세요."

포르말린 탱크 중앙에 둥둥 떠 있는 시체를 경비원은 조심스럽게 끌어당겼다. 신부는 눈을 감았다.

"이 사람인지 확인해보십시오."

"빈첸시오."

그는 두 손을 부르르 떨며 시체를 안기 위해 몸을 굽혔다.

해부대 위에 올려진 남자의 몸은 삼베로 감겨 있었다. 발목에는 작은 나무 팻말이 달려 있었는데, 성별과 나이, 사망날짜가 적혀 있었다. 빈첸시오 신부는 남자의 싸늘한 이마에 손을 얹었다. 어떠한 신의 말로 기도를 해야 할지 몰랐다.

"이렇게 연고자분이 찾아오시는 불상사를 일으켜 정말 죄송합니다. 하지만 저희들에겐 정말 아무 잘못이 없습니다. 행려사망자의 경우 지문 감식을 하도록 되어 있지만, 걸인들은 대부분 신원 미상이라 제대로 하지 않습니다. 저희들이야 시체를 받기만 하는 입장이라…… 대학에서는 해부용 시체가 모자라 쩔쩔매지요. 아이쿠 제가 이런 말을 해서는 안 되는데."

경비원은 정말 쩔쩔매고 있었다. 상대방이 신부라는 사실도 무척 마음에 걸리는 모양이었다. 하지만 빈첸시오 신부는 경비원의 말을 제대로 듣고 있지 않았다. 그는 지금 고통을 견디고 있었다.

빈첸시오 신부는 수도원 임종의 집에서 죽음을 많이 보아왔다. 그곳 형제들의 몸 속에 죽음은 언제나 깃을 치고 있었다. 그들에게 죽음이란 삶과 나란히 하고 있는 일상의 모습이었다. 그 일상의 모습을 사람들은 두려워한다. 만약 죽음이 하늘에 무심히 흐르는 구름의 모습이라면 두려워하지 않을까. 죽음은 구름의 모습일 수 있다. 유한한 세계에서 영원의 세계로 들어가는 죽음은 무심한 구름의 모습일 수도 있지 않겠는가.

— 형제들이여 약한 자에게로 가십시오. 그들과 함께 약한 사람이 되십시오. 여러분 자신 속에서 그들의 약함을 느끼십시오. 그들의 비참함을 서로 나누십시오. 약한 이, 힘없는 이를 짊어지십시오. 그러면 약한 이, 힘없는 이들이 그대를 짊어지고 하늘나라로 올라갈 것입니다.

성 빈첸시오 아 바울로를 추모하는 제자 보쉬에의 단순하고 아름다운 목소리가 들려왔다.

"이분의 몸을 내가 씻기고 싶습니다."

한참 만에 빈첸시오 신부는 겨우 말했다.

"네, 그러십시오. 우선 삼베를 벗겨야 하는데……"

"모든 것을 나 혼자 하고 싶습니다."

"혼자서요? 힘드실 텐데. 아, 그러시죠. 도움이 필요하면 언제든지 말씀하십시오."

빈첸시오 신부는 삼베를 한 겹 한 겹 벗겼다. 포르말린에 담겨져 있던 남자의 몸은 진흙덩어리처럼 검은 갈색으로 변해 있었다. 가까운 곳에 수도꼭지가 있었다. 그는 물로 남자의 몸을 정성스럽게 씻었다.

시체를 씻고 있는 신부의 모습을 유심히 지켜보던 경비원은 연신 고개를 갸웃거렸다. 죽은 몸뚱이를 그렇게 정성스럽게 씻는 모습도 처음이거니와, 신부의 표정을 보고 있노라면 살아 있는 이의 몸을 씻기는 듯한 착각을 불러일으켰다. 입가에 미소를 띄우는가 하면, 몸에서 어떤 좋은 냄새를 맡는 사람처럼 눈을 감고 있기도 했다.

2
불가능한 사랑

1

날씨 화창한 9월 어느 날, 흰색 승용차가 경기도 양평에 있는 한 별장 앞에 섰다. 차에서 젊은 여자가 나왔다. 다소 가무잡잡한 얼굴은 화장기 없이 깨끗하고, 물결치는 듯한 머리는 어깨를 덮고 있다. 작고 오똑한 콧날과 여윈 턱이 차갑고 고집스러운 느낌을 주는가 하면, 길쭉하면서도 흐린 눈빛은 몽환적 느낌을 불러일으킨다. 그러나 약간 두툼한 입술과 밝은 이마는 그러한 느낌들을 완화시킴으로써 독특한 조화를 이루고 있다. 곧이어 옷 매무시가 단정한 남자가 자동차 키를 손끝으로 돌리며 차에서 내렸다. 큰 눈과 둥그스름한 얼굴이 온화하게 보인다.

여자 이름은 강혜경이고 남자 이름은 박영호다. 강혜경은 독일문학을 전공하고 있는 대학 사년생이며, 박영호는 외과 레지던트다.

그들의 아버지가 스스럼없는 친구 사이인지라 두 남녀는 일찍부터 자연스럽게 가까워졌다. 그래서인지 강혜경은 연애의 감정보다는 좋은 오빠와 만나고 있다는 느낌이 더 강했다. 그녀가 대학 삼학년이 되자 양가에서 혼사문제가 오갔고, 별다른 어려움 없이 약혼했다. 결혼은 강혜경이 졸업하는 이듬해 봄에 하기로 했다. 박영호 아버지 역시 의사였으며, 강혜경 아버지는 변호사였다. 누가 보더라도 잘 어울리는 커플이었다.

"정말 공기 좋네."

박영호가 기지개 켜듯 두 팔을 쭉 펴고 있는데 별장 문이 열리면서 헐렁한 베이지색 스웨터를 입은 남자가 나왔다. 박영호의 친구 이상우였다. 이목구비가 반듯했고, 턱의 윤곽이 부드러운 반면 이마가 좁았다.

"생각보다 빨리 왔네. 안 막혔나보지."

며칠 전 술자리에서 이상우는 레지던트 일로 지쳐 있는 박영호에게 양평 별장에서 기분전환하는 게 어떠냐고 제의했고, 박영호는 쾌히 승낙했다.

"혜경이가 운전하니 누가 막겠어."

박영호는 씨익 웃으며 말했다.

2

벽난로가 있는 거실에서 그들은 포도주를 마시며 유쾌하게 시간을 보냈다. 해질 무렵 두 남자는 바둑을 두기 시작했고, 강혜경은 산책을 하려고 밖으로 나왔다.

정원 너머로 오솔길이 보였다. 그녀는 정원을 돌아 오솔길 속으로 들어갔다. 조금 전 마셨던 포도주의 적당한 취기가 전원 풍경과 어우러져 기분이 무척 상쾌했다. 그녀는 술을 많이 못 하지만 즐기는 편이었다. 기분이 좋거나 우울할 때 포도주 한두 잔 정도 마시곤 하는데, 조금 전에는 무려 다섯 잔을 마셨다. 박영호는 술꾼 다 됐네, 하면서 눈을 흘겼는데 그녀는 술이 가끔 맛있을 때가 있다고 천연덕스럽게 응수했다.

오솔길이 끝나자 연못이 나왔다. 수련이 물에 반쯤 잠겨 있었다. 9월이 오면 수련이 지고, 수련이 지면 찬바람이 분다. 이제 수련은 지고 있었다.

연못으로 다가가던 강혜경은 걸음을 멈추었다. 연못가에 누군가 앉아 있었다. 거리 탓으로 상반신만 보였는데, 뒷모습이 남자였다. 이런 외진 곳에서 낯선 남자와 마주친다는 게 꺼림칙했다. 더구나 이상우로부터 별장에 다른 사람이 있다는 말을 들은 적이 없었다. 서녘 하늘은 황혼이었고, 연못은 금빛이었다.

이상했다. 남자는 꼼짝도 하지 않았다. 나무에서 새가 푸드덕 날개를 치며 날아오르는데도, 그 소리에 한 번쯤 고개를 돌릴 법한데 전혀 움직이지 않았다. 등은 휘어지듯 구부정했고, 앞으로 기울어져 있는 목은 길었다. 모딜리아니의 그림이 떠올랐다. 길고 가늘며 구부러진 듯한 목, 기우뚱한 얼굴과 가냘픈 어깨, 동공이 없는 눈.

그녀는 좀더 가까이 갔다. 옆 얼굴과 함께 남자의 전체 모습이 보였는데, 뜻밖의 광경에 그녀는 눈을 크게 떴다. 남자는 무릎을 꿇은 채 두 팔을 아래로 늘어뜨린 상태에서 고개를 숙이고 있었다. 누군가에게 자신의 모든 것을 맡기고 안겨 있는 듯한 모습 같기도 하고, 간절히 기도하는 모습 같기도 했다. 남자는 조금도 움직이지 않았다. 숨조차 쉬지 않는 것처럼 보였다. 그는 고요 속에 있었다. 그 고요는 너무나 깊어 몸에 닿는 듯했다. 그런데 왠지 낯익은 느낌이었다. 언제가 한 번, 지금처럼 이렇게 닿은 적이 있었던 것 같았다.

발 밑에서 낙엽이 바스락거렸는데, 남자의 머리가 비로소 움직이기 시작했다. 뭔가 스치는 소리가 난다고 생각하는 순간 남자의 시선과 마주쳤다. 그녀를 올려다보고 있는 남자의 눈은 눈물로 가득했다. 그녀는 당황했다. 뭐라고 말을 해야 할 것 같았으나 입이 떨어지지 않았다.

"누구신지…… 전 여기 처음이라……."

그녀는 말을 제대로 잇지 못했다. 그런데 남자는 그녀의 말을 듣고 있는 것 같지 않았다. 그는 그녀를 보고 있지 않았다. 그의 눈은 먼 곳에 있었다. 눈물에 젖어 있는 긴 속눈썹이 보였다. 조금 전의 고요가 다시 닿았다. 그 고요 속에서 무엇이 떠오르고 있었다. 어둠 속에서 희미하게 떠오르는 그것은 계단이었다. 낡고 투박한 나무 계단. 그 계단을 오르는 작은 아이. 몇 살쯤 되었을까. 일곱 살? 여덟 살? 그런데 저 아이는 왜 계단을 오르는 걸까. 나는 알고 있어. 저 계단의 끝은 다락이야. 작은 창이 있고, 천장이 낮은 다락. 그러니까 저 아이는 다락으로 올라가고 있지. 허공에 떠 있는 방, 아무도 없고 누구에게도 눈에 띄지 않는 그 방을 아이는 오르고 있어. 그런데, 저 아이는 누굴까.

다락에 올라간 아이는 작은 창가에서 무릎 꿇고 두 손을 모은다. 오, 저 아이는 기도를 하는구나. 누군가에게 간절히, 정말 간절히 빌고 있구나. 조금 전의 고요는 저 다락방의 고요였어. 그런데 아이는 무엇을 빌고 있을까. 저 고요 속에서. 아이의 눈에는 눈물이 그렁그렁하다. 곧 흘러내릴 것 같다. 아이가 멀어진다. 점차 멀어지면서 다른 아이가 보인다. 누워 있는 그 아이는 기도하는 아이보다 작다. 게다가 몸이 푸르다. 그냥 푸른 게 아니라 짓푸르다. 그것은 차디찬 푸름이다. 아이의 몸은 따뜻해야 한다. 그런데 너무 차고 푸르다. 아이 옆에서 누군가 울고 있다. 울음을 필사적으로 삼키고 있으나 짓눌린 울음이 새어나온다. 아, 알겠다. 푸름이 죽음의 색임을. 그리고 저 작은 아이는 죽어가고 있음을. 그 죽음을 막아달라고, 세상에서 제일 예쁘고 귀여운 동생을 앗아가지 말라고 다락의 아이는 간절히 기도하고 있구나.

강혜경의 몸은 떨고 있었다. 눈은 충혈되어 있었고, 얼굴은 창백했다. 남자는 그녀를 감싸안았다. 따뜻했다. 그녀의 차디찬 몸은 자석에 끌리듯 따뜻함 속으로 들어갔다. 한 발자국도 움직일 수 없었다. 몸에서 기운이 다 빠져나가버렸는지 서 있는 것조차 힘들었다.

"동생이 죽었어요. 오래 전에."

그녀의 목소리에 울음이 묻어 있었다. 남자는 말없이 고개를 끄덕였다.

"그 동안 까마득히 잊고 있었어요. 너무 오래 전의 일이라 동생이 이 세상에 있었다는 것조차 잊고 있었어요. 어떻게 그럴 수가 있어요. 제가 그 아이를 위해 기도했는데, 동생을 살려만 주신다면 어떤 일도 하겠다고 간절히 기도했는데……."

"슬픔이 너무 커서 그랬을 거예요. 감당하기 힘든 슬픔은 떠나기 마련이지요. 스스로."

"슬픔이 스스로 떠난다구요?"

"슬픔의 주인은 영혼이지요. 그런데 슬픔은 주인의 힘을 알아요. 그 힘이 약하다는 걸 알면 스스로 떠나지요. 왜냐하면 슬픔은 주인을 사랑하니까요. 이제 그 슬픔은 돌아왔어요. 왜 돌아왔는지 아세요? 주인이 강해졌다는 것을 알았기 때문이지요."

남자는 강혜경을 안고 있던 두 팔을 조심스럽게 내렸다. 그에게 안겨 있었다는 것을 비로소 깨달은 강혜경은 얼굴을 붉혔다. 남자의 입가가 파이면서 미소가 떠올랐다. 그 미소는 젖은 눈과 묘하게 어울렸다.

"그만 가볼게요."

강혜경은 붉어진 얼굴을 숨기기 위해 황급히 돌아섰다.

거실에서 바둑에 빠져 있는 두 남자는 강혜경이 들어오는 것조차 모르고 있었다. 그녀는 잠시 망설이다 이층으로 통하는 계단으로 살며시 올라갔다.

석양빛이 사위고 어둠이 내려오면서 대기는 청회색으로 변해갔다. 강혜경은 이층 베란다 의자에 앉아 푸르스름한 빛이 어둠에 의해 삼켜지고 있는 것을 지켜보았다.

세 살 때 죽은 동생이 있다는 것을 알고 있었으나 동생에 대한 기억은 전혀 없었다. 어머니가 가끔 죽은 동생을 얘기할 때도 자신과 전혀 관계없는 아이처럼 느꼈다. 워낙 오래 전의 일이라 당연하기도 했다. 하지만 그게 아니었다. 그녀의 내면 속에 동생이 고스란히 살아 있었다. 내면 깊숙한 곳에 방이 있을까. 푸른빛이 떠도는 작은 방. 동생은 그 속에서 무엇을 하고 있었을까. 작은 창가에서 기도하는 아이의 모습이 다시 보였다.

내 언제 무엇을 그토록 절실히 염원했던 적이 있었던가. 어스름한 다락방에서, 동생을 살려달라고, 두 손 모아 빌었던 그때만큼. 그 절실한 마음은 눈물이 되어 철철 흘러내렸지. 그토록 순수했던 눈물을 나는 까마득히 잊고 있었어. 어린 동생과 나누었던 시간들. 아이의 웃음소리와 뒤뚱거리는 걸음걸이. 부드럽고 말랑말랑한 살의 감촉. 그리고 기도와 죽음. 그래, 죽음이 있었어. 아이의 모든 것을 순식간에 삼켜버린 죽음. 동생의 작은 몸이 차지했던 공간은 허공이 되어 있었지. 아무것도 보이지 않고 아무것도 잡히지 않는 허공. 난 정말 믿기지 않았어. 어떻게 그렇게 감쪽같이 아이를 사라지게 할 수 있는지. 세상에 그보다 더 무서운 마술이 또 있을까. 그런데 그 마술은 나에게서 떠나지 않는 거야. 내 주위를 맴돌며 때로는 긴 혓바닥으로 내 몸을 핥기도 하고, 어두운 천장에서 나를 빤히 내려다보기도 했어.

그 무서움 속에서 난 한 가지 사실을 터득했지. 마술의 공포로부터 벗어나는 유일한 길은 동생을 잊는 것이라고. 동생의 모든 것을, 심지어 죽음조차도 깡그리 잊을 때 마술은 흔적도 없이 사라질 것이라고. 내 영악한 영혼은 그 사실을 깨닫는 순간 기억을 삼키기 시작했어. 머리칼에서부터 발끝까지. 동생과 이어진 모든 시간을. 아, 이제야 알겠다. 동생이 어떻게 내 속에서 사라져갔는가를. 동생이 빠져나간 그 자리는 심연이 되어버렸어. 시간을 삼켜버린 심연. 그 심연 속을 난 한 번도 들여다보지 않았어. 그리하여 마침내 심연조차도 잊어버리고 말았던 거야. 그런데……

그녀는 청회색 하늘을 보았다. 새 한 마리가 일몰의 하늘을 가로지르고 있었다.

내가 잃어버린 시간을 되살려준 그 남자는 누구일까. 왜 울고 있었을까.

3

식사는 비교적 늦게 시작되었다. 이상우와 박영호가 배가 고프지 않은 탓이었다. 바둑을 두면서도 줄기차게 술을 마셔댔으니 배가 고플 턱이 없었다. 식탁을 본 박영호는 눈을 휘둥그레 떴다.

"야, 진수성찬인데. 갑자기 배가 고파지네."

"친구 접대 잘 하라고 어머니가 음식 솜씨 기막힌 아주머니를 특별히 보내주셨다는 걸 알아줬으면 좋겠어."

"저, 상우씨."

식탁에 앉은 강혜경은 약간 머뭇거리며 말했다.

"혹시 별장에 다른 분 계세요?"

"다른 분이라뇨?"

"아까 제가 산책 나갔을 때 연못가에서 남자 한 분을 보았거든요."

"그래요? 인후가 왔나……."

"인후가 누군데?"

박영호는 젓가락을 들다 말고 물었다.

"으응, 황인후라고 이종사촌동생이야."

"이종사촌동생이 여길 왜?"

"잠깐만."

이상우는 부엌으로 갔는데, 조금 후 돌아왔다. 얼굴이 약간 굳어 있었다.

"인후가 왔다더군."

"저녁 같이 먹어야 되는 거 아냐?"

"글쎄……."

이상우는 곤혹스러운 듯 말끝을 흐렸다.

"이종사촌동생이 왜 여길 오지?"

"이야기하면 길어지는데……."

"번거로우면 관두고."

"번거롭다기보다…… 인후는 일찍 고아가 됐어. 이모가 빨리 돌아가셨거든."

"아버진?"

"아버진 없어. 결혼도 하지 않았으니."

이상우는 눈을 내리깔며 재빠르게 말했다. 전혀 예상치 않았던 대답에 박영호는 약간 당황했다. 그러나 이상우는 곧 평상의 얼굴로 돌아왔다.

"가까운 친척이라곤 우리뿐이어서 어머니가 관심을 많이 쏟았지. 인후에게 별장 열쇠를 주셨을 정도니까. 그러실 만도 해. 이모는 어머니에게 하나밖에 없는 피붙이인데다 아버지 없는 자식을 혼자 키우시다 마흔도 채 못 돼 돌아가셨으니."

"그럼 여기 살겠네."

"뒤쪽 별채에서 살긴 하는데, 없는 날이 더 많아. 훌쩍 떠났다가 한두 달 후 돌아오기 예사니까."

"어딜 가는데?"

"수도원."

"수도원?"

"신부가 되고 싶어했거든. 그렇다고 한 수도원에만 머무는 게 아니고 여기저기 떠도는 모양이야. 어떤 날은 거지 꼴이 되어 들어올 때가 있어."

"역마살이 낀 모양이군."

"그렇게 볼 수도 있지."

"영 자신없는 말투네."

"그럴 수밖에. 나도 그애를 잘 모르니까."

"신비의 사나이구먼."

"뭐, 신비까지야."

이상우는 퉁명스럽게 내뱉었다.

"그렇게 떠도는 건 아마 마음을 잡지 못한 탓이 아닌가 싶어. 짐작에 불과하지만."

"신부가 되고 싶어한다면서?"

"응."

"그럼 신부의 길로 나서면 되지 왜 그렇게 떠돌아?"

"인후는 신부가 될 수 없어."

"왜?"

박영호의 물음에 이상우는 말없이 눈을 내리깔았다.

"어, 내가 곤란한 질문을 한 모양이지. 이제 그만하고 밥 먹자. 국 다 식겠네. 그런데 우리끼리 먹어도 될까?"

박영호는 이상우의 표정을 살피며 조심스럽게 물었다.

"시간이 늦었으니 먼저 먹었을지도 몰라. 안 먹었다면 같이 먹지 뭐."

이상우는 대수롭지 않는 어투로 말했지만 얼굴은 여전히 굳어 있었다.

4

창가의 원형식탁에 네 사람이 보인다. 박영호와 이상우 사이에 앉은 강혜경은 황인후와 마주 보고 있다. 노란 조각달이 걸려 있는 창 옆에 벚나무로 만든 가구가 있고, 가구 위의 연회색 화병에 들꽃 두 송이가 고개를 내밀고 있다.

식사는 말없이 진행되었다. 이상우는 밥은 거의 먹지 않고 술을 계속 들이켰다. 그 동안 꽤 많이 마셨음에도 여전히 술을 탐했다.

황인후가 식탁에 앉고부터 부자연스러운 침묵이 계속되고 있었다. 그것은 주인격인 이상우의 태도에서 비롯되고 있었다. 그는 황인후의 갑작스러운 출현이 못마땅한 모양이었다. 어떻게 보면 이 식탁에 같이 앉아서는 안 될 사람이라고 생각하고 있는 듯했다. 물론 겉으로 드러나지는 않았지만 강혜경과 박영호는 그것을 느끼고 있었다. 그 때문에 식탁의 분위기는 밝고 활기에 차 있다가 한 인물의 등장과 함께 갑자기 어둡고 침울한 조명으로 바뀐 무대와 흡사했다. 그런데 묘한 것은 황인후의 태도였다. 그는 식탁의 그런 분위기에 전혀 신경을 안 쓰는 것 같았다. 자신이 그렇게 바꾸어놓았음에도 불구하고 초연한 얼굴이었다. 너무나 초연해 식탁에 홀로 앉아 있는 사람처럼 보였다.

　　강혜경은 생각했다. 무대의 조명등이 꺼지면서 식탁의 사람들은 한 사람씩 한 사람씩 어둠 속으로 사라진다. 그러나 마지막 남은 한 개의 조명등은 꺼지지 않는다. 그것은 오직 한 사람만 비추고 있다. 물 속처럼 흐릿한 불빛 속에서 그는 홀로 소리 없이 밥을 먹고 있다. 함께 밥을 먹고 싶어도 빛이 들어오지 않는 한 불가능하다. 어둠과 빛의 거리는 너무나 멀다. 흰 밥이 그의 입 속으로 들어갈 때 그녀는 침을 삼킨다. 어둠은 깨뜨려지지 않고 그는 여전히 홀로 있다.

　　"혜경씬 신의 존재를 믿습니까?"

　　이상우의 물음에 강혜경은 상념에서 깨어났다.

　　"뭐라고 하셨는지……."

　　"신을 믿으시냐구 물었습니다."

　　갑작스러운데다 질문의 의도가 무엇인지 알 수 없어 강혜경은 머뭇거렸다.

　　"글쎄요…… 전 신이 있는지 자신있게 말할 수 없어요. 하지만

42

신이 있든 없든 우리들에게 필요한 존재라고 생각해요."

"그렇다면 신을 환각의 산물로 생각할 수도 있겠군요. 실재하는 존재가 아니라 혜경씨 표현대로 필요에 의해 만들어진 존재니까요."

"그렇게 생각할 수도 있겠네요."

강혜경은 애매한 목소리로 말했다.

"신의 존재란 의족의 경우와 흡사하지 않을까요."

"무슨 뜻인지……."

"다리가 절단되어 의족을 사용하는 이들은 처음 얼마 동안 몹시 힘들다고 합니다. 낯설음, 이물감, 불안정감 등등의 감정에 시달리는 까닭이지요."

"그거야 당연하지. 진짜 발과 인공의 발이 같을 리가 있나. 근데 그것이 신과 무슨 상관 있나?"

식탁의 침묵을 거북해했던 박영호는 생기 있는 목소리로 물었다.

"조금 더 들어봐. 천만다행스럽게도 그런 모든 불편한 감정들을 일거에 사라지게 하는 만병통치약이 있다는 거야."

"세상에 그런 약이 있나?"

"바로 환각이라는 약이야. 환각은 의족을 진짜 발로 만들어버리니까 불편한 감정들은 깨끗이 사라지게 하지. 그런 사람들이 아침에 일어나면 제일 먼저 하는 일이 있어."

"뭔데?"

"다리가 절단된 곳의 대퇴부를 갓난아기 엉덩이 때리듯 대여섯 차례 때리는 일이야. 환각을 부르는 의식이지. 의족을 끼우기 전에 환각의 다리를 되살려야 하거든. 간혹 의족에서 통증을 느끼기도 한다더군."

"의족에서 통증을 느껴?"

"환각에 의해 진짜 다리가 되었으니 통증이 일어날 법도 하지."

"하지만 진짜 다리는 아니잖아."

"그들에게 환각은 실재의 세계야. 제삼자가 아무리 환각일 뿐이라고 주장해도 소용없어. 실제로, 생생하게 통증을 느끼니까."

"그러니까 인간에게 신의 존재란 환각과 다를 바 없다는 말씀이군요."

강혜경의 말에 이상우는 고개를 끄덕였다.

"그렇습니다. 영혼이 불구인 인간은 완전한 영혼을 희구하기 마련이죠. 이 희구가 환각을 불러일으켰고, 그 결과 신이 나타난 것입니다."

"그럴듯하긴 한데, 선뜻 받아들이기엔 어찌……."

박영호는 석연치 않은 표정을 지었다.

"기적을 어떻게 생각해? 종교가 사람들을 끌어들이는 데 최대의 무기로 사용하는 기적 말이야."

"상우 네 생각은 어떤데?"

"난 기적을 환각 속의 현실이라고 생각해. 말하자면 환각의 세계 속에서 신과 인간이 행복하게 공존하는 순간 이루어지는 황금빛 세계라고나 할까. 그 속에서는 물이 포도주로 변하며, 물고기 몇 마리와 일곱 개 빵만으로 수많은 사람들의 배를 채울 수 있지."

이상우는 황인후를 힐끗 보며 말을 계속했다.

"하지만 불행하게도 그 공존의 시간은 짧아. 세상은 신과의 행복한 공존을 결코 용납하지 않거든. 공존에 균열이 생길 때 재앙이 오지. 재앙의 형태는 다양한데, 의족의 경우 다리의 변화로 나타나. 다리가 원추꼴로 변하는가 하면, 느티나무와 같이 거대하게 되었다가 바늘처럼 가늘어지기도 해. 심지어 불과 몇 초 동안 다리가 대여섯 차례 변하기도 한다더군. 마술도 그런 마술이 없어. 하지만 더

심각한 것은 환각이 아예 사라져버린다는 것이야."

"그런 상태에서 환각이 사라지면 좋은 거 아냐?"

"애초부터 환각이 없었다면 네 말이 맞아. 하지만 환각의 도움으로 의족을 진짜 다리처럼 쓸 수 있었던 이에게서 환각이 사라지면 어떻게 되지?"

"제대로 걸을 수 없겠군."

"맞아. 그래서 사라진 환각을 불러오기 위해 온갖 푸닥거리를 다 하지. 교회 속을 한번 들여다봐. 신을 부르는 푸닥거리를 어렵지 않게 볼 수 있을 터이니."

"듣고 보니 그럴듯하네."

박영호는 고개를 끄덕였다.

"인후 넌 어떻게 생각해?"

이상우는 시선을 슬며시 황인후에게로 돌리며 물었는데, 눈빛이 유별나게 강했다. 적의마저 느껴지는 그 눈빛을 보자 지금까지의 이야기가 황인후를 염두에 두고 한 것이 아닐까, 하는 생각이 강혜경의 머리를 스치고 지나갔다. 박영호는 호기심 담긴 눈으로 황인후를 보고 있었다. 강혜경 역시 그가 무슨 말을 할까 궁금했다. 하지만 그는 어색한 웃음만 지을 뿐 좀처럼 입을 열지 않았다.

"침묵이란 묵시적 동조야. 설마 내 말에 전적으로 동감하는 건 아닐 테지."

이상우는 눈을 가느스름하게 뜨며 다그치듯 말했다.

"동감해."

황인후는 짤막하게 대꾸했다. 그는 여전히 홀로 있고 싶은 모양이었다.

"내 말에 동감한다구?"

"응."

"전적으로?"

"다만……."

황인후는 뭐라고 말할 듯하다가 다시 입을 닫았다. 그리고 고개를 왼쪽으로 기울이고 탁자의 한 곳을 응시했다. 세 사람의 시선은 그에게 집중되고 있었다. 그럼에도 불구하고 그는 꽤 오랫동안 똑같은 자세를 지켰다. 표정의 변화도 없었다. 자신의 생각에 너무 몰두해 있어 주위의 시선을 의식조차 못하는 것 같았다. 타인들의 팽팽한 시선 앞에서 어떻게 자기 생각에만 몰두할 수 있는지 신기할 지경이었다.

"신은……."

마침내 황인후는 말문을 열었는데, 소리가 너무 작아 입술만 달싹이고 있는 것 같았다.

"차가운 사물이 아니야."

"신은 차가운 사물이 아니다…… 이게 무슨 소리지?"

이상우는 황인후의 말을 되뇌면서 고개를 갸웃거렸다.

"사람들은……."

황인후의 눈썹이 치켜지면서 흐리멍텅한 눈에 빛이 모이고 있었다.

"보이지 않는 것을 그리워하지. 하지만 그리워한다고 눈앞에 나타날까. 정신은 여기에서 마술을 부려. 환각을 통해 보여주니까. 그러니까 환각은 허공 속의 꽃이지. 전율할 만큼 아름다운."

움푹 들어간 그의 눈은 꽃을 보고 있는 것처럼 위를 향하고 있었다.

"그 꽃이 없다면 어떻게 될까. 차가운 세계만 존재하겠지. 차가운 세계 속에서 우리가 할 수 있는 일은 뭘까. 오들오들 떠는 일이지. 다리를 잃은 이가 환각의 다리를 만든 건 오들오들 떨지 않기 위함이야. 여기서 환각의 다리는 걸음걸이를 편하게 하기 위한 도구로 쓰이고 있어. 그런데 신의 문제로 들어가면 달라져. 신은 도구의 대상이 될 수 없어. 신이 도구로 되는 순간 신도 인간도 사라져버려. 형의 말대로 불구의 영혼을 가진 인간이 완전한 영혼을 그리워한 나머지 환각의 존재인 신을 만들었을지도 몰라. 하지만 신을 믿는다는 건 수단이 아니고 목적이야. 그럼에도 불구하고 많은 사람들이 신을 도구로 사용하고 있어. 도구로 전락된 신은 형의 말대로 푸닥거리의 대상일 뿐이야. 이 신은 의족과 조금도 다를 바 없어. 신이 차가운 사물로 전락해버린 거지."

"인후씨 생각에 의하면 상우 네 견해는 신을 잘못 믿고 있는 사람들에게만 적용되는군."

"그렇게 되는 건가."

"그렇지. 넌 종교에 대해 지나치게 냉소적인 것 같아. 냉소는 결코 진실에 이를 수 없어. 근데 난 한 가지 의문이 있어. 인간의 영혼은 과연 불구일까? 물론 완전하지 않은 것만은 틀림없어. 불완전투성이지. 그러니 인간 앞에 불완전이라는 수식어가 붙는 건 지극히 당연해. 그렇다면 그건 불구의 모습이 아니야. 자연스러운 모습 앞에 어떻게 불구라는 말을 쓸 수 있겠어. 비약일지 모르지만 불완전하다는 것 자체가 완전과 통하지 않을까 싶어. 왜냐하면 자연스럽다는 건 아름답다는 것이고, 아름다움은 완전과 통하니까."

"어이쿠, 의학도가 못 하는 소리가 없어. 철학자 뺨치겠네."

"무식한 소리 하네. 히포크라테스가 철학잔 줄 몰랐어?"

"히포크라테스가 철학자라구?"

"일찍이 플라톤이 그를 탁월한 철학자로 인정했지. 왜냐? 플라톤 가라사대 히포크라테스 의학은 철학적으로 접근한 학문이다, 했으니까."

"알았으니 그만해. 인후 넌 이 철학자의 말을 어떻게 생각하니?"

"인간의 영혼은 불구야. 그 상태에서 벗어나는 순간은 있지만."

황인후의 말은 뜻밖에도 단호했다.

"불구의 상태에서 어떻게 벗어나지?"

이상우는 상체를 비스듬히 의자에 기대며 미심쩍은 표정으로 물었다.

"끈을 끊어야 해. 세상과 연결된 모든 끈을."

"끈을 끊고 나면?"

"길들이 사라져. 세상의 모든 길들이."

"갈수록 오리무중이군."

"세상의 길들이 사라지면 새로운 길이 나타나. 그 길은 나보다 더 가까운 나를 불러내지. 그러면 나는 사라지고 새로운 내가 길 속으로 들어가."

"네 말은 몽상적이야. 현실감이 없어."

이상우는 싸늘한 목소리로 말했다. 더이상 듣지 않겠다는 의사표시처럼 보였다. 박영호는 못마땅한 얼굴로 이상우를 보았는데, 황인후는 어느새 본래의 얼굴로 돌아가 있었다. 다시 홀로 있을 모양이었다. 하지만 그게 아니었다. 그의 입술이 달싹거리면서 지금까지와는 다른, 약간 쉰 듯한 목소리가 새어나왔다.

"그 길 속으로 들어가면 음악 소리가 들려. 아득히 먼 곳에서."

황인후의 얼굴에 엷은 홍조가 피어올랐다.

"난 눈을 감고 음악 소리에 귀를 기울이지. 그러면 나에게로 다가오고 있는 음악의 모습이 선연히 보여. 음악은 얇은 구름이거나, 아니면 부드러운 털을 가진 작은 새의 모습이지. 하지만 난 조금도 놀라지 않아. 그들과 난 친숙하니까."

"너, 지금 무슨 소리 하는 거야?"

이상우는 다소 당황한 목소리로 물었는데, 황인후는 듣지 못한 듯 이야기를 계속했다.

"어느 날 얇은 구름과 부드러운 털을 가진 새는 한 그루 나무 위에 머물렀어. 무슨 나무였을까? 눈처럼 흰 꽃이 피어 있는 그 나무는. 나무 아래 흰 옷 입은 소년과 소녀가 두런두런 이야기를 나누고 있었어. 가끔 소녀의 웃음소리가 하늘로 울려퍼지곤 했지. 그러면 작은 새는 눈을 휘둥그레 뜨고 아래를 두리번거렸어. 그런데, 그런데……"

그는 허공 속에서 무엇을 잡으려는 듯 두 손을 뻗었다. 박영호는 불안한 눈으로 황인후와 이상우를 번갈아 보았다.

"시간이 어긋나고 있었어. 길이 어긋나듯 시간이 어긋나고 있었어. 꽃들이 떨어지고 있었으니까. 그토록 아름다운 꽃들이 어느새 시들어 뚝뚝 떨어지고 있었으니까."

납득되지 않는 말이 계속되고 있었다.

"그리고, 그리고……"

황인후의 시선이 강혜경의 시선과 마주쳤다. 그는 믿기지 않는다는 표정으로 그녀를 보고 있었다.

"당신이 슬퍼했다면, 그래서 당신 눈에 눈물이 고였다면 내 병이 깨끗이 나았을 텐데. 당신이 나를 가엾게 여겨 기도를 했더라면, 눈 깜짝할 동안만이라도 기도를 했더라면 내 병이 순식간에 나았을 텐데……"

강혜경을 내려다보는 그의 눈은 금방이라도 눈물을 쏟을 것 같았다. 누구라도 그 표정을 보았다면 가슴이 아팠을 것이다.

"당신이, 당신이……"

황인후는 두 손으로 가슴을 쥐어뜯으며 덜덜 떨고 있었다. 이빨 부딪치는 소리가 소름 끼치도록 선명히 들렸다. 얼굴은 창백하다 못해 백지장 같았고, 눈동자는 크게 확대되어 있었다. 강혜경은 주위를 휩싸고 있는 팽팽한 긴장에 자신도 모르게 몸을 움츠렸다. 불안한 얼굴로 황인후를 주시하고 있던 이상우가 막 일어서려는데 황인후의 입에서 처절한 비명 소리가 터져나왔다.

5

바람이 거세게 불고 있었다. 창문이 덜컹거렸고, 화병 속의 들꽃이 미세하게 흔들렸다.

"짐작하셨겠지만……."

빈 잔에 술을 채우던 이상우는 침울한 표정으로 말했다.

"인후는 간질환자입니다. 오래 전부터 앓고 있었지요. 강혜경씨한테 정말 죄송합니다. 손님으로 모셔놓고선……."

"지금은 괜찮은가요."

"네, 괜찮습니다. 한동안 곤히 잘 테니까요."

"인후씨가 왜 신부가 될 수 없는지 이제 알겠구먼. 그런데 넌 왜 우리부터 먼저 쫓아냈어? 응급조치가 더 급한 것 같았는데."

"손님에게 보여주고 싶지 않았으니까."

이상우는 쓸쓸히 웃었다.

"왜 그런 병이 생겼나요?"

"단순하게 얘기하면 간질은 뇌의 기능장애입니다. 뇌의 활동에 일시적 고장이 생김으로써 의식 상실의 상태까지 이르는 병이죠. 그 종류도 여러 가진데, 인후는 측두엽성 간질입니다."

"측두엽이라면……."

"귀 위쪽 뇌의 옆부분을 측두엽이라고 합니다. 그 부분에 이상이 생긴 거지요. 측두엽은 소리와 냄새를 지각하고, 뇌에 들어온 정보를 기록하며, 감정을 느끼고 표현합니다. 그래서 측두엽성 간질환자는 환각과 환청에 시달리지요. 눈앞의 사물이 실제보다 작거나 커 보이기도 하고, 없는 것을 보고, 들리지 않는 소리를 듣는데, 재미있는 건 음악 소리까지 듣는다더군요."

"음악을?"

"음악 소리도 환청 현상의 일종이라고 할 수 있지. 쇼스타코비치라는 사람 알아?"

"러시아 음악가 말이야?"

"맞아."

"그런데 왜 그 사람이 여기서 나와?"

"인후 담당의사한테 들은 얘긴데, 언젠가 뉴욕 타임스에 쇼스타코비치의 비밀이란 제목의 기사가 실렸대. 그 기사에 의하면 쇼스타코비치의 왼쪽 측두엽에 금속 파편이 들어 있다는 거야. 언젠가 머리에 총을 맞은 적이 있었는데, 그 탄환 부스러기라고 하더군. 그런데 쇼스타코비치는 그것을 빼내는 수술을 일부러 받지 않았대."

"왜?"

"그를 치료한 신경과 의사의 증언에 의하면 음악 소리 때문이었어. 머리를 한쪽으로 기울이면 음악 소리가 들렸는데, 그때마다 새로운 선율이 나타나 작곡에 커다란 도움이 되었다는 거야."

"그참, 무슨 소린지 모르겠군."

"뢴트겐 검사 결과 쇼스타코비치가 머리를 기울이면 그 속의 파편이 움직여서 측두엽의 음악 영역을 누른다고 밝혀졌어."

"세상에 별일 다 있군."

"쇼스타코비치의 경우도 일종의 측두엽성 간질이라고 볼 수 있어. 그 부분에 이상이 생겨 나타나는 증상이니까. 의사 말로는 간질 때문에 음악 소리를 듣는 환자들이 더러 있다고 하던데."

"그래?"

"나도 처음 그 말 들었을 때 세상에 별일이 다 있구나, 생각했지."

"아까 인후씨가 음악 소리를 들었다고 했는데 그것과 연관이 있는 건가요?"

강혜경의 말에 박영호는 고개를 끄덕였다.

"그래 맞아. 게다가 음악이 눈에 보인다고도 했지. 정말 그럴까?"

"나도 모르겠어. 당사자가 아닌 입장으로선 선뜻 믿기 힘든 얘기지만 그럴 수도 있겠지. 내 기억으론, 아마 프로이트가 말한 것 같은데, 간질은 신경증과 조금도 다를 바 없다고 했어. 너도 잘 알겠지만 신경증이란 정신적으로 이겨낼 수 없는 흥분의 덩어리를 신체적 방법을 통해 배출하는 것이란 말이야. 그러니……."

이상우는 손으로 턱을 괴며 잠시 생각에 잠겼다.

"난 운명이라는 말을 별로 좋아하지 않아. 괜스레 비장한 느낌만 줄 뿐 정작 말의 실체는 보이지 않거든. 어떻게 보면 우리의 삶을 초월적인 존재에 맡겨버리는 느낌도 들구. 그런데 인후를 생각하면 묘하게도 운명이란 말이 절로 떠올라. 출생부터가 그랬으니."

턱에서 손을 뗀 그는 맞은편 창으로 어두운 눈길을 던졌다.

"이모는 독특한 여자였어. 소녀처럼 보이다가도 때로는 오랜 세월을 살아버린 여인처럼 보이기도 했으니. 소녀 같은 면모는 명랑함으로 나타났지. 이모의 명랑함은 우리들을 무척이나 즐겁게 했어. 그러다 해 저문 창가에 앉아 있는 이모를 훔쳐보면 소녀의 모습은 깡그리 사라지고 어둡고 쓸쓸한 얼굴이 저녁빛 속에 떠 있었어. 그때 난 도저히 풀 수 없는 수수께끼 속에 들어가 있는 것 같았지. 낮에 보았던 소녀의 얼굴이 어디로 사라져버렸을까, 생각하면 말이야."

"이모를 무척 좋아했나보군."

박영호의 말에 이상우는 엷은 미소를 지었다.

"이모는 해서는 안 될 사랑을 했어. 그 상대가 신부 될 사람이었으니까. 비극 속으로 뛰어든 사랑이었지. 더구나 어이없게 아이까지 낳은데다, 사실인지 모르겠지만 인후의 간질이 그 남자 때문이라는 말까지 있을 정도니……."

"간질이 그 남자 때문이라는 게 무슨 뜻이지?"

"물론 그게 사실인지 난 알 수 없어. 직접 보지 않았으니까. 어쨌든 내가 들은 바에 의하면 어느 날 밤 이모는 낳은 지 한 달도 채 안 된 인후를 안고 이미 신부가 되어 있는 그 남자를 찾아 수도원으로 갔다더군."

이상우는 착잡한 표정을 지으며 두 손으로 얼굴을 쓸었다.

"이모가 인후를 보여주며 당신 아들이라고 말하자 신부는 인후의 얼굴조차 보지 않고 한동안 말없이 있었대. 조금 후 신부는 일어섰는데, 엉뚱하게도 비가 쏟아지는 수도원 마당으로 나가더래. 아이가 비 맞을까봐 머뭇거리고 있는 이모에 아랑곳없이 말이야. 수도원에 오기 전까지는 비가 오지 않아 우산을 안 가져왔는지, 아니면 우산 쓸 경황이 없었든가 했겠지. 이모는 할 수 없이 아이를 감싸 안고 뒤를 따라갔다더군. 마당 중간에 걸음을 멈춘 신부는 쏟아지는 빗속에서 떨고 있는 이모에게 인후를 달라고 했대. 무엇 때문에 빗속으로 끌어냈는지 짐작조차 할 수 없었던 이모는 불안해하면서도 인후를 넘겨주었던가봐. 수도원 건물에서 새어나오는 불빛으로 신부의 얼굴이 어렴풋이나마 보였는데, 인후를 내려다보는 신부의 입가에 보일 듯 말 듯한 미소가 어렸다고 하더군. 하지만 잠시 후 신부는 갑자기 인후를 마당에 던져버렸다는 거야."

"던졌다구?"

거의 반사적으로 튀어나온 박영호의 말에 이상우는 고개를 끄덕였다.

"그때 받은 머리의 충격이 간질의 원인이 되었다는 게 이야기의 골자야."

"어느 정도 신빙성 있는 이야기지?"

"나로서는 알 수가 없어. 들은 얘기니까. 다만 의학적으로는 성립되는 얘기야."

"정말 믿어지지 않는군."

"그러니까 이야기라고 했잖아."

"인후씬 그 이야기 알고 있어요?"

강혜경은 애처로운 표정으로 물었다.

"글쎄요…… 알고 있으리라 생각하는데, 믿고 있는지는 모르지요."

"넌 믿어?"

"내가 믿건 안 믿건 그게 중요한 게 아니고…….."

그는 말끝을 흐렸다.

"그런데 인후씬 무엇 때문에 신부가 되고 싶어했지?"

"내가 어떻게 알겠느냐만, 이모 영향이 컸을 거야. 이모는 인후를 어렸을 적부터 성당에 데리고 갔으니까."

"그런데도 성당에 다니셨어?"

"무엇 때문인지 모르지만 이모는 오히려 신앙에 더 매달렸어. 하나밖에 없는 아들이 신부 되기를 원한다는 사실에 기뻐할 정도였으니. 그 아들에게 간질이란 병이 나타나자 이모의 충격은 정말 컸어. 시름시름 앓다 한 달도 못 돼 돌아가시고 말았으니."

"인후씨 충격도 예사롭지 않았겠군."

"이모 장례식 날 난 인후를 관심 있게 지켜보았지. 그런데 인후의 눈에서 눈물 한 방울 보이지 않았어. 게다가 지나칠 정도로 무표정하더군. 너무 표정이 없어 얼굴이 바짝 마른 종이처럼 보일 정도였지. 그때 난 인후가 발작하지 않을까 조마조마했어. 발작이 일어날 수 있는 상황이었으니까. 다행히 발작은 일어나지 않았어. 하지만 장례식 이후 인후에게 거식 증세가 나타났어. 그때 어머니가 인후를 보살폈는데, 조금이라도 먹기만 하면 즉각 토하는 거야."

"죄의식 때문인가? 자기 때문에 어머니가 죽었다는."

"그랬을 거야. 거식 증세의 심리적 바탕의 하나가 죄의식이니까. 자신은 먹을 가치조차 없는 존재라는 극단적 자기 부정의 표현방식이지. 먹지도 않을 뿐 아니라 방 안에만 틀어박혀 꼼짝도 하지 않았어. 그러던 어느 날 편지 한 장 남겨놓고 홀연 사라져버렸어. 어머니는 인후를 찾기 위해 애를 많이 쓰셨어. 직접 수도원을 찾아다니셨는데, 종적이 묘연했어. 결국 몇 달 후 어머니가 지방의 어느 수도원에서 찾아내시긴 했지만."

"너의 어머니도 대단하시구나. 사람 찾기가 쉬운 일이 아닌데."

"인후가 수도원에 있을 것이란 확신이 없었다면 찾을 엄두도 못 내셨을 거야. 아무튼 어렵게 찾아낸 조카에게 어머닌 애원하셨지. 어디 있더라도 제발 연락만은 끊지 말라고. 그러면서 별장 열쇠를 주셨어. 필요할 때 마음대로 쓰라고 하시면서."

"근데 넌 인후씨를 은근히 몰아붙이는 것 같더라."

"내가?"

"말투가 그런 것 같았어."

"그랬을 수도 있지. 난 인후를 좋아하지 않으니까. 불안하기도 하고."

"불안하다니?"

"인후는 현실을 인정하지 않아. 뭐라고 해야 될까. 아까 인후가 한 말 생각해봐. 그 녀석이 뭐라고 설명해도 그건 환각이야. 환각 속에 발을 딛고 있으면 현실이란 너절한 시간의 이어짐일 뿐이지. 여기까지는 좋아. 문제는 인후가 환각에 너무 지나치게 몰두하고 있다는 점이야. 정신이 온통 그쪽으로 쏠려 있어. 난 인후가 현실을 있는 그대로 받아들이기를 원해. 남들처럼."

"하지만 인후씬 남들과 다르잖아요."

두 사람의 대화를 듣고 있던 강혜경이 조심스럽게 끼어들었다.

"제 말은 병을 적당히 무서워하고 괴로워하면서도 어느 정도 탄력 있게 받아들이는 건강한 환자가 되었으면 좋겠다는 뜻입니다. 병은 상처입니다. 상처라면 두려워해야지요. 그런데 인후는, 조금 모순되는 표현일지 모르겠지만 상처 속으로 뛰어들고 있어요. 그 모습은 흡사…… 나도 모르겠어요. 내가 아무리 그렇게 생각해도 본인이 정말 원하는 삶이라면 할 수 없지요."

이상우는 한숨을 쉬며 술잔을 놓았다.

"내친 김에 한 가지만 더 물어보자. 아까 인후씨가 혜경이에게 왜 그런 행동을 했지? 조금 이상하던데."

"뭘?"

"혜경이를 당신이라고 부르는 것도 그렇고, 혜경이가 어떻게 어떻게 했으면 병이 나을 거라고 말하는 것도 그렇고. 혜경이를 다른 사람으로 착각하는 것 같았어."

"영호 말대로 내친 김에 이야기 다 해버릴까."

이상우는 입가에 비죽 웃음을 지으면서 혼잣말하듯 말했다.

"인후가 중학교 삼학년 때 일인데, 또래의 어떤 여학생을 좋아하게 되었나봐. 첫사랑이라고나 할까. 그건 인후에게도 물론이지만 이모에게도 대사건이었어."

"왜?"

"인후는 어릴 적부터 무척 폐쇄적인 성격이었어. 친한 친구 하나 없었으니 짐작할 만하지. 문제는 그가 친구를 못 만든 게 아니고 원하지 않았다는 데 있어. 고립이 너무 철저해 자폐증이 아닌가 의심할 정도였지. 그런 인후가 누구를 좋아하게 되었으니 이모에게 대사건일 수밖에. 첫사랑은 누구에게나 가슴 설레는 법이지만 자폐적 성격의 인후에겐 더 했겠지. 그런데 좋아하기만 하면 뭘 해. 그 성격으론 여학생에게 접근조차 못 하는데. 아들을 주의깊게 살피고 있었던 이모는 이런저런 궁리 끝에 묘안을 찾아내었어. 인후 생일날 그 여학생을 초청하기로 말이야. 예상대로 인후는 펄쩍 뛰며 반대했지만 이모는 차분하게 아들을 설득했지. 그래서 마침내 그 여학생은 인후 생일날 유일한 초대 손님으로 집에 오게 되었어. 이모 말에 의하면 단발머리에 하얀 세일러복을 입은 여학생은 무척 예뻤다더군. 처음엔 부끄러워 고개조차 제대로 못 들던 인후가 의외로 빨리 여학생과 어울렸나봐. 이모의 적절한 개입으로 생일 파티가 아주 자연스럽게 진행되었거든. 파티가 끝난 후 둘이서 산책 나갔을 정도였으니."

"정말 가슴 설레었겠군."

"그랬을 테지. 하지만……."

"하지만, 이라니?"

"일어나서는 안 될 일이 일어나고 말았어."

"그게 뭐지?"

"여학생과 산책중에 발작이 일어났어. 오늘처럼."

"저런!"

"그때까지 인후가 간질인 줄 아무도 몰랐어. 물론 본인도 까맣게 모르고 있었지."

"어떻게 그럴 수가 있지?"

"간질이란 증세가 다양해서 처음부터 발작이 나타나는 경우가 있는가 하면, 전조 증상으로 시작되는 수도 있어."

"전조 증상이 뭐야?"

"발작이 시작되기 전 나타나는 일련의 신체적 증상이야. 잠깐 동안 정신을 놓아버린다거나 환각이 나타나곤 하는데, 다른 사람의 눈에는 얼굴이 핼쑥해지거나 표정이 멍해 보이는 게 고작이라 그것이 간질 증상인 줄 꿈에도 생각 못 하지. 인후는 발작 전까지 전조 증상만 있었던 게야."

"그런데 공교롭게도 첫사랑 여학생과 꿈같은 데이트를 하던 중 첫 발작이 일어났군. 납득이 가는 일이네. 얼마나 흥분됐겠어. 발작이 날 만 하지."

"그래서 충격이 더 컸지. 발작에서 깨어난 후의 광경을 생각해봐. 자신은 몸이 엉망이 되어 길바닥에 누워 있고, 여학생은 어디로 갔는지 보이지도 않으니."

"여학생은 어디로 갔는데?"

"겁에 질려 도망갔어."

"도망을?"

"아까 발작이 일어나자마자 너희들을 다른 방으로 가게 한 건 다 이유가 있어. 일단 발작이 시작되면 그 모습 안 보는 게 좋아. 인후도 인후지만 그 여학생이 받은 충격도 대단했을걸. 오죽했으면 도망을 갔을까."

"인후씨의 종잡을 수 없었던 말, 이제야 환히 보이는군. 당신이 도망가지 않고 슬퍼했다면 내 병이 깨끗이 나았을 것이라고 했지. 단 한순간 기도만 했더라도 병이 말끔히 나았을 것이라고도 했고. 아간 몰랐는데 무척 절실한 말이군. 그렇다면 가만…… 인후씨가 혜경이를 당신이라고 부른 건 첫사랑 여학생으로 착각했기 때문이네."

"그런 셈이지."

"왜 혜경이를 그 여학생으로 착각했을까?"

"전조 증상 중 기시(既視) 현상이라는 것이 있어. 처음 보는 것인데도 그전에 본 듯한 느낌을 불러일으키는 현상이지. 아마도 혜경씨 모습에 그 여학생의 이미지가 들어 있었던 모양이야."

"어이쿠, 얼굴 붉어지는 거 봐라. 여자란 그저……."

자정이 넘자 이상우는 강혜경을 잘 방으로 안내했다. 방은 별로 크지 않았으나 깨끗했다.

"인후씬 어때요?"

"지금 곤히 자고 있어요."

이상우는 담담하게 말했다. 박영호는 굳 나잇, 하면서 강혜경의 볼에 가볍게 입을 맞췄다. 그들이 나가자 편안한 옷으로 갈아입은 그녀는 창가에 기대어 섰다. 검은 숲이 바람에 일렁이고 있었다. 황인후의 얼굴이 떠올랐다. 그의 눈은 눈물로 그렁그렁했다.

그는 왜 나를 당신이라 불렀는가. 내 몸 속 어디에 그의 기억이 깃들여 있었던가. 내가 그를 통해 동생을 기억해내듯, 그는 나를 통해 첫사랑 소녀를 기억해냈을까. 하지만 그 사랑은 끊어져버렸지. 무참히 잘려버렸어. 왜 소녀는 기도하지 않았을까. 내가 그 소녀였더라면 기도했을 텐데. 한순간이 아니라 영원히.

6

별장을 떠나 서울로 향하는 차 속에서 강혜경은 내내 황인후를 생각했다. 아니 생각한 게 아니라 절로 떠올랐다. 서울에 도착해 박영호로부터 작별의 키스를 받을 때도, 창가에 서서 비 내리는 정원을 내려다볼 때도 그가 떠올랐다. 길을 걸을 때도, 친구와 이야기할 때도, 교정 뒷산 벤치에 앉아 있을 때도 그의 얼굴은 어느새, 소리 없이 다가와 있었다. 그녀는 혼란스러웠다. 한 사람을 사랑하는데 시간이 필요없다는 사실에 대해.

어느 날 그녀는 심하게 앓았다. 처음에는 몸이 으슬으슬 추웠다. 별로 대수롭지 않게 생각했는데 그날 밤 지독한 고열이 덮쳤다. 이마는 불덩어리처럼 뜨거웠고, 뼈가 끊어질 듯 아팠다. 열은 단속적으로 그녀를 괴롭혔다. 어느 정도 물러가는가 생각되면 다시 밀려와 불의 혀로 그녀의 몸을 핥았다. 그녀는 쉴새없이 헐떡였다. 물 속의 푸른 방이 떠오르는가 하면, 아이의 울음소리가 들렸고, 흐린 강이 보였다.

— 강이 저렇게 쉬지 않고 흐르는 것은 죽은 이들을 옮기기 위해서란다. 저 강 너머에는 새로운 세계가 있어. 살아 있는 사람은 갈 수 없는 곳이지. 이제 네 동생은 저 강 너머로 가.

강이 사라지자 길이 보였다. 그 길을 한 소년이 걷고 있다. 그는 천진하게 웃고 있다. 웃음소리는 종소리처럼 투명하다. 소년의 손이 허공 속에서 종이조각처럼 흔들린다. 바람이 불어온다. 바람의 색은 검은색이다. 검은 바람이 닿을 때마다 꽃은 순식간에 시든다. 시든 꽃은 핏빛이 되어 뚝뚝 떨어진다.

그녀는 열에 헐떡이면서 밤을 거의 새웠다. 다음날도 열은 조금도 내리지 않았다. 사흘째 되던 날 잠결 속에서 눈을 떴는데, 창으로 엷은 빛이 새어들어오고 있었다. 사양(斜陽)이었다. 땀은 흥건했으나 뜨거운 열은 없었다. 몸이 가벼워졌고, 욱신거렸던 뼈의 고통도 사라졌다. 창 밖에서 노래 소리가 들려왔다. 낮고 구슬픈 노래였다. 그녀는 귀를 기울였다. 조금 후 노래 소리가 멀어지면서 이윽고 사라졌다. 바깥으로 나가고 싶었다. 누가 부르는 것 같기도 하고, 보이지 않는 어떤 힘이 끌어당기는 것 같기도 했다. 그녀는 일어나 옷을 갈아입었다.

어스름 길 속을 천천히 걸었다. 몇 걸음을 내디뎠을까. 무엇이 그녀의 몸 속으로 파고들었다. 몸 속 깊숙이, 아프게 파고들었다. 그것은 그리움이었다. 정신이 미처 판단할 틈도 주지 않고 몸 속으로 파고드는 그리움은 그녀가 지금까지 살아왔던 삶, 그녀가 아껴왔고, 그녀가 기쁨을 느꼈던 모든 것을 일순간 허망하게 만들었다. 그 공허 속에서 오직 유일하게, 홀로 빛나고 있는 그리움은 하나의 모습을 또렷이 드러내고 있었다. 눈물 가득한 남자의 얼굴이었다.

집으로 돌아온 강혜경은 거울 앞에서 정성스럽게 화장했다. 그리고 세면도구와 몇 가지 화장품을 가방에 넣고 차고로 갔다. 운전석에 앉은 그녀는 안전띠를 맨 후 기어를 중립에 놓고 액셀러레이터를 살짝 밟았다. 차의 떨림이 몸으로 전해져왔다. 눈을 감았다. 기쁨이 온몸으로 번지고 있었다.

7

— 나는 전체이다. 전체는 나로부터 나왔고, 전체는 나에게 돌아왔다. 나무를 베어보라. 내가 거기에 있다. 돌을 들어보라. 너희는 나를 거기서 발견할 것이다.

황인후의 의식 속에서 마지막으로 떠오른 것이 위의 말이었다. 그것이 목소리로 들려왔는지, 문자로 나타났는지, 아니면 동시적으로 떠올랐는지 알 수 없었다. 분명한 것은 그 말의 형상이 이슬이었다는 점이다. 그것이 목소리였다면 이슬의 형상으로 들려왔을 것이고, 문자였다면 이슬의 형상으로 나타났을 것이다.

의식과 무의식의 경계에서 감각은 부드러운 액체가 되어 서로에게 스며든다. 청각이 시각 속으로, 시각이 청각 속으로 스며들며, 촉각은 미각 속으로, 미각은 촉각 속으로 스며든다. 그 액체적 공감각은 공기처럼 투명하다.

이슬은 곧 사라졌다. 이슬이 사라지자 그의 눈과 귀, 코와 혀, 손과 발도 사라졌다. 그는 볼 수 없고, 들을 수 없고, 냄새를 맡을 수 없고, 맛을 볼 수 없고, 만질 수도, 걸을 수도 없다. 하지만 곧 새로운 눈, 새로운 귀, 새로운 코와 혀, 새로운 손과 발이 생겨난다. 새로운 눈은 시간 너머의 세계를 본다. 그와 동시에 귀는 그 세계의 소리를 듣고, 코는 냄새를 맡으며, 혀는 맛을 음미하며, 손과 발은 새로운 세계를 감촉한다.

눈은 무엇을 보는가. 시간의 근원에서 숨쉬는 영원의 형상을 본다. 파도의 거품이 되어 끊임없이 소멸하는 인간의 언어를 본다. 폐허의 광야에서 날개를 접는 천사를 본다. 암흑의 하늘을 떠도는 망령을 본다. 불의 강변에서 울고 있는 시인을 본다. 에덴의 숲에서 피어오르는 나무의 영혼을 본다. 음울한 동굴 속에서 세계의 그림자를 헤아리는 인간을 본다. 성전의 첨탑 위에서 지상의 불결과 순결을 가려내는 신의 굽은 등을 본다.

이 모든 것을 눈이 보면 귀와 코와 혀와 손과 발은 동시에 그것을 자신의 감각으로 수용한다. 그리하여 그는 황홀에 떨고 고통에 신음한다. 영원의 형상과 천사의 손길은 그를 황홀로 감싸지만, 불의 강변에서 울고 있는 시인과 암흑의 하늘을 떠도는 망령은 고통을 불러일으킨다.

황인후의 환상은 아버지에서 비롯되었다. 그에게 아버지는 부재의 존재였다. 기억 속에서조차 없는 그 부재의 존재는 상처이자 그리움이었다. 상처가 영혼에 파인 구멍이라면 그리움은 그곳에서 벗어나고자 하는 열망이었다. 그 열망은 아이를 몽상의 세계로 이끌었다. 몽상은 아버지를 절대적 존재로 끌어올렸다. 아버지는 거인이었다. 그 어떤 사람도 아버지 앞에서는 난쟁이에 불과했다. 하늘에서는 가장 크고 밝은 별이었고, 폭풍우 몰아치는 바다에서는 거대한 파도를 헤쳐나가는 고래였고, 폐허의 황야에서는 황금빛 날개를 펼치며 비상하는 독수리였다. 이 마술적 세계는 그리스도에 의해 허물어지기 시작했다.

황인후는 읽고 쓰고 그림을 그릴 줄 알게 된 일곱 살 무렵 어머니와 함께 처음으로 성당에 갔다. 깨끗한 벽돌 건물, 처음 보는 스테인드 글라스, 순백색의 사제복, 무릎 꿇고 기도하는 사람들, 복음서의 봉독과 성가의 청명한 소리, 신비로운 미사 전례. 이 모든 것이 어린 영혼을 뒤흔들었다. 소년기로 접어들 즈음 황인후는 그리스도에 사로잡혀 있었다. 약한 인간들을 향한 준엄한 명령과 초월적 사랑, 십자가의 고난이 불러일으키는 깊은 슬픔은 언제나 그를 숨막히게 했다. 때로는 그리스도의 숨결이 뺨에 닿는 듯한 느낌과 함께 성스러운 희열 속으로 빠져들곤 했는데, 그 희열은 심장을 약동시키면서 어깨에 날개가 돋아오른 듯 그를 높이 들어올렸다. 그에 따라 아버지는 유년기의 몽상과 함께 자연스럽게 사라졌다. 아버지가 다시 나타난 것은 기도 속에서였다.

기도란 자신의 모든 것을 하느님으로 향하게 함으로써 궁극적으로 하느님과의 대화를 목적으로 한다. 즉 피조물인 인간이 창조주인 신을 만나기 위함이다. 하느님이 죄인인 인간의 기도를 들어주시는 것은 그리스도의 피흘림 때문이다. 영원히 마르지 않는 십자가의 붉은 피는 인간의 기도 속으로 스며든다. 따라서 그리스도인에게 기도는 영혼의 참된 음식이다. 황인후는 이 음식의 풍요로운 맛을 일찍부터 터득했다. 아무리 짧은 기도라도 그는 혼신으로 무릎 꿇었다.

기도가 깊어지면 일상의 생각들과 감각들이 사라진다. 그 사라짐의 느낌은 미묘하다. 텅 비어감에도 불구하고 가득 차는 느낌이다. 무엇이 가득 차는 것일까.

어느 날 황인후는 기도 속에서 목소리를 들었다.

—어린 양아 일어나라.

한없이 부드러운 목소리였다. 너무나 부드러워 한줄기 바람이 귀에 닿는 느낌이었다. 그것은 아버지 목소리였다. 아버지가 거인이었고, 별이었고, 고래였고, 독수리였던 때 그는 아버지의 목소리를 한 번도 들은 적이 없었다. 몽상의 세계는 소리가 부재하는 세계였다. 그럼에도 불구하고 목소리를 듣는 순간 아버지의 목소리임을 즉각적으로 알았다.

목소리는 허공 속으로 사라지고 있었다. 그는 사라져가는 목소리를 보았다. 어떻게 목소리를 보는가. 하지만 그는 분명 보고 있었다. 목소리가 사라지면서 희미한 램프 불빛이 떠올랐는데, 그 불빛 아래 한 소녀가 누워 있었다. 죽은 소녀였다.

—어린 양아 일어나라.

조금 전과 똑같은 목소리가 다시 들렸다. 그러자 소녀는 눈을 뜨고 일어났다. 그제서야 저 소녀가 누구인지 깨달았다.

예수님이 그 집에 도착하셨을 때 사람들은 소녀의 죽음을 슬퍼하며 울고 있었다. 예수님은 '울지 말아라. 소녀는 죽은 것이 아니라 자고 있다'고 말씀하셨다. 소녀의 죽음을 이미 알고 있는 사람들은 예수님을 비웃었다. 제자들과 함께 소녀의 방으로 들어간 예수님은 소녀의 손을 잡고 말씀하셨다. 어린 양아 일어나라. 그러자 소녀는 곧 일어나 걸어다녔다.

　아버지는 더이상 거인에서 별로, 고래로, 독수리로 바뀌는 마술적 존재가 아니었다. 아버지는 사람의 아들 예수였다.

　— 오른눈이 너를 죄짓게 하거든 빼어버려라. 몸의 한 부분을 잃을지라도 온몸이 지옥에 던져지지 않는 것이 더 낫다. 오른손이 너를 죄짓게 하면 그 손을 잘라버려라. 몸의 한 부분을 잃을지라도 온몸이 지옥에 떨어지지 않는 것이 더 낫다.

　불완전한 존재에게 완전을 요구함으로써 불멸을 부여하는 아버지의 목소리는 거룩하고 장려했다. 그것은 살아 움직이는 생명이었다. 그 생명이 귀에 닿기 전 황인후는 자신을 향해 다가오는 기척을 느낄 수 있었다. 그 느낌은 아버지에 의해 만들어진 상처를 통해서 왔다. 아버지는 상처이자 목소리였다. 상처는 자신의 분신인 목소리가 다가오면 몸을 떨었다. 이 떨림을 황인후는 고스란히 느꼈다. 목소리는 상처에게 속삭였다. 너는 나의 씨앗이니, 이제 네 속에서 꽃을 피워라.

　어느 날 목소리는 홀로 오지 않았다. 형상과 함께 왔다. 그때 황인후는 미사 참례중이었다.

　— 나의 살을 먹지 않고 나의 피를 마시지 않으면 너희 안에 생명이 없다. 누구든지 내 살을 먹고 내 피를 마시는 이는 영원한 생명을 누릴 것이다.

　미사의 식탁에는 그리스도가 현존한다. 사제는 말씀의 힘으로 빵과 포도주를 그리스도의 살과 피로 변화시키며, 신자들은 그것을 먹고 마심으로써 그리스도의 살과 피를 몸 속으로 받아들인다.

　형상은 성찬기도 때 나타났다. 처음에는 램프가 보였다. 누군가 램프를 들고 있었는데, 하얀 손만 보였다. 램프는 하얀 손과 함께 어디론가 내려가고 있었다. 조금 후 그곳이 자신의 내면이라는 사실을 깨달았다. 그러니까 램프는 황인후의 내면 속으로 내려가고 있었다. 그런데 램프가 내려가면 갈수록 자신이 낯설어지고 있었다. 지금까지 알고 있었던 '나'와 멀어지고 있는 느낌이었다. 마침내 램프는 멈추었는데, 십자가가 보였다. 황막한 밤의 골짜기에 십자가는 외로이 서 있었다. 그 십자가를 보는 눈이 누구의 눈인지 알 수 없었다. 자신의 눈 같기도 하고 램프 든 이의 눈 같기도 했다.

— 이 잔을 마셔라. 이는 새롭고 영원한 계약을 맺는 내 피의 잔이니, 너희와 모든 이의 죄 사함을 위해 흘릴 피니라.

목소리와 함께 십자가를 향해 내려오는 천사가 보였다. 천사의 날개는 불꽃이었다.

그날 밤 황인후는 잠을 이룰 수 없었다. 어둠 속에서 십자가와 천사의 모습이 눈에 잡힐 듯 생생히 떠올랐다. 천사의 날갯짓 소리가 귀에 들리는 듯했다. 유년 시절의 몽상은 소리가 없는 형상의 세계였다. 아버지는 오직 형상으로서만 존재했다. 반면 기도 속에서 아버지는 소리로서만 존재했다. 물론 시각적 대상들이 어렴풋이 나타나기도 했지만 그것은 어디까지나 소리에 의해 촉발된 이미지일 뿐이었다. 형상은 소리의 그림자였다.

그런데 이제 소리와 형상이 동시적으로 존재하는 세계가 나타난 것이다. 형상이 소리의 그림자에서 벗어나 실체로 나타남으로써 여태껏 잠자고 있었던 촉각과 후각과 미각이 눈을 뜨고 일어났다. 이제 그는 아버지가 만들어내는 세계를 보고 들을 뿐만 아니라 만지고 냄새 맡고 맛을 볼 수 있었다. 이것이 바로 목소리가 상처에게 속삭였던 꽃피움이었다.

꽃으로 피어난 세계는 아름다웠다. 그러나 동시에 두려웠다. 참된 아름다움은 두려움이라는 것을 그는 처음으로 깨달았다.

다음날 황인후는 신부를 찾아갔다. 그의 이야기를 다 들은 신부는 빙그레 웃으며 다음과 같이 말했다.

"네 기도에 하느님이 반하셨구나. 피조물이 누릴 수 있는 가장 큰 축복이 무언지 아는가. 바로 창조주이신 하느님의 현존에 참례하는 것이야. 지식의 힘으로는 하느님의 현존에 참례할 수 없어. 거룩한 현존에 참례할 수 있는 유일한 힘은 사랑이야. 하느님을 향한 강하고 세찬 사랑의 마음이야말로 신성의 현존으로 가는 유일한 힘이지. 타오르는 촛불이 빛을 발하듯 하느님을 향한 사랑은 영혼을 빛나게 해. 이 빛나는 영혼이 돛이 되어 하느님의 바람 속으로 들어가는 거야. 넌 하느님의 바람 속으로 들어갔어. 하지만 명심하거라. 돛은 바람에 의해 언제든지 찢어질 수 있음을."

그 이후 환상은 자주 나타났다. 하늘의 중심에 서 있는 무화과나무가 보였고, 세계의 첫번째 아침을 향해 빛을 나르는 어린아이가 보였고, 예루살렘 성벽에 피로 글을 쓰는 예언자가 보였고, 짐승으로 태어나 천사가 되기 위해 애쓰는 인간이 보였고, 나사로의 몸 속으로 생명의 숨을 불어넣는 그리스도가 보였다.

어느 날 황인후는 새벽기도 속에서 환상을 보았다. 그것은 시간의 강물이었다. 창조된 세계의 근원에서 흘러나온 시간의 강물은 그의 몸을 적시며 검은 심연을 향해 도도히 흐르고 있었다. 선과 악, 새벽과 저녁, 지식과 언어, 바람과 불, 소리와 향기, 황금과 욕망, 달과 나무, 동굴과 궁륭, 실재와 그림자, 영혼과 운명. 검은 심연은 이 모든 것을 삼키는 거대한 블랙홀이었다. 그것은 죽음이고 소멸이었다. 엄청난 공포가 밀려왔다. 그는 검은 심연 속으로 빠지지 않기 위해 몸부림을 쳤다. 환상은 사라졌고, 그의 몸은 땀으로 젖어 있었다. 그로부터 사흘 후 몸 깊숙한 곳에 짐승처럼 웅크리고 있었던 간질은 비명을 지르며 바깥으로 뛰쳐나왔다.

8

강혜경의 차가 양평 별장 앞에 도착했을 때 황인후는 환상 속에 있었다. 그의 눈은 별들의 길 위에서 한 아이가 태어나는 것을 보고 있었다. 시간의 잔물결은 쉬임 없이 별들을 핥았고, 아이의 몸은 조금씩 커져갔는데, 어느 날 아이의 몸을 요람처럼 받치고 있던 영원의 둥근 테두리가 떨어져나갔다. 그와 동시에 사막의 사원에서 하늘을 관찰하고 있던 동방박사들이 낙타를 타고 베들레헴으로 향했다. 그들은 구유 속에서 어머니의 분홍빛 유두를 빨고 있는 아기를 보았다. 몸이 썩어가는 이교도의 왕은 마지막 묵시가 가르쳐준 영원의 둥근 테두리를 탐해 수많은 어린 생명을 제물로 바쳤고, 구유의 아기는 모세의 길 속으로 몸을 숨겼다. 살육의 피비린내가 대지를 휩쓸었고, 창공을 맴돌던 푸른 날개는 자취를 감췄다. 태양은 순환을 거듭했고, 시간의 내밀한 등불은 청년이 된 아이를 비췄다. 광야의 예언자는 주를 위해 길을 준비하라, 고 외쳤으며, 청년이 된 아이는 가지가 하나뿐인 나무 아래서 사랑과 혁명과 닫혀 있지 않은 하늘을 이야기했다. 한 여인이 눈물을 흘리며 피에 젖은 그의 발을 씻었고, 신성의 꽃가루들이 아네모네 활짝 핀 언덕 위로 눈처럼 휘날렸다. 꿈의 노래는 황폐한 거리를 지나 어린 양의 울음 가득한 성전 마당으로 흘러들어갔고, 우주의 운명에 대한 거룩한 비밀을 찾고 있었던 사제들은 귀를 기울였다. 기적과 불신, 경이와 모독, 거룩과 교만, 성결과 모욕과 저주가 회오리쳤고, 밤의 병사들은 횃불을 치켜들고 골고다 언덕에 세울 십자가를 만들었다.

강혜경은 차에서 내리면서 시계를 보았다. 아홉시가 다 되어가고 있었다. 사위는 고요했고, 바람 한 점 없었다. 그녀는 걸음을 멈추고 뒤를 돌아보았다. 차는 어둠에 묻혀 보이지 않았다. 호수로 이어지는 오솔길을 돌자 달빛에 잠긴 별채가 보였다.

강혜경이 별채로 다가오고 있을 때 황인후는 십자가를 등에 지고 골고다 언덕으로 가고 있는 사람의 아들을 보고 있었다. 하늘에는 구름 한 점 없었고, 여름의 뜨거운 햇빛은 성전의 도시로 쏟아져내렸다. 사람들은 처형장으로 가는 그를 보기 위해 거리로 쏟아져나왔다. 어떤 이는 그를 노래하는 이로 기억했고, 또 어떤 이는 선동자로 기억했다. 세례자로, 몽상가로, 혁명가로, 마술사로, 사기꾼으로 기억하는 이들도 있었다. 한 여인은 갈대피리를 아름답게 불었던 예언자라고 말했으며, 그 옆의 여인은 손이 섬세한 갈릴리 남자라고 속삭였다. 피에 젖은 그의 발은 골고다 언덕에서 멈추었다. 길 위에서 그는 언제나 나그네였다. 길은 사람과 사람 사이에 있었고, 그는 한 번도 멈춘 적이 없었다. 한 송이 들꽃 속에서도, 아름다운 여인의 눈 속에서도 길은 아스라이 뻗어 있었다. 그런데 마침내 길은 끝나 있었다. 이제 피에 젖은 발은 어디로 가는가.

밤의 병사들은 십자가 위에서 그의 손을 새의 날개처럼 펴고 못을 대었다. 황인후의 몸이 움직이기 시작했다. 잔물결처럼 미세한 움직임이었다.

탁!

병사의 망치 소리가 광막한 허공을 갈랐다. 그의 손은 파들파들 떨었고, 얼굴은 고통스럽게 일그러졌다. 못은 손바닥을 꿰뚫고 나무 십자가 속으로 파고들었다. 두 손이 불에 타고 있는 것 같았다. 주여 어서 오소서. 이 뜨거운 불의 고통을 멈추게 해주소서. 붉은 포도주처럼 흘러내린 피는 십자가를 적시며 땅으로 떨어졌다. 보라, 이 사람이 하느님의 아들이라고 사칭한 자다. 여인의 울음소리가 들렸다. 그는 고통으로 흐려진 눈으로 울음소리가 들리는 곳을 내려다보았다. 한 여인이 무릎 꿇고 눈물을 흘리고 있었다. 저 여인은 나를 위해 울고 있구나. 나의 고통을 애달파하며 사무치게 울고 있구나. 내가 저 여인을 위해 세상의 저녁에서 식탁을 차릴 수 없으니, 이제 거두어야 하리라. 지상에서 이루고자 했던 꿈과 기적의 휘장을. 그 불가능함의 아름다움을.

강혜경은 불 꺼진 별채 앞에서 망연히 서 있었다. 여기까지 오는 동안 그가 없을지도 모른다는 생각을 한 번도 하지 않았다. 그가 없을 가능성은 충분히 있었다. 이상우에 의하면 자주 어디론가 훌쩍 떠난다고 하지 않았던가. 그녀는 추위에 떠는 아이처럼 몸을 웅크렸다. 한 남자의 부재가 불러일으키는 절망의 감각이 너무나 생생했다. 서 있기조차 힘들었다. 그 자리에 주저앉아 얼굴을 무릎에 묻었다. 신음 소리가 들려왔다. 처음에는 환청으로 생각했다. 그러나 신음 소리는 반복되고 있었다. 주위를 두리번거리던 그녀는 벌떡 일어나 별채의 문을 밀었다. 잠겨 있을 줄 알았던 문이 쉽게 열렸다. 신음 소리가 또렷이 들렸다. 창가 벽에 있는 전기스위치를 간신히 찾아내 불을 켰다.

황인후는 나무 침대 위에서 극심한 괴로움에 시달리고 있었다. 목은 갈증으로 헐떡였고, 가슴은 공기에 주린 듯 빠르게 뛰었으며, 사지는 경련으로 쉬임 없이 떨었다. 강혜경은 황인후의 얼굴을 두 손으로 감싸안았다. 그의 고통이 고스란히 느껴졌다. 강혜경은 자신도 모르게 기도하고 있었다. 이분의 고통을 저에게 나누어주소서.

피가 빠져나간 육신 속으로 죽음이 스며들고 있었다. 죽음은 고통에 신음하는 그를 가만히 안았다. 고통의 불이 꺼지면서 평온이

그를 감쌌다. 녹색의 땅이 보였다. 작은 생명들은 수런거리며 풍요
로운 들판을 맴돌았고, 골짜기에서 흘러내리는 물은 대지를 적시며
지평선으로 나아갔다. 부드러운 털을 가진 새가 나무 위에 사뿐히
앉았다. 그 새는 형상의 언어였고, 형상의 언어는 한 그루 나무가
영원의 나무임을 알려주었다. 그 나무 아래 한 소녀가 기도를 하고
있었다. 그것을 보고 있던 황인후의 눈에서 눈물 한 방울이 떨어져
내렸고, 그 눈물은 꿈의 시간을 빠져나와 창백한 뺨을 타고 강혜경
의 손에 닿았다.

그는 눈을 떴다. 여인의 얼굴이 보였다. 나를 위해 울고 있던 여
인. 세상의 저녁에서 지상의 음식을 함께 나누고 싶었던 여인. 그는
손을 뻗어 여인의 얼굴을 만졌다.

9

강혜경을 올려다보는 황인후의 두 눈에는 조금의 놀람도 없었다.
놀라기는커녕 오래 전부터 곁에 있었던 사람을 보는 듯한 눈이었다.

"난 꿈을 꾸었어요."

황인후는 눈을 깜박이며 잠긴 목소리로 말했다.

"가장 깊은 꿈이었어요. 가장 깊은 죽음이었으니……."

강혜경은 그가 무슨 말을 하는지 알 수 없었다. 하지만 목소리에
깃들인 평온함이 그녀를 기쁘게 했다.

"꿈속에서 난 혜경씨를 보았어요."

"저를요?"

"혜경씬 기도하고 있었어요. 나를 위해."

그의 말에 강혜경은 놀란 표정이 되었다.

"맞아요. 전 기도하고 있었어요."

"지금 내가 일어나 가장 하고 싶은 일이 있어요. 무언지 궁금하지 않아요?"

"아주 궁금해요."

"혜경씨를 위해 저녁의 식탁을 차리는 것이에요."

황인후는 입가에 미소를 머금으며 말했다.

10

빵 굽는 냄새가 방 안으로 흘러들어오고 있었다. 그 냄새는 강혜경에게 저녁을 먹지 않았음을 상기시키면서 까맣게 잊고 있었던 식욕을 자극했다. 강렬한 허기에 사로잡힌 그녀는 부엌에 얼굴을 내밀고 도와줄 일이 없느냐고 몇 번이나 물었는데, 그럴 때마다 황인후는 손을 저었다.

그의 방은 빈 방 같은 느낌이 들 정도로 단조로웠다. 딱딱하게 보이는 나무 침대와 그 옆의 작은 탁자, 그다지 크지 않은 장롱과 책장이 가구의 전부였다. 게다가 장식품이라고는 연회색 벽에 걸린 그림 한 장뿐이었다. 십자가에 매달린 그리스도의 모습을 담은 그림이었는데 이상하게 눈길이 자꾸 그쪽으로 쏠렸다.

그리스도의 마른 육신은 바람에 쓸리는 나뭇가지처럼 뒤틀려 있고, 하늘에는 검은 구름이 회오리바람처럼 엉켜 있다. 그 하늘 아래 마을이 보인다. 마을을 굽어보는 십자가는 그리스도를 압도하고 있을 만큼 무겁고 어둡다.

저 그림은 마음에 들지 않아. 그녀는 아이보리색 마트 위의 그림 쪽으로 한 발 다가서며 생각했다. 그리스도는 눈물과 슬픔 속에 있는데, 사람의 마을은 너무나 평화로워. 게다가 마을을 굽어보고 있는 십자가는 지나치게 무겁고 어두워. 그리스도마저 압도하고 있어. 난 괴로워하고 피 흘리는 예수는 싫어. 사람들 앞에서 사랑과 진실을 말하는 온화한 표정의 그가 좋아. 그분의 온화함 속에는 기쁨이 은은히 빛나고 있거든. 그런데 어떤 사람들은 그분의 고통만을 지나치게 강조해. 고통만을 강조할 때 기쁨은 광채를 잃어버려. 저 그림이 그래. 기쁨의 광채는 어디에도 없어.

"무얼 그렇게 골똘히 생각해요?"

언제 들어왔는지 황인후가 바로 뒤에 서 있었다.

"그냥…… 저 그림을 보고 있었어요."

"그림이 마음에 드세요?"

"아뇨."

"왜 마음에 안 들지요?"

"그림이 너무 어두워요."

"그래요. 무척 어두워요. 하지만 어둠이 없으면 빛도 없어요. 하늘에 달이 홀로 떠 있다고 생각하세요? 그렇지 않아요. 우주공간의 깊은 어둠이 달을 받치고 있어요. 달이 빛을 발할 수 있는 건 어둠 때문이지요. 가장 밝은 빛은 가장 깊은 어둠 속에 있어요."

"하지만 저 그림은 어둠뿐이잖아요."

"어둠은 곧 빛이에요."

"어둠은 어둠일 뿐이에요."

"난 어둠 속에서 빛을 느껴요."

"그건……."

"알아요. 혜경씨 생각을. 이제 이런 얘기 그만하고 식탁으로 가요. 내가 차린 식탁이 보고 싶지 않으세요?"

그는 싱긋 웃으며 강혜경의 손을 잡았다.

부엌으로 들어선 강혜경은 눈을 휘둥그레 떴다. 작은 식탁 위에는 빵이 담긴 소쿠리와 삶은 달걀이 담긴 길쭉한 나무 그릇, 붉은 포도주와 투명 유리잔, 흰색의 접시와 삼각으로 접은 초록색 냅킨들이 조화를 이루며 가지런히 놓여 있었다.

"급하게 하느라 많이 차리지 못했어요."

황인후는 수줍은 표정으로 말했다.

"아니에요. 정말 풍성한 식탁이에요. 사실 전 지금 너무 배가 고프거든요."

그러면서 강혜경은 식탁에 앉기도 전에 빵 하나를 집어들었다.

"저, 먹어도 되죠?"

"그럼요."

그가 웃으며 말하자 강혜경은 앉으면서 빵을 베어물었다.

"너무 맛있어요. 입에서 절로 녹아요. 참, 기도는 안 하세요?"

"이미 다 했는걸요."

"언제요?"

"혜경씨에게 가기 전에."

"제 배가 고프다는 걸 아셨나보군요."

"그러길 바라면서 기도했어요."

"그 바람은 이루어졌어요. 아주 완벽하게. 저 계란도 먹어야겠어요. 아주 맛있게 보여요. 아니 포도주부터 먼저 맛보는 게 낫겠어요. 목을 타고 내려가는 짜릿한 느낌이 너무 좋거든요. 계란을 먼저 먹으면 그 느낌이 줄어요. 포도주 따라주실래요?"

강혜경은 눈을 빛내며 잔을 들었다.

74

황인후는 창가에 섰다. 별들이 흐려지고 있었다. 그는 뒤를 돌아
보았다. 강혜경은 몸을 약간 구부린 모습으로 곤히 잠들어 있었다.
그는 조용히 다가가 그녀 옆에 앉았다.

"혜경씨."

황인후는 나직이 그녀를 불렀다. 그녀는 작은 신음과 함께 눈을
떴다. 잠이 덜 깬 그녀의 눈은 꿈속에 있었다.

"지금 새벽이 오고 있어요. 우리가 맞는 최초의 새벽이."

그는 여전히 나직하게, 속삭이듯 말했다.

들판은 안개로 자욱했다. 사물의 경계가 지워진 들판은 흐린 거
울 같았다. 그들은 그림자처럼 서 있는 커다란 느릅나무 앞에 섰다.

"별장 뒤에 이런 들판이 있는 줄 몰랐어요."

강혜경의 얼굴은 맑고 생기에 차 있었다.

"들판이 마음에 들어요?"

"너무 좋아요. 날아갈 것처럼."

"이곳을 혜경씨처럼 좋아한 분이 있었죠."

"누구예요?"

"돌아가신 어머니예요. 새벽이 오면 어머닌 소리 없이 일어나 이
들판으로 나오곤 했어요. 그러면 난 몰래 따라나와 어머니를 지켜
보았지요. 들판을 정령처럼 떠도는 어머닌 무척 아름다웠어요."

"그분이 살아계셨다면……."

강혜경은 검푸른 호수 같은 눈으로 황인후를 보았다.

"전 그분을 무척 좋아했을 거예요."

바람이 불었다. 풀들은 춤추는 아이처럼 흔들렸다. 그들은 손을

잡고 흐린 거울 같은 들판 속으로 들어갔다. 길쭉하고 하얀 그들의 몸은 어슴푸레한 빛에 싸여 조금씩 조금씩 사라지고 있었다.

12

강혜경의 어머니 이의순은 말없이 나간 딸이 자정이 지나도 들어오지 않자 안절부절못했다. 그 동안 딸과 가까운 친구 몇몇에게 전화해봤으나 신통한 대답을 듣지 못했다. 박영호에게 연락하고 싶은 생각이 굴뚝 같았다. 하지만 사돈 될 집에 딸의 행방을 묻는 전화를 차마 할 수 없었다. 무슨 사정으로 늦는다면 꼭 전화를 하는 딸인지라 불안은 더했다. 더구나 며칠 동안 몸이 펄펄 끓을 정도로 앓지 않았는가. 남편이 지방여행중인 것이 그나마 다행이었다.

거의 밤을 지새운 이의순은 시계바늘이 아침 일곱시를 넘어서자 수화기를 들었다. 전화받은 이는 공교롭게도 사부인 될 분이었다. 그녀는 당황했으나 어쩔 수 없었다. 조금 후 잠이 덜 깬 박영호의 목소리가 들렸다. 두 남녀가 어디선가 밤을 같이 보내지 않았나 기대했던 이의순은 가슴이 덜컥 내려앉았다.

"어머니, 무슨 일이에요?"

곤히 자던 박영호는 강혜경 어머니로부터 전화왔다는 소리를 듣고 후다닥 일어났다. 그녀가 전화했다는 것 자체도 뜻밖인데, 게다가 이른 아침이었다.

"혜경이에게 무슨 일 있어요?"

그는 거듭 물었다.

"글쎄…… 나도 무슨 일인지 모르겠구나. 어젯밤 혜경이가……"

이의순의 떨리는 목소리에 박영호는 잠이 확 달아나는 것을 느꼈다. 그로부터 삼십여 분 후 이의순은 강혜경의 전화를 받았다.

"나야."

딸의 목소리를 듣자 이의순은 가슴을 쓸어내렸다.

"너 웬일이야? 아무 탈 없어? 사고는 안 났고?"

"아무 일 없으니 걱정 마. 엄마, 나 지금 갈 수 없어."

"그게 무슨 소리냐? 누가 널 붙잡고 있어?"

"그게 아니야. 여기를 떠나고 싶지 않아 그래."

"얘가 정말…… 거기가 어딘데 그래!"

"친구집이야. 아무 걱정 마. 집에 가서 자세히 말할게."

"지금 말할 수 없니? 내 가슴 다 탄다."

"전화로 말하기엔 적당치 않아 그래. 엄만 목소리만으로도 딸의 기분이 어떤가 알잖아. 이제 그만 끊어야겠어. 가급적 빨리 가도록 노력해볼게."

이의순이 미처 말하기도 전에 전화가 끊어졌다.

13

배는 강을 천천히 가로지르며 미끄러지듯 나아갔다. 느릿느릿 노를 젓는 황인후의 모습을 보고 있노라면 식물이 움직이고 있는 듯한 느낌 속으로 빠져들었다.

언젠가 강혜경은 라울 프랑세라는 생물학자의 글을 흥미 깊게 읽은 적이 있었다. 그에 의하면 식물 역시 진화된 동물처럼 자유롭게 움직인다. 뿌리는 대지 속을 탐색하듯 조심스럽게 파고들고, 싹이나 잔가지들은 원을 그리면서 움직이며, 잎사귀와 꽃들은 우아한 동작으로 스스로 형태를 바꾼다. 우리가 그 모습을 볼 수 없는 것은 식물의 움직임이 너무 느리기 때문이라는 것이다.

"섬으로 가는 거예요?"

강혜경의 물음에 황인후는 고개를 끄덕인다. 섬을 어떻게 설명해야 할까. 별장 뒤쪽의 야산을 십 분 정도 오르면 숲이 있는 야트막한 언덕이 있다. 그 언덕에 올라서면 홀연 강이 나타난다. 강은 호수처럼 잔잔하다. 상류의 협곡에 있는 커다란 바위들이 강의 흐름을 약하게 하는 까닭이다. 강변에 서 있는 나무들을 따라 상류 쪽으로 거슬러올라가면 강 중앙에 작고 둥근 섬이 보인다. 보는 이에 따라 섬이 아니라 큰 바윗덩어리로 생각할 수 있지만 그들에게는 섬이다. 그곳에서도 풀이 자라고, 강을 굽어보는 나무와 희고 고운 모래가 있다.

배가 섬에 닿는다. 강혜경은 사뿐 내린다. 황인후가 배의 밧줄을 매고 있는 동안 그녀는 넓고 평평한 바위 위에 돗자리를 편다. 그곳은 강물이 한눈에 내려다보일 뿐 아니라, 맞은편 산과 가장 가까운 곳이다. 오늘은 바람이 차다. 날씨가 추워진 모양이다.

나비 한 마리가 날아온다. 강혜경의 눈은 나비의 움직임을 쫓는다. 강 너머로 날아갈 듯하던 나비는 되돌아와 그녀가 앉아 있는 바위 위에 날개를 접는다. 그녀는 살며시 다가가 나비 곁에 앉는다. 시간이 지나도 나비는 날아갈 생각을 않는다. 그녀는 손가락 끝으로 나비의 날개를 살짝 건드린다. 그러자 나비는 놀란 듯 날개를 펴며 날아올랐는데, 금방 땅으로 픽 떨어진다.

배를 비끌어맨 황인후가 올라온다. 그녀는 근심스러운 얼굴로 땅에서 파닥거리는 나비를 손으로 가리킨다. 그는 엄지와 검지로 조심스럽게 날개를 잡아 들어올린 후 나비의 몸에 입김을 불어넣는다. 그녀는 눈을 동그랗게 뜨고 바라본다. 여러 번 입김을 불어넣은 그는 공중으로 나비를 날려보낸다. 나비는 활짝 날개를 펴고 강 너머로 힘차게 날아간다.

"어떻게 된 거예요?"

강혜경은 어리둥절한 얼굴이 되어 묻는다.

"날씨가 추우면 나비의 근육은 힘을 쓰지 못해요. 그래서 나비의 몸 속에 온기를 불어넣었지요. 입김으로."

"그걸 어떻게 아세요?"

강혜경은 감탄의 얼굴로 그를 본다.

"관심을 가지면 절로 알게 돼요."

황인후는 빙긋 웃으며 말한다.

해가 뉘엿뉘엿 지고 있다. 저 멀리 황인후의 배가 보인다. 그녀는 일어서서 고개를 앞으로 뺀다. 그의 배 안에는 붉은 포도주와 갓 구운 빵이 있을 것이다. 그는 빵을 잘 만든다. 단맛이 없는 담백한 맛은 그녀 입에 맞을 뿐 아니라 붉은 포도주와 잘 어울린다. 섬에서 먹는 포도주 맛은 일품이다.

광주리를 든 황인후가 배에서 내린다. 그녀는 손을 흔든다. 그도 손을 흔든다. 작은 등불 아래서 하는 저녁의 식사는 낮의 식사와 또다른 즐거움을 선사한다.

어둠 속에 듣는 강물 소리는 섬이 텅 비어 있음을 일깨운다. 텅 빈 섬은 강물 소리를 공명한다. 어디 강물 소리뿐이랴. 섬을 에워싸는 모든 소리를 공명한다. 공명된 소리는 귀에 닿는 것이 아니라 가슴으로 스며든다. 그래서 저녁의 만찬에서는 침묵의 시간이 길어진다. 공명의 소리는 침묵 속에서만 들리기 때문이다.

하늘의 푸르스름한 빛이 멀어지고 대기가 축축해지면 강혜경은 빈 포도주 병과 먹다 남은 빵을 바구니에 담는다. 그리고 등불을 든 황인후를 따라 조심스럽게 내려간다. 작은 배는 그들을 싣고 텅 빈 섬의 내부를 통과한다.

14

　강혜경이 현관으로 들어서자 이의순은 뛰는 가슴을 가라앉히기
위해 심호흡을 했다. 집을 나간 지 사흘 만이었다. 그 동안 온갖 불
길한 상상이 머릿속으로 비집고 들어와 그녀를 괴롭혔다. 아이 잃
은 부모의 심정은 겪어보지 않은 이는 모른다. 다 큰 딸도 부모에
겐 아이였다. 아이가 말없이 집을 나가 들어오지 않을 때 말 그대
로 심장이 녹아내린다는 것을 이의순은 처음 알았다. 전화에서 들
려온 딸의 목소리에는 밝음이 있었다. 그 밝음에 그녀는 안도했다.
일단 안도하고 나자 새로운 불안이 머리를 들었다. 몸이 아픈 아이
가 말없이 집을 나간 것은 그렇다 치고, 귀가시간이 조금만 늦어도
집으로 전화하는 아이가 다음날 아침에 수화기를 들었다는 건 아무
리 생각해도 납득되지 않았다.
　"앉아라."
　이의순은 차분한 목소리로 말했다. 이럴 때일수록 호들갑을 떨어
서는 안 됨을 그녀는 알고 있었다.
　"아버진 여행중이시라 엄마 혼자만 애태웠다. 어떻게 된 일이
냐?"
　"미안해. 전화할 틈이 없었어."
　"틈이 없다니, 난 이해가 안 되는구나."
　"……."
　"어디 있다 온 게냐?"
　"양평."

"누구 집인데?"

강혜경은 처음으로 고개를 들었다. 약간 수척해 보이기는 했으나 해맑은 얼굴이었다.

"엄마, 나 부탁 하나 할게."

"말해보려무나."

"이번 일 당분간 묻지 말아주었으면 해."

"아니 얘가…… 사흘씩이나 집 밖을 나돌아다녀놓고 묻지 말아달라니."

이의순은 마른 침을 삼키며 딸의 얼굴을 살폈다.

"이번 일 엄마한테 숨길 수 없는 것이야. 또 숨기고 싶지 않고. 그러니 조금만 기다려줘. 때가 되면 다 말할게."

"왜 지금은 때가 아니라는 게야. 어떤 얘긴데 에미한테도 때가 필요해. 혹시 너 몹쓸 일 당한 게 아냐?"

"참 엄마도, 내 전화 목소리를 듣고도 그런 말을 해?"

그건 그랬다. 더욱이 그런 일을 당했다면 저렇게 해맑은 얼굴로 에미를 바라볼 리 없다.

"혹시 너……."

이의순은 뭐라고 말할 듯 하다가 입을 다물었다.

"엄만 언제나 날 믿어왔지?"

"그랬지."

"이번에도 믿어."

"하지만……."

"엄마."

"알겠다. 다 큰 딸년 둔 에미가 죄지. 그런데 너 박서방한테 뭐라고 할래? 네가 안 들어오자 애가 탄 나머지 박서방한테 전화했다. 혹시 같이 있는가 해서."

"내가 알아서 할 테니 걱정 마."

어이없게도 강혜경의 목소리는 쾌활하기까지 했다. 이의순은 딸을 물끄러미 보았다. 해맑은 얼굴이 낯설어 보였다. 딸의 얼굴이 낯설어 보이기는 처음이었다.

15

박영호는 카페 문을 열고 들어오는 강혜경을 보았다. 긴 주름치마에 아이보리색 스웨터를 입고 있었는데, 머리를 뒤로 묶은 모습이 정갈해 보였다.

나흘 전 혜경 어머니로부터 전화받았을 때 그는 깜짝 놀랐다. 더욱 놀란 것은 전날 밤 혜경이가 집에 들어오지 않았다는 사실이었다. 삼십여 분 후 혜경 어머니로부터 다시 전화가 올 때까지 온갖 불길한 생각이 다 들었다. 친구집에서 전화가 왔다며 괜한 걱정을 했다는 그녀의 말에 불안에서 풀려났지만 마음이 개운하지 않았다. 외출한 지 하루가 지나서야 전화한 것도 그렇고, 사흘씩이나 집을 비웠음에도 자신에게 전화 한 통화 하지 않은 것도 가슴에 걸렸다.

어젯밤 전화만 해도 그랬다. 막 저녁을 먹으려는데 혜경에게 전화가 왔다. 조금 전 집에 들어왔다는 것이다. 지금 당장 가겠다는 박영호의 말에 강혜경은 내일 만나자고 했다. 오늘은 쉬고 싶다는 것이다. 전화를 끊고 나니 서운했다. 당장 만날 수 없다면 전화상으로도 사흘씩이나 집을 비운 이유를 설명해줄 수도 있지 않은가. 목소리가 너무 차분해 차가운 느낌이 들 정도였다.

"얼굴이 좋아 보이는데."

강혜경이 자리에 앉자 박영호는 가벼운 목소리로 툭 던졌다.

"걱정했어요?"

"그걸 말이라고 해."

"미안해요."

"어딜 갔었어?"

"우리 술 한잔해요."

"좋지. 뭐 마시고 싶어?"

"와인이 좋겠어요."

"레드?"

"네. 레드."

박영호는 손으로 웨이터를 불렀다. 조금 후 붉은 와인이 나왔고, 박영호는 강혜경의 잔에 술을 채웠다.

"좋았던가보지?"

"뭘요?"

"사흘간의 잠적이."

"왜 그렇게 생각해요?"

"그냥 느낌이지 뭐."

"나, 별장에 갔었어요."

그녀는 고개를 숙이며 말했다.

"별장?"

"전에 그 별장 말이에요. 우리가 갔던."

"상우 별장을 말하는 거야?"

"네."

"거긴 왜?"

강혜경은 숙였던 고개를 들고 그를 보았다. 그녀의 눈가가 그늘져 있었다.

"인후씨 만나러 갔어요."

"황인후?"

"네."

"왜?"

"정말 미안해요. 전…… 어쩔 수 없었어요."

박영호는 혼란스러웠다. 그녀가 말하고자 하는 게 무엇인지 정확하게 알 수 없었다. 그녀의 입술이 무엇인가를 말할 듯 약간 벌어졌는데, 말은 좀처럼 나오지 않았다. 마른 흙덩이가 떠올랐다. 그가 수술대에서 맨 처음 환자의 배를 갈라 안을 들여다보았을 때 머릿속에서 떠오른 것이 어처구니없게도 마른 흙덩이였다. 칼끝을 대기만 해도 부서져내릴 것 같은 흙덩이. 그는 지금 자신이 두려워하고 있다는 것을 알았다.

"그러니까…… 사흘 동안 거기에 있었단 말인가? 황인후와 함께?"

"네."

날카로운 칼끝이 흙덩이 속을 파고들었다. 흙덩이는 파삭거리며 부서지고 있었다.

"난 무슨 말인지 하나도 알아들을 수 없어. 제발 좀 알아들을 수 있게 말해줘."

"어떻게 설명해야 할지 모르겠어요."

그녀는 박영호의 시선을 피하며 작은 목소리로 말했다.

"그게 무슨 소리야. 누가 혜경이를 거기로 끌고 가기라도 했단 말인가?"

박영호는 자신의 목소리가 지나치게 크다고 생각했으나 제어하기 힘들었다.

"그건 아니에요."

"그렇다면 혜경이 스스로 갔단 말이군."

"네."

"왜?"

'왜'라는 말을 되풀이하고 있는 자신이 모멸스러웠다.

"……."

"그가 불쌍했나?"

"아니에요."

"그럼 그가 유혹했나?"

강혜경은 고개를 저었다.

"그럼 무엇 때문에 갔어?"

그는 소리를 지르지 않기 위해 안간힘을 썼다.

"난……."

그녀의 긴 속눈썹이 떨리면서 입술이 동그랗게 벌어졌다.

"인후씨를…… 사랑해요."

"혜경이가? 그를 언제 알았는데? 그날 처음 보지 않았어?"

"죄송해요."

"난 믿을 수 없어."

박영호는 고개를 흔들었다. 자신의 손이 지금 떨고 있으며, 이 모습을 숨기기 위해 무엇인가를 잡아야 한다고 생각했다. 그는 강혜경의 팔을 움켜쥐었다. 살 속으로 파고드는 박영호의 힘에 강혜경은 놀란 눈으로 그를 보았다.

"지금부터 내 말대로 해줘. 그렇지 않으면 널 어떻게 할지 나 자신도 몰라."

16

차가 별장에 닿을 때까지 박영호는 한마디 말도 하지 않았다. 강혜경 역시 침묵을 지켰다. 그가 무슨 의도로 황인후에게로 가는지 몰라 불안했지만 그렇다고 물어볼 수도 없었다. 그녀는 모든 것을 시간에 맡길 수밖에 없다고 생각했다. 박영호의 고통을 생각하면 가슴 아팠지만 어쩔 수 없는 일이었다.

행인지 불행인지 황인후는 없었다. 문이 잠겨 있지 않은 걸 보아 멀리 간 것 같지는 않았다. 박영호는 주인 없는 방으로 성큼 들어갔는데, 강혜경이 들어오지 않는 걸 알고 다시 나왔다.

"왜 그렇게 머뭇거리고 있지. 들어와. 낯선 방이 아니잖아."

그는 입가에 미소마저 띠우며 말했는데, 그것은 비웃음이었다. 강혜경은 입술을 깨물며 안으로 들어갔다.

"책장이 보잘것없군. 난 벽 전체가 책으로 덮인 줄 알았는데 전혀 뜻밖인걸. 솔직히 말하면 실망스러우면서도 기분이 좋군. 혜경인 실망하지 않았나? 무척 실망했을 텐데. 책 많이 읽는 남자를 좋아한다고 언젠가 나에게 말했잖아."

책장 앞에서 서성거리던 박영호는 침대 앞으로 갔다.

"여기서 같이 잤나? 바로 이 침대에서."

"영호씨."

"기분이 어땠어? 사흘씩이나 있었던 걸 보아 무척 좋았던 모양이지?"

강혜경은 그의 빈정거림 속에서 이글거리고 있는 분노를 느꼈다. 어쩌면 분노를 참기 위해 말을 함부로 하는지도 모른다는 생각이 들었다.

"왜 대답을 안 해? 난 대답을 듣고 싶어. 지금, 이 자리에서."

그는 강혜경 앞으로 바짝 다가섰다.

"혜경이가 옷을 스스로 벗었나? 아니면 그자가 벗겨주었나? 왜 그런 얼굴로 날 보지? 나에겐 질문조차 할 자격이 없다고 말할 참인가? 그렇다면 그건 너무나 부당해. 난 아무것도 행하지 않았고 아무것도 보지 않았어. 행하지도 않고 보지도 않은 자에게 남아 있는 건 뭐지? 혜경인 나에게 뭘 남겼나? 그래서 이렇게 묻고 있는 거야. 내가 너에게 할 수 있는 건 오직 묻는 일 외엔 아무것도 없어. 왜 날 이렇게 만들었지? 대답해봐. 난 대답조차 들을 가치가 없는 놈인가. 그런가? 난 오래 전부터 꿈꾸었지. 아무것도 걸치지 않은 너의 몸을. 하지만 난 그것을 꿈속에 간직했어. 너의 몸을 내 꿈속에 간직했단 말이야. 아주 소중히 간직했지. 그런데 이게 어떻게 된 일이지? 내가 그렇게 보잘것없었나?"

거친 그의 숨소리가 강혜경의 귀에 아프게 닿았다.

"너의 몸을 보여줘. 정말 내가 꿈속에 간직한 몸인가 확인하게 해줘. 난 아무것도 하지 않아. 손가락 끝도 대지 않아. 그저 보기만 하면 돼."

"영호씬 지금 이성을 잃고 있어요."

"내가 이성을 잃고 있다구? 그렇게 보여도 좋아. 아니 당연히 그렇게 보일 거야. 하지만 난 지금 정직하고 싶어. 너에게뿐 아니라 나에게도 정직하고 싶어. 무슨 말인지 알겠어? 지금 혜경이 네 앞에서 가장 정직하고 싶어. 그렇지 않으면 난 떠날 수 없어. 너를 떠나기 위해서라도 그걸 확인해야 돼."

그는 열에 들뜬 목소리로 쉴새없이 말했다.

"그건 결코 어려운 일이 아니야. 그저 소리 없이 옷만 벗으면 돼. 넌 할 수 있어. 이미 해봤을 테니까."

"영호씨 제발……."

강혜경의 애원하는 목소리에 박영호는 미소까지 지으며 달래듯 말했다.

"이것 봐, 넌 지금 잘못 생각하고 있어. 내가 무슨 짓이라도 하지 않을까 걱정스러운 모양인데, 난 아무 짓도 안 해. 단지 보기만 하면 돼. 긴 시간도 필요 없어. 몇십 초 정도면 충분해."

"영호씬 지금 부당한 말을 하고 있어요. 금방 후회할 말을 하고 있단 말이에요."

"내가 부당한 말을 하고 있다구? 아니야, 그건 아니야. 난 지금 지극히 당연한 말을 하고 있어. 부당한 짓을 한 건 너야."

"그건 인정할 수 없어요."

"인정할 수 없다니, 그게 무슨 소리야? 넌 이 침대에서 처음 본 남자와 같이 잤어. 그렇지 않다면 부인을 해. 고개를 조금만이라도 흔들어봐. 이렇게라도 흔들어봐."

그는 강혜경의 양쪽 어깨를 움켜쥐고 난폭하게 흔들었다.

"스스로 벗지 않겠다면 내가 벗길 수밖에 없어. 이건 내 탓이 아니야. 내 잘못이 아니란 말이야. 어떻게 그럴 수가 있지? 아무리 생각해도 알 수 없어. 설명을 해보란 말이야. 내가 간질병자보다 못해? 그렇게 하잘것없는 존재였나?"

그의 목소리에는 울음이 섞여 있었다.

"영호씨 그건 아니에요. 절대 아니에요."

강혜경은 눈물을 글썽이며 말했다.

"아니라면, 왜 나를 이렇게 비참하게 만들지? 왜 나를……."

갑자기 박영호는 놀란 표정이 되어 말을 멈추었다. 불길한 예감에 강혜경은 뒤를 돌아보았다. 문가에 황인후가 서 있었다. 그는 얼어붙은 사람처럼 꼼짝 않고 선 채 두 사람을 보고 있었다.

"이 방 주인이 드디어 오셨군."

박영호는 중얼거리며 강혜경의 양쪽 어깨를 잡고 있던 손을 내렸다. 중심을 잃은 강혜경은 약간 비틀거렸으나 넘어지지는 않았다. 황인후는 여전히 꼼짝도 않고 두 사람을 주시하고 있었는데, 핏기 잃은 그의 입가에서 뜻밖에도 미소가 떠올랐다.

"죄송합니다. 손님이 오신 줄도 모르고 바깥에 있었으니."

그의 목소리는 약간 떨리고 있었다.

"죄송할 것 없소. 굳이 사과를 하자면 주인 없는 방에 들어온 내 편에서 해야지."

"그렇지 않습니다. 전 지금 무척 기쁩니다. 저를 깨우쳐주신 분이 오셨으니."

"내가 당신을 깨우쳤다구?"

"네."

"그게 무슨 말이요?"

"우선 의자에 앉으십시오."

황인후는 공손하게 탁자를 손으로 가리켰다. 박영호는 떨떠름한 얼굴로 의자에 앉았다. 그러자 황인후는 박영호 앞에서 무릎을 꿇었다.

"저는 박선생님의 마음을 아프게 했습니다. 마음을 아프게 한 것은 죄입니다. 저는 죄를 지었습니다."

"……"

"저는 지금 죄인으로서 무릎을 꿇은 것입니다."

"지금 날 조롱하고 있소?"

"아닙니다. 조금 전까지만 해도 전 혜경씨가 저에게 준 기쁨만을 생각하고 있었습니다. 그런데 문가에서 박선생님의 말을 들으면서 소스라치게 놀랐습니다. 박선생님의 괴로움에 대해 전 까맣게 모르고 있었습니다. 저의 무지를 어떻게 용서받아야 할지 모르겠습니다."

박영호는 혼란스러웠다. 용서를 구하고 있는 황인후의 얼굴은 가식이 아니었다. 그가 진심으로 말하고 있음을 박영호는 느끼고 있었다. 하지만 그것은 그를 몹시 불편하게 하고 있었다. 불편할 뿐 아니라 낯설기도 했다. 지금까지 한 번도 들어본 적이 없는 말을 듣는 것 같았다.

"죄를 지은 자로서 말하겠습니다. 저에게 명령하십시오. 새로운 죄를 짓지 않는 것이라면 무엇이든 기꺼이 따르겠습니다."

무릎 꿇고 고개를 숙이고 있는 황인후의 모습은 냉정하면서도 순수했다. 박영호는 강혜경을 보았다. 그녀는 고통스러운 얼굴로 황인후를 보고 있었다. 그 고통 속에서 숨쉬고 있는 사랑을 박영호는 감지했다. 그녀의 고통과 사랑 속에 자신은 존재조차 하고 있지 않음을 그는 아프게 깨달았다. 불현듯 자신을 팽팽한 줄 위로 올려놓고 싶은 욕구를 느꼈다. 그 줄 위에서 어떤 곡예를 할지 자신도 알 수 없었다.

"정말 내 명령에 복종하겠소?"

박영호는 눈을 가늘게 뜨고 물었다.

"하겠습니다."

"그렇다면 말하겠소. 난 혜경이의 몸을 보고 싶소. 그저 보고만 싶을 뿐이요. 당신도 목격했겠지만 내 요구를 혜경이는 거절했소. 하지만 당신이 요구한다면……"

줄 위에서 위태롭게 춤을 추고 있는 자신의 모습이 보였다. 박영호의 말에 화석처럼 움직이지 않던 황인후는 고개를 들고 강혜경을 올려다보았다. 그는 말없이 보기만 했다. 숨막힐 듯한 침묵이 계속되고 있었다. 시간이 얼마나 흘렀는지 알 수 없었다. 놀랍게도 강혜경은 스웨터를 벗기 시작했다. 아이보리색 스웨터가 그녀의 몸에서 천천히 빠져나오고 있었다. 흰색 브래지어가 보였다. 잠시 머뭇거리던 그녀의 손은 브래지어의 끈을 풀기 시작했다. 사각거리는 소리가 났다. 팽팽하게 당겨진 줄이 격렬히 흔들리고 있었다. 희고 등

근 그녀의 젖가슴이 박영호의 눈에 들어왔다. 그는 눈을 감았다. 세상에서 가장 가까웠던 얼굴이 어디론가 사라져가고 있었다.

17

이상우는 시계를 보았다. 자정이 가까웠다. 전화 속에서 들려오는 박영호의 목소리가 심상치 않았다. 이렇게 늦은 밤에 전화한 것도 드문 일인데, 술에 취한 목소리였다. 비는 여전히 세차게 내리고 있었다. 그는 자동차 키를 손에 쥐고 우산을 펴 들었다.

텅 빈 술집 구석에 웅크리고 앉아 있는 친구의 뒷모습이 보였다. 별일이네. 이상우는 그에게 다가가 어깨를 툭 쳤다. 박영호는 고개를 돌렸는데, 눈동자가 많이 풀려 있었다.

"어, 술을 많이 마셨네. 무슨 일이야? 수술이 잘못됐어?"

이상우는 자리에 앉으며 애써 쾌활한 목소리로 물었다.

"네 이종사촌동생의 위력 정말 대단하더군."

"인후를 말하는 거야?"

"그래, 황인후."

박영호는 미소를 지으며 말했다. 공허한 미소였다. 불길했다. 그 미소는 박영호와 전혀 어울리지 않았다. 다른 사람의 미소를 떼어다 붙여놓은 것 같았다.

"인후가 왜?"

"혜경이가 황인후를 사랑한다더군."

"혜경씨가 인후를 싫어할 이유가 없지. 가슴이 따뜻한 여자니까."

"사랑한다고 했어."

"누가?"

"나의 약혼자였던 혜경이가."

"약혼자였던, 이라니?"

"우리의 약혼은 깨졌어."

"이봐, 지금 무슨 소릴 하는 거야? 농담치곤 심하잖아."

"내가 지금 농담하고 있다고 생각해?"

"농담이 아니면."

"며칠 전 혜경이가 집에서 사라졌어. 사흘씩이나."

"그런데?"

"별장에 있었대. 황인후와 함께."

"누가 그래?"

"혜경이가 그랬어. 나에게 직접."

"난 믿을 수 없어."

"나도 믿지 않았어."

"혜경씨가 왜?"

"나 역시 궁금해. 왜 그랬는지."

박영호는 중얼거리듯 말했다.

"내가 해야 할 일이 뭐니?"

이상우의 말에 박영호는 물끄러미 그를 보았다. 눈이 붉게 충혈되어 있었다.

"내가 해야 할 일도, 네가 해야 할 일도 아무것도 없어. 일은 이미 벌어졌어. 돌이킬 수 없는 일이. 시간을 거꾸로 돌릴 수 있다면 모르겠지만."

"판단이 너무 빠른 건 아냐? 넌 약혼까지 했잖아. 사흘을 같이 있었다고 해서 꼭……."

"혜경이가 왜 그와 사흘씩이나 함께 있었을까? 혜경이가 어떤 여잔지 잘 알잖아."

"그렇긴 하다만……."

"더구나 난 직접 보았어."

"뭘?"

"말하기가 힘들어. 아무튼 혜경인 이미 다른 길로 들어가버렸어. 돌아설 수 없는 길로."

박영호는 소리 없이 웃으며 빈 잔에 술을 채웠다.

18

황인후는 양지 바른 풀밭에 누웠다. 가을의 자연은 싱그러웠다.

— 너희가 나를 택한 것이 아니라 내가 너희를 택하여 세운 것이니라. 이것은 너희가 세상에 나가 열매를 맺게 하고 그 열매가 항상 있도록 하기 위함이다.

그때가 몇 살 때였던가. 처음으로 사제서품식을 보고 감동에 사로잡혔던 때가. 뺨은 발갛게 달아올랐고, 눈에서는 뜨거운 눈물이 흘러내렸다.

— 그대는 누구인가. 그대는 그대로부터 온 것이 아니라 하느님으로부터 왔느니라. 그대는 그대를 위해 있는 자가 아니니, 그대는 아무것도 아니며 모든 것이니라.

거룩한 부르심을 받은 이들의 흰 옷 위로 말씀의 꽃잎이 떨어지고 있을 때 황인후는 아무것도 아니며 모든 것인 존재, 신 앞에 영원히 홀로 있는 이가 되기로 결심했다. 그것은 비밀스러운 기쁨이었고, 신비스러운 묵종이었다. 그러나 뇌의 주름덩어리 속에서 웅크리고 있다 튀어나온 간질은 모든 것을 순식간에 삼켜버렸다.

어느 날 저녁 어머니는 아들을 불렀다. 아들의 뺨을 말없이 어루

만지던 어머니는 가슴속에 오랫동안 간직했던 비밀을 털어놓았다. 그 동안 어머니는 아버지에 대해 철저히 침묵했다. 어떤 사람인가는 물론이고 생사의 여부조차도 함구했다. 하지만 죽음을 예감한 어머니는 아버지가 누구였으며, 불가피했던 이별에 대해 고해성사 하듯 고백했다.

어머니의 고백은 아버지에 대한 환상을 갈기갈기 찢어놓았다. 그는 여인의 순결을 유린함으로써 신과의 서약을 어긴 이였다. 그는 거짓의 옷을 입고 왕국의 성스러운 마당에서 엎드려 눈물 흘린 이였다. 그는 거짓의 혀로 지붕 위에 올라가 하느님의 말씀을 소리 높여 외친 이였다. 그리하여 그가 잉태시킨 생명은 불결과 거짓의 씨앗임을 황인후는 무참히 깨달았다.

— 나는 포도나무고 너희는 가지다. 사람이 내 안에 살고 내가 그 사람 안에 살면 그는 많은 열매를 맺는다. 나를 떠나서는 너희가 아무것도 할 수 없다. 나를 떠난 이는 잘려나간 가지처럼 밖에 버려져 말라버린다.

황인후는 잘려나간 가지가 되어 말라버리기를 열망했다. 그 열망은 그로 하여금 먹을 수도 마실 수도 없게 했다. 물을 한 모금만 마셔도 토했다. 잠도 잘 수 없었다. 육신은 급격히 말라갔다.

어느 날 보이지 않는 이가 램프를 들고 몸 속으로 들어왔다. 육신의 어두운 내부가 밝아지고 있었다. 그는 육신이 기억의 동굴이라는 사실을 비로소 깨달았다. 기억의 체액들로 이루어진 동굴은 검붉은 피의 미로였고, 시간이 소용돌이치는 심연이었고, 무한의 궁창이었다. 램프의 불빛은 피의 미로와 시간의 심연과 무한의 궁창을 지나 기억과 시간이 없는 세계 속으로 내려갔다. 그곳은 칠흑 같은 어둠이었고, 고통의 바다였다. 고통의 폭풍은 으르렁거리며 그에게 달려들었다. 고통은 가혹했다. 사지가 절단되고 살이 뜯기는 고통이었다. 심장이 으깨지고 뼈가 저미는 고통이었다.

얼마나 지났을까. 고통의 폭풍이 가라앉고 있었다. 폭풍이 고요
로 바뀌면서 희미한 빛이 보였다. 가만히 보니 하얀 뼈였다. 오랜
세월 동안 어둠의 심연 속에 잠겨 있었던 뼈는 희미한 빛으로 떠올
랐다. 어둠 속에서 빛은 곧 길이었다. 뼈의 길은 인간의 거처와 다
른 세계로 향하고 있었다.

환상은 사라졌으나 환상 속의 길은 사라지지 않았다. 눈을 감으
면 길이 보였다. 꿈속에서도 나타났고, 뜬 눈 앞에서도 나타났다.
길 위에는 인간의 발자국이 없었다. 불가해한 운명을 실어나르는
수레의 바큇자국도 없었다. 그 길이 어둔 방 안에 있는가. 있을 턱
이 없었다. 황인후는 집을 나왔다. 정처 없는 방랑이 시작되었다.
메마른 아스팔트에서 흙먼지 이는 시골 밭길로, 해풍 몰아치는 어
촌에서 산간 오지로 그는 쉬임 없이 걸었다. 발작이 자주 일어났고,
눈을 뜨면 낯선 곳에서 흙투성이 몸으로 누워 있었다.

어느 날 그는 들판에 쓰러졌다. 한 발자국도 걸을 수 없었다. 며
칠을 굶었는지 기억나지 않았다. 수많은 길이 보였다가 사라졌다.
몸은 보이지 않는 곳으로 가라앉고 있었다. 뼈가 가라앉고, 살이
가라앉고, 피가 가라앉았다. 무엇이 몸을 가라앉게 하는지 그는 알
고 있었다. 죽음이었다. 죽음의 손은 그를 이승에서 밀어내고 있었
다. 몸은 아무런 저항을 하지 않았다. 저항은커녕 설렘마저 일었다.
죽음과의 첫 감촉은 매혹적이었다. 죽음은 바람이 되어 몸 속으로
스며들었다. 바람은 몸 속에 있는 모든 것들을 일으켜 세웠다. 갈피
처럼 촘촘히 박혀 있던 추억들이 삶의 무수한 소리들과 함께 일어
나 바람 속으로 들어갔다. 그러자 바람은 몸을 빠져나와 어디론가
사라져갔다. 그 사라짐의 끝에서 길이 떠올랐다. 바람이 끝나는 곳
에서, 추억과 삶의 소리들이 사라지는 곳에서 길은 고요히 떠올랐

다. 비 내리는 저녁 무렵의 한없는 고요처럼. 그 길 위에 작은 꽃 한 송이가 피어 있었다.

황인후의 눈에 눈물이 고였다. 주님의 눈은 밝고 밝아 티끌 같은 죄도 놓치지 않으신다. 하물며 그 불결과 거짓을 놓치시겠는가. 그러나 주님은 그를 버리지 않으셨다. 잘려나간 가지로 만드시는 대신 죄의 씨앗에 꽃을 피우게 하심으로써 그분의 왕국에 놓아두셨다. 간질은 주님이 씨앗에서 피워올리신 한 송이 꽃이었다.

발자국 소리에 황인후는 눈을 떴다. 이상우였다.

"여기 있는 줄 모르고 한참 찾았군."

"형이 웬일이지?"

"그건 네가 더 잘 알 텐데."

이상우의 목소리에는 가시가 돋혀 있었다.

"어떻게 그런 무책임한 짓을 할 수 있어."

"내가?"

"너말고 여기 누가 있어. 혜경씨가 영호 약혼잔 줄 몰랐어?"

"알고 있었어."

"그런데 혜경씨가 왜 여길 왔지? 그리고 무슨 마음으로 사흘씩이나 같이 있었어? 혜경씬 약혼한 여자야. 더구나 난 영호와 가장 가까운 친구고. 영호가 받을 상처를 생각해봤니? 게다가 인후 넌……."

이상우는 말을 하려다 입을 다물었다.

"형의 생각을 말해봐."

"넌 혜경씨를 책임질 수 있어?"

"책임? 책임이란 뭐지? 상대방과 결혼하는 거? 난 그런 사랑을 원치 않아. 조건이 요구되는 사랑은 불결해."

"네 말대로라면 세상의 사람들은 대부분 불결한 사랑을 하고 있구나."

"세상의 질서는 그런 사랑을 요구하지."

"너도 세상의 질서 속에 살고 있어."

"난 세상의 질서에서 벗어나고 싶어."

"하지만……."

"내 몸 속에는 깊은 상처가 있어. 그 상처가 처음 세상 밖으로 나왔을 때 흰 옷 입은 소녀가 옆에 있었지. 그런데 그 소녀는 도망을 갔어. 왜 도망갔을까? 세상의 질서 때문이지. 그 흰 옷은 세상의 질서가 짠 옷이며, 소녀는 세상의 질서에 익숙해져 있었거든."

들판의 나무들이 바람에 조금씩 흔들리고 있었다.

"신은 내 몸 속에 깊은 상처를 만들어놓았어. 발작에서 깨어날 때마다 난 그 사실을 아프게 깨닫지. 하지만 그것은 힘이기도 해. 왜냐하면 상처는 세상의 질서를 경멸하는 힘을 나에게 주거든. 신의 상처를 지닌 자만이 가질 수 있는 힘이지. 난 그 힘을 한순간도 잊지 않았어. 꿈속에서조차."

황인후는 무엇을 움켜쥐듯 두 손을 꽉 쥐었다.

"내 두 발은 세상의 질서가 쳐놓은 그물에 걸리지 않기 위해 늘 끝을 세우고 있었어. 다른 사람들에겐 기이하게 보이겠지만, 그건 내가 취할 수 있는 유일한 몸짓이었어. 그러면서도 난 은밀히 꿈꾸었지. 내 상처에 놀라지 않고, 놀라기는커녕 오히려 달려와 상처를 어루만지는 소녀의 모습. 그때 비로소 난 힘들게 서 있는 두 발을 편히 내릴 수 있다고 생각했어. 그건 세상이 나에게 유일하게 허용한 한 뼘의 땅이니까."

"그 소녀가 혜경씨란 말이군."

"혜경씬 내 상처를 두 눈으로 똑똑히 보았어. 그럼에도 불구하고 나에게 달려왔어. 무엇을 버리지 않고선 나에게 올 수 없어. 난 힘들게 서 있는 두 발을 내리고 싶어. 비록 짧은 시간일지라도."

19

　박영호 어머니로부터 파혼 통보를 받으면서 황인후와의 관계를
알게 된 강혜경 집안은 발칵 뒤집어졌다. 딸의 충격적 일탈에 놀란
이의순은 그 상대가 간질환자라는 사실에 몸져눕고 말았다. 아버지
강병국은 딸의 얼굴을 피함으로써 자신의 심정을 표현했다. 처음에
는 딸에게 가위를 들이댔으나 고개를 숙인 채 움직이지 않는 딸의
머리카락을 차마 자를 수 없었던지 금족령으로 대신했다.
　강혜경은 아버지의 금족령을 충실히 지켰다. 누가 감시하는 것도
아니어서 마음만 먹으면 얼마든지 빠져나갈 수 있었지만 집 밖으로
한 발짝도 나가지 않았다. 자식으로서 부모에 대한 최소한의 도리
이기도 했고, 또 어느 날 갑자기 들이닥친 사랑의 감정과 홀로 마
주하고 싶기도 했다.
　그녀는 하루 종일 방 안에 틀어박혀 있었다. 음식은 냄새도 맡기
싫었다. 먹는 것이라고는 미음 몇 숟갈이었다. 하지만 며칠 못 가
그것마저 거부반응을 일으켰다. 몸은 물 이외의 음식을 일체 거부
했다. 일종의 가사상태에 빠진 몸은 움직이면 안 된다는 것을 본능
적으로 느끼고 스스로 자신을 묶었다. 두꺼운 커텐으로 빛을 가리
고 침대에 가만히 누워 있으면 몸은 마른 꽃잎처럼 파삭거렸다. 하
지만 정신은 열광 상태에 있었다. 그녀의 정신은 무서운 집중력으
로 황인후 한 사람만을 생각했다. 그와 함께 나누었던 시간, 그때의
풍경, 그의 몸짓과 표정들. 정신의 눈에 잡히는 그 모습들은 선명했
다. 그가 웃었을 때 입가에 잡히는 주름, 턱밑의 파란 면도자국, 가

지런한 이, 그가 기대고 있던 나무, 그 너머 자수정빛 하늘. 그의
모습 하나하나, 그의 움직임 하나하나, 그와 연관된 사물 하나하나
에서 그녀는 강렬한 기쁨을 느꼈다.

20

　강혜경의 아버지 강병국은 시계를 보았다. 약속시간이 거의 다
되어가고 있었다. 그 동안 혼자서 양주를 꽤 많이 마셨고 취기가
오르는데도 술에의 허기가 가시지 않았다.
　며칠 전 보았던 딸의 얼굴을 잊을 수 없었다. 혜경이 음식을 거
부한 지 나흘째 되던 날 밤, 강병국은 거실에서 신문을 뒤적이다
슬며시 일어나 딸의 방으로 갔다. 종일 방 안에만 있는 딸이 걱정
스러웠다. 여러 번 노크를 했음에도 기척이 없었다. 돌아갈까 생각
하다 무심코 문의 손잡이를 비틀었는데 문은 소리 없이 열렸다. 방
의 불은 꺼져 있었다. 거실의 불빛이 문 틈으로 들어와 어둔 방을
비췄다. 자는 걸까. 잠시 망설이다 안을 들여다보았는데, 의자 위에
웅크리고 있는 딸이 보였다. 가지런히 모은 무릎을 두 팔로 감싸
안은 채 눈을 감고 머리를 등받이에 기대고 있었다.
　자는 걸까? 얼핏 보면 잠든 듯했으나, 자는 얼굴이 아니었다. 발
그레한 볼과 입가에 어린 미소, 내려감은 눈 언저리의 미세한 떨림.
그것은 황홀의 표정이었다. 딸은 의자에 앉아 있는 것이 아니라 향
기로운 물 위에 떠 있었다.
　인간의 감정 중 가장 덧없는 것이 남녀간의 사랑이라고 그는 생
각했다. 순식간에 타오르는 감정은 순식간에 식어버린다. 사랑의
무지만큼 지독한 무지가 또 있을까. 그 무지에서 깨어나면 소스라

치게 놀랄 것이다. 무지가 파괴해놓은 삶의 치명적 결과에 대해. 사실 강병국은 황인후가 보고 싶기도 했다. 어떤 청년이기에 딸의 마음을 단번에 그토록 깊숙이 사로잡았는지 궁금했다.

노크 소리가 났다. 그는 들어오라고 말하면서 의자에서 일어섰다. 문이 열리고 웨이터가 들어왔다.

"손님 오셨습니다."

그는 웨이터 뒤에 서 있는 청년을 유심히 보았다. 예상과 달리 체격이 왜소했다. 키가 작은데다 몸이 말라 나약하게 보였고, 얼굴은 지나치게 길었다.

"황인후라고 합니다."

청년은 약간 수줍은 표정을 지으며 고개를 숙였다.

"먼 데서 여기까지 오라고 해서 미안하오. 자, 앉으시오."

강병국은 소파에 다소곳이 앉은 청년의 얼굴을 찬찬히 살폈다. 가만히 보면 섬세한 얼굴이나 윤곽이 또렷하지 못해 답답한 인상이었고, 긴 얼굴 외에 기억할 만한 특징이 없었다.

"말을 놓는 게 편할 듯한데, 괜찮겠소?"

"네."

"자넨 술을 먹는가?"

"조금 먹습니다."

"그럼 한잔 받게."

강병국은 잔을 그에게 건넸다.

"나이가 들면 산의 깊은 골짜기나 절벽을 두려워하게 되지. 왜 두려워하는지 자넨 알고 있나?"

느닷없는 질문이었는지 황인후는 멍한 표정으로 그를 보고만 있었다.

"눈에 보이기 때문이지. 오래 살다보면 깊은 골짜기와 절벽이 눈에 또렷이 보여. 시간이 가르쳐준 지혜라고나 할까. 자네들은 지금 절벽 가까이에 서 있어. 그럼에도 불구하고 조금도 두려워하지 않아. 왜 그럴까. 간단하지. 절벽이 눈에 보이지 않기 때문이야. 난 지금 혜경의 애비로서가 아니라 인생의 선배로서 하는 말이네."

그는 조심스러운 동작으로 얼음 한 개를 집어 잔 속에 떨어뜨렸다.

"솔직히 말하면 난 자네의 외모가 수려하면 어떡하나, 염려했네. 수려한 외모는 젊은 여자들을 의외로 깊이 감동시키거든. 그런데 자네를 보니 안심이 되는군. 심한 말일지 모르겠지만 자네처럼 밋밋한 얼굴도 드물 걸세. 게다가 체격마저 작아 여자의 눈을 전혀 끌지 못하겠구먼."

황인후의 입가에 미소가 떠올랐다. 조금 멍청해 보이는 그 미소는 상대방의 말을 전폭적으로 받아들이겠다는 표정처럼 보였다. 강병국은 이 친구 참 묘한 데가 있구나, 생각했다. 면전에서 자신의 외모에 대해 모진 말을 들었을 때 이런 미소를 지을 수 있는 이가 몇이나 될까.

"자넨 혹시 혜경이가 자네를 사랑하고 있다고 생각하나? 천만에. 혜경인 자네를 사랑하지 않아. 단지 동정하고 있을 뿐이야. 한 불행한 남자에 대한 동정이지. 난 혜경이를 잘 알아. 그 아인 마음이 무척 섬세해. 그래서 남의 불행이나 슬픔에 대해 금방 가슴 아파하지. 이야기를 들어보니 자네의 불행은 참으로 드라마틱하더구먼. 혜경인 그 드라마 속으로 잠시 빠져든 것뿐이야."

강병국은 조롱하는 듯한 시선으로 황인후를 보았다.

"혜경인 자존으로 가득찬 아이야. 그런 아이는 자신의 모습에 쉽게 감동하지. 내가 혜경이를 아이라고 말한 이유를 알겠나? 자존으로 가득 찬 어른이란 이 세상에 없어. 자존을 버림으로써 어른이 되어가니까."

그는 목이 잠긴 듯한 자신의 목소리가 마음에 들지 않았다.

"자존의 아이가 사랑하는 대상이 누군 줄 아나? 바로 자신일세. 내 말을 알아듣겠나? 혜경인 자네를 사랑하는 게 아니라 자네의 불행 속으로 뛰어든 자신의 모습을 사랑한단 말일세. 그럼 자넨 뭔가? 그 사랑의 도구일 뿐이지. 혜경이가 자네한테 사랑을 고백했나? 그랬다면 그 고백을 믿지 말게나. 그건 사랑이 아니라 한 남자의 불행 속으로 뛰어든 자신의 모습에 도취되어 나온 헛소리에 불과하네."

황인후는 놀란 듯 눈을 약간 크게 떴다. 유난히 큰 동공은 두 개의 검은 구슬 같았다. 강병국은 손가락 끝으로 그 구슬을 튕기고 싶은 욕구를 느꼈다.

"저는 그렇게 생각하지 않습니다."

강병국은 조심스러우면서도 명확한 어조로 자신의 말에 제동을 거는 황인후를 빤히 보았다. 검사 시절 간혹 피고석에 앉아 있는 자의 목을 조르고 싶은 충동을 느꼈던 적이 있었다. 지금 그는 똑같은 충동에 휩싸여 있었다.

"난 자네 생각이 궁금해 만나자고 하지 않았네. 그러니 듣기만 하게."

그는 반쯤 차 있는 술을 단숨에 마셨다. 독한 술이 목을 타고 가슴으로 흘러내려갔다. 빈 잔에 술을 다시 채운 그는 황금빛 액체를 그윽한 시선으로 내려다보았다. 술을 너무 많이 마시고 있다고 생각했으나 개의치 않기로 했다. 이 감미로운 액체야말로 지금 이 순간 가장 소중한 벗이라는 것을 그는 뼈저리게 느꼈다.

"그런데 말일세. 혜경이의 그 도취가 언제까지 계속될까? 문제는 여기에 있어. 도취의 시간은 오래 못 가. 비정상적인 감정은 결코 오래 갈 수 없어. 물론 경우에 따라 아름다운 감정일 수도 있지. 하지만 도취에서 깨어나면 사라져버려. 어떤 희열도, 아름다움도 깨끗이 사라져. 왜? 중독된 정신이 만든 허상에 불과하니까. 주위는 순식간에 황폐해져버리지. 그러면 그 아인 어떻게 될까. 우리 혜경이 말일세. 잘 견딜 수 있을까? 자넨 어떻게 생각해? 다시 말하지만 혜경인 어른이 아니라 아이일세. 아이가 폐허를 쉽게 견딜 수 있을까?"

갑자기 고개를 떨군 그는 입술을 깨물었다.

"폐허 속에서 울고 있는 아이가 보여. 누가 그 아이의 울음을 그치게 할 수 있을까. 아이의 가슴에 파인 상처를 누가 아물게 할 수 있을까. 아무도 없어. 누구도 같이 울어줄 수 없으며, 누구도 그 상처를 나눌 수 없어. 혼자서 견뎌야 해. 난 그것을 생각하면 고통스러워. 너무나 고통스러워 견딜 수 없어. 자네 내 딸을 건드렸나? 하지만 더이상 건드리지 말게. 난…… 난 딸의 고통을 생각하면 참을 수 없어."

강병국은 황인후의 멱살을 그러쥐었다. 손등의 핏줄이 파랗게 일어서고 있었다. 황인후는 흠칫 놀랐다. 붉게 충혈된 강병국의 눈은 증오로 이글거리고 있었다.

21

저녁하늘은 잔뜩 흐려 있었다. 이상우는 우산을 갖고 갈까 생각하다가 그냥 나왔다. 기분이 착잡했다.

어제 오전, 오랜만에 한가한 시간을 가진 그는 안락의자에 앉아 신문을 뒤적거리고 있는데 전화벨이 울렸다. 수화기를 든 그는 깜짝 놀랐다. 강혜경이었다. 뜻밖에도 그녀는 만나고 싶다고 말했다. 그는 뭐라고 대답해야 할지 난감했다. 파혼은 돌이킬 수 없는 일이 되었고, 박영호는 술에 젖어 있었다. 친구의 괴로움에 자신의 책임도 있다고 생각한 이상우는 강혜경과 마지못해 약속했지만 마음이 편치 않았다.

만나기로 약속한 카페에 이르자 빗방울이 떨어지기 시작했다. 이상우는 검은 하늘을 잠시 쳐다보다 카페로 들어갔다. 벽에 걸린 그림이 시선을 끌었다. 작은 조명등의 둥그런 불빛이 그림을 또렷이 드러내고 있었는데, 에드바르트 뭉크의 〈마돈나〉였다.

알몸의 여인이 머리를 약간 뒤로 젖힌 채 눈을 감고 있다. 핏기 없는 얼굴과 붉은빛의 젖꼭지, 물결처럼 굽이치는 검은 머리카락.

저 여인은 지금 황홀에 빠져 있는 걸까. 지그시 감고 있는 눈, 창백한 몸을 휘감고 있는 녹색과 회색과 황토색 소용돌이는 그것을 암시한다. 하지만 저 황홀 속에는 고통이 숨쉬고 있다.

이모의 얼굴이 저랬다. 스산한 가을의 오후, 눈이 흩날리는 겨울의 저녁, 혹은 따뜻한 봄날의 아침, 정물처럼 앉아 있는 이모의 얼굴 위에 황홀의 고통이 서려 있었다. 그 황홀의 고통은 소년의 내면 속에서 잠자고 있는 것을 깨웠다. 현기증과 같은 감미로움과 설렘, 내밀한 관능적 충동, 슬픔과 외로움. 그 영혼의 떨림은 바로 사랑이었다. 이모는 그에게 첫사랑이었다. 진홍 같은 그 첫사랑은 황인후와의 관계를 일그러뜨렸다. 황인후는 이모의 아들이 아니라 연인의 아들이었다. 그는 황인후를 꿈꾸었고, 황인후를 질투했고, 황인후를 증오했다. 때로는 황인후의 죽음을, 때로는 이모의 뱃속에 들어가 있는 자신을 상상하면서 더없는 쾌락에 몸을 떨었다. 쾌락의 끝자락에 죄의식이 입을 벌리고 있었으나 쾌락을 압도하지는 못했다.

의자에서 일어서는 강혜경이 보였다.

"오랜만이네요."

이상우는 어색하게 웃으며 말했는데 그녀의 얼굴을 보고 깜짝 놀랐다. 사람의 얼굴은 얼마든지 달라질 수 있다. 병을 앓았다거나 정신적 고통이 심했다거나 등등 얼굴은 여러 가지 이유로 변한다. 하지만 강혜경의 얼굴은 너무 달라져 있었다. 짧게 깎은 머리는 그렇다 치더라도 여위다 못해 움푹 파인 것처럼 보이는 볼과 파리한 안색은 그녀를 다른 사람처럼 보이게 했다.

"상우씨에게 말씀드려야 할 것 같아서. 저와 인후씨와의……."

"그 일이라면 구태여 설명하실 필요가 없을 것 같네요."

"하지만……."

"사랑이 뭐죠?"

그는 강혜경의 말을 가로막으며 물었다.

"무슨 뜻으로 물으시나요?

"사랑에 관해서라면 혜경씨가 잘 아실 것 같아서요."

"왜 그렇게 생각하세요?"

"무엇을 위해 버린다는 게 쉬운 일이 아니거든요. 그런데 혜경씨는 버렸어요. 사랑을 위해."

"왜 버렸다고 생각하세요?"

"혜경씬 분명히 버렸어요."

"전 버리지 않았어요."

"버렸어요."

"제가 무엇을 버렸나요?"

"영호를 버렸지요."

"그건 버린 게 아니라…… 버렸다고 표현하는 게 잘못이에요. 사람을 어떻게 버릴 수 있어요."

"하지만 영호는 자신이 버림받았다고 생각하고 있어요."

"그건 너무 단순한……."

"때로는 단순한 게 진실에 가까울 수 있어요. 영호는 자신이 버림받았다고 생각했고, 그것 때문에 무척 괴로워하고 있습니다."

"저도 알아요. 그걸 알면서도 어쩔 수가……."

그녀의 얼굴에 얼핏 고통이 스쳐 지나갔다.

"혜경씬 왜 인후를 택했습니까?"

이상우는 강혜경이 당황할 정도로 직설적으로 물었다.

"하늘 아래 새로운 것이 없다는 말이 있지요. 참으로 구태의연한 말 같지만 제게는 진실처럼 들립니다. 삶이란 결국 과거라는 시간의 힘에 의해 지배되고 있다는 게 제 생각이니까요. 계속 들으시겠습니까?"

"네."

"과거는 시간의 탐식가입니다. 그 왕성한 식욕은 현재를 끊임없이 삼키고 있으니까요. 그래서 현재라는 시제는 순간순간 과거로 변하고 있습니다. 조금의 과장이 허용된다면 우리의 삶은 과거만 있을 뿐 현재는 없다고 할 수 있지요. 미래는 가상의 시간일 뿐입니다. 물론 그 가상의 시간은 우리에게 희망을 제공하기는 하지만, 그것 역시 과거의 허기를 채우는 풍부한 양식일 뿐입니다. 결국 과거란 우리의 삶을 장악하고 있는 가장 강력한 지배자입니다. 그런데 혜경씨는 단칼에 지배자의 목을 쳐버렸습니다."

"전 칼을 쥐어본 적조차 없어요."

"혜경씬 과거의 목을 단칼로 쳐버리고 인후에게로 달려갔습니다. 그 결과 과거의 의자에 앉아 있던 영호는 순식간에 내동댕이쳐졌지요. 솔직히 말하면 혜경씨의 그 열정, 전 지금도 이해할 수 없습니다."

"……"

"어느 날 영호에게 물었습니다. 왜 그렇게 쉽게 혜경씨를 포기했
냐고, 다시 빼앗아볼 생각을 전혀 하지 않았느냐고 말입니다. 심지
어 이런 소리까지 했지요. 그렇게 쉽게 포기하는 걸 보니 진심으로
사랑하지 않았던 게 아니냐고. 그러자 그 친구 무슨 소리 한 줄 아
십니까? 혜경씨가 낯설게 느껴진다고 했습니다. 너무 낯설어 다른
사람으로 변한 게 아닌가 생각될 정도라더군요. 그러면서 여태껏
자신이 알고 있던 여자가 어느 날 갑자기 사라지고 처음 본 듯한
여자가 나타났다고 한다면 넌 어떡하겠느냐고 되묻더군요."

"전 인후씨를 통해 소중한 것을 얻었어요."

"어떤 소중한 것을 얻었습니까?"

"제 자신이에요."

"자신이라뇨?"

"아마 자신의 전부를 알면서 살아가는 사람들은 없을 거예요. 거
기에는 여러 가지 이유가 있겠지요. 자신의 전부를 알기에는 우리
의 정신이 너무 협소하기 때문일 수도 있겠고…… 또 두려움 때문
일 수도 있겠죠. 아무튼 사람들은 부분으로서만 세상을 살아가고
있어요. 그런데 인후씬 새로운 저의 모습을 보여주었어요. 제가 모
르고 있었던 부분을 말이에요. 그런 의미에서 인후씬 저에게 거울
이었어요. 제가 인후씨에게 달려간 건 어쩌면 새로운 저의 모습을
향해 달려간 것일 수도 있어요. 그러니까…… 아니에요."

갑자기 강혜경은 머리를 흔들었다.

"그건 만들어낸 말일 뿐이에요. 인후씨 눈물을 본 순간부터 그를
사랑했어요. 인후씨가 저에게 당신이라고 했던 순간 전 그 소녀가
되어 있었어요. 그냥 그렇게 돼버렸어요. 미처 생각할 틈도 없이
순식간에."

"인후의 병도 사랑합니까?"

"그분의 병은 제게 사랑을 일깨웠어요."

"그 결과를 생각해보지 않았습니까?"

"그건 생각일 뿐이에요. 가슴은 늘 생각을 앞질렀어요."

"그럼 영호는 사랑하지 않았어요? 사랑도 없었는데 약혼까지 했나요?"

"그렇지 않아요. 그건 상우씨도 잘 아시잖아요."

"그렇게 알았죠. 하지만 그 일 이후 뭐가 뭔지 모르게 되어버렸어요. 솔직히 말하면 지금도 모르겠어요."

"영호씨와 같이 있으면 잘 가꾼 정원 속에 들어와 있는 기분이 들었어요. 그 속에 있으면 길을 잃어버릴 염려가 없어요. 길들이 빤히 보이니까요. 그 속에서 우린 유희를 하고 있었어요. 작은 유희죠. 그러던 어느 날 정원 바깥에도 길이 있다는 걸 알았어요. 그 길은 정원의 길과는 전혀 달랐죠. 끝이 보이지 않았죠. 어디로 향하고 있는지도 알 수 없었고요. 그 길은 만들어진 길이 아니었어요. 만들어진 길 속에 있으면 앞으로의 삶이 보이죠. 길이 보이듯 삶이 보여요. 그러니까 유희를 하는 거지요. 끊임없이 되풀이되는 유희 말이에요."

강혜경은 쓸쓸히 웃었다.

"어쩌면 전 그 유희에 약간 지쳐 있었는지도 모르겠어요. 아니면 회의가 들었든지. 보기에 따라 사치스러운 감정일 수도 있겠지요."

"그렇다면 인후를 만나기 전부터 그런 감정을 갖고 있었던 거군요."

"그렇다고 할 수 있겠죠."

"굉장히 자신 없는 대답이군요."

"아마 어렴풋이 느끼고 있었는지도 모르지요. 혹은 무의식 속에 대기해 있었든가. 그걸 또렷이 일깨워준 분이 인후씨예요."

"모두가 제 탓입니다."

"상우씨 탓이라뇨?"

"제가 별장으로 초대를 하지 않았으면 인후를 만날 턱이 없었을 테니……."

강혜경은 기가 막히다는 표정으로 그를 보았다.

"상우씨, 생각보다 단순하시네. 그렇게 책임을 따진다면 영호씨에게 더 책임이 있어요. 별장으로 저를 데리고 간 사람은 영호씨예요. 그리고 영호씨가 상우씨 친구가 아니었다면 애초부터 별장 갈 일도 없었겠죠."

"그 생각은 좀……."

"억지지요. 상우씨 말도 똑같은 억지예요. 제가 그날 별장에 가지 않았다면 인후씨와의 만남이 영원히 없었을 거라고 생각하세요? 저희들 만남을 한갓 우연으로 치부해버리지 마세요. 사람과의 만남은 우연투성이지만 우연이 아닌 만남도 있다고 전 생각해요. 어떤 만남도 모두 우연으로 이루어지고 있다면 우리의 삶이란……."

그녀의 눈가에 이슬이 맺히고 있었다.

"혜경씬 누굴 참 많이 닮았군요."

이상우는 그녀를 물끄러미 내려다보며 말했다.

"누구와 닮았는데요?"

눈물을 보인 것이 무안했던지 강혜경은 배시시 웃으며 애써 밝은 목소리로 물었다.

"제 첫사랑 여인과 닮았습니다."

"그 여인이 누군데요?"

"저에게 소중한 것을 가르쳐준 여인이었지요. 삶의 신비로움과 사물의 아름다움을. 그리고 거기에서 흘러나오는 고통의 즙을 핥는 법도. 하지만 그 여인이 누구인지는 말할 수 없습니다."

이상우는 입가에 가느다란 미소를 지으며 말했다.

22

으스름한 빛 속에서 강혜경은 옷을 하나하나 벗었다. 그녀의 손은 세상에 태어나 처음으로 한 남자를 위해 완고하고 단단한 껍질을 떼어내고 있었다. 마지막 옷이 빠져나가면서 흰 몸이 황인후의 눈앞에 드러났을 때 그녀는 마음 깊은 곳에서 또 하나의 자신이 눈을 뜨고 있음을 느꼈다. 그 눈은 그윽한 시선으로 알몸을 찬찬히 살펴나갔다. 부드러운 곡선을 이루고 있는 목에서부터 융기를 이룬 젖가슴, 다소 여윈 듯한 허리를 지나 작은 숲을 이루고 있는 곳에 머물렀다. 그곳은 지금까지 그녀에게 생리적 배출구라는 기능을 배제해버리면 어둡고 공허한 세계였다. 가끔 솟구쳐오르는 욕망은 어둠의 허공 속으로 사라져버리는 작은 불티일 뿐이었다. 하지만 지금은 아니었다. 그윽한 시선이 머물고 있는 그곳은 작은 빛에 싸여 있었다. 빛의 주변부로 물러난 어둠과 공허는 이미 힘을 잃고 있었다. 눈은 빛을 보았고, 몸은 빛을 느꼈다. 빛은 그 속에서 잠자고 있는 생명을 깨우고 있었다. 새벽의 빛이 흙과 풀을 깨우듯 빛은 미지의 생명을 깨우고 있었다. 지금까지 한 번도 인식하지 못한 생명을.

황인후는 눈이 부시도록 흰 강혜경의 몸을 보았다. 핏속에서 고통스러운 갈망이 눈을 뜨고 있었다. 여인의 몸은 죄의 근원이었다. 그리고 신성을 잉태한 곳이었다. 죄와 신성을 동시에 품을 수 있는 여인의 몸은 가장 불결하면서도 가장 순결한 생명이었다. 피의 유출은 그 불결과 순결의 표징이었다. 불결과 순결은 어떻게 공존할 수 있는가. 그 공존을 가능하게 하는 여인의 몸은 신비롭고 불가해했다.

지금 그는 처음으로 가려진 것이 없는 여인의 몸을 보고 있다. 오직 환상 속에서만 볼 수 있었던 신비한 생명이 바로 눈앞에서 숨을 쉬고 있다. 그는 떨리는 손으로 여인의 희디흰 피부를 만졌다. 손끝에 미세하면서도 부드러운 움직임이 느껴졌다. 그 움직임은 섬세한 무늬를 그리며 물결처럼 번지고 있었다. 어두운 사원에서 홀로 둥지를 틀고 있는 한 마리 새가 떠올랐다. 그는 고개를 끄덕였다. 여인의 몸은 한 마리 새를 품고 있는 어두운 사원이었다. 꿈에 젖은 바람이 텅 빈 벽을 스치면 둥지 속에 몸을 숨긴 새는 희고 긴 날개를 펼치며 적요한 사원 속을 날아다닌다. 그는 여인의 사원 속으로 들어가고 싶었다. 그 속으로 들어가 어둡고 텅 빈 벽에 푸른 창을 만들고 싶었다. 그는 여인의 몸을 안았다.

3
작은 꽃

1

　강혜경은 눈을 떴다. 달빛 비치는 창은 푸르스름했다. 꿈을 꾼 것
같았으나 그 잔상만 어른거릴 뿐 생각이 나지 않았다. 다시 눈을
감았다. 흐르는 물이 보였다. 엷은 청색의 물이었는데, 물 위에 나
무 그림자가 가물거렸다. 물풀도 얼핏 본 것 같았다. 구름 틈 사이
로 반짝이는 빛살도 아련히 떠올랐다. 하지만 그녀가 기억해내려는
것은 그게 아니었다. 물이나 나무 그림자나 빛살보다 더 중요한 무
엇이 있었다. 그것은 꿈속의 존재이면서도 꿈 밖의 그녀를 강렬히
사로잡고 있었다. 보이지 않으면서 그 어떤 것보다 가까이 있었고,
내부 속에 있으면서 그녀 전체를 감싸고 있었다. 그러면서 땅 위의

씨보다 더 작은 씨였다. 무엇일까, 그것은.

달빛 스며드는 소리가 귀에 들릴 듯 고요했다. 누군가 그녀에게 속삭이고 있었다. 작은 씨를 느껴보아라. 그 놀라운 존재의 움직임을. 그 말과 동시에 몸 속에서 어떤 움직임을 느꼈고, 하나의 깨달음이 그녀의 머리를 세차게 때렸다.

아!

그녀의 입에서 신음이 새어나왔다. 그것은 생명의 움직임이었다. 그녀의 몸 속에 작은 씨 같은 생명이 있었다. 그것은 짐작이나 예감이 아닌 직관적 확신이었다. 아무것도 없는 곳에서, 어둠조차도 존재하지 않는 곳에서 한 생명의 씨가 날아와 그녀의 몸 속에 깃들였다. 그것은 믿기지 않는 일이었다. 내 몸 안에, 수액으로 가득찬 내 몸 안에 생명의 씨가 있다니. 그림 속의 꽃들이 자란다면 믿을까.

작년 9월 황인후를 만난 이후 어느덧 세 계절이 지나갔다. 푸르던 나뭇잎이 붉게 물들고, 깊어가는 가을과 함께 바래지면서 마침내 비와 바람 속으로 덧없이 졌다. 그리고 겨울. 얼음의 강 위에서, 차고 맑은 바람 속에서 그와 함께 걸었던 겨울의 언덕은 정결했다.

봄의 문턱으로 들어선 2월에 학사모를 썼던 강혜경은 대학원에 들어갔다. 독일문학은 파고들면 들수록 재미있었고, 그 재미는 가슴속에 숨어 있던 문학에의 열정을 자극했다. 당초 그해 봄에 예정된 박영호와의 결혼은 물론 없었다. 박영호는 그녀 주변에서 완벽히 사라졌다. 딸의 입장에서 부모의 기대를 산산조각 내는 일은 결코 쉽지 않았다. 원망에 찬 어머니의 눈과, 적의마저 느껴지는 아버지의 냉담과 마주칠 때 가슴 아팠다.

그녀는 침대에서 조심스럽게 일어나 창가로 갔다. 달빛에 잠긴 세계는 적막했다. 세상에 존재하는 모든 것이 환영처럼 느껴졌다.

그 환영의 그림자 속에서 그녀는 홀로 있었다.

　결혼하지 않은 여자가, 더욱이 집안에서조차 인정하지 않는 남자의 아이를 가졌다는 사실이 어떤 의미를 가지는지 그녀는 잘 알고 있었다. 사람들은 대개 사회의 궤도에서 벗어난 여자들을 경멸하며, 더 나아가 증오심을 품는다. 이 사실을 그녀는 뼈아프게 깨닫고 있었다. 고통이 몸을 죄고 있었다. 그것은 이기려 해서는 안 되는, 누구에게도 위로받을 수 없는 고통이었다.

2

　"임신입니다."

　의사는 검은 안경테를 만지작거리며 말했다.

　"이제 사 주째로 접어들었군요. 아직은 아이의 형태를 갖추고 있지 않은 상태죠. 그런데 별로 놀라지 않는군요."

　희끗희끗한 머리에 비해 무척 젊어 보이는 의사는 강혜경을 유심히 보며 물었다.

　"알고 있었어요."

　"여기 오기 전에도 검사를 해보셨군요."

　"아니에요. 움직임으로 알았어요."

　"움직임으로?"

　"몸 안에서 움직임을 느꼈어요."

　"이상하군요. 삼 개월이 지나야 태아가 스스로 움직일 수 있고, 산모는 이십 주쯤 경과해야 움직임을 느낄 수 있습니다. 그러니까 몸에서 움직임을 느꼈다는 건……."

　"하지만 전 분명히 느꼈어요."

"알았습니다. 물론 낳으실 거죠?"

그의 말에 강혜경은 선뜻 대답하지 못했다.

"아이 아버지는 임신 사실을 알고 있습니까?"

"모릅니다."

"결혼은 하셨나요?"

"안 했습니다."

"그럼 앞으로 어떻게 하실 예정입니까?"

"그건…… 모르겠어요."

"낙태를 생각하십니까?"

의사의 말에 강혜경은 흠칫했다. 지금까지 한순간이라도 그런 생각을 한 적이 있었던가. 없었다. 아이에 대한 고통은 있었을지언정 아이를 죽이겠다는 생각은 한 번도 한 적 없었다. 그녀는 완강하게 고개를 저었다.

"알았습니다. 긴장을 푸십시오. 의사의 입장에서 물었을 뿐이니까요. 지금 아이 모습이 어떤지 보고 싶지 않으세요?"

의사는 빙긋 웃으며 말했다.

"글쎄요."

"한번 보십시오. 결코 기분 나쁜 일은 아니니까요."

의사는 진료실 서가에서 두툼한 책 한 권을 뽑아 그녀 앞에 펼쳤다.

"이 사진은 삼 주 때 모습입니다. 크기가 삼 밀리 반밖에 안 돼 거의 볼 수 없지만 눈의 싹이 자라고 있고 신경계가 발달하기 시작합니다."

의사가 가리키고 있는 태아의 사진은 물 속에서 피어나는 꽃처럼 보였다. 그 꽃은 금방이라도 너울거릴 것 같았다.

"아름다워요."

강혜경의 입에서 절로 감탄의 소리가 나왔다.

"꽃처럼 아름답지요."

의사는 강혜경의 마음을 꿰뚫어보듯 말했다.

"어떤 어머닌 투명한 난초 같다고 했지요. 그리고 실제로 식물의 상태라고 말할 수도 있습니다."

"아이가 식물의 상태라구요?"

강혜경은 눈을 휘둥그레 뜨며 물었다.

"아이의 생명은 자궁 속에서 두 단계를 거칩니다. 초기 단계는 임신 후 이 개월까진데 사람다운 형태를 갖추지 못해 태아(胎芽)라고 부릅니다. 싹이라는 뜻이지요. 이 단계에서는 아이가 작은 식물처럼 성장하고 개화합니다. 그래서 모양이 꽃처럼 보이는 거예요. 아가씨 몸 속엔 지금 꽃이 자라고 있습니다."

그는 다시 빙긋 웃었다.

"이 신비로운 꽃은 차츰 변합니다. 애벌레나 작은 물고기 형태를 거쳐 인간의 형태로 나아가는 거죠. 이 모든 과정이 지극히 섬세하게 이루어집니다. 인간의 일생 중 가장 평온한 시절이 어느 땐 줄 아십니까?"

"글쎄요."

"아이가 움직이기 시작할 때입니다. 부드러운 양수 속에서 아이는 새처럼 가볍고 물고기처럼 생동적으로 움직입니다. 알 속에 있으면서도 갇혀 있다는 느낌은 전혀 없습니다. 아기보다 알이 더 빨리 자라니까요. 나는 이 시기를 이른바 인간에게 유일하게 허용된 낙원의 시간이라고 생각합니다. 그런데……."

의사는 얼굴을 찡그렸다.

"아이를 낙태시킬 때 유감스럽게도 이 낙원 시절에 해야 합니다. 아이가 너무 작으면 손으로 끄집어낼 수 없으니까요. 말하자면 얼굴도 없고 의식도 없는 식물의 상태에서 눈과 손과 입을 가진 인간적 존재로 성장할 때까지 기다려야 한다는 것입니다."

낯익은 고통이 파고들고 있었다. 이기려 해서는 안 되는, 위로받을 수 없는 고통이었다.

3

강혜경은 저녁 먹었느냐는 어머니의 물음에 먹었다고 거짓말한 후 이층 방으로 올라왔다. 허기가 느껴지긴 했지만 메스꺼움 때문에 식욕이 전혀 없었다. 요즘은 쉬 피곤해지면서 메스꺼운 증상이 자주 일어났다. 하지만 다행히 구토하는 경우는 거의 없었다. 그녀는 방문을 잠그고 침대 구석에 웅크리고 앉았다.

아이의 존재는 기쁨이면서 불안이었다. 기쁨이 커지면 불안은 작아지고, 불안이 커지면 기쁨은 작아졌다. 때로는 풍선처럼 부풀어 오른 기쁨 속으로 불안은 바늘이 되어 파고들었다. 이 두 모순된 감정 속에서 그녀는 번민했다.

그녀는 결코 아이를 원하지 않았다. 황인후와 관계를 가지면서 아이를 잉태케 해주십사, 하고 빈 적은 한 번도 없었다. 동시에 아이가 생기면 어떡하나, 걱정한 적도 없었다. 말하자면 아이라는 존재에 대해 관심이 없었다. 관심을 기울일 틈이 없었다는 게 더 정확한 표현이다. 아이가 생긴 것은 그녀의 의지와 전혀 무관했다. 그것은 우연이었다. 아이는 우연의 산물이었다. 이 우연을 어떻게 받아들여야 할지 혼란스러웠다.

모든 생명은 우연 속에서 태어난다. 부모의 간절한 기다림과 주위의 축복 속에서 태어나는 생명이나, 그렇지 않은 생명이나 모두

가 우연의 산물이라고 할 수 있다. 그럼에도 불구하고 두 생명 사이에 차이가 엄연히 존재한다. 이 차이가 그녀를 고통스럽게 했다. 자신이 받을 고통은 이겨낼 자신이 있었다. 어떤 고통이라도 두렵지 않았다. 하지만 고통의 주체를 자신에게서 아이에게로 옮겼을 때 자신감은 일시에 허물어졌다. 만약 아이가 자신의 탄생을 아무도 기다리지 않았을 뿐 아니라 자신을 축복하지 않을 세상 속으로 던져지는 것을 싫어한다면 어떻게 할 것인가? 냉혹한 심문과도 같은 이 질문은 보이지 않는 입에 의해 쉬임 없이 그녀에게 던져졌다. 하지만 그녀가 대답할 수 있는 질문이 아니었다. 그것은 아이에게 물어야 할 질문이었다.

그녀는 어둠 속에 묻혀 있는 아이에게 묻고 또 물었다. 넌 지금 참으로 부질없는 짓을 하는구나. 얼굴도 없고, 뇌도 없고, 자신이 존재하고 있다는 사실조차 모르는 아이에게 대답을 바라고 있다니. 이렇게 생각하면서도 그녀는 아이에게 묻지 않을 수 없었다.

4

잠에서 어렴풋이 깨어났으나 눈을 뜨기 싫었다. 잠과 의식 사이의 몽롱한 상태가 무척 기분 좋았다. 먼 곳에서 아이의 웃음소리가 들렸다. 그 웃음소리는 그녀의 몸을 수초처럼 흔들었다. 수초 사이로 물결이 일고 있었다. 그 물결은 무언가를 깨우고 있었다. 몸 속 깊은 곳에서 형언할 수 없는 어떤 존재가 깨어나는 것을 느꼈다. 그녀의 눈은 물결을 헤치며 깨어나고 있는 존재를 향해 내려갔다. 어느 순간, 눈 깜박할 만큼의 짧은 순간 그녀는 보았다. 작은 생명의 깊고 영롱한 눈을. 영롱한 눈에 맺힌 투명한 눈물을.

얼마나 시간이 지났을까. 그녀는 눈을 뜨면서 생각했다. 이제 황인후에게 생명의 존재를 알려야 함을.

5

황인후는 한동안 멍한 상태 속에 있었다. 그가 못 알아듣지 않았나 해서 다시 한번 임신 사실을 알렸음에도, 그는 여전히 멍한 얼굴이었다. 그의 눈은 한 마리 새를 보고 있었다. 어둡고 적요한 사원 속을 홀로 날던 새였다. 그 새는 사원을 벗어나 무한의 공간으로 향하고 있었다. 무한의 공간 아래 둥그런 원이 보였다. 원의 표면에는 시간이 검은 강줄기가 되어 흐르고 있었다. 새는 검은 물의 흐름을 거슬러 빠르게 날았다. 어디를 향해 나는가. 시간의 원천, 존재의 상류를 향해 날고 있었다. 비로소 그는 자신이 여인의 몸에 깃들인 시간의 원천을 건드렸음을 깨달았다. 신과 가장 가까운 생명이 움트는 그곳은 모든 아름다움의 시작이자 두려움의 시작이다. 아름다움은 두려움이다. 아름다움을 향유하기 위해서는 두려움을 견뎌야 한다. 새는 아름다움을 향해 난다. 누구도 그 새를 막을 수 없다. 나는 견딜 수 있을까, 그 혹독한 아름다움의 두려움을.

황인후는 몸을 떨었다. 얼굴은 창백했고, 눈은 초점이 없었다. 강혜경은 가만히 그를 안았다. 몸은 딱딱하고 차가웠다.

"두려워하지 말고 기뻐하세요. 우리는 기뻐해야 해요. 당신과 내가 우리의 아이를 만들었으니 얼마나 기쁜 일이에요. 내 가슴을 만져보세요. 기쁨에 벅차 심장이 고동치고 있어요."

그녀는 아이 달래듯 황인후의 등을 토닥거리며 말했다.

"난 아이의 눈물을 보았어요. 그 아인 눈물로 말하고 있었어요.

자신을 버리지 말라고. 난 버리지 않을 거예요. 우리의 아이를."

슬프면서도 기쁜 목소리가 황인후의 귓전을 맴돌았다.

6

강혜경은 이층에서 내려오다 걸음을 멈추었다. 어머니가 거실 의
자에서 신문을 보고 있었다. 도로 올라가려는데, 파마를 한 머리 군
데군데서 비쳐나오는 잿빛이 눈을 찔렀다. 돋보기 안경을 끼고 있
는 어머니의 모습이 새삼 가슴 아팠다.

병원에서 임신을 확인한 이후 그녀는 가급적 어머니와 함께 있는
것을 피했다. 어머니가 눈치챌까 하는 두려움과, 딸이 자신에게 가
장 중요한 문제를 어머니에게 숨기고 있다는 죄스러움 때문이었다.
어제는 병원에서 등뼈가 또렷이 형성된 아이의 사진을 보았다. 살
이 통통하게 쪄 있었고, 어깨 양쪽으로 흰 날개 같은 팔이 돋아나
있었다.

"엄마도 많이 늙었네."

강혜경은 맞은편 의자에 슬며시 앉으며 말했다.

"웬일이야? 벌써 일어나게."

이의순은 의아한 시선으로 딸을 보며 물었다.

"지금 여덟시 넘었어."

"어이쿠, 열시가 넘도록 자는 애가 누군데. 참, 너 어디 아픈 데
있니?"

"아니. 왜?"

"밥도 잘 안먹는데다 요즘 부쩍 잠이 많아진 것도 그렇고……."

"논문 준비 때문에 늦게 자니까 그렇지."

"너무 무리하지 마라. 근데, 내가 늙었다니 아침부터 무슨 소리야?"

"흰머리가 많이 보여서. 나, 흰머리 뽑아줄까?"

"몇 개 뽑으면 뭐 해. 표도 안 날 텐데."

"그래도 뽑고 싶어."

"그래, 한번 뽑아봐라. 난 보던 것 마저 볼 테니까."

이의순은 시선을 신문으로 내려뜨렸고, 강혜경은 탁자를 넘어 그녀 곁에 섰다.

"나 낳을 때 힘들지 않았어?"

강혜경은 흰머리 한 개를 손끝으로 잡으며 물었다.

"난 널 어떻게 낳은지도 모르겠다. 하도 끔찍해 다 잊기로 했으니까."

"뭐가 그렇게 끔찍했는데?"

"그만 입 좀 다물어라. 신문을 못 보겠다."

세번째 흰머리를 뽑으려 하는데 갑자기 눈물이 핑 돌았다. 눈물은 금방 고였고, 곧 흘러내릴 것 같았다. 그녀는 손등으로 눈가를 훔치며 실처럼 보이는 흰 머리칼을 조심스럽게 잡아당겼다.

7

"이제 아이는 생명으로서 완전한 조건을 갖추었습니다."

의사는 사진을 가리키며 약간 엄숙하게 말했다.

"입은 온전한 입이 되었습니다. 코도 마찬가집니다. 이마도 둥글고 턱도 잘 발달되었습니다. 뿐만 아니라 손톱 발톱도 생겨났습니다. 머리털도 또렷이 보이잖습니까."

강혜경은 고개를 끄덕였다. 요즘은 하루가 다르게 배가 불룩해지는 것 같았다. 그녀는 더이상 어머니 아버지에게 아이를 숨길 수 없다는 생각을 했다. 아이는 숨겨져서는 안 될 존재라는 것을 날이 갈수록 뼈저리게 느끼고 있었다.

"키는 얼마나 될까요?"

묻고 보니 우스웠다. 아이의 키라니, 어떻게 아이의 키를 잴 수 있을까.

"키라기보다 길이라는 말이 더 적당하겠지요. 아이의 길이는 최소한 육 센티미터는 될 것입니다. 몸무게는 이십 그램은 족히 될 것이고요."

"지금 낙태는 불가능하겠지요?"

강혜경의 물음에 의사는 놀란 얼굴로 그녀를 보았다.

"오해하지 마세요. 전 추호도 그런 생각이 없으니까요. 단지 확인하고 싶을 뿐이에요."

"낙태는 불가능합니다. 그 시기는 이미 지났습니다."

의사는 불가능하다는 말에 특히 힘을 주었다.

"저, 질문 하나 해도 될까요?"

"물론이지요."

"아이를 원하고 있는 여성의 무의식 속에서는 아이를 원하지 않는 마음이 있다고 들었습니다. 선생님은 이것을 어떻게 생각하세요?"

"산부인과 의사에게 참으로 어려운 질문을 하시는군요. 정신분석과 연관된 문제니까요. 제가 해드릴 수 있는 대답은 이렇습니다. 그 무의식 속을 가장 잘 들여다볼 수 있는 이는 본인이라고 말입니다. 강혜경씨는 그 속을 들여다보지 않으셨습니까?"

"전 늘 들여다보는걸요."

강혜경은 밝게 웃으며 말했다.

8

대문 여는 소리에 현관을 나온 이의순은 깜짝 놀랐다. 혜경을 따라 들어오는 젊은 남자가 보였던 것이다. 한눈에 그가 황인후임을 직감했다. 한 시간 전쯤 혜경이 전화를 해 아버지가 집에 계시는지 물었을 때 별일이라고 생각은 했으나 문제의 남자를 데리고 올 줄은 생각조차 못했다.

"어머니예요. 인사하세요."

혜경의 목소리는 얄미울 정도로 차분했다. 황인후는 공손하게 머리를 숙였다. 이의순은 엉겁결에 인사를 받았는데 얼굴이 온순해 보였다. 간질만 아니라면, 하는 생각이 머리를 스치고 지나갔다.

"무슨 일인지 모르겠다만, 지금 아버지 심기가 별로 안 좋으시다."

"두 분께 꼭 말씀드릴 게 있어요. 무척 중요한 일이에요."

"두 분이라니?"

"어머니도 들어야 해요."

"혼자서 말하면 안 되는 일이냐?"

"인후씨와 같이 말씀드려야 할 일이에요."

예사롭지 않은 딸의 표정에 이의순은 긴장했다. 평소에 말을 놓던 딸이 경어를 쓰는 것도 낯설었다.

"내가 먼저 들어보고 결정하자. 네 아버지가 워낙……."

박영호와의 파혼 이후 그녀는 남편이 제대로 웃는 모습을 한 번도 보지 못했다.

"아니에요. 두 분 앞에서 말씀드려야 해요."

강혜경은 강한 어조로 또박또박 말했다.

강병국은 무릎 꿇고 있는 강혜경과 황인후를 외면한 채 시선을 방바닥에 고정시키고 있었다. 이의순은 남편 옆에서 가슴 졸이며 딸과 황인후의 표정을 살폈다. 그들의 입에서 무슨 말이 튀어나올지 조마조마했다.

"자식으로써 부모님 마음 아프게 해드린 것 정말 죄송합니다. 저희들을 걱정하시는 마음 너무나 잘 알고 있기에⋯⋯."

"그런 말 안 해도 된다. 갑작스럽게 들이닥친 이유나 듣자."

딸의 말을 자르는 강병국의 목소리는 차가웠다.

"아버지, 저⋯⋯ 아이 가졌어요."

조그맣게 새어나온 혜경의 목소리에 이의순은 자신의 귀를 의심했다. 그 동안 온갖 생각들이 머리를 스쳐 지나갔으나 임신했으리라는 생각은 한 번도 하지 않았다. 무릎 위에서 가늘게 떨고 있는 남편의 손이 보였다. 곁눈질로 그를 보니 눈을 감고 있었다. 모두가 그의 말을 기다리고 있음에도 불구하고 그는 좀처럼 입을 열지 않았다.

"그 사실을 알리는 이유가 뭐냐?"

이윽고 강병국은 눈을 뜨며 물었다.

"저희들과 같이 기뻐해주셨으면 하고⋯⋯."

"대단한 욕심이구나. 하지만 난 기뻐할 수 없다. 누가 먼저 그런 생각을 했느냐?"

그는 황인후를 힐끗 보며 물었다.

"아버지, 그건 중요한 게 아니잖아요. 전 지금 아버지 딸로서 이렇게, 앉아 있습니다."

"지금 어떻게 앉아 있는데?"

이의순은 남편의 목소리가 심상치 않음을 느끼고 가슴을 졸였다.

"무릎 꿇고 용서를 빌고 있습니다."

"난 용서할 수 없다. 용서를 바란다면 낙태한 후 다시 오너라."

낙태라는 말이 나오자 강혜경은 믿을 수 없다는 듯 눈을 크게 떴다.

"거듭 말하겠다. 낙태를 한 후 용서를 빌어라. 그러면 널 용서하겠다. 그리고 또 하나, 저 청년 다시 보고 싶지 않으니 앞으로 집 안에 들여놓지 말아라."

이의순은 남편의 모진 말에도 불구하고 안색만 약간 창백해졌을 뿐 동요가 거의 없는 딸의 얼굴을 넋을 놓고 보았다. 침이 마르고 가슴이 울렁거렸다.

"뱃속에 있는 생명은 저희들의 아이지 아버지의 아이가 아닙니다. 그리고 그 동안 아이는 아주 많이 자랐습니다. 낙태할 수 있는 시기는 이미 지났습니다."

딸의 목소리가 먼 곳에서 들려오는 것처럼 비현실적으로 느껴졌다. 곧이어 나온 남편의 목소리도 마찬가지였다.

"내 앞에서 사라지거라. 난…… 더이상 너를 보고 싶지 않다."

9

강혜경은 옷을 여민 후 진찰실에서 나왔다. 의사의 심각한 표정이 마음에 걸렸다. 그런데 진찰을 끝내놓고도 의사는 좀처럼 입을 열지 않았다. 표정도 어두워 보였다.

"아이는 괜찮은가요?"

기다리다 못한 강혜경이 먼저 물었다.

"아이는 정상적인 위치에서 잘 자라고 있습니다. 성장 속도도 양호한 편입니다. 다만……."

의사는 무언가를 찾는 듯한 눈빛으로 강혜경을 보았다.

"산모의 몸이 제대로 움직여주지 않는 것 같습니다. 예를 든다면, 자궁이 지나치게 민감합니다. 수축을 너무 간단히 해버려요. 만약 혈액이 태반으로 완전히 흘러들어가지 않아 나타나는 현상이라면 걱정하지 않을 수 없습니다. 혹시 최근에 몸을 많이 움직이지 않았습니까?"

"가능한 한 움직이지 않으려고 노력하고 있습니다. 최근에 이사하느라 조금 움직이기는 했습니다만……."

더이상 보고 싶지 않다는 아버지의 말은 홧김에 나온 말이 아니었다. 어머니의 만류도 소용없었다. 그는 강혜경에게 가급적 빨리 집을 나가라고 냉정하게 말했다. 그 냉정은 아버지가 정말 그것을 원하고 있음을 나타내고 있었다. 며칠 후 강혜경은 어머니가 다급하게 마련한 작은 아파트로 들어갔다. 비록 낡긴 했지만 그녀에겐 편안한 공간이었다. 어머니는 아버지가 허락하지 않았으면 무슨 돈으로 이런 집을 구하겠느냐고 말했다.

"과중하게 몸을 놀리셨나요?"

"그렇지 않습니다. 어머니가 무척 신경을 써주셨으니까요."

"그렇다면 그것 때문은 아닌 것 같고…… 혹시 술을 마시지 않았습니까?"

"안 마셨습니다."

"성관계는요?"

"가진 적 없습니다."

"최근에 정신적인 충격을 받은 적 있습니까? 근심되는 일이 있다

126

든가……."

"그런 일이 있었습니다."

강혜경은 고개를 숙이며 조그만 목소리로 대답했다.

그녀가 부모에게 아이의 존재를 알리기로 결심했을 때 어머니를 더 걱정했다. 물론 두 분 다 충격을 받겠지만 아버지가 어머니보다 충격을 더 잘 다스릴 것이라고 생각했다. 무엇보다 그녀는 딸을 향한 두 분의 사랑을 믿었다. 당장은 힘들겠지만 그분들의 사랑은 결국 뱃속의 아이를 받아들일 것임을 믿어 의심치 않았다.

특히 하나밖에 없는 딸에 대한 아버지의 사랑은 지극했다. 그녀의 지난 시절은 아버지와의 추억과 이어지지 않는 것이 없을 정도였다. 언젠가 그들이 다정하게 이야기하고 있는 모습을 지켜보던 대학교 한 친구가 꼭 연애하는 사이처럼 보였다고 말했는데, 강혜경은 정확히 보았다면서 자신은 지금 아버지와 열애중이라고 응수했다. 그 아버지의 입에서 낙태라는 말이 튀어나오리라고는 상상조차 할 수 없었다.

때로는 자식이 부모의 눈이 되어 세상을 보아야 할 때가 있다. 특히 부모와 자식간에 갈등이 생겼을 때 그것이야말로 부모의 사랑을 보답할 수 있는 가장 좋은 방법이라고 그녀는 생각했다. 하지만 이번만은 아니었다. 그녀는 도저히 아버지의 눈이 될 수 없었다. 어떻게 아이가 죽임의 대상으로 보이는 눈이 될 수 있단 말인가. 그것은 견디기 힘든 고통이었다.

"정신적인 근심과 충격은 육체적인 피로보다 태아에게 훨씬 나쁜 영향을 미칩니다. 격통이나 자궁 수축을 유발시켜 태아의 생명에 치명적 위협을 주니까요. 정신적 자극은 즉시 생식기관에 전달된다는 점을 명심하십시오. 지금 산모에게 가장 필요한 것은 정신적 안정입니다. 평안과 고요야말로 가장 좋은 약입니다."

의사는 근심스러운 표정으로 강혜경에게 차근차근 말했다.

10

아파트 안으로 들어서자 빵 냄새가 났다.

"빵 만들어요?"

강혜경의 물음에 황인후는 고개를 끄덕였다.

"배고프지 않아?"

"그냥 그래요."

아버지로부터 충격적인 말을 들은 이후 강혜경은 식욕을 잃고 있었다. 아이를 위해서라도 먹어야 한다고 아무리 다짐해도 소용없었다. 식욕은 이성적 요구와 전혀 상관이 없었다. 아버지가 준 상처는 의외로 깊었다.

"난 지금 특별 요리를 하고 있는데, 혜경이도 좋아할걸."

황인후는 한쪽 눈을 찡긋하며 말했다. 아버지에게 쫓겨나 아파트로 들어온 이후 황인후는 그녀에게 무척 신경을 썼다. 한 번 오면 사흘이나 나흘 정도 머물다 가곤 했는데, 집 안 청소는 물론 식사 준비까지 그가 도맡아서 했다. 오랫동안 혼자 살았던 탓인지 음식 만드는 솜씨가 능숙했다. 다만 그가 만들 수 있는 음식 종류가 단조롭다는 아쉬움은 있었다. 딸이 걱정스러워 들르는 어머니와 가끔 마주치기도 했는데, 황인후는 의외로 사근사근했다. 처음에 무척 곤혹스러워하던 어머니도 차츰 자연스러운 태도로 바뀌어가고 있었다.

"무슨 요리를 하는데요?"

"그건 비밀이야. 그리고 약속해줘."

"뭘요?"

"내가 부를 때까지 거실로 절대 나오지 않기로."

워낙 좁은 아파트라 거실에 나오면 주방이 바로 보였다. 그는 특별 요리를 끝까지 숨기고 싶은 모양이었다.

"참 지키기 쉬운 약속이네요."

그녀는 약속을 꼭 지키겠다고 말하며 방으로 들어갔다.

"식사하러 와."

침대에 비스듬히 누워 책을 뒤적거리고 있는데 황인후의 외치는 소리가 들렸다. 그녀는 무거운 마음으로 일어났다. 무슨 요리인지 알 수 없지만 식욕은 여전히 없었다. 그의 정성을 봐서라도 먹어야 할 것 같은데, 지금 같아선 도저히 힘들 것 같았다.

그가 한 요리들은 엉뚱하게 식탁보로 가려져 있었다. 무슨 요리이기에 이렇게까지 숨기고 싶어하는지 궁금증이 불쑥 일었다.

"식탁보로 음식 덮는 것 처음 보네요."

"응, 덮을 게 없어서."

"이제 무슨 음식인지 봐도 돼요?"

"그럼."

황인후의 대답에 강혜경은 조금씩 식탁보를 걷었다. 빵이 가득한 소쿠리가 먼저 눈에 들어왔다. 더 걷어내니 삶은 달걀이 담긴 나무 그릇이 보였다. 이어 붉은 포도주와 투명 유리잔, 흰색의 접시와 삼각으로 접은 초록색 냅킨들이 차례대로 나왔다. 그녀가 처음으로 혼자 별장을 찾았을 때 황인후가 차린 저녁의 식탁과 똑같았다. 그 배치까지 하나도 틀리지 않았다.

"저 먹어도 되죠?"

"그럼요."

황인후는 눈으로 웃으며 대답했다. 그때와 똑같은 어투였다. 강
혜경은 빵을 한 입 베어물었다.
"너무 맛있어요. 입에서 절로 녹아요. 참, 기도는 안 하세요?"
"벌써 했는걸요."
"내 배가 무척 고프다는 걸 이미 아셨나보군요."
그녀의 눈가는 조금씩 젖어들고 있었다.

11

문이 있었다. 문 안은 어두웠고, 문 밖은 밝았다. 문은 약간 열려
있었는데, 그 사이로 새어들어오는 얇은 빛이 문 안의 어둠을 헤치
고 있었다. 한 남자가 문 안에서 울고 있었다. 어둠이 짙어 얼굴이
잘 보이지 않았지만 그는 분명 울고 있었다. 어둠 속에서 하얗게
빛나고 있는 흰 띠가 보였다. 그것이 로만칼라임을 깨닫자 남자가
누구인지 알았다. 문이 닫히고 있었다. 빛이 사라지면서 어둠은 그
를 조금씩 조금씩 지워나갔다. 마침내 빛은 없어지고 어둠만 있었
다. 울음은 어둠 속에서 물처럼 찰랑거렸다.
　잠에서 깨어난 황인후는 꿈속의 남자를 생각했다. 눈물을 흘리고
있는 그는 아버지였다. 아버지가 울다니, 믿어지지 않았다. 그의 몸
속에 눈물이 있다는 사실 자체가 놀라웠다. 한 여인의 삶을 일그러
뜨렸고, 어린 아들을 차가운 땅에 내팽개친 그가 어떻게 눈물을 흘
릴 수 있는가. 아버지는 꿈속에서조차 울어서는 안 될 사람이었다.
　강혜경의 고른 숨소리가 들려왔다. 그는 조용히 그녀 쪽으로 돌
아누웠다. 방 안은 꿈속의 어둠처럼 어두웠다. 그는 불룩이 나온 그
녀의 배 위로 조심스럽게 손을 올렸다. 아이를 느끼고 싶었다. 사흘

전 그녀를 진찰한 의사는 산모와 아이의 상태가 아주 좋다고 만족스러워했다.

그는 자신이 새롭게 태어나고 있음을 느꼈다. 아이의 몸이 여인의 몸과 함께 변하듯 그 역시 변하고 있었다. 그것은 새로운 생명을 향한 변화였다. 새로운 피와 새로운 살과 새로운 시간이 만들어지고 있었다. 아이는 여인의 몸 안에만 있는 게 아니라 그의 몸 안에도 있었다.

어둠 속에서 울고 있는 남자가 떠올랐다. 이제 새로운 시간은 그 남자의 아들을 아버지로 만들고 있었다. 아이는 시간을 새롭게 변화시키는 원천이었다. 그 원천은 황인후를 아버지에게로 밀고 있었다. 아버지의 눈물은 뱃속의 아이가 만든 것임을 황인후는 비로소 깨달았다.

12

해는 기울고, 나무들은 청회색으로 변하고 있었다. 나무 옆 벤치에 앉아 있는 강혜경은 둥그렇게 부풀어오른 배 위로 두 손을 올렸다. 고요한 밤, 문득 잠에서 깨어나면 몸 속에서 소리가 들려오곤 했다. 작은 생명이 유영하는 소리였다. 때로는 그 모습이 눈앞에 선히 보였다. 그럴 때 그녀는 아이의 몸짓을 하고 싶은 충동에 사로잡혔다. 손가락과 발가락을 빨고 싶었고, 기어다니고 싶었고, 아장아장 걷고 싶었다.

어느 날 거울 앞에 선 그녀는 둥그런 배의 풍성한 선이 아름답다고 생각했다. 그것은 경이로운 인식이었다. 뱃속의 아이가 꿈틀거리면서부터 몸의 균형이 허물어지기 시작했다. 허리의 선이 일그러지면서 배가 공처럼 부풀어올랐다. 사람들의 시선이 느껴지면 얼굴이 화끈거렸다. 하지만 그날 이후 자신의 몸이 전혀 부끄럽지 않았다. 오히려 자랑스러웠다.

배가 눈에 띄게 불러오자 어머니는 대학원 휴학을 권고했다. 하지만 휴학해야 할 이유가 없었다. 그녀는 자신의 선택을 가감 없이 받아들였다. 그 선택 앞에 세상의 규범이란 덧없는 그물이었다. 허상의 그물 속에 갇혀 허우적거리는 사람들을 보면 측은하기까지 했다. 그리고 몸 속의 아이를 느끼며 문학의 숲 속으로 들어가는 일은 참으로 즐거웠다.

아버지에게 받은 상처는 이제 희미해져 있었다. 그 상처를 아물게 한 이는 황인후였다. 황인후는 그녀의 상처에 대해 일체 말을 하지 않았다. 하지만 그는 상처를 바라보고 있었다. 그녀는 자신의 상처에 닿는 황인후의 시선을 느꼈다. 그 시선은 따뜻했다. 처음에는 왜 따뜻한지 몰랐다. 시간이 흐르면서 따뜻함은 자신의 모습을 드러내고 있었다. 그것은 슬픔이었다. 황인후는 언제나 슬픈 눈으로 그녀의 상처를 보고 있었다. 눈물이 따뜻하듯 슬픔이 따뜻하다는 것을 그녀는 비로소 알았다. 그 따뜻함은 그녀의 상처를 어루만졌고, 상처는 따뜻함 속에서 부드럽게 녹고 있었다.

해가 지자 금방 어두워졌다. 집에 들어온 강혜경은 불을 켜지 않고 창과 가까이 있는 소파에 누웠다. 창 너머 하늘에 별 하나가 보였다. 그 별은 너무나 희미해 주의를 기울이지 않으면 보기가 힘들었다. 그것은 비 내리는 산골짜기에서 꺼질 듯 깜박이는 불빛 같았다.

청진기를 통해 처음 아이 심장 소리를 들었을 때의 놀라움을 잊을 수 없다. 아이는 소리로서 자신의 존재를 알리고 있었다. 하나의 몸 속에서 또 하나의 몸이, 하나의 영혼 속에서 또 하나의 영혼이

자라고 있다는 사실은 경이로웠다. 그날 이후 그녀는 먼 곳에서부터 자신에게로 다가오는 아이를 꿈꾸었다.

13

　진통은 격렬하고 혹독했다. 그 집요하고 철저한 고통 속에서 강혜경은 생각했다. 내가 자유로웠을 때, 가장 자유로웠을 때, 그리하여 세계가 그토록 아름다웠을 때 지금 이 고통은 어느 이름 없는 시간의 결 속에 숨어 나를 보고 있었을까. 내 머릿결이, 추억의 머릿결이 새벽의 휘장이 되어 바람에 흩날릴 때, 고통은, 그 욕망의 봉헌물은 어느 나뭇가지에 매달려 나를 보고 있었을까.

　고통과 고통 사이의 그 한없이 짧은 시간 속에서 소리가 들려왔다. 처음에는 무슨 소리인지 몰랐으나, 끊임없는 고통 속에서 깨달았다. 그것은 상처난 구멍, 그 파열의 세계에서 들려오는 아이 숨쉬는 소리였다. 아이는 고요의 세계에서 소리의 세계로, 꿈으로 이루어진 세계에서 욕망과 희생으로 이루어진 세계로 밀려나면서 거칠게 숨을 쉬고 있었다. 아이를 밀어내고 있는 것은 고통이었다.

　창이 어렴풋이 보였다. 푸른빛 감도는 그 창은 어디선가 본 듯한 느낌이 드는가 하면, 처음 보는 것 같기도 했다.

　창 너머 안개에 싸인 길이 있었는데, 텅 비어 있었다. 그럼에도 불구하고 누군가 길 위에 서 있는 것 같았다. 이제 아이의 움직임이 또렷이 느껴졌다. 몸의 중심에서 일어나는 그 움직임은 너무나 또렷해 눈에 보이는 것 같았다. 아이는 창으로 다가가고 있었다. 창이 열리기 시작했다. 그에 따라 그녀의 내부도 열렸는데, 아이가 헤쳐온 몸 속의 길과 창 밖의 길이 하나로 이어지고 있었다. 그녀는 처음으로 불멸의 존재가 숨쉬고 있음을 느꼈다. 창 밖의 길로 나가고 있는 아이의 몸이 보였다.

14

의사는 양수와 피로 뒤덮인 아이를 보았다. 남자아이였다. 이 아이가 세상에 나오기 위해 어떤 고통을 겪었는지 그는 안다. 사람들은 산모의 고통에 대해서는 잘 알지만 아이의 고통에 대해서는 잘 모른다.

아이의 고통은 임신 중기부터 시작된다. 이때부터 아이의 성장이 빨라지는 데 비해 아이를 품고 있는 알은 더디게 큰다. 넓고 안락했던 세계는 점차 좁아지고, 아이는 처음으로 갇혀 있다는 느낌을 받게 된다. 그러다 언젠가부터 세계는 아이를 죄기 시작한다. 이러한 수축은 아이가 진통을 견딜 수 있기 위한 일종의 훈련으로써 한 달 동안 지속된다. 진통이 시작되면 수축의 강도는 열 배로 높아진다. 아이의 세계는 근원적으로 뒤흔들린다. 무자비한 힘이 아이를 짓누르고 뒤틀면서 밀어낸다. 몸을 공처럼 오그린 아이는 깨닫는다. 이 무서운 곳을 빠져나가지 않으면 죽는다는 것을. 아이는 골반의 좁은 통로를 빠져나가기 위해 나선형으로 움직이며 나아간다. 엄청난 고통과 싸우면서.

좁은 통로로 빠져나오느라 아이의 머리가 일그러져 있었다. 의사는 종종 알 속의 세계에서 전혀 다른 세계로 나온 기분은 어떨까, 생각해보곤 한다. 알 속의 세계는 구체적이다. 그 세계를 채우고 있는 양수는 아이의 몸을 감싸고 있으며, 알의 공간은 아기에게 형체감을 부여한다. 공간이 좁아질수록 형체감의 밀도는 높아진다. 그런데 새로운 세계는 전혀 다르다. 양수도 형체감도 없으며, 폐 속으로 들어오는 공기는 불처럼 뜨겁다. 아이는 분명 그리워할 것이다. 어둡고 고요한 알의 세계를.

의사는 아이의 몸을 면밀하게 관찰했다. 손가락 발가락 수를 세고 귀와 얼굴, 생식기에 이상이 없는지 살핀 후 관절의 운동성을 테스트했고, 산소 부족이나 독성 반응을 나타내는 피부 변화를 점검했다. 그는 눈을 가늘게 떴다. 붉어야 할 아이의 피부에 푸른빛이 있었다. 그것은 산소가 제대로 공급되지 않고 있음을 의미했다. 그는 불안한 눈으로 아이의 몸을 다시 한번 살폈다.

15

소아과 전문의 이규형은 엑스선 필름 보관소로 들어갔다. 컴컴한 방 안에서 그를 기다리고 있던 방사선과 의사가 선반에서 필름 봉투 하나를 끄집어냈다. 그리고 익숙한 손놀림으로 뷰박스에 필름을 걸었다. 이규형은 스크린에 나타난 영상을 자세히 살폈다. 그는 한숨을 쉬었다. 예상대로였다.

갓 태어난 아이의 몸에서 죽음을 느끼게 하는 병과 마주쳤을 때 기분은 참으로 묘했다. 허탈과 무력감이 있는가 하면, 약간의 슬픔과 분노의 감정도 섞여 있었고, 냉소와 싸늘한 무관심도 한켠에 도사리고 있었다. 이렇게 서로 다른 감정들이 어떻게 동시에 섞일 수 있는지 신기할 지경이었다.

최소 생존조건 이하로 태어난 아이들은 어차피 죽게 마련이다. 하지만 이 아이는 참으로 멀쩡하게 태어났다. 몸무게도, 출산시기도 정상이었다. 산모의 상태도 나쁘지 않았다. 오히려 좋은 편이었다. 그럼에도 불구하고 죽음은 아이의 몸에 납짝 달라붙어 있었다. 사람들은 원망한다. 왜 하필이면 내 아이가, 하고. 그러나 의사의 눈으로 볼 때 지극히 당연한 현상일 뿐이다. 이 병은 세상에 태어나는 아기 백삼십여 명 중 한 명꼴로 나타난다. 그것은 누구도 피할 수 없는 과학적 확률이다. 내 아기만은, 하는 바람은 과학적 확률에 전혀 영향을 미치지 못한다. 역설적으로 얘기하면 백삼십여 명의 아기 중 한 명이 이 병에 걸리지 않으면 안 된다. 이 역설 앞에 인간의 바람은 참으로 무력하다. 더구나 부모의 가계도(家系圖)에 그것과 연관된 유전형질이 있을 경우 그 확률은 껑충 뛰어오른다.

이규형은 필름 보관소에서 나와 진료실로 향했다. 결과를 애타게 기다리고 있을 산모를 생각하면 마음이 무거웠다. 하지만 어쩔 수 없는 일이었다. 만약 의사가 어떤 생명이라도 살릴 수 있다면 그 또한 끔찍한 일일 것이다. 생명과 교차하는 죽음이 있기 때문에 의사의 내면 속에서 죽음에 저항하는 힘이 우러나오는 것이다.

진료실 문을 열자 한 여자가 벌떡 일어섰다. 파리한 안색이 아프게 눈에 닿았다.

"강혜경씨죠?"

그는 건조한 목소리로 말했다. 의사로서 환자나 환자 보호자에게 따뜻한 목소리를 내지 못하는 건 명백한 결점이라고 생각하면서도 굳어버린 습관이라 어쩔 수 없었다.

"아이의 심장에 이상이 있더군요. 병명은 선천성 심장기형입니다. 어떻게 말씀드려야 할지 모르겠습니다만, 상태가 별로 좋지 않습니다. 유감스럽게도 이 병의 원인은 정확하게 밝혀져 있지 않습니다. 유전자 이상 때문일 수도 있고, 아닐 수도 있습니다. 심장기형에도 종류가 여러 가진데 강혜경씨 아이의 경우 가장 고약한 것이라……."

의사는 백지장처럼 변하는 그녀의 얼굴을 애써 외면하며 말을 계속했다.

"강혜경씨 아이의 심장에는 네 가지 심각한 문제가 있습니다. 첫째, 폐동맥 판막이 좁아져 허파로 피가 잘 흐르지 못합니다. 둘째, 좌심실의 동맥피가 대동맥으로 분출해야 함에도 불구하고 우심실로 새어나갑니다. 무슨 말인고 하니……."

의사는 지금 그녀가 제대로 듣고 있지 않음을 알았다. 그녀가 진정 알고 싶어하는 건 아이를 살릴 수 있는지의 여부일 것이다. 하지만 그것을 어떻게 말할 수 있겠는가. 의학적으로 비관적인 상태라 할지라도 삶과 죽음의 결정은 의사가 하는 게 아니다.

"수술을 하면…… 나을 수 있나요?"

그녀는 눈을 치뜨고 물었다.

"최선을 다하겠습니다만 결과를 장담할 수 없습니다."

그는 환자 보호자에게 꼭 해야 할 말을 얼른 뱉었다.

16

태양이 지상과 멀어지면서 하늘은 늘 뿌옇게 흐려 있었다. 사람들은 말했다. 태양이 멀어진 것은 신이 지상을 떠났기 때문이라고. 시인과 광대는 텅 빈 세계를 노래로 탄식했고, 기도할 곳을 잃은 순례자들은 어딘가 있을 성소를 찾아 끊임없이 유랑했다. 유랑의 길 위에서 그들에게 유일한 지표는 덧없는 삶의 흔적을 보여주는 묘비였다.

지상의 중앙에 폐허가 된 성당이 있었다. 잡초 무성한 그 성당은 짙은 안개가 울타리처럼 둘러싸고 있어 조금만 떨어져도 보이지 않았다. 그런데 그곳에서 언제나 알 수 없는 노래 소리가 흘러나왔다. 오래된 성가와 흡사했는데, 이상한 것은 그 동안 수많은 유랑객들이 성당 앞길을 지나갔음에도 노래 소리를 들은 이는 한 사람도 없다는 점이었다.

어둠이 내려앉는 어느 날 저녁, 오랜 유랑에 지친 한 나그네가 성당 앞을 지나다 걸음을 멈추었다. 그는 고개를 숙인 채 멀리서 들려오는 노래 소리에 귀를 기울였다. 조금 후 그의 눈에서 눈물이 흘러내렸다. 가슴을 후비듯 파고드는 그 노래는 인간이 짊어지고 있는 끝없는 고통에 대한 슬픔의 노래였다.

황인후의 얼굴은 눈물로 젖어 있었다. 그는 지금 수도원의 차가운 기도실에 무릎 꿇고 있건만 환상 속의 나그네가 되어 노래 소리를 따라 안개의 울타리 속으로 들어가고 있었다. 검게 그을린 성당이 보였다. 그는 이끼 낀 성당의 문을 밀었다. 문은 습기 머금은 소리를 내며 둔중히 열렸다. 성당 안은 텅 비어 있었다. 십자가도 없었다. 텅 빈 성당 중앙에 계단이 보였다. 그 계단은 너무나 높아 끝이 보이지 않았다. 그 계단 너머에서 노래가 흘러나오고 있었다. 그런데 놀랍게도 노래는 형상을 갖고 있었다. 그것은 지상에서 이미 사라져버린 빛의 형상이었다. 노래는 한 줄기 빛으로 내려오고 있었다. 그는 비로소 깨달았다. 계단은 지상에서 신성에 닿는 영원의 층계임을. 그리고 계단 너머에 어떤 존재가 숨쉬고 있음을.

그는 환희의 눈물을 흘렸다. 그토록 찾고 싶었던 길이 마침내 눈앞에 나타난 것이다. 두근거리는 가슴으로 계단으로 다가간 그는 인간이 꾸었던 모든 꿈들의 시원(始原)이자 회귀점을 향해 한 걸음 한 걸음 올라갔다.

계단의 끝이 보였다. 이제 그는 양의 피로 흥건한 지상의 존재가 들어갈 수 없는 곳 앞에 서 있었다. 끊임없이 움직임으로써 영원히 정지하고 있는 존재의 숨결 소리가 들려왔다. 그는 무릎을 꿇었다.

나의 주님. 나에게 영혼의 풍요한 음식을 주시고 십자가의 아름 다움을, 그 깊은 슬픔을 가르쳐주신 주님. 지상의 가장 어두운 골짜 기에서 하늘에 닿는 길을 만들어놓으신 주님. 그리하여 별들의 길 위에서 사람의 아들이 태어날 수 있음을 보여주신 나의 주님. 나는 나의 가슴에 새겨져 있는 주님의 말씀을 기억하옵니다. 구하라, 그 러면 받을 것이다. 찾아라, 그러면 찾을 것이다. 문을 두드려라, 그 러면 열릴 것이다. 누구든지 구하는 사람은 받을 것이며, 찾는 사람 은 찾을 것이요, 두드리는 사람에게는 열릴 것이다. 너희 중에 자 기 아들이 빵을 달라는데 돌을 주며, 생선을 달라는데 뱀을 줄 사 람이 있겠느냐. 악한 사람이라도 자기 자녀에게는 좋은 선물을 줄 줄 아는데 하물며 하늘에 계신 너희 아버지께서 구하는 사람에게 더 좋은 것을 주시지 않겠느냐.

주님 앞에 영원히 홀로 되기를 맹세하였을 때의 기쁨을 산산이 깨뜨린 그 무섭고 끔찍한 고통이 시작되었을 적에도 난 주님께 구 하지 않았습니다. 문을 두드리기 위해 손조차 들어본 적 없습니다. 왜냐하면 주님의 고통에 비하면 나의 고통은 아무것도 아니었기 때 문입니다. 진실로 말하옵건대 그 고통은 아름답게 핀 꽃이었고, 주 님께 다가가는 달콤한 약이었습니다. 하지만 주님, 이제 나는 주님 의 문을 두드리기 위해 손을 들지 않을 수 없습니다. 온 생명을 걸 고 문을 두드리옵니다. 너무나 목이 마르고 너무나 배가 고파 처음 이자 마지막으로 주님의 빵을 얻으려 합니다.

주님의 은총으로 태어난 아이가 있습니다. 주님의 은총이 아니라 면 어이 생명이 태어날 수 있겠습니까. 그 아이는 주님의 아이이자, 주님이 유일하게 사랑하도록 허락하신 한 여인의 아이입니다. 그 여인의 입을 통해 생명의 잉태를 알았을 때 난 두려웠습니다. 주님의 은총이 너무나 깊고 너무나 눈부셔 두려웠습니다. 그보다 더 아름다운 은총이 또 있을까요. 아름다움 앞에서 두려워하는 영혼을 가엾게 여기소서.

쉴새없이 흘러내리는 눈물은 단식과 불면으로 마르고 갈라진 그의 입술을 적시고 있었다.

그 은총의 생명이 지금 죽음 앞에 놓여져 있습니다. 탄생이란 곧 죽음이나 너무나 빠르고 너무나 가혹한 죽음입니다. 죽음의 사슬에서 아이를 풀어주소서. 생명을 내놓으라면 기꺼이 내놓겠습니다. 불 속으로 뛰어들라면 기꺼이 뛰어들겠습니다. 약대도 없이 사막으로 가 죽으라고 한다면 죽겠습니다. 한 방울의 물도, 한 점의 떡도 구하지 않겠습니다. 나의 주님, 처음의 구함이자 마지막 구함을 받아주소서. 구원의 신비를 보여주심으로써 내 영혼이 기도를 통해 당신께 이르렀음을 보여주소서. 당신의 말씀이 한갓 문자가 아님을 보여주시고, 내가 주님 앞에 까맣게 타버린 고깃덩어리가 아님을 기쁨으로 확인하게 하소서.

17

병원을 나온 강병국은 어디로 가야 할지 몰라 넋을 잃고 서 있었다. 그는 수술이 잘 되면 살릴 수도 있다는 의사의 말을 믿지 않았다. 설사 수술 결과가 좋다 할지라도 그 병은 결코 없어지지 않는다. 아이와 부모를 끈질기게 괴롭히다가 결국 생명을 앗아간다. 그가 본 첫 아이는 아들이었다. 하지만 심장기형으로 태어난 지 보름만에 죽었다. 의사는 유전적 요인일 가능성이 많다고 했다. 그래서 그는 아이 가지기가 두려웠다. 아내도 두려워했다. 그렇다고 확실치 않은 사실 때문에 포기할 수는 없었다. 두번째 아이가 혜경이었다. 아들이 아니라 서운하긴 했지만 아이가 건강하다는 사실을 확인하는 순간 세상이 환해지는 느낌을 지금도 생생히 기억하고 있다.

혜경이가 무럭무럭 자라자 아들 욕심이 생겼다. 죽은 첫 아이의 얼굴이 자주 떠오를 무렵 아내는 임신했다. 불안이 없었던 건 아니지만 건강한 혜경이를 생각하며 애써 외면했다. 바랐던 대로 아들이었다. 하지만 심장에 문제가 있었다. 수술이 불가피했다. 다행히 첫 아이와 달리 폐동맥 협착이 심하지 않아 수술 경과가 좋았다. 그러나 네 살 때 증세가 다시 나타났다. 상태는 심각했고, 집 안에 죽음의 기운이 감돌았다. 지금도 잊지 못한다. 일곱 살이었던 혜경이가 다락 창가에서 기도하던 모습을. 무엇을 찾기 위해 부엌에 딸린 방에 들어갔다가 다락에서 소리가 나는 것 같아 올라가보니 혜경이가 기도하고 있었다. 아버지가 계단에서 보고 있는 줄 모르고 그 작은 아이는 눈물을 흘리며 동생을 살려달라고 기도하고 있었다. 그는 숨소리조차 죽인 채 딸의 모습을 보았다. 황혼에 물든 딸의 얼굴은 금빛이었다. 그는 발소리를 죽이며 다락을 내려왔다. 마당으로 나온 그는 혜경이를 위해 사온 우단 의자에 앉아 정원에 피어 있는 꽃을 보면서 생각했다. 어린 딸의 간절한 기도가 누군가에게 닿았을까, 하고. 하지만 아들은 죽었고, 소금가루 같은 뼈를 강에 뿌렸다.

이제 세월은 흘러 그 작은 아이는 어머니가 되어 동생과 똑같은 병을 갖고 태어난 아들을 내려다보고 있다. 혜경이는 잊지 않고 있을까. 어린 동생을 위해 기도했던 일곱 살 난 아이를. 그 기도의 덧없음을.

혜경이가 친구의 아들인 박영호를 버리고 간질환자인 황인후를 선택했다는 사실을 알았을 때 엉뚱하게도 다락에서 기도하는 딸의 모습이 떠올랐다. 그는 고통스러웠다. 그 고통 속에는 분노와 질투의 감정이 소용돌이치고 있었다. 전혀 예기치 못했던 감정의 격류에 그는 당황했다. 박영호와의 약혼식 때도 없던 일이었다. 딸이 다른 남자에게로 간다는 서운함은 있었으나, 그건 어떤 아버지라도 느끼기 마련인 자연스런 감정이었다. 그런데 황인후의 경우는 달랐다. 딸의 일탈에 대한 분노였다면 그렇게 당황하지 않았을 것이다. 그런 비이성적 선택 앞에서 어떤 부모가 화내지 않을 것인가. 물론 그것에 대한 분노는 있었다. 하지만 맨 처음 가슴을 그었던 고통은 그것과 무관했다. 이 세상에서 오직 자신만이 간직하고 있는 소중한 것을 누군가에게 빼앗겼다는 상실감이었다.

그날 밤 강병국은 홀로 술을 마시면서 돌연히 맞닥뜨린 감정에 대해 곰곰이 생각했다. 고통은 조금도 누그러지지 않고 있었다. 세월은 어김없이 흘렀고, 가슴속에 묻은 아들은 차츰 바래져갔으나 기도하는 딸의 모습은 조금도 바래지지 않았다. 바래지기는커녕 오히려 새로운 모습으로 되살아나고 있었다. 눈물 젖은 아이의 얼굴이 신비스럽게 빛나는가 하면, 첫사랑 여자의 얼굴로 변하기도 했다.

그는 세상을 지혜롭게 살아왔다고 믿었다. 하지만 이익에 의해 움직이는 냉정한 경쟁사회 속에서 때로는 허망과 회의의 늪에 빠지기도 했고, 견디기 힘든 상처와 외로움도 있었다. 그럴 때 그는 시간 저 너머에 있는 신비스러운 생명에게로 다가갔다. 그 생명은 딸이기도 했고, 연인이기도 했다. 아니 딸이면서 연인이었다. 이 착란적 뒤섞임이 곤혹스럽기는 했으나 신비스러운 생명을 허물지 못했다. 그런데 혜경의 일탈적 사랑이 그것을 허물어뜨리고 있었다. 금빛 얼굴을 적시고 있는 눈물은 황인후를 위한 눈물로 바뀌었고, 동생을 위한 기도는 간질환자를 향한 기도로 변질되었다. 그것은 그에게 견디기 힘든 고통이었다.

황인후와 처음 대면했을 때 그가 가장 신경 쓴 것은 그러한 자신의 고통을 숨기는 일이었다. 그러면서도 그것을 드러내고 싶은 어이없는 욕망에 시달렸다. 그가 황인후에게 진정 알려주고 싶었던 것은 사랑의 폐허 속에서 울고 있는 이가 바로 자신이라는 사실이었다. 그 사실을 소리쳐 일깨워주고 싶었다. 하지만 불가능했다. 고통을 숨겨야 하는 그에게 그것을 전할 수 있는 언어는 어디에도 없었다. 그가 감정의 격류를 이겨내지 못하고 황인후의 멱살을 잡은 것은 언어의 단절 때문이었다.

혜경이가 무릎 꿇고 임신했음을 고백했을 때 그는 딸에게서 불결함을 느꼈다. 불결의 느낌이 또렷했다. 그것은 아버지로서 온당한 감정이 아니었다. 하지만 불결은 한 마리 벌레가 되어 그의 몸에 달라붙었다. 그는 벌레를 털어내고 싶었다. 털어내어 손으로 짓이기고 싶었다. 그의 입에서 낙태라는 말이 튀어나온 것도, 아내의 만류에도 불구하고 끝내 딸을 좇아낸 것도 그 불결함 때문이었다. 그후 혜경이 아들을 낳았으나, 심장에 치명적 이상이 있다는 소식을 아내에게 들을 때까지 딸을 한 번도 보지 않았다.

그는 혜경이보다 아이를 먼저 보았다. 이유는 딱히 없었으나 그래야만 될 것 같았다. 산소호흡기로 힘겹게 숨을 쉬고 있는 아이를 보자 지난날의 아픈 기억들, 아무도 도울 수 없는 아이의 고통, 죽어가는 아이를 지켜볼 수밖에 없었던 기막힌 무력감과 절망이 되살아났다.

혜경은 울지 않았다. 차라리 눈물을 흘렸다면 나았을 것이다. 눈은 오히려 말라 있었다. 텅 빈 우물을 보는 것 같았다. 그 우물을 채우고 있는 것은 적막이었다. 적막은 견고한 벽이 되어 딸을 둘러싸고 있었다. 그는 딸의 상처를 어루만져주고 싶었다. 그러나 견고한 벽은 딸에게 다가가는 것을 막고 있었다.

그는 주위를 두리번거렸다. 어디론가 가야 했다. 하지만 어디에도 가고 싶지 않았다. 여기가 우단 의자가 있는 마당이었으면 좋겠다는 생각이 들었다. 그러면 우단 의자에 앉아 기다릴 것이다. 기도를 끝낸 딸이 다락에서 내려와 마당으로 나올 때까지. 해가 저물고, 어둠이 내리고, 어둠 저편에서 누군가 그를 부른다 해도, 그는 기다릴 것이다. 딸과 함께 정원에 피어 있는 꽃을 보기 위해.

18

노크를 했으나 아무런 반응이 없었다. 강혜경은 다시 한번 할까 망설이다가 조심스럽게 문을 열었다. 창가에 서 있는 의사의 뒷모습이 보였다.

"저, 선생님."

강혜경의 목소리에 그의 상체가 움직였다.

"아, 오셨군요."

의사는 어색한 웃음을 지으며 강혜경에게 앉으라고 했다.

"무슨 일로 절⋯⋯."

강혜경은 불안한 시선으로 의사의 표정을 살폈다.

"조금 전에⋯⋯."

그는 잠시 말을 멈추고 안경을 치켜올렸다.

"아이의 심장이 멈췄습니다."

안경에서 손을 내린 그는 시선을 슬며시 내리뜨렸다.

"심장이 멈추었다는 건 사망했다는 뜻입니다."

그는 빠르게 말했다. 강혜경은 입을 벌렸다. 뭐라고 말하고 싶었으나 목에 뜨거운 응어리 같은 것이 말을 가로막고 있었다. 창가 탁자 위에 놓인 화분이 눈에 들어왔다. 연한 녹색의 꽃이 화사하게 피어 있었다.

"아, 아이는……."

강혜경은 힘겹게 말문을 열었다.

"왜 눈물을 흘리죠?"

의사는 무슨 뜻이냐고 되물었다.

"아이의 눈에서 눈물을 보았어요. 태어난 지 얼마 되지 않은 아이가 왜 눈물을 흘리는 거죠?"

바싹 마른 그녀의 얼굴이 차갑게 빛나고 있었다.

"고통을 느끼기 때문입니다. 눈물은 고통의 표현이지요."

"아이가, 고통을 느껴요?"

"모든 생명은 고통을 느끼지요."

흰 나무관이 보였다. 신생아 환자실에서 보았던, 아이 시신을 담는 나무관이었다.

"그러면 이제…… 고통은 없겠군요."

그녀는 몸을 웅크렸다. 조금 후 그녀의 몸이 떨리기 시작했는데, 의사는 숨을 제대로 쉬지 못해 나타나는 증세임을 알았다.

19

해는 다시 지고 있었다. 나무 옆 벤치에 앉아 거무스레한 땅을 멍하니 내려다보고 있던 강혜경은 트럭의 굉음에 고개를 들었다. 도로가 꽤 떨어져 있음에도 바퀴의 진동이 몸에 느껴졌다. 그녀는

트럭의 바퀴가 몸 위로 지나가기라도 하듯 전신을 오그렸다. 소리
는 곧 멀어져갔고, 조금 후 아주 사라져버렸다. 그녀는 사라진 소
리를 찾는 듯 주위를 두리번거렸다. 그러다 키 큰 플라타너스 나무
에 시선을 멈추었다. 한 번 멈춘 시선은 좀처럼 움직이지 않았다.

하늘이 시멘트빛으로 바뀌어갈 무렵 그녀는 뱃속에서 아이가 몸
을 쭉 뻗고 있는 것을 느꼈다. 그녀의 입술이 살짝 벌어지면서 미
소가 떠올랐다. 눈은 감겨 있었고, 얼굴은 기쁨으로 빛났다. 무릎
위에 놓인 손이 조금씩 조금씩 올라오고 있었다. 손이 배에 닿자
그녀는 흠칫 놀라 눈을 떴다. 손은 다급히 배를 더듬고 있었다. 불
룩해야 할 배가 푹 꺼져 있었다. 조금 후 손은 아래로 힘없이 떨어
졌다.

아이를 배고 있는 동안 그녀는 혼자 있어도 혼자가 아니었다. 또
하나의 몸이, 또 하나의 영혼이 그녀와 함께 있었다. 아이는 그녀의
몸이기도 했고, 영혼이기도 했다. 그들은 두 개의 존재이면서 하나
의 존재, 하나의 존재이면서 두 개의 존재였다. 그런데 이제 그녀는
혼자였다. 또 하나의 존재가 있었던 곳은 텅 비어 있었다. 그것은
가혹한 고통이었다. 눈에 보이는 어떤 사물도, 어떤 풍경도 고통
없이 볼 수 없었다. 잠에서 깨어나면 깨어나지 않는 잠을 생각했다.
아이는 황인후와 또다른 존재였다.

이제 주위는 어두워지고 아파트에서 불이 하나 둘 켜지고 있었다.
그녀는 몸을 일으켰다. 현기증에 몸이 휘청거렸다. 어둠 속에서 보
이지 않는 손들이 그녀의 몸을 흔드는 것 같았다. 하지만 그녀는
넘어지지 않았다.

아파트 문 앞에 서서 열쇠를 찾기 위해 주머니를 뒤적이는데, 문
이 열렸다. 어머니였다.

"어딜 갔다 오니?"

그녀는 근심스러운 눈으로 딸의 얼굴을 살피며 물었다.

"바람 쐬러."

"밥은 제때 먹구?"

"응."

"네 얼굴이 영 안 좋다."

"좋아질 거야."

강혜경은 억지로 웃으며 말했다.

"집에 들어오너라. 아무래도 너 혼자 놔두어선 안 되겠다. 원한다면 황서방과 같이 들어와도 좋다."

"엄마 방금 뭐라고……."

강혜경은 믿어지지 않는다는 표정으로 이의순을 보았다.

"그래 황서방이라고 했다. 이제 너희들을 받아들여야지 어쩔 수 없지 않느냐."

"아빠는?"

"아버지가 허락하지 않았다면 내가 이런 말을 할 수 있겠느냐. 너희들 들어오라는 말, 내가 먼저 한 게 아니라 아버지가 먼저 하셨다."

"정말이에요?"

황인후와 마주치는 것조차 용납하지 않았던 아버지로서는 놀라운 변화였다.

"나도 깜짝 놀랐다. 네 아버지가 큰 결심을 하셨으니 여러 생각 말고 들어오는 게 좋겠다. 그런데 황서방은 왜 여기 없어?"

"별장에 있어요."

"그 사람은 아직도 별장을 자기 집으로 생각하니?"

"집이 여러 개 있으면 좋잖아."

"가정을 가진 남자가 여기저기 떠도는 것 좋지 않아. 아버지가 무슨 계획을 하고 계시는 것 같으니 이제부터 네가 황서방 잘 잡아. 떠돌지 않게. 오랜만에 네 얼굴이 피는 것 같아 기분이 좋구나."

이의순은 딸의 손을 잡고 웃으며 말했다.

20

"난 혜경씨 집으로 들어갈 수 없어."

황인후는 어두운 얼굴로 말했다.

"왜 들어갈 수 없다고 그래요. 아버지 마음이 달라졌단 말이에요. 이건 무척 중요한 일이에요. 아버진 치밀한 분이세요. 그냥 단순히 들어오라고 하시진 않았을 거예요. 아버진 인후씨와 화해하시고 싶은 거예요. 이제 아시겠어요? 장인과 사위 관계로 지내고 싶어하신단 말이에요."

강혜경은 눈을 빛내며 열심히 말했다.

"하지만 난 지금 준비가 되어 있지 않아."

"준비라뇨? 무슨 준비가 필요해요? 아무 준비도 필요 없어요. 그냥 들어가기만 하면 돼요."

"난…… 누구하고도 같이 있으면 안 돼."

"인후씨, 두려워할 걸 두려워하세요. 아버진 우리 가족이에요. 인후씨의 가족이란 말이에요. 그리고 우리가 집에 들어가는 건 아버지와 같이 살기 위해서가 아니에요. 우리를 위해서예요. 아버지가 힘들더라도 조금만 참으세요. 아니, 힘들지 않을 거예요. 아버진 생각보다 그렇게 완고하신 분이 아니에요. 지금까지 그랬지만 그건 이해할 수 있는 일이잖아요. 무엇보다 중요한 건 아버지가 인후씨

에게 마음을 여셨다는 거예요. 저를 위해서라도 그 마음 받아주셔
야 해요."

"그게 아냐. 난 혼자 있어야 돼."

그의 얼굴은 여전히 어두웠다.

"혼자 있어야 된다구요? 왜 혼자 있어야 되죠?"

"내가 변하고 있어. 난 그것을 느껴."

"우린 모두 변했어요. 아이의 죽음이 그렇게 만들었죠. 우린 서
로의 괴로움을 잘 알고 있어요. 인후씨가 내 괴로움을 알 듯 인후
씨 괴로움 나도 알아요. 하지만 언제까지나 괴로움 속에 빠져 있을
수 없잖아요. 우리, 다시 시작해요."

"내 몸 속 겹겹한 어둠 속에서 무엇이 꿈틀거리고 있어. 난 그것
이 두려워."

그의 검은 눈동자는 불안스럽게 움직이고 있었다.

"신경이 너무 예민해져서 그럴 거예요. 나도 그럴 때가 있는걸요.
어제는 뱃속에서 아이가 움직이는 걸 느꼈다니까요. 그러고 보니
우린 느끼는 것도 비슷하네요."

강혜경은 애써 밝은 목소리로 말했다.

"혜경인 지금 내 말을 피해가고 있어. 이제부터 피하지 말고 내
말을 들어줘."

강혜경은 긴장했다. 아까부터 그의 표정이 예사롭지 않다는 것을
느끼고 있었으나 그의 말대로 그녀는 피하고 있었다.

"내 속에서 꿈틀거리고 있는 그것은 배고파하고, 목말라하고, 소
리를 지르고 싶어해. 난 그의 존재를 또렷이 느껴. 무슨 말인지 알
겠어? 그는 나를 삼킬지도 몰라. 그의 입 속은 캄캄해. 동굴처럼
깊고 캄캄해. 난 그 속으로 들어가고 싶지 않아. 하지만 그가 입을
벌리면 어쩔 수 없어. 도망가지 못해."

황인후의 목소리가 떨리기 시작했다.

"그가 도대체 누구예요? 누가 인후씨를 삼킨단 말이에요?"

강혜경은 외치듯 물었다.

"그건 짐승이야."

"짐승?"

"난 짐승을 느껴. 내 몸을 두드리는 짐승의 발을 느끼고, 내 몸을 핥고 있는 짐승의 혀를 느껴. 내 몸을 물어뜯고 있는 짐승의 이빨을 느끼고, 상처에서 흘러내리는 내 짐승의 피를 느껴."

내 짐승의 피? 황인후는 알 수 없는 말을 하고 있었으나 그의 얼굴은 두려움에 사로잡혀 있었다.

"짐승이 나를 삼키면, 그 짐승이 바로 내가 되는 거야. 혜경이 집으로 들어갈 수 없는 이유를 알겠어? 들어갈 수 없을 뿐 아니라 혜경이와도 같이 있을 수 없어. 알아듣겠어? 혜경이와도 같이 있을 수 없단 말이야."

황인후는 거의 숨을 쉬지 않고 가슴을 짜내듯 말하고 있었다.

21

강혜경의 간청에도 불구하고 황인후는 수도원으로 떠났고, 강혜경은 집으로 들어가지 않았다. 그녀는 아버지에게 이렇게 말했다. 황인후는 아직도 아이 잃은 상처에서 헤어나오지 못하고 있다. 그에게 수도원은 고향과 같은 곳이다. 아픈 마음 다스리기에 그곳만큼 좋은 데가 없다. 그는 수도원에서 상처를 좀더 다스린 다음 집에 들어오기를 원한다. 그때 둘이 함께 집으로 들어오겠다. 아버지는 고개를 끄덕였을 뿐 아무런 말이 없었다.

아이가 그녀의 내부 속에 있을 때 그녀는 정적만을 찾아다녔다. 정적은 아이를 감싸고 있는 또 하나의 피부였다. 그 피부에 귀를 대면 아이의 움직임이 느껴졌다. 움직임뿐이 아니었다. 아이의 속삭이는 목소리가 들려왔고, 신비로운 눈동자의 빛이 느껴졌다. 그러나 아이의 죽음 이후 정적이 두려웠다. 그것은 고통을 되살리고 있었다. 그녀는 놓고 있었던 책을 다시 집어들었다. 책 속의 세계는 정적의 세계가 아니었다. 수많은 사람들이 수런거리고, 수많은 정신들이 부딪치며 빛을 발했다. 그 속에서 그녀는 한 마리 벌레처럼 틀고 앉아 그들의 정신을 빨았다.

시간은 쉬임 없이 흘러갔고, 어느덧 계절은 봄이 지나고 여름이 오고 있었다. 그때까지 황인후에게 아무런 소식이 없었다. 그녀는 그에게도 고통을 다스릴 시간이 필요할 것이라고 생각했다. 그러나 한 달이 지나도록 전화 한 통 없자 서운했다. 두 달이 지나자 서운함은 불안으로 바뀌었다. 어머니도 황인후의 소식을 부쩍 자주 물었다. 두려움에 사로잡힌 그의 얼굴이 자꾸만 떠올랐다. 그때 그가 한 말 그녀는 지금까지도 이해할 수 없었다. 그의 말을 이해할 수 없었던 적은 그때가 처음이었다. 그가 되풀이했던 짐승이라는 말이 머릿속을 불길하게 헤집고 다녔다.

그러던 어느 날 강혜경은 수도원을 찾아갔다. 그런데 뜻밖에도 면회를 거부당했다. 황인후가 만나는 것을 원하지 않는다는 것이었다. 그녀는 믿을 수 없었다. 뭔가 잘못되었다는 생각에 다시 한번 확인해달라고 요구했다. 결과는 마찬가지였다. 다음날도 거절당했다. 가슴이 쓰라렸다. 노엽기도 했다. 다섯번째 방문 만에 그녀는 비로소 만날 수 있다는 말을 들었다. 그 사이 한 달이 훌쩍 지나 있었다.

22

  강혜경은 수도원 회랑에 우두커니 서서 스테인드 글라스를 올려다보았다. 회색빛 햇살 속에 먼지조각들이 뿌옇게 떠 있었다. 난 저 먼지들을 알아. 장미꽃 스테인드 글라스에 달라붙은 먼지들이지. 장미꽃은 먼지 속에서 하얗게 피어 있었어. 아니, 허공에 떠 있었지. 허공에 뜬 꽃은 필 수가 없어. 파삭파삭 마르다 죽어버리지.

  ― 하느님이 소중한 생명을 내려주실 때, 그 생명을 맞이하는 교회는 성체등을 준비하고 사람들은 성체등을 밝힐 기름을 마련합니다. 그리고 이 소중한 생명이 죽음을 맞이할 때 사람들은 그 고통을 위무하며, 슬픔의 기도를 합니다.

  내가 허공에 뜬 꽃을 보고 있을 때 사제는 저렇게 기도했어. 아이의 죽음 앞에서, 그 끔찍한 현실 속에서, 살아 있는 자의 허물어진 영혼을 굽어보면서, 느리고 슬픈 목소리로.

  기도실은 회랑 끝에 있었다. 노크를 해야 할지, 아니면 그냥 들어가야 할지 몰라 망설이다 문의 손잡이를 잡았다. 금속의 감촉이 차가웠다. 끼익, 하는 소리와 함께 문은 무겁게 열렸다. 기도실 안은 어두웠다. 얼핏 나비의 날개가 보였다. 환시임에도 불구하고 날개소리가 들렸다.

  황인후는 창을 등지고 서 있었다. 나비의 날개가 다시 파닥거렸다. 조금 전과 달리 불 속을 건너는 것처럼 격렬히 움직였다. 흐트러진 머리카락, 창백한 안색, 움푹 들어간 눈과 얇은 입술. 그의 얼굴은 무섭게 말라 있었다.

  "왜 놀라지? 내 얼굴이 흉칙하게 보이는 모양이군. 악마의 얼굴처럼."

그는 입가에 차가운 웃음을 흘리며 빈정거리듯 말했다. 그녀는 소름이 돋는 것을 느꼈다. 방금 그녀가 보았던 웃음과 그녀가 들었던 목소리는 황인후의 것이 아니었다. 그에게서 그런 웃음이, 그런 목소리가 나온다는 것은 상상할 수 없는 일이었다.

　"왜 나를 만나려고 하지? 만나서 무얼 확인하려고? 나를 조롱하기 위해? 아니면 이 흉칙한 모습을 보기 위해? 그렇다면 잘 왔어. 자, 자세히 봐. 악령에 사로잡힌 내 얼굴을."

　그는 손가락 끝으로 자신의 이마를 찌를 듯이 누르며 빠르게, 헐떡이는 목소리로 말했다.

　"인후씨, 지금 무슨 소릴 하는 거예요. 난……."

　강혜경은 가슴이 막혀 말이 제대로 나오지 않았다. 지금 그녀 앞에 서 있는 이는 황인후가 아니었다. 그의 말처럼 무엇에 사로잡혀 있는 사람처럼 보였다. 짐승이란 말이 머릿속을 다시 헤집기 시작했다.

　"난 지금도 느끼고 있어. 몸 속을 떠돌고 있는 악령의 뜨거운 피를. 이 피가 얼마나 뜨거운지 알아? 너무나 뜨거워 온몸이 불타는 것 같지."

　그는 불 속에 있는 듯 몸을 뒤틀었다.

　"악령은 뜨거운 입김을 내뿜으며 내 귀에다 속삭였지. 돌을 빵이 되게 하듯, 가시나무에서 포도송이를 따고 엉겅퀴에서 무화과를 따듯, 죽은 나사로를 살리듯 너를 기적의 열매가 열리는 나무로 만들어주겠노라고. 나는 대답했지. 그 열매를 얻을 수만 있다면 무엇이든 하겠다고. 하지만 난 몰랐어. 그 나무가 그리스도에게 저주받은 무화과나무인 줄을. 혜경인 몰라? 그 무화과나무를. 아, 모르는 모양인데 설명해주지. 그리스도가 베다니에서 예루살렘 성으로 들어가실 때 배가 고프셨는데, 마침 약간 떨어진 곳에 잎이 무성한 한 그루 무화과나무가 있었지. 혹시 열매가 있는가 해서 다가가셨는데, 아직 무화과 철이 아닌지라 잎사귀뿐이었어. 그리스도는 무화과나무를 향해 저주의 말씀을 하셨지. 이제부터 영원토록 사람이 네게서 열매를 따먹지 못할 것이라고. 그러자 나무는 순식간에 말라버리고 말았지. 놀란 제자들에게 그리스도는 말씀하셨지. 너희가 의심하지 않고 믿기만 하면 내가 무화과나무에게 한 일을 너희도 할 수 있다고. 산을 향해 땅에서 들려 바다에 빠져라, 하여도 그대로 될 것이라고. 너희가 기도할 때 무엇이든 믿고 구하는 것은 다 받을 것이라고. 난 내가 저주받은 나무인 줄 모르고 그렇게 기도를 했지. 기적을 일으켜달라고. 아이를 살리는 기적을. 하지만 기적은 일어나지 않았지. 아이는 죽고 말았어. 왜 죽었을까? 내가 불결한 존재였기 때문이지. 내 몸 속에 순결한 피가 단 한 방울만 있었어도 아이는 죽지 않았어."

"인후씬 지금 잘못 생각하고 있어요. 아이가 죽은 건 유전병 때문이에요. 그전에도 말했잖아요. 얼굴도 모르는 내 오빠도, 어린 동생도 그렇게 죽었다고. 인후씨에겐 아무 죄가 없어요. 아이를 살려달라고 기도한 게 어떻게 죄가 될 수 있어요. 그것이 죄라면 세상에 죄 아닌 게 없겠네요."

"내 말을 못 알아들은 모양인데, 잘 들어. 난 기도로 기적을 일으키려 했어. 아이의 병을 악령의 표징으로 생각했던 거야. 왜 그렇게 생각했을까? 악령을 쫓는 그리스도를 닮고 싶었으니까. 이 얼마나 어처구니없는 일인가. 불결한 존재가 주님을 닮으려 했으니. 그 순간 난 저주받았어. 아이가 죽은 후 비로소 깨달았어. 내가 저주받은 나무였음을. 그것이 얼마나 끔찍한 형벌인 줄 누가 알까. 내가 저주받지 않았을 때 난 은총의 날개로, 새의 길을 따라, 아무도 가지 못한 곳으로 날아올랐어. 하늘에 떠다니는 섬과 밤의 대양을 지나, 폭풍과 고요를 뚫고, 수정으로 이루어진 성에 닿았어. 그 성의 아름다움이란……."

그는 두 손을 기도하듯 모았는데, 꿈꾸는 듯한 표정이었다. 하지만 곧 차가운 잿빛이 얼굴을 덮었다.

"하지만 지금 난 꼼짝할 수 없어. 신의 손이 내 어깨의 날개를 뽑아가버렸거든. 찢겨진 날개, 그 상처의 검은 구멍. 죄의 대가는 죽음이니, 나에게 남아 있는 유일한 것은 오직 기다리는 일뿐. 저기 저 어둠 속에서 내려오는 죽음을."

그는 탁하고 음울한 목소리로 말했다.

"인후씨 제발……."

강혜경은 외치듯 말했다.

"난 인후씨 말을 이해할 수 없어요. 하나도 모르겠어요. 세상에 그런 부당한 말이 어디 있어요. 아이의 죽음이 어떻게……."

"아, 그래. 혜경이가 알아듣게 해야지."

그는 고개를 끄덕이며 다시 입가에 차가운 미소를 흘렸다. 그리고 한 걸음 다가와 두 손으로 강혜경의 양 어깨를 움켜쥐었다. 손가락이 어깨 속으로 아프게 파고들었다.

"난 보았어. 너의 몸 속 깊은 곳, 그 어두운 사원에서 둥지를 틀고 있는 한 마리 새를. 그리고 들었어. 새의 외로운 날개 소리를. 왜 외로운 소리였을까. 난 생각했지. 새는 사원 바깥을 그리워하고 있다고. 난 작은 창 하나를 만들어주고 싶었어. 바깥이 보이는 창을 말이야. 그런데 새는 창을 열고 날아가버린 거야. 난 꿈에도 몰랐어. 새가 그렇게 날아갈 줄을. 어디를 향해 날아갔을까. 먼 비탈길 작은 한 그루 나무를 향해? 불처럼 뜨겁고 얼음처럼 차가운 하늘의 기둥을 향해? 눈처럼 흰 옷을 입고 있는 거룩한 존재를 향해? 그래, 난 그렇게 생각했어. 한 그루 나무를 지나, 하늘의 기둥을 넘어, 거룩한 이의 꿈속으로 날아들어갔다고. 그리하여 한 순결한 생명이 거룩한 이의 꿈속에서 잉태되어 여인의 몸 속으로 흘러들어갔으니, 그때 여인이 흘렸던 피 앞에서 난 전율했지. 왜냐하면 그것은 거룩한 이의 피였으니까. 아, 그것이 얼마나 참혹한 무지였는지 난 정녕 몰랐어. 누가 알았을까. 여인의 피는 짐승에게 물어뜯긴 상처에서 흘러나온 피였음을. 이제 알겠어? 왜 아이가 죽었는지."

황인후는 강혜경을 내려다보며 일그러진 미소를 지었다.

"다시 한번 말하겠어요. 아이가 죽은 건 인후씨의 피가 불결했기 때문이 아니라 내 피가 불결했기 때문이에요. 내 오빠도, 어린 동생도 그것과 똑같은 병으로 죽었어요."

"물론 너의 피는 불결해. 모든 여인의 피는 불결하니까. 그렇다고 해서 모든 아이가 죽진 않아. 하지만 내 아이의 죽음은 예정되어 있었어. 거룩한 존재에 의해. 난 저주받은 나무였으니까. 저주받은 나무는 열매를 맺지 못해. 영원히."

강혜경은 그를 괴롭히고 있는 고통의 실체를 비로소 깨달았다. 그는 아이 잃은 고통보다 자신의 기도가 아이를 살려내지 못했다는 사실에 더 큰 고통을 느끼고 있었다. 노여움이 솟아올랐다.

"난 지금 보고 싶어. 네 캄캄한 몸 속을. 날갯죽지가 뒤틀린 채 사원의 차가운 바닥에 누워 있는 새의 주검을. 짐승의 눈은 죽음을 볼 수 있어. 아니 오직 짐승의 눈만이 죽음을 볼 수 있지. 짐승이 아닌 자는 죽음을 생각할 수 있을 뿐 볼 수는 없어. 왜 그런지 알아? 짐승은 언제나 죽음을 갈망하거든. 누가 알까. 갈망에 취한 짐승의 황홀을. 그 깊은 죄의 달콤함을. 귀를 기울이고 들어봐. 내 몸 속에서 헐떡이는 피의 소리를. 짐승은 언제나 죄의 근원을 갈망하나니, 여인의 몸에서 피어오르는 피의 내음에 취하지. 그 유혹을 이겨내지 못해. 결코."

황인후는 강혜경을 난폭하게 끌어안았다. 하마터면 그녀는 비명을 지를 뻔했다. 충혈된 그의 눈은 이글이글 타오르고 있었다.

"자, 옷을 벗어. 저 십자가 아래서 황폐한 너의 몸을 보여줘. 그 캄캄한 밤의 황무지를. 그러면 내 작은 등불을 들고 그 속으로 들어가 어둠 속에 숨어 있는 천사의 날개를 비틀 것이니, 거기에서 흘러내리는 희디흰 피가 마른 땅을 적셔 꽃을 피우면 누가 향기를 맡을까? 그 악의 향기를."

그녀를 내려다보는 황인후의 눈은 붉게 충혈되어 있었다.

"그 향기 속에서 짐승은 인간과 새로운 관계를 맺지. 놀랍지 않은가. 짐승이 인간과 관계를 맺는다는 것이. 저기 저곳을 봐. 한쪽으로 기울어진 채 하늘에 걸려 있는 죄의 저울대를. 왜 기울어져 있을까. 그건 지상에 아브라함과 같은 완전한 인간이 없기 때문이지. 너는 내 앞에서 완전한 자 되어라는 하느님의 말씀에 아브라함은 완전한 자 되었지. 그러자 죄의 저울대는 균형을 회복했어. 기울어진 세상은 다시 본래의 모습을 찾은 거야. 하지만 그후 시간이 흐르고 흘러 죄의 강물이 세상을 적시고 있음에도 완전한 자 나타나지 않았어. 하느님이 목마르게 기다렸건만 아브라함과 같은 이는 없었어. 죄의 탑이 하늘을 찌르고 있음에도 완전한 자는 어디에도 없었어. 기다리다 못한 하느님은 마침내 당신의 아들을 지상으로 내려보냈지. 그분의 모습이, 그분의 목소리가 너무나 아름다워 세상의 모든 생명들은 황홀에 빠졌어. 붉은 아네모네 활짝 핀 언덕에서 그분이 입을 열면 새들마저 날개를 접고 귀를 기울였지. 죽은 골짜기에 백합과 시클라멘 꽃이 피어나고, 인간의 어깨 위 그 깊은 상처에서 날개가 돋아오르기 시작했어."

황인후의 얼굴은 무엇에 취한 것처럼 발갛게 달아올랐다.

"그분은 말했지. 너희가 둘을 하나로 만들고, 안을 밖으로, 밖을

157

안으로, 위를 아래로 만들고, 남자와 여자를 하나로 만들어 남자가 남자가 아니고 여자가 여자가 아닐 때, 그때 너희는 하늘의 왕국으로 들어갈 것이라고. 하지만 인간은 하나를 둘로 만들고, 안과 밖, 위와 아래, 남자와 여자를 구분함으로써 날개를 스스로 꺾어버렸지. 저울대는 다시 기울어져갔고, 거기에 오를 이 아무도 없었어. 누가 오를 수 있겠는가. 하느님의 아들을 죽인 피 묻은 손으로. 그래서 인간은 악의 향기 속에서 짐승에게 속삭였지. 네가 우리의 죄를 사하는 희생제물이 되어달라고. 짐승은 인간의 제의를 기꺼이 받아들였어. 아무런 조건 없이. 왜 그랬을까. 아, 거기에는 엄청난 대가가 있었어. 희생제물이 된다는 것 자체가 대가였어. 짐승이 감히 어떻게 신과 인간을 잇는 계단이 될 수 있겠는가. 짐승이 어떻게 감히 인간의 죄를 사하는 거룩한 존재를 꿈꿀 수 있는가. 희생제물이야말로 그 꿈을 실현시키는 단 하나의 길이지. 오, 저기 보이는군. 죄의 저울 위에서 벌거벗은 채 오들오들 떨고 있는 짐승의 가련한 모습이."

그는 어두운 기도실 천장을 뚫어질 듯 쳐다보며 독백하듯 말했다.

"천사들이 죄의 저울대를 스치듯 지나가면 짐승은 두려움에 찬 눈으로 주위를 두리번거리지. 저 가련한 짐승은 여전히 떨고 있군."

강혜경은 자신의 몸을 끌어당기듯 안고 있는 황인후의 손이 떨고 있음을 느꼈다. 그의 눈은 어둠 속에서 발광체처럼 푸르스름하게 보였는데, 그 푸름이 공포의 빛이라는 것을 그녀는 깨달았다. 손의 떨림이 점차 빨라지고 있었다. 얼음 속에 갇힌 새가 떠올랐다. 그 속에서 날개만 퍼덕이고 있는 새. 불길한 예감이 머리를 스치는 순간 날카로운 비명이 얼음을 갈랐다. 발작이었다. 그녀는 눈을 부릅떴다. 지금까지 그의 발작 모습을 처음부터 끝까지 지켜본 적이 없었다. 두려움 때문이었다. 하지만 지금 그녀는 끝까지 지켜보리라

결심했다.

그녀가 사랑한 건 황인후의 맑은 영혼이었다. 하지만 그 반대편
에 그것과 다른 영혼이 존재하고 있었다. 그 반대편 영혼을 지금까
지 외면해왔음을 그녀는 아프게 깨달았다. 그것은 불완전한 사랑이
었다. 그녀는 완전한 사랑 속에 자신을 던지고 싶었다.

발작하는 황인후의 모습은 그의 말대로 한 마리 짐승이었다. 그
짐승은 처절한 비명과 경련으로 그녀가 외면하고 있었던 것을 온몸
으로 보여주고 있었다. 황인후의 맑은 영혼의 탯줄은 짐승의 고통
과 연결되어 있음을. 그것을 깨닫는 순간 강혜경은 자신을 깊숙이
내려다보고 있는 시선을 느꼈다. 그 눈은 묻고 있었다. 넌 저 짐승
의 고통을 사랑할 수 있느냐? 맑은 영혼을 사랑하는 만큼 똑같이
사랑할 수 있느냐? 그녀는 고개를 흔들었다. 내겐 그런 능력이 없
어요. 그건 신만이 할 수 있는 사랑이에요. 강혜경은 울면서 그렇
게 말했다.

23

수도원을 다녀온 다음날 아침 강혜경은 침대에서 일어나려고 했
으나 몸이 말을 듣지 않았다. 육중한 쇳덩어리 같은 것이 그녀의
몸을 짓누르고 있었다. 이마가 불처럼 뜨거웠고, 얼굴은 땀으로 축
축했다. 그래도 일어나야 한다고 생각한 그녀는 두 발을 먼저 방바
닥에 댄 다음 상체를 일으켰다. 그러나 몸의 균형을 잡기도 전에
쓰러졌다. 엉금엉금 기다시피하여 다시 침대로 올라온 그녀는 자신
의 몸이 쇳덩어리처럼 무겁다는 것을 알았다. 눈도 보이고 귀도 들
리건만 손가락 하나 움직일 힘이 없었다. 시간이 얼마나 흘렀는지

몰랐다. 그녀는 혼수상태 속에서 자신의 몸이 가라앉고 있는 것을 느꼈다. 아주 천천히 소리 없이 가라앉고 있었다. 몸이 쇳덩어리처럼 무거우니 가라앉는 것은 당연했다. 그런데 내가 지금 어디로 가라앉는 것일까. 얼핏 물소리 같은 것이 들리는 것 같았다. 하지만 그것이 정말 물소리인지 확신할 수 없었다. 몸의 감각이 희미해지면서 가라앉는 몸이 눈에 들어왔다. 그런데 그 몸이 수수깡처럼 보였다. 쇳덩어리처럼 무거운 몸이, 그 무거움 때문에 가라앉고 있음에도 수수깡처럼 가볍게 보였다. 이 설명 불가능한 모순이 전혀 이상하게 생각되지 않았다. 쇳덩어리가 수수깡으로 변하고, 수수깡이 다시 쇠덩어리로 변한다 해도 조금도 놀랍지 않았다.

사흘 후 이의순은 딸에게 김치와 몇 가지 밑반찬을 갖다주려고 아침 일찍 전화를 했으나 받지 않았다. 전날 저녁에도 전화를 받지 않았음을 상기한 그녀는 일단 김치와 밑반찬을 갖다놓기로 마음먹고 아파트 열쇠를 챙긴 후 아홉시쯤 집을 나왔다. 삼십여 분 후 아파트에 도착한 이의순은 벨을 눌러도 기척이 없자 열쇠로 문을 열었다. 냉장고에 김치와 밑반찬을 넣은 후 청소라도 하고 갈까 생각하면서 방문을 열었는데 침대에서 웅크리고 누워 있는 딸을 보고 경악했다. 강혜경은 빛이 없는 흐릿한 눈으로 이의순을 올려다보고 있었는데, 얼굴은 뼈가 튀어나올 정도로 말라 있었다. 그런데 엉뚱하게도 입가에는 어렴풋한 미소가 어려 있었다.

강혜경이 이의순에게 한 첫마디는 배가 고프다는 것이었다. 어떻게 된 일이냐는 이의순의 물음에도 강혜경은 가냘픈 목소리로 배가 고프다는 말만 되풀이했다. 그러면서도 침대에서 제대로 일어나지 못했다. 병원으로 데려가야 하지 않을까 생각하면서도 배가 고프다는 딸의 애절한 목소리를 차마 뿌리칠 수 없어 이의순은 허둥지둥 밥을 하기 시작했다. 저런 몸으로 밥을 먹어도 될까 하는 불안이 불쑥불쑥 일어났지만 온몸이 떨려올 뿐 도무지 생각이 머릿속에 모이지 않았다. 그 와중에서 냉장고에서 찾아낸 생선까지 구워 상을 차렸는데, 세 숟가락도 먹지 못하고 그 자리에서 토해버렸다.

24

병원에 입원한 지 열흘 후 강혜경은 퇴원했다. 의사는 감당하기 힘든 충격으로 병적인 슬픔과 육체적 허탈 상태에 빠져 있었을 뿐 몸에는 별다른 이상이 없다고 진단함으로써 이의순을 안심시켰다. 그녀는 딸을 혼자 사는 곳으로 보내고 싶지 않았으나 정신적 안정이 절대 필요하다는 의사의 말이 마음에 걸려 본인의 의사에 맡기기로 했다. 그런데 뜻밖에도 강혜경은 집으로 가고 싶다고 말해 이의순을 기쁘게 했다. 강병국은 눈물을 글썽이며 집으로 돌아온 딸을 맞았다. 강혜경은 그 동안 마음 아프게 해드려서 정말 죄송하다면서 이제 그전의 딸로 돌아왔다고 말해 강병국의 가슴을 뭉클하게 했다. 그날 저녁 참으로 오랜만에 세 식구가 식탁에 함께 앉았다.

식사가 끝나고 이의순이 과일을 가져오자 강혜경은 독일에 가서 공부하고 싶다고 조심스럽게 말했다. 의아해하는 부모에게 그녀는 황인후와 헤어지기로 했다면서 다음과 같이 덧붙였다. 이제 우리는 서로에게 아이의 죽음이라는 아픈 기억만을 불러일으키는 존재가 되어버렸다. 이것은 서로가 확인한 사실로, 헤어지는 것만이 고통을 추억으로 간직할 수 있는 유일한 길이라는 결론을 얻었다고.

강혜경은 담담한 목소리로 말했는데, 수척하면서도 해맑은 그녀의 얼굴은 평온해 보였다. 강병국은 고개를 끄덕임으로써 딸의 말을 수긍한다는 의사표시를 했다. 그가 간절히 원했던 일이 실현되었음에도 웬일인지 가슴 아팠다. 그 동안 딸이 겪었던 고통도 그랬고, 황인후를 생각해도 그랬다. 딸의 고통은 부모가 품을 수 있지만, 황인후의 고통은 누가 품어줄 것인가 생각하면 착잡했다.

밤이 깊어지자 강혜경은 이층 방으로 올라왔다. 의사에 의하면 사흘 동안 그녀는 몇 모금의 물 이외에 아무것도 먹지 않았다고 했다. 침대 가까운 곳에 먹다 남은 생수병이 있었던 게 다행이었다. 사흘 동안 아무것도 먹지 않고 무엇을 생각했을까. 하지만 아무리 기억을 더듬어도 또렷이 떠오르는 게 없었다. 몸이 어디론가 자꾸만 가라앉고 있다는 느낌과 함께 가끔 물을 마셨던 기억밖에 나지 않았다. 그래, 몸이 쇳덩어리처럼 무거웠지. 그런데 가라앉는 몸이 보이고부터는 왜 수수깡처럼 가벼워졌을까. 곰곰이 생각해보면 수수깡이란 느낌은 몸이 아니라 정신에서 나온 듯싶었다. 그러니까 무거운 몸은 가라앉고 있지만 그 몸을 보고 있는 정신은 수수깡처럼 가벼워지고 있었던 것이다. 확실히 단정할 수 없지만 그랬던 것 같았다. 어머니가 들어왔을 때 그녀가 맨 처음 느낀 것은 배고픔이었다. 그것은 세상의 한 부분을 통과하고 난 후의 배고픔이었음을 강혜경은 어렴풋이 깨닫고 있었다.

다음날 아침 강혜경은 외출 준비를 했다. 어디를 가느냐는 이의순의 물음에 그녀는 황인후가 기다리고 있다고 대답했다. 이의순이 의아해하자 강혜경은 작별의 시간은 가져야 하지 않겠느냐고 말했다.

25

강혜경의 말대로 황인후는 그녀를 기다리고 있었다.

수도원 기도실에서의 발작 후 그가 정신을 차렸을 때 강혜경은 보이지 않았다. 기도실의 텅 빈 적막은 그녀가 그에게서 떠났음을 가르쳐주었다. 그가 발작을 예감한 것은 죄의 저울 위에서 오들오들 떨고 있는 짐승이 환시로 나타났을 때였다. 강혜경을 끌어안고 있었던 그는 어느덧 저울 위의 짐승이 되었고, 자신의 생명을 끊기 위해 빠르게 내려오고 있는 칼을 보고 있었다. 칼날이 그의 몸에 닿기 직전 어떤 목소리가 빛보다 빠르게 그의 뇌수를 꿰뚫고 지나갔다. 이제 나의 칼은 너의 생명뿐 아니라 네가 끌어안고 있는 여인의 생명도 끊을 것이다. 하지만 여인은 결코 희생 제물이 될 수 없으니 내 칼이 닿기 전 여인을 떼어내어라. 그는 여인을 밀어내기 위해 안간힘을 썼으나 뻣뻣이 굳어가는 손은 말을 듣지 않았다. 칼날의 빛이 번뜩이면서 죽음의 실체가 목에 닿고 있었다. 울부짖음과 같은 비명과 함께 그의 육신은 어느 때보다 격렬한 발작의 폭풍 속으로 빨려들어갔다.

이틀 후 별장으로 돌아온 황인후는 강혜경을 기다렸다. 기다리는 동안 그는 마음속의 그녀를 끊임없이 지웠다. 그녀가 나타나도 시선 한 번 주지 않았다. 그녀가 미소를 지으며 자신에게로 오라고 손짓을 해도 꿈쩍하지 않았다. 마침내 눈물을 글썽거려도 그의 얼굴은 돌처럼 무표정했다. 그는 그녀 앞에서 눈을 닫고 귀를 닫고 입을 닫았다.

여름의 태양이 중천에서 서쪽으로 기울어지고 있을 때 강혜경은 별장에 도착했다. 황인후는 담담히 그녀를 맞았고, 강혜경은 그런 그의 태도를 퍽 자연스럽게 받아들였다. 깨끗이 정돈된 그의 방은 주인이 멀리 떠나려 한다는 것을 역력히 보여주었다. 강혜경은 황인후에게 섬에 가고 싶다고 말했고, 그는 고개를 끄덕였다. 그들은 서로가 무엇을 원하는지 잘 알고 있었다.

섬으로 향하는 황인후의 배 안에는 그가 방금 구운 빵과 붉은 포도주가 있었다. 날씨는 청명했고, 강은 눈이 시리도록 맑았다. 배가 섬에 닿자 강혜경은 사뿐히 내렸다. 모래의 부드러운 감촉이 추억을 아프게 건드렸다. 황인후는 전에 늘 앉았던 바위 위에 돗자리를 폈다. 그들은 말없이 포도주를 마시고 빵을 뜯어먹었다. 황인후의 잔이 비면 강혜경이 채웠고, 강혜경의 잔이 비면 황인후가 채웠다.

해가 지고 주위가 어스레해지고 있었다. 포도주 병은 물론 빵이 담긴 소쿠리도 텅 비어 있었다. 강혜경은 아련한 취기 속에서 눈을 감았다. 푸른 공기가 보였다. 저렇게 푸른 공기는 처음이야. 그녀는 중얼거리며 두 손으로 어깨를 감쌌다. 나비 한 마리가 푸른 공기 속을 날고 있었다. 나비의 눈도 보였다. 그 눈 속에 강이 넘실거리고 있었다. 눈을 떴다. 푸른 공기도 나비도 사라지고 없었다.

"이제 가야죠."

강혜경의 말에 황인후는 말없이 일어섰다. 그의 몸이 휘청거리고 있었다. 그녀는 황인후의 팔을 잡았다. 뼈가 만져졌다. 그가 바로 섰다. 그녀는 손을 놓아야 한다고 생각하면서도 놓지 않았다.

"혜경인 나에게 꿈이었어."

황인후는 입술을 떨며 속삭였다. 강혜경은 그를 올려다보았다. 그의 얼굴은 얇은 얼음처럼 보였다. 손가락으로 살짝 누르기만 해도 깨어져버릴 것 같은 얼음.

"나에게 단 한 번 허용된 꿈이었지. 혜경인 그 속에서 성체등처럼 빛나고 있었어."

"이제 그 성체등은 꺼지고 말았군요."

강혜경 역시 그의 목소리처럼 속삭였다.

"성체등은 결코 꺼지지 않아."

"성체등은 꺼졌어요. 아이의 죽음과 함께."

황인후는 그녀의 얼굴을 가만히 보았다. 고통에 시달린, 그러면서도 평온한 얼굴이었다. 수많은 추억들이 명멸하고 있었다. 그는 알고 있었다. 그 명멸 너머 짐승의 시간이 그를 기다리고 있음을. 저 어둠의 시간 속에서, 날개 없는 한 마리 짐승은, 하늘에 걸린 죄의 저울대를 보며, 세상의 벌판을 헤맬 것이다. 그곳에 이르는 길을 찾기 위해. 스스로 희생 제물이 되기를 간구하면서.

"난 두려워. 내 모습이."

황인후는 여전히 속삭이고 있었다.

"두려워하지 말아요. 인후씬 나비니까요."

"나비?"

"나비 한 마리가 날개를 접고 바위 위에 앉아 있었지요. 날아갈 힘이 없었던 거예요. 그때 하늘에서 손이 내려왔어요. 그 손은 조심스럽게 나비를 들어올려 생명의 입김을 불어넣었어요. 그러자 나비는 날개를 활짝 펴고 강을 넘어갔어요. 생각나세요?"

그는 고개를 끄덕였다.

"인후씨가 나비처럼 그렇게 힘을 잃고 있을 때 하늘에서 손이 내려와 생명의 입김을 불어넣을 거예요. 그러면 인후씬 날개를 펴고 강을 건너겠지요. 그 강 너머 무엇이 있을까요? 난 알 수 없어요. 하지만 상상할 수는 있어요. 길의 아름다움을."

하늘에서 느리게 내려오는 어둠은 움직이지 않는 두 사람 속으로 조용히 스며들었다.

4

희생 제물

1

마을에서 산으로 오르는 길은 넓고 완만하다. 여기서부터 집들은 띄엄띄엄 흩어지기 시작하는데, 소나무가 작은 숲을 이루고 있는 둔덕에 이르러서는 아주 끊어진다. 인가가 끊기고부터 산길은 좁아지고, 곳곳이 비탈이다. 이 길은 해가 지는 산등성이까지 이어지는데 중간에 폐가가 한 채 있다.

본래 묘지기 집이었다는 이 폐가는 몇 년 전 타지에서 들어온 한 남자가 마지막으로 살았다. 그 남자에 대한 소문이 구구했는데, 폐병쟁이였다는 말이 있는가 하면, 정신병원에서 도망쳐나온 사람이라는 말도 있었다. 아무튼 그가 일 년 남짓 살다 어디론가 사라진 후 지금까지 흉물스러운 폐가로 남아 있었다.

  그러던 여름 어느 날 밤 폐가에서 불빛이 비치기 시작했다. 더위를 식히려 소나무 숲까지 나온 몇몇 마을사람들이 그 불빛을 보았는데, 워낙 작고 희미해 칠흑같은 어둠 속에 곧 묻힐 것만 같았다. 그로부터 며칠 후 한 농부가 개를 데리고 산길을 어슬렁어슬렁 오르는데, 폐가에 이르자 갑자기 개가 마구 짖기 시작했다. 호기심이 동한 농부가 루핑으로 내려뜨린 문을 밀쳐보았더니 잡초가 듬성듬성 자란 흙마당에 시커먼 옷을 입은 청년이 낡은 의자에 앉아 있었다. 겁이 안 나는 건 아니었으나 청년의 체구가 왜소한데다 얼굴도 험상궂게 보이지 않아 누구냐고 물었다. 청년은 말없이 손을 내저었는데, 무슨 뜻인지 알 수 없어 다시 물었으나 여전히 입을 다물고 손만 내저었다. 하는 짓이 벙어리인 것 같아, 너 벙어리냐고 물었더니 고개를 끄덕였다. 농부는 그를 찬찬히 살폈다. 옷차림을 보면 걸인 같았으나 그렇게 단정하기엔 석연치 않은 점이 있었다.

  움푹 파인 눈에서 뻗쳐나오는 강렬한 시선은 깡마른 얼굴과 검게 그을은 피부와 합쳐지면서 처음 보는 이에게 경계심을 갖게 만들었다. 하지만 그것과 전혀 다른 모습이 농부를 헷갈리게 했다. 길고 갸름한 얼굴과 반듯한 이마, 섬세하고 긴 속눈썹은 앞의 경계심을 누그러뜨리기에 충분했다. 아무튼 얼굴도 멀쩡하고 사지 온전한 청년이 이런 곳에 들어와 있는 걸 보면 사연이 있을 법도 한데 벙어리라 물어볼 수도 없고 해서 혀를 끌끌 차면서 나왔다. 그날 이후 폐가에 벙어리 거지가 산다는 소문이 마을로 퍼졌다.

2

"저 사람 또 왔네."

시장에서 과일을 팔고 있는 상인 한 사람이 건너편 길을 보며 말했다.

"그렇군."

그 옆의 상인이 고개를 끄덕였다. 그의 눈은 호기심으로 빛났다.

파장이 가까워오면 몇몇 부랑자들이 슬며시 나타나 먹을 것을 찾아 여기저기 뒤적거리고 다니면서 상인들에게 손을 내밀었다. 상인들은 그들이 귀찮기는 하나 으레 그렇거니 생각할 뿐 구태여 쫓으려 하지 않았다. 그들에게 주로 팔다 남은 음식을 주는데, 집에 가져가봐야 소용이 없거나 곧 쉬어버릴 음식들이었다. 간혹 장사가 잘되는 날이면 천원짜리 지폐 한두 장 던져줌으로써 좋은 일 했다는 흐뭇함을 맛보곤 했다.

그런데 언젠가부터 낯선 부랑자 한 사람이 장터에 나타났다. 부랑자 대부분이 나이가 들었음에 비해 그는 젊은 남자였다. 게다가 부랑자치고는 얼굴이 꽤 고왔으며, 행동거지가 유별났다. 부랑자 특유의 치근덕거림도 없을 뿐 아니라 상인들에게 절대 손을 내밀지 않았다. 더욱 이상한 것은 먹을 것을 주면 받는데 돈을 주면 절대 받지 않는다는 점이었다. 부랑자들이 하나같이 음식보다 돈에 눈을 더 밝히는 사실에 비추어보면 확실히 별난 사람이었다.

상인들이 여러 차례 그 이유를 물었으나 청년으로부터 한 번도 대답을 듣지 못했다. 얼마 지나지 않아 그가 벙어리라는 소문이 나돌았는데, 그것은 누구도 그가 말하는 것을 보지 못했던 까닭이다. 그 벙어리 부랑자는 폐가에 살고 있는 황인후였다.

3

혹한기가 지나면서 날씨가 풀리고 있었다. 유난히 춥고 길었던 겨울이었다. 마을사람들은 폐가에서 새어나오는 노르스름한 불빛을 보면서 벙어리 거지가 혹독한 추위에도 얼어죽지 않았음을 알았다. 그전의 폐병쟁이 남자는 수시로 마을에 나타나 음식 구걸을 했는데, 이번의 벙어리 청년은 구걸은커녕 폐가에 살고 있는지조차 모를 정도로 사람들 앞에 나타나지 않았다.

어느 날 비가 사흘 낮 사흘 밤을 거의 쉬지 않고 쏟아졌다. 황인후의 집은 물구덩이가 되었다. 냉기는 뼈가 시릴 정도였다. 잠을 제대로 잘 수 없었다. 비 그친 다음날 물을 빼고 몸을 뉘었다. 몹시 추웠다. 몸이 덜덜 떨렸고 이마는 불덩이처럼 뜨거웠다. 발가락 하나 움직일 힘이 없었다. 그는 점차 혼수상태로 빠져들었다. 어렴풋한 의식 속에서 인기척이 느껴졌다. 그것은 소리라기보다 느낌에 더 가까웠다. 한 가닥 바람이 몸에 닿는 느낌이었다. 그럼에도 불구하고 누가 이곳에 들어와 있음을 분명히 일깨웠다. 가까운 곳에서 숨소리도 들렸다. 몸을 일으켰다. 열이 조금 내려간 것 같았다. 램프의 어둑한 불빛 속에서 나무 탁자에 앉은 한 사내가 그를 내려다보고 있었다. 오늘밤 램프를 한 번도 켠 적이 없었음이 상기되었다.

"너무 어둡더구먼. 그래서 주인의 허락 없이 불을 켰지."

사내는 황인후의 마음을 읽은 듯 미소까지 띄우며 말했다. 그런데 그의 얼굴이 묘했다. 우선 남자인지 여자인지 잘 구분되지 않았다. 목소리 때문에 남자라는 것을 알았지만 얼핏 보면 여자 같기도 했다. 그것은 아마도 동그란 얼굴과 흰 살결 때문인 것 같았다. 나이도 짐작하기 힘들었다. 어린아이처럼 보이기도 했고, 늙은이처럼 보이기도 했다. 눈이 어둑한 빛에 적응되면서 사내의 얼굴이 보다 잘 보였는데, 유난히 흰 살결이 부자연스러웠다. 흰색 가면을 쓴 것 같기도 하고, 분칠한 것 같기도 했다.

"내 얼굴이 이상한가보군. 이상해할 것 하나도 없네. 흰색이란 아무것도 없는 세계니까. 무슨 말인지 알겠나? 내 얼굴은 무란 말일세. 인간의 얼굴에는 저마다 표정이 있기 마련이지. 삶의 희로애락이 만드는 표정 말일세. 하지만 내 얼굴에는 그런 표정이 없어. 그래서 자네 눈에 이상하게 보이는 걸세."

"이해할 수 없군요. 왜 당신 얼굴에는 표정이 없지요?"

"호, 벙어리가 드디어 말을 하는군. 난 자네의 정체를 알지. 멀쩡한 혀를 숨기고 왜 벙어리 흉내를 내는지, 그리고 무엇 때문에 사람들을 피해다니는지. 아, 물론 구걸할 땐 사람들 앞에 나타나지. 하지만 그건 부득이한 경우야. 목숨은 부지해야 되니까. 왜 자넨 벙어리 흉내를 낼까? 그건 자네가 짐승이 되고자 했기 때문이야. 그런데 짐승에게 허용된 인간의 말은 없어. 그러니 벙어리 흉내를 낼 수밖에. 무엇 때문에 사람들을 피해다녔을까? 인간이 짐승을 두려워하듯 짐승 역시 인간을 두려워하니까. 뿐만 아니라 자넨 짐승의 육신을 살찌게 할 수 없다는 이유로 입에 달콤한 것은 먹지 않았어. 또 앞에 있는 이가 누구든 자신을 낮추었어. 짐승은 인간보다 낮은 존재니까. 그리고 영원을 응시하지 않았지. 짐승은 영원을 견디지 못하거든. 자넨 짐승이 됨으로써 광인이 되었지. 짐승과 광인은 인간의 마을에서 살 수 없을 뿐 아니라 인간에 의해 추적당해. 그래서 자넨 이런 버려진 집에서 살고 있어. 짐승의 몸에는 참으로 적합한 곳이지. 난 알아. 이곳이 자네가 택한 세번째 짐승의 집이라는 것을. 아, 내 이야기만 하느라고 자네의 물음을 깜박 잊었군. 왜 내 얼굴에 표정이 없느냐고 물었지? 왜냐하면 내 얼굴은 거울이니까.

그러니까 지금 내 얼굴은 자네의 거울이지."

"무슨 말인지 알 수 없군요."

"난 자네의 일부야. 자네의 무의식적인 영혼이랄까. 따라서 지금부터 자네는 텅 빈 내 얼굴 위에 표정을 만들 것이고, 나를 통해 또하나의 자네를 보게 될 걸세."

"당신은 누구십니까?"

"방금 말하지 않았나. 자네의 일부라고."

"그건 터무니없는 얘기입니다."

"이것 참 난처하군. 똑같은 대답을 했다간 쫓겨날 판이니…… 좋아, 그럼 자네가 믿을 수 있는 말을 하지. 난 인간이야. 이건 한 점의 거짓도 없는 말이야. 우연히 이곳을 지나가는데 짐승의 내음이 나더군. 그래서 걸음을 멈췄지. 짐승의 내음을 맡은 지 참 오래 됐거든. 들어와보니 정말 짐승의 집단더군. 어둡고 축축하고 또……뭐라고 할까, 묘혈 같아."

묘혈이라고 말할 때 사내는 얼굴을 찡그렸다.

"짐승의 집에선 시간의 소리를 들을 수 없어. 시간이 스며들 수 없는 곳이니 그 소리가 들릴 턱 있나. 난 자네가 깨어날 동안 이 낡은 의자에 앉아 한참 동안 귀를 기울여봤지. 혹시나 해서 말이야. 하지만 슬프게도 들을 수 없었어. 여긴 기억이 없는 곳이야. 인간에 대한 기억이 조금이라도 남아 있다면 어떻게 이런 곳에 살 수 있겠나."

그러면서 사내는 황인후를 빤히 내려다보았다. 그의 눈은 토끼눈처럼 붉었다.

"내 눈이 붉다고 놀라지 말게. 세상을 하도 많이 돌아다니다보니 이렇게 됐다네. 자네도 잘 알겠지만 인간세상이란 참으로 비참해. 거룩한 책에 기록되어 있는 에덴 동산이 정말 있었는지 의심이 절로 들 정도니 눈이 이렇게 붉어지지 않을 수 없지. 난 눈물이 많은 인간이야. 그런데 자넨 날 의심하는군. 정말 인간인가 하고 말이야. 내가 인간이 아님을 증명하는 건 자네가 짐승이라는 걸 증명하는 것만큼 어려울걸. 말이 나와서 하는 소리지만 자네가 짐승이라는 걸 무얼로 증명하겠나. 아, 물론 난 짐승의 냄새를 맡아 이곳에 왔지만 냄새만으로는 짐승인지 알 수가 없지. 왜냐하면 내가 맡은 건 육신의 냄새거든. 유감스럽게도 나에겐 영혼의 냄새를 맡을 능력이 없어. 말하자면 자넨 짐승의 껍질을 뒤집어쓰고 있는 인간일지도 모른단 말일세. 아, 진정하게. 난 자네의 화를 돋우기 위해 여기 들어오지 않았으니까. 우선 좀 앉게나. 그렇게 서 있으면 내가 어떻게 얘기하나. 그래, 이렇게 마주 앉으니 얼마나 좋아."

사내는 탁자에 마주 앉은 황인후를 보며 흐뭇한 웃음을 지었다.

"내가 여기 들어온 이유는…… 또 자네가 화낼까봐 겁이 나지만 솔직히 얘기하지. 내가 여기 들어온 것은 자네가 무슨 사연으로 짐 승이 되었는지 궁금했기 때문이야. 자, 내가 솔직히 털어놓았으니 자네도 솔직히 말해보게. 나를 너무 그렇게 쳐다보지 말게나. 자네 눈빛이 내 눈 속을 뚫고 들어오는 것 같구먼. 알았어. 지극히 유감스럽지만 내 질문을 거두어들이겠네. 그런데 그냥 헤어지기 섭섭하군. 지금 헤어지면 언제 만날지 기약할 수 없으니 말일세. 그렇지 않나? 자네 표정을 보니 이 말은 동의하는 것 같군. 하긴 자네도 외로움을 느낄 때가 있겠지. 아무리 짐승일지라도 말벗이 그리워질 때가 있거든. 이제 화를 내지 않는군. 자네가 그렇게 싫어하니 더이상 묻지 않겠네만 대신 내 생각을 말해도 될까? 자네가 잠 속에 빠져 있는 동안 난 생각을 많이 했거든. 왜 자네가 짐승이 되었을까, 하고 말이야. 내가 말이 너무 많은가? 그렇다면 너그럽게 받아들이게. 자네가 입을 다물고 있으니 나 혼자서라도 지껄여야 하지 않겠

나. 자네는 어떨지 모르지만 난 이런 묘혈 같은 곳에서 입 다물고 멍청히 앉아 있는 건 질색이니까. 내 제안이 그렇게 싫지 않은 모양이군. 좋아, 그럼 내 견해를 말하지. 이거 약간 떨리는데."

그러면서 사내는 목소리를 가다듬었다.

"자네 영혼은 어린아이의 영혼이었어. 자네가 저주받기 전까지. 아, 저주라는 말은 자네가 썼어. 아이가 죽은 후 스스로 저주받은 나무였음을 깨달았노라고 자넨 말했지. 자네 눈에 아이의 죽음이 저주의 징표로 보였겠지. 자네가 그렇게 생각한 건 무리가 아냐. 지금도 내 가슴이 아플 정도니 자넨 오죽하겠나. 어떤 애도의 말을 해야 할지 정말 모르겠네. 저런, 자네 눈에 벌써 눈물이 글썽이는 군. 하지만 난 못 본 척하고 말을 계속 하겠네. 거듭 말하지만 저주가 있기 전 자넨 어린아이의 영혼을 갖고 있었어. 그리스도가 가장 사랑한 영혼의 모습을 말일세. 영리한 자넨 그 사실을 알고 있었어. 왜 그렇게 놀라는가. 난 지금 진실을 말하고 있어. 이런 묘혈 속에서 어떻게 거짓을 말할 수 있겠나. 거짓이란 인간의 세계에서나 유용한 것이지 짐승의 집에서는 아무 짝도 쓸모없는 것이라네."

그는 얼굴을 찡그리며 퉁명스럽게 말했다.

"이건 참으로 가슴 아픈 이야긴데…… 자네도 차마 잊지 못하고 있을걸. 첫사랑 소녀 말이야. 그 나무가 눈에 선하군. 백설 같은 꽃이 피어 있었던 나무 말일세. 그때 자넨 정말 행복했지. 그런데 운명의 주재자는 잔인했어. 몸 속에 숨겨두었던 끔찍한 병을 끄집어 내어 철저히 망쳐놓았으니. 자네 지금까지 그보다 더 행복한 시간을 가진 적 있었나? 없었지. 앞으로 그같은 시간을 향유할 수 있을까. 내 단언하건대 그건 불가능해. 황금시간이란 한 번 지나가면 다시 오지 않는 법이니까. 그때 자네 발작, 차마 눈뜨고 볼 수 없었다네. 먼저 얼굴이 일그러지면서 턱이 덜덜 떨렸고, 입술은 검푸르게 변색되었지. 듣기 거북한 소리까지 새어나왔어. 조금 후 비명 소리가 터져나오는데, 그건 영락없는 짐승의 울부짖음이었다네. 이어 팔이 오그라들고 몸뚱이가 나뭇가지처럼 휘어지면서 무섭다고밖에 표현할 수 없는 경련 속으로 빠져들더구먼. 게다가 눈이 뒤집히고, 입에서는 침이 거품처럼 뿜어져나오는데, 쯧쯧 자네도 자네지만 그 소녀가 안됐더구먼. 공포에 질려…… 내가 안아주고 싶을 정도였으니. 자네 안색을 보니 이제 그만 해야겠네."

입을 꽉 다물고 백지장 같은 얼굴을 하고 있는 황인후에게서 슬며시 시선을 뗀 사내는 손가락 끝으로 탁자를 톡톡 두드리기 시작했다. 처음에는 아주 느리게 두드렸는데, 속도가 조금씩 빨라지면서 짧으면서도 굵은 그의 손가락이 연체동물처럼 움직였다. 그러다 갑자기 동작을 멈춘 그는 시선을 천천히 황인후에게로 옮겼다. 그의 눈이 더 붉어 보였다.

"유감스럽게도……."

탁자에 내려놓은 손을 천천히 들어올려 관자놀이에 갖다 댄 그는 침통한 목소리로 말했다.

"정말 유감스럽게도 자네의 불행은 거기서 그치지 않았어. 어머니의 죽음이 이어졌고, 또 아버지의 비밀을 알게 되었으니. 이건 내 생각이지만 자네의 영혼을 결정적으로 헤집어놓은 건 아버지의 비밀이 아니었을까. 왜냐하면 자넨 놀랍게도 아버지를 그리스도와 동일시하고 있었으니까. 엄청난 환상이었지. 그런데 자네에겐 환상이 현실보다 더 친숙했어. 환상이 현실을 앞지르고, 아버지를 그리스도와 동일시하는 영혼이야말로 영락없는 어린아이의 영혼이지. 하지만 어머니에 의해 밝혀진 아버지의 실체는 환상과 너무나 달랐어. 이건 참 민망스러운 말이지만 자네 아버진 거짓말쟁이였을 뿐 아니라 처녀의 순결을 유린한 파렴치한이었어. 더욱 지독한 사실은 그 거짓말이란 것이 신 앞에 맹세하는 것이었지. 사제가 되기 위한 의식이 얼마나 장엄하고 아름다운가. 그 장엄함과 아름다움 앞에서 자네 아버진 거짓말을 했어. 오, 그런 자가 그리스도라니. 자네 얼굴이 또 뒤틀리는군. 하지만 난 이제부터 괘념치 않겠네. 어차피 자네 비위 맞추긴 틀렸으니까. 아버지의 정체는 자네에겐 천지가 개벽하는 충격이었지. 얼마나 충격이 컸으면 자신을 불결과 거짓의 씨앗이라고 생각했을까. 그럼에도 불구하고 자넨 무너지지 않았어. 무너질 리가 없지. 인간의 영혼 중 가장 강한 것이 어린아이의 영혼이니까. 그 놀라운 탄력성은 악마도 감탄하게 마련이지."

사내의 붉은 혀에서 악마라는 말이 나오자 그의 눈은 야릇하게 빛났다. 괴로우면서도 희열에 차 있는 눈빛이었다.

"자네의 그 놀라운 영혼은 죄의 씨앗에서 피어난 한 송이 꽃을 보았던 거야. 정말 놀라운 일이었어. 그 징그럽고 끔찍한 간질을 어떻게 한 송이 꽃으로 바꿀 수 있었는지, 아무리 생각해도 경탄을 금할 수 없다네. 그때부터 발작의 황홀은 불꽃처럼 터져나왔지. 한 송이 꽃에서 터져나온 불꽃, 얼마나 휘황찬란했을까. 하지만 그것은 응징의 황홀이기도 했어."

관자놀이에서 손을 뗀 그는 상체를 황인후에게로 바짝 기울였다.

"아버지의 정체가 드러나자 자넨 자신이 죄의 씨앗이라는 사실을 깨달았어. 죄가 있다면 그것에 대한 벌이 따라야겠지. 물론 영혼이 시커먼 자들은 모른 척하겠지만 자네같이 순결한 영혼은 벌이 없으면 오히려 견디지 못하는 법이야. 속죄의 욕구는 순결의 정도에 따라 비례한다네. 순결이란 고통을 견디는 영혼의 능력이니까. 고통이 곧 황홀이 되는 비밀이 여기에 있어. 자네의 경우 죄에 대한 응징이 간질이었으니, 응징의 황홀이라고 말할 수 있지 않겠나. 덧붙여 말하자면 이 황홀에는 성적인 측면이 약간 있지. 이 경우 자네는 어머니가 되는 걸세. 무슨 말인고 하니…… 이거 설명하기 참 어렵군."

사내는 입을 다시며 고개를 흔들었다.

"자네라는 생명의 씨는 어머니의 자궁 속에 심어졌어. 누가 심었나? 아버지가 심었지. 그런데 그것은 거짓과 불륜의 결합이었어. 이 죄의 굴레에서 어머니 역시 벗어날 수 없다는 건 자명한 사실이지. 어머니는 죄의 고통을 뱃속에 안고 있었어. 자네가 고통을 느끼기 전 어머니가 먼저 고통을 느꼈단 말일세. 온몸으로. 어머니의 고통이야말로 최초의 응징이었지. 자넨 어머니의 고통까지 느끼고 싶었어. 그래서 자넨 어머니가 되어 다리를 벌렸지. 기억나지 않나? 나는 두 눈으로 똑똑히 보았는걸. 눈을 지그시 감고 다리를 벌리고 있는 자네 모습을. 조금 후 입마저 벌어지더군. 벌어진 입 속에서 고통과 황홀의 신음이 새어나왔지. 난 이 귀로 분명히 들었어. 자네 얼굴이 안 좋아 보이는군. 괜찮은가? 계속 얘기하라구? 자네가 듣고 싶어하는 걸 보니 내 얘기가 공허한 지껄임이 아닌가보군. 기꺼이 자네 뜻에 따르겠네. 그런데 자네라고 응징하지 말라는 법이 있는가. 자네에겐 응징할 자격이 있어. 왜냐하면 자네의 죄 속에는 자네 책임이라곤 눈을 씻고 찾아도 없으니까. 그럼 누구 책임이겠나? 아버지일세. 자넨 아버지를 응징할 자격을 갖추고 있었어. 그리고 자넨 응징했어. 훌륭히."

바람이 창틀을 흔들고 있었다. 나뭇잎 쏠리는 소리도 났다.

"자넨 저 바람 소리를 짐승의 귀로 듣나? 짐승의 귀에 바람 소리가 어떻게 들리는지 궁금하군. 난 바람 소리를 들으면 바람의 영혼을 생각해. 그 영혼은 언제나 슬픔에 잠겨 있어. 당연하지. 바람이란 허공을 떠도는 망령의 입김이니까. 언젠가 나도 그 입김 속으로 들어가겠지. 누구의 눈에도 보이지 않게 슬며시."

"놀랍군요. 당신이 그런 생각을 한다는 게."

황인후의 말에 사내는 히죽 웃었다.

"자넨 지금 나에게 감탄하고 있나? 하지만 자네를 향한 나의 감탄에 비하면 정말 아무것도 아닐세. 이보다 더한 감탄이 또 있을까."

"무엇을 그렇게 감탄했나요?"

"자네는 아버지를 그리스도의 자리에서 끌어내림으로써 응징을 훌륭하게 수행했네. 나의 감탄은 이 응징에 있는 게 아니라 그 다음에 있지. 자넨 아버지가 차지하고 있었던 그리스도의 자리에 다른 이를 내세웠어. 그리스도의 자리는 한시라도 비워 있으면 안 되니까. 누구로 바꾸었냐고? 바로 자네였지. 말하자면 자네 스스로 그리스도가 되었던 것일세. 왜 놀라나? 몸까지 떨고 있군 그래. 자네가 그 사실을 부정한다면 난 증거를 댈 수 있어. 하지만 우리 사이에 구태여 그럴 필요가 없으리라 생각되네. 털어놓은 김에 말하자면 자넨 한 송이 꽃을 본 순간 아버지를 끌어내리고 그 자리를 차지했네. 순식간의 자리바꿈이었지. 아무리 감탄해도 모자랄 극적인 변신이었다네. 자네 안색이 너무 창백해 걱정되는군. 그렇게까지 놀랄 것 없지 않나. 난 자네의 일부일 뿐인데."

"난 당신을 모릅니다."

"인간이 자신을 다 안다는 건 불가능하지. 그 상태를 견디지 못하니까. 자신의 얼굴 속에 얼마나 많은 다른 얼굴이 숨어 있는지 안다면 기겁할걸. 그리스도가 인간으로 태어났다는 건 정말 믿어지지 않아. 가끔 난 헤어날 수 없는 의문 속으로 빠져들곤 하지. 그리스도의 얼굴은 하나뿐이었을까, 하고. 완전한 인간이란 단 하나의 얼굴을 가진 인간이지. 그러니까 그리스도의 얼굴은 당연히 하나였겠지만, 글쎄 선뜻 믿기에 석연치 않은 구석이 있어. 어, 자넨 지금

날 잡아먹을 듯이 노려보는군. 그 얘기 더이상 안 할 테니 진정하
게. 사실 이건 우리끼리 할 얘기가 아니지. 더군다나 자넨 지금 짐
승이니까. 그건 그렇고 자네에게 한 가지 묻고 싶은 게 있네. 자네
를 그리스도까지 끌어올린 한 송이 꽃은 정말 누가 피웠는가? 아,
이거 미안하네. 그럼 쓸데없는 말은 빼고 다시 묻겠네. 한 송이 꽃
을 피운 이가 그리스도인가, 아니면 자네 아버진가? 물론 자넨 그
리스도라고 대답하겠지. 하지만 생각해보게. 자네의 몸에 왜 간질
이 생겼는가를. 아버지 때문이 아닌가. 자네 어머닌 태어난 지 얼마
안 된 자네를 안고 수도원을 찾아갔어. 아들을 보여주려는 일념에
서. 그런데 그 아버지라는 사람은 어떻게 했나? 비가 쏟아지고 있
는 수도원 마당에 아이를 던졌어. 왜 던졌을까? 그건 아무도 모르
지. 나도 몰라. 어쨌든 그 충격으로 간질이 생겼다면 한 송이 꽃을
피운 이는 그리스도가 아니라 자네 아버지일세."

"그 사람이 나를 던졌다는 걸 정말 믿습니까?"

황인후는 툭 쏘듯 물었다.

"아, 사실이 아닐 수도 있지. 그 장면을 직접 보지 못했으니. 하
지만 그건 별로 중요하지 않아. 왜냐하면 자네는 그걸 믿었으니까.
정확히 말하면 믿고 싶어했지. 왜 그랬을까. 자신의 존재를 남보다
특별하게, 보다 극적으로 만들고 싶은 욕망의 소산이 아닐까. 극적
인 삶, 극적인 인간. 참으로 매혹적인 말이지. 난 자네의 일부임에
도 불구하고 자네를 도저히 이해할 수 없을 때가 참 많아. 어린아
이와 극적인 삶은 어울리지 않아. 그럼에도 불구하고 자네의 영혼
속에 동시에, 나란히 존재하고 있거든. 어디 그뿐인가. 아버지를 증
오하면서도 열망하고, 자신을 학대하면서도 또 그만큼 사랑하고.
왜 이렇게 이중적인가. 말이 나왔으니 묻겠는데 도대체 자네는 아
버지가 되고 싶은가, 그리스도가 되고 싶은가? 아니면 동시에 두

178

사람 모두 되고 싶은가?"

황인후는 뜻밖에도 미소를 띠었다. 음울하기는 했지만 처음으로 짓는 미소라 사내는 놀란 듯 붉은 눈을 크게 뜨고 그를 말끄러미 내려다보았다.

"난 한 마리 짐승에 불과합니다. 짐승에겐 인간의 물음에 답할 수 있는 혀가 없습니다."

"아, 그렇지. 자네가 짐승이라는 사실을 깜박 잊었군. 그런데 자넨 왜 짐승이 되었나?"

"그건 당신도 잘 알 텐데요."

"아, 그런가? 그렇지, 나도 알고 있군. 이 모든 것은 아이의 죽음에서 시작되었지. 자네 아이의 죽음은, 정말 유감이었어. 난 자네가 한 아이의 아버지가 되길 간절히 바랐어. 어떤 아버지가 될지 몹시 궁금했거든. 어쨌든 뭐라고 위로의 말을 해야 할지 모르겠네. 물론 하잘것없는 말의 껍데기에 불과하겠지만. 사랑을 한다는 건 결국 고통과 마주한다는 걸 의미해. 그래서 난 사랑을 안 하지. 절대로 하지 않아. 사랑이 없으면 증오도 없어. 그저 바라보기만 할 뿐이지. 차가운 시선으로. 이건 내 생각이지만 신이…… 물론 신이 존재한다는 가정에서 하는 말이지만, 신이 나와 같은 태도와 시선으로 인간세상을 내려다보았다면 훨씬 나았을 거야. 신이 인간을 사랑한다는 것 자체가 잘못이었어. 아니, 이렇게 말하는 게 옳지. 신이 인간을 사랑할 것이라는 믿음이 잘못이라고. 자네의 고통도 결국은 이 믿음 때문이었지. 난 지금도 눈에 선하네. 슬픔의 노래가 흘러나오는 폐허의 성당 말일세. 아, 귀에 들려오네. 자네가 이끼 낀 성당의 문을 밀었을 때 습기찬 그 소리가 말일세. 자넨 지상에서 신성에 닿는 계단을 올라갔지. 그때 난 숨을 죽이며 자네를 지켜보았어. 그때 내 가슴이 얼마나 설렜는지 아나. 절대의 존재를 향해 한 걸음 한 걸음 딛고 있는 자네의 모습은 눈물이 솟구칠 정도로 감동적이었다네. 자넨 들었는가? 신의 숨결 소리를. 난 유감스럽게도 듣지 못했어. 내 귀에는 안 들리더군. 어쨌든 자넨 기도를 시작했어. 난 그토록 간절한 기도를 한 번도 본 적이 없었네. 이건 정말일세. 그때 처음으로 하나로 합쳐진 영혼을 볼 수 있었으니까. 그 변덕스러운 영혼들이 하나의 영혼으로 합쳐지면서 어린 생명을 살려달라고 신에게 애원하는 모습이란…… 어떤 신이라도 그 간절함을 차마 뿌리치지 못했을 거야. 신이 존재한다면 말일세. 하지만 유감스럽게도 난 알고 있었어. 그 기도가 아이에게 아무런 영향을 미치지 못한다는 사실을. 나는 알고 있었는데 자넨 왜 몰랐을까? 난 지금 자네와 나 자신한테 동시에 묻고 있네. 왜 자넨 몰랐을까?"

그는 황인후의 대답을 기대하고 묻는 것 같지 않았다.

"사랑에 사로잡혀 있었기 때문이지. 사랑이야말로 인간의 눈을 멀게 하는 무지의 그물이니까. 내 말이 마음에 들지 않나보군. 어쨌든 자네의 기도는 받아들여지지 않았어. 아이는 죽고 말았지. 난 작은 아이의 영혼이 죽음의 나라로 가는 걸 보았어."

"당신이 보았다구요?"

"그래 보았지. 내 붉은 두 눈으로 똑똑히 보았지. 죽음의 나라로 가는 자네 아이의 영혼은 무척 아름답더구먼. 내가 지금 너무나 당연한 말을 하고 있군. 아이의 영혼은 원래 아름답지. 그에 비하면 어른의 영혼은 너무 추악해. 같은 인간의 영혼이라고 도저히 믿을 수 없을 정도로 추악해. 그래서 내가 내린 결론인데 아이가 인간이라면 어른은 인간이 아니야. 물론 어른이 인간일 수도 있겠지. 그렇다면 아이는 인간이 아니야. 내 말뜻을 알겠나? 오, 안개가 피어오르는군."

정말이었다. 창 밖에 안개가 자욱이 피어오르고 있었다.

"안개가 피어오르니 초승달이 더욱 애잔하게 보이는군. 맞아, 자네 아이의 영혼은 저 초승달과 비슷했어. 저렇게 희미하게, 누가 조금만 흔들어도 곧 사라져버릴 것만 같았지. 아이는 떠나고 싶어하지 않았어. 아이의 표정에서 난 그걸 알았지. 하지만 누군가 아이를 돌려세우더군. 그런데 말이야."

사내는 갑자기 어조를 바꾸며 심술궂은 눈빛으로 황인후를 보았다.

"아이의 죽음 앞에서 자넨 얼마만큼 슬퍼했나? 내가 보기엔 조금도 슬퍼하지 않더군. 하긴 슬픔을 느낄 겨를이 없었지. 내 말이 지나친가? 유감스럽게도 그건 사실이야. 자넨 아이를 살릴 수 있다고 믿었어. 왜? 자넨 그리스도였으니까. 그리스도야말로 아이를 살릴 수 있는 유일한 존재지. 내 말을 부인하나? 수도원 기도실에서 어떤 여인에게 자네 입으로도 말하지 않았는가. 기도로서 기적을 일으키려고 했다고. 그 여인 이름이 혜경이지 아마. 왜 그렇게 얼빠진 얼굴을 하고 있나. 그 여인은 자네 앞에서 막달라 마리아 역할을 했지. 첫 만남도 극적이었어. 여인이 자네에게 다가오고 있을 때 자네의 눈에 눈물이 고이고 있었지. 그것이야말로 여인을 순식간에 막달라 마리아로 변신시킨 마술의 눈물이었어. 생각하면 할수록 절묘한 눈물이었지. 무엇이 자네의 누선을 자극했나? 신이었나? 그럴 가능성은 충분하지. 그때가 황혼이었으니."

누가 엿듣고 있기나 한 듯 사내는 목소리를 낮추었다.

"지상에 어둠이 내리면 신은 인간을 향해 내려오지. 그때 자넨 신이 내려오는 소리를 듣고 있었는가? 그 소리에 감격해 눈물을 흘리고 있었는가? 자넨 물론 알고 있었겠지. 신을 받아들이려면 인간의 정신을 지워야 한다는 것을. 그건 참으로 당연한 일이지. 불멸의 존재가 유한의 존재와 같은 공간에서 숨쉴 수 없지. 하지만 경이롭게도 예외가 있어. 불멸과 유한이 동시적으로 존재하는 순간이 있단 말이야. 비록 눈 깜박할 만큼 짧은 순간이지만 신과 인간은 동시적으로 숨을 쉬지. 그 순간, 황홀은, 인간을, 덮어."

사내는 말한다는 것 자체가 고통스러운 듯 한 마디 한 마디 간신히 내뱉었다. 이마는 땀으로 끈적거렸다.

"이거 미안하네. 내가 잠시 흥분했어. 참, 아까부터 묻고 싶었는데, 막달라 마리아 말이야. 그 여인은 정말 부활한 그리스도를 보았을까? 만약 나에게 그 사실을 믿느냐고 묻는다면 나는 단연코 믿지 않는다고 대답할 걸세. 왜냐하면 내 눈으로 직접 보지 못했으니까. 난 의심 많은 도마는 아니지만 그 사람과 상당히 비슷한 면이 있거든. 말이 났으니 말이지 도마는 참으로 냉철하고 현명한 감각주의자였어. 그리스도의 손바닥에 있는 못자국에 손가락을 넣어보지 않고서는 부활을 믿을 수 없다고 했으니 말일세. 이 신념 속에는 우리가 깊이 음미해야 할 진실이 있어. 왜 도마는 눈에 보이는 것조차 믿기를 거부했을까? 인간의 감각이란 참으로 불완전한 것이어서 헛것을 보기도 하기 때문이네. 그 사실을 누구보다 잘 알고 있는 그리스도는 도마에게 말했지. 네 손가락을 내 손바닥의 못자국에 넣어보아라. 또 네 손을 내 옆구리에 넣어보아라. 그리고 믿음 없는 자가 되지 말고 믿는 자가 되어라, 하고 말일세. 이 얼마나 깊은 사랑인가. 나의 의문은 여기에 있어. 그리스도는 도마를 사랑하듯 모든 인간을 왜 사랑하지 않았을까? 그리스도의 제자인 도마가 이럴진대 보통 인간들은 얼마나 의심이 많겠는가. 그럼에도 불구하고 그리스도는 몇몇 선택된 인간에게만 나타났을 뿐이지. 물론 보지 않고 믿는 자는 행복하다고 말했지만, 인간이 그렇게 단순하다면 얼마나 좋겠는가."

"당신은 정말 그리스도의 부활을 믿지 않습니까?"

"막달라 마리아의 말을 어떻게 믿지? 왜 믿을 수 없는가 하면 두 가지 가능성 때문이야. 첫째는 거짓말일 가능성이지. 인간은 거짓말 속에서 살고 있어. 심지어 자신이 거짓말을 하고 있다는 사실조차도 모른 채 거짓말을 지껄이고 있거든. 눈물을 흘리면서 거짓말하는 인간들을 나는 너무나 많이 보아왔어. 약간의 과장이 허용된다면 인간의 세계는 거짓이라는 기둥에 의해 지탱하고 있다고 나는 서슴지 않고 말하겠네. 둘째로, 환상을 보았을 가능성이네. 여인의 불타는 듯한 상상력은 환상을 잘 끌어들이니까. 그런데 무슨 말을 하다가 막달라 마리아가 나오게 됐나? 아, 내가 자네를 그리스도라 했더니 자넨 얼빠진 얼굴을 하고 있었지. 자넨 지금 웃고 있군. 이거, 정말 믿어지지 않는 일이 벌어지고 있는걸."

사내의 말대로 황인후는 소리 없이 웃고 있었다. 하지만 감정이 전혀 없는, 그래서 가면의 웃음처럼 보였다.

"우리 솔직히 말함세. 자네가 정말 그리스도인가? 물론 아니지. 자네가 그리스도라면 나라는 존재는 아예 태어나지도 못했을 테니까. 하지만 자넨 그리스도를 닮고 싶어했어. 그리스도로 변신하고 싶었다고나 할까. 말해놓고 보니 변신이라는 말이 더 마음에 드는군. 인간에게는 누구에게나 변신에 대한 욕망이 있지. 촌뜨기 소녀가 백설공주로, 흉칙한 괴물이 늠름한 왕자로 변신하는 꿈은 참으로 달콤하거든. 하지만 이런 것은 유치하고 저급한 욕망이지. 변신의 궁극적 욕망이 뭔지 아나? 불멸일세. 유토피아가 역사적 일원으로서의 인간이 희구하는 궁극적 꿈이라면 불멸은 존재로서의 인간이 희구하는 궁극적 꿈이지. 자넨 그리스도라는 불멸을 꿈꾸었어. 만약 그 꿈이 이루어졌다면 어떻게 되었을까? 우선 자네 아이가 죽지 않았을 테지. 그리고 모든 꿈은 다 사라져버렸겠지."

"모든 꿈이 다 사라진다구요?"

"꿈의 궁극에 도달했는데, 무슨 꿈이 또 필요하겠나. 꿈이란 꿈은 다 사라져버리는 거야. 그렇게 되면 세계는 어떻게 될까. 운명은 더 이상 인간을 희롱하지 않겠지. 상처와 고통의 구멍 속에서 꽃이 다투듯 피어오르고, 창공의 별들은 불멸의 존재인 인간을 향해 구애의 손길을 애타게 내밀겠지. 생각만 해도 끔찍하군. 그 어디에도 내가 숨쉴 곳이 없으니. 아, 그렇지. 협죽도의 어둑한 그늘 아래로 숨어들면 되겠군. 벌레처럼. 그 속에서 무엇을 할까. 짐승이 되는 꿈을 꿀까. 그건 아무 소용이 없군. 완전한 세계는 더이상 제물을 필요로 하지 않으니 말일세. 그런데 자넨 정말 짐승인가?"

"여긴 짐승의 집입니다."

"그래, 여긴 짐승의 집이지. 자네가 짐승이 되기 위해 얼마나 몸부림쳤는지도 난 다 알아. 처절한 몸부림이었지. 난 자네가 짐승이 되기도 전에 얼어죽거나 굶어죽을 줄 알았어. 나 같았으면 목숨이 열 개라도 모자랐을걸. 그런데 또 묻겠네. 왜 자네는 짐승이 되었나?"

"짐승이란 신의 저주를 받은 자에게 가장 적합한 존재죠."

황인후는 조금 전과 같은 웃음을 지으며 말했다.

"그럼 꿈을 버렸나? 불멸에의 꿈을."

"짐승은 감히 그런 꿈을 꿀 수 없습니다."

"자넨 참 능청스럽게 거짓말하는군. 자네를 희롱하던 운명이 사라졌나? 상처와 고통의 구멍 속에서 꽃이 다투듯 피어올랐나? 창공의 별들이 자네에게 간절히 구애하던가? 그렇다면 난 자네의 말을 믿겠네. 그리고 기꺼이 벌레가 되어 협죽도 그늘을 찾아나서겠네. 왜 아무 말을 못 하나? 내가 알아맞혀볼까. 자네가 짐승이 된 진짜 이유를."

그러면서 사내는 빙글빙글 웃었다.

"인간의 마음속에는 근원적으로 신을 향한 증오가 있어. 왜 그럴까? 당연하지. 인간은 유한의 존재니까. 불멸에 대한 질투라고나 할까. 하지만 이 증오는 너무나 깊숙이 숨어 있어 그런 것이 있는지조차 몰라. 한갓 피조물일 뿐인 인간이 창조주인 신을 증오한다는 사실 자체가 두렵기 때문이지. 엄청난 불경이니까. 인간이란 족속은 두려운 것을 보지 못해. 그건 본능이야. 보지 않으려고, 더 나아가 아예 잊어버리려고 안으로 안으로 밀어넣고 있는 게 인간이지. 그리고 정말 잊어버려. 하지만 과연 잊을 수 있을까?"

그의 입가에 냉소의 주름살이 파이고 있었다.

"칠흑 같은 어둠 속에서, 어둠의 일부가 되어, 죽은 듯이 누워 있는 그 증오라는 놈은 간혹 슬며시 눈을 뜨고 일어나지. 그리고 어떻게 하면 이 어둠의 감옥에서 나갈 수 있을까 생각하며 주위를 두리번거려. 때로는 어둠의 철창을 흔들어보기도 하지만 그 힘으론 어림도 없지. 사람들은 이놈을 악마라고 부르기도 하고 악령이라고 부르기도 하더군. 난 악마라는 말보다 악령이라는 말이 더 좋아. 악령이 훨씬 인간적인 냄새가 나거든. 악마라는 말을 들으면 왠지 불쾌해. 꼭 징그러운 짐승이 몸에 닿는 것 같단 말이야. 그런데 간혹 그놈에게 놀랄 만한 힘이 솟아오를 때가 있다는 데 문제가 있어. 감옥의 철창을 단숨에 부수어버리는 힘이지. 그러면 어떤 사태가 벌어질까. 어둠의 문은 깨어지고 악령은 빛의 세계로 뛰쳐나가지. 그런데 누가 이 악령에게 힘을 불어넣었을까? 이 끔찍한 짓을 도대체 누가 했단 말인가? 인간일세. 자, 이 모순을 자네는 어떻게 설명하겠나. 두려워서 깊숙한 곳으로 밀어넣은 것을 왜 도로 끄집어내었을까. 난 이렇게 생각하네. 인간에서 다른 존재로 변신했기 때문이라고 말일세. 그렇지 않으면 그 일을 설명할 수가 없어. 무엇으로 변신했겠나? 짐승이지. 인간으로서 신을 증오한다는 것은 불경이지만 짐승은 그렇지 않거든. 마음껏 신을 증오할 수 있지. 이성으로는 도저히 납득되지 않는 끔찍한 일들이 도처에서 생겨나는 이유가 바로 여기에 있어. 생각을 해봐. 인간이라면 어떻게 같은 인간을 그렇게 참살할 수 있나. 자식이 부모를 죽이고, 부모가 자식을 죽이는 일들을 무슨 말로 설명하겠나. 그 도륙에서 흘러내린 피의 강물은, 정말 끔찍해. 인간이 그런 짓을 해놓고도 태연할 수 있는 건 자기가 한 짓이 아니기 때문이지. 짐승이 한 짓이니까. 물론 괴로워하는 이들도 꽤 있지만 그건 변신을 명료하게 인식하지 못했기 때문일세. 자, 이제 곰곰이 생각을 해봄세. 인간이란 신으로도, 짐승으로도 변신할 수 있는 존재일세. 얼마나 탁월한 능력인가. 소름이 끼칠 정도지. 신으로의 변신도 달콤하지만 짐승으로의 변신도 달콤하지. 그 어떤 것이든 변신이란 자체가 쾌락이니까. 인간의 비극은 여기에 있어. 만약 그 쾌락을 불멸 쪽으로만 부여했더라면, 세계는 쉽게 유토피아에 도달했을 걸세. 알겠나? 인간이 그토록 그리던 유토피아 말일세. 그런데 말이야."

사내는 오른손 집게손가락으로 이마를 지그시 누르며 생각에 잠겼다.

"왜 신은 인간을 그렇게 만들었을까. 난 아무리 생각해도 이해할 수 없어. 자넨 어떻게 생각해? 입을 더 다무는군. 하긴 누구도 자신 있게 말할 순 없지. 영원한 수수께끼니까. 아, 또 이야기가 엉뚱한 곳으로 빠져버렸군. 내가 알아맞혀본다고 했지. 자네가 짐승이 된 까닭을."

다시 본래의 자세로 돌아간 그는 혀로 입술을 축였다.

"자넨 신에게 기도했지. 아이를 살려달라고. 그러나 신은 들어주지 않았고, 자넨 신을 증오하게 됐어. 그 증오를 견디기 위해 짐승으로의 변신이 필요하지. 그런데 자넨 독특한 방식으로 변신했어. 영혼이 천박한 인간들은 도덕과 윤리의 울타리를 허물어버림으로써 짐승으로 변신하지만 자넨 그렇게 하지 않았어. 아니, 할 수가 없지. 자네 영혼은 천박과 너무나 먼 거리에 있으니까. 자넨 스스로 자신을 낮춤으로써 짐승으로 변신했어. 짐승은 인간보다 낮은 존재지. 한없이 낮은 존재지. 그런데 자신을 낮춘다는 게 쉽지가 않아. 아주 큰 고통을 요구하거든. 자넨 그 고통을 즐겁게 견뎠어. 이른바 변신의 쾌락이지. 이제 알겠나? 자네가 짐승이 된 이유를. 그러니까 여기 이 짐승의 집은 신을 증오하는 자의 피신처일세. 그래서 난 지금 무척 즐거워. 근데 여기서 나에게 더 할말이 없나?"

"……."

"정말 서운하군. 가장 중요한 사실을 숨기고 내놓지 않으니 말일세. 자넨 단순히 짐승으로의 변신에만 그치지 않았어. 한층 더 깊숙이 나아갔단 말이야. 정말 깊숙이 나아갔어. 내가 진정 듣고 싶은 건 바로 이걸세. 지금 우리 이야기를 들을 수 있는 이는 아무도 없어. 짐승의 집에서 하는 이야기는 하느님조차도 듣지 못해. 그러니 털어놓게나. 난 자네의 유일무이한 손님이니 들을 자격이 충분하지 않은가. 어떤 인간이 이렇게 음산한 짐승의 집을 찾겠는가. 내 목을 조를 것 같은 표정이군. 이거 참 유감인걸. 난 자네의 고백을 듣고 싶었는데. 오, 초승달 너머 별이 보이는군. 가물거리기는 하지만 분명히 보여. 별을 보니까 생각이 나는데, 저기에 정말 죄의 무게를 측정하는 저울이 걸려 있나? 난 아무리 눈에 힘을 주어도 보이지 않아. 왜 그런 표정으로 나를 보지? 자네의 막달라 마리아에게 한 말을 난 분명히 들었어. 하늘에 걸린 죄의 저울대를 보라고 말이야. 그러면서 저울대가 기울어져 있다고 말했지, 아마. 여기까지 난 전혀 놀라지 않았어. 약간의 감탄만 했지. 내가 보지 못하는 걸 보니까 말일세. 문제는 그 다음 말이었어. 그 말을 듣고 난 화들짝 놀랐어. 얼마나 놀랐으면 머리카락이 바늘처럼 위로 뻗쳤겠나."

그러면서 그는 머리카락 한 올을 손으로 잡아 위로 치켜올렸다.

"정말 놀랐어. 머리카락뿐만 아니라 가슴도 불에 덴 듯했으니. 가만, 내가 흥분해서 정작 자네의 어떤 말이 날 그렇게 놀라게 했는지 밝히지 않았군. 나를 놀라게 한 건, 희생 제물이란 말이었네. 그 전에 자네는 스스로 짐승이라고 했지. 난 그 말을 무심히 들었어. 아이의 죽음을 자신의 불결로 생각했으니 스스로 짐승이라고 충분히 생각할 수 있는 일이거든. 그런데 희생 제물이란 말을 듣는 순간 난 모든 것을 깨달았어. 자네의 그 지칠 줄 모르는 탐욕을 말일세. 아, 탐욕이란 말은 조금 지나치군. 욕망이라고 해야 할까. 정말 원대한 욕망이지. 왜 그렇게 놀라나? 자넨 너무 자주 놀라는군. 하긴 진실이란 뜨거운 불이지. 그렇지만 생각해보게. 이 차갑고 습기찬 적소(謫所)에서 뜨거운 불만큼 간절한 게 있을까. 자, 우리 이제 진실의 불 속으로 천천히 들어가보세. 자넨 희생 제물을 꿈꾸었어. 그런데 인간은 희생 제물이 될 수가 없어. 오직 짐승만이 희생 제물이 될 수가 있지. 자네가 짐승이 된 이유는 희생 제물이 되기 위함이었어."

"당신의 말은 정말 종잡을 수 없군요. 조금 전에는 신에 대한 증오를 견디기 위함이라고 하더니만, 이제는 전혀 다른 소리를 하고 있으니……."

"오, 그랬지. 하지만 더 들어보게나. 나는 지금 진실의 불을 밝히는 중이니까. 왜 자네는 희생 제물을 꿈꾸었을까. 이 의문을 풀기 위해서는 희생 제물이 무언가를 먼저 알아야겠지. 희생 제물이란 뭘까?"

사내는 두 손을 축 늘어뜨리고 램프 불빛이 어른거리고 있는 천장을 올려다보았다.

"인간은 본질적으로 죄의 굴레에서 벗어날 수 없는 존재지. 악을 사랑하거든. 악을 증오하면서도 사랑해. 전혀 이상할 것 없지. 그게 인간이니까. 죄를 지으면 당연히 벌을 받아야지. 신의 벌 말일세. 인간은 악을 사랑하면서도 그 대가인 벌을 두려워해. 그 두려움에서 벗어나기 위한 방편이 바로 희생 제물이야. 신에게 죄를 용서해 주십사는 염원의 표징이랄까. 말하자면 희생 제물이란 타락한 인간을 대신하여 희생되는 존재지. 이러한 희생 제물을 잘 선택하려는 인간의 노력은 눈물겹게 지속됐어. 제물이 순결하면 할수록 그만큼 죄가 가벼워지기 때문이지. 까마득한 옛날부터 지금까지 인간은 신에게 끊임없이 제물을 바쳐왔어. 인간의 죄가 그친 적이 없었으니까. 그 제물을 모아 쌓는다면 아마 하늘에까지 닿을걸. 헤아릴 수 없는 그 제물 중에 가장 완전한 제물이 있었어. 그 제물을 바치는 순간 인간의 그 깊고 두꺼운 죄가 순식간에 사라져버렸으니까. 참으로 놀라운 제물이었지. 그 제물이 무언지 아나? 자넨 아마 알고 있을걸. 역시 대답하지 않는군. 왜 손을 떨고 있는가? 어디 불편한 데 있나?"

그는 상냥하면서도 은근한 표정으로 물었다.

"발자국 소리를 낼 줄 모르는 운명은 흐린 달빛을 좋아해. 저 창을 보게나. 흐린 달빛이 새어들어오고 있어. 저 속에 어떤 운명이 몸을 숨기고 있을까. 어쩌면 우리의 만남도 운명일 수가 있지. 난 소리 없이 이곳으로 들어왔으니까. 하지만 벌레가 우글거리고 있으면 도로 나와버리려고 했어. 벌레는 딱 질색이거든. 그런데 우글거리기는커녕 한 마리도 보이지 않더군. 이 사실이 나에게 무척 흥미로웠어. 짐승의 집에 벌레 한 마리 없다는 건 누가 봐도 이상하지. 거미 한 마리쯤은 있을 법한데 말이야. 거미란 놈은 어두운 곳을 좋아하거든. 그런 놈에게 짐승의 집은 더할 나위 없는 거처지. 그런데 왜 여긴 피해갔을까? 이 의문을 풀기 위해선 조금 전 내가 제기한 물음의 매듭부터 풀어야 해. 인간이 바친 가장 완전한 희생 제물이 무엇이었을까, 하는 물음 말이야. 이제 손을 그만 떨게나. 자네가 그렇게 불안해하면 내가 어떻게 이야기를 계속할 수 있겠나. 그래, 지금은 좀 낫군."

구름이 걷혔는지 달빛이 밝아지고 있었다.

"바다처럼 깊고 하늘처럼 높은 인간의 가없는 죄를 순식간에 지워버린 그 경이적인 제물의 정체는 예수 그리스도였어. 태양과 하늘의 십이궁이 창조되기 전에, 하늘의 별들이 만들어지기 전에 모든 시간의 머리라고 이름 붙여진 존재, 천지창조 이전에 영원히 선택되고 감추어진 존재, 바로 사람의 아들 말일세."

조금 빠른 목소리로, 다소 숨을 헐떡이며 말한 사내는 자리에서 일어나 걷기 시작했다. 처음에는 걷는 모습이 몹시 불안정해 곧 넘어질 것 같았으나 차츰 안정을 찾고 있었다.

"자네는 희생 제물이 되기 위해 짐승이 되었어. 무엇 때문에 희생 제물이 되려고 했지? 왜 대답이 없나? 내가 대신 대답해줄까? 좋아, 자네 대신 내가 말하지. 완전한 희생 제물이 되어 그리스도로 변신하기 위함이었어. 얼마나 장엄하고 얼마나 황당한 꿈인가! 그러니 거미가 어떻게 감히 들어올 수 있겠나. 그리스도에로의 꿈이 불타오르고 있는 이곳으로. 자네의 영혼은 참으로 탐욕스러워. 경이롭도록 탐욕스러워. 자네가 이런 곳에서도 기꺼이 살 수 있는 것은 탐욕의 불꽃 때문이지. 안색이 좋지 않군. 음, 게다가 온몸이 사시나무 떨듯 떨고 있구면. 제발 내 앞에서 발작하지 말게. 난 자네의 발작을 보고 싶지 않아. 왜냐하면…… 적합한 말이 잘 떠오르지 않는데, 아무튼 난 싫어. 누군가 말했듯 육신이란 비애의 동굴이긴 하지만 자네 발작은 지나치게 비극적이야. 게다가 내 말이 아직 끝나지 않았거든. 옳지, 조금 진정하는 것 같군. 힘들면 벽에 머리를 좀 기대게나. 여긴 너무 어두워. 어둠 속에 오래 있으면 몸에 좋지 않아. 내 충고하네만 아무리 짐승일지라도 가끔 밝은 곳으로 나갈 필요가 있어."

"당신의 혀에서 아직도 나오지 않은 말이 있습니까? 빨리 뱉어내세요. 난 지금 당신의 말을 듣고 싶어 미칠 지경입니다."

황인후는 파리한 미소를 띠며 열에 들뜬 어조로 말했다.

"자네가 재촉하지 않아도 그렇게 할 수밖에 없어. 떠날 시간이 다가오고 있으니까. 저 창 밖을 봐. 어둠이 묽어지고 있지 않나. 새벽이 오기 전 난 떠나야 해."

창 밖 하늘을 보고 있는 사내의 얼굴은 우울해 보였다.

"자넨 지금 짐승이기는 하지만 자네가 꿈꾸고 있는 완전한 희생제물은 아직 되지 못했네. 자네 나름대로 애를 쓰고 있다는 건 알지만, 내가 보기엔 엉뚱한 곳에서 헤매고 있는 것 같아 걱정스러워. 그래서 자네에게 한 가지 방법을 가르쳐주고 싶어. 자넨 이 은밀한 짐승의 집에서 홀로 비술을 행하고 있는 연금술사야. 위대한 고행이라는 비술 말이야. 하지만 내가 보기엔 그 비술은 효험이 다했어. 물론 위대한 고행은 신성에 이르는 길이긴 하지만 그 고행이 비술로 전락하면 곤란하지. 신성한 존재로의 변신이 한갓 비술로 가능하다면 누군들 못 하겠나. 이제 짐승의 집을 떠날 때가 됐어. 여기를 떠나 자네가 한시도 잊지 못하는, 아니 잊으려 해도 절대 불가능한 한 인간을 찾아가게. 그 사람이야말로 자네에겐 세상에서 유일한 인간이니까. 왜 입을 벌리고 멍하니 쳐다보나. 자넨 참 능청스러운 면이 있구먼. 그가 누구인지 자네도 알지 않는가. 혹시 자네 지금 혜경이라는 여인을 생각하나. 그렇다면 실망이네. 아무렴 내가 자네에게 한갓 여인에게 가라고 하겠나. 난 자네를 절대 과소평가하지 않아. 물론 그 여인도 자네 영혼 속에 지울 수 없는 흔적을 남겼지. 어쩌면 그 흔적이 자네를 짐승의 집으로 몰아넣는 데 적잖은 역할을 했는지도 몰라. 그렇다고 해서 그 여인이 없었다면 짐승의 집이 지어지지 않았을까? 천만에. 짐승의 집은 자네에게 필연이었어. 거두절미하고 말하지. 내가 말한 그 유일한 인간은 바로 자네 아버지일세. 이번에는 그가 어디 있는지 모른다고 시치미 떼진 않겠지. 난 다 알고 있어. 자네가 미친 듯이 그 사람을 찾아다녔다는 것을. 쉽게 찾는 방법이 있음에도 자넨 그렇게 하지 않았어. 수도원이란 수도원은 다 훑고 다녔지. 그런데 막상 아버지를 찾게 되자 주위를 맴돌다 그냥 돌아서버리는데, 그때 자네 심정 정말 수수께끼더군."

나무 탁자 주위를 맴돌던 사내는 의자에 다시 앉았다.

"자네 아버지에 대해 내가 가장 강조하고 싶은 건 자네가 그리스도로 변신시킨 최초의 인간이라는 점일세. 그 최초의 인간이 자네에게 무언가를 가르쳐줄지 누가 아나."

"당신은 누구십니까?"

"난 자네의 일부지. 정확히 말하면 자네의 상처라고나 할까."

"상처?"

"그래, 상처. 인간이 받은 상처는 결코 사라지지 않아. 가시가 되어 영혼 속에 깊숙이 박혀 있지. 난 자네의 영혼 속에 박힌 가시야. 그래서 내 눈이 붉듯 내 눈물도 붉지. 피눈물이니까. 내 말이 마음에 들지 않나? 그럼 환상이라고 하면 어떨까. 상처보다는 환상이 더 낫겠구먼. 내가 환상이라면 흉칙한 환상이지. 하지만 이것만은 알아두게. 아름다운 환상보단 흉칙한 환상이 진실에 더 가깝다는 사실을 말일세. 오, 하늘이 열리고 있구먼. 이제 정말 가야겠어."

그는 문을 열었다. 뭉클한 안개가 안으로 밀려들어왔다.

"노래 소리가 들리는군. 낯익은 소린데…… 그래, 저건 불멸을 꿈꾸는 자들의 노래 소리야. 골고다 언덕이 생각나는군. 피로 물든 네 개의 못이, 마른 입술을 적시며 흘러내리는 붉은 포도주가 보여. 신음 소리도 들리는군. 자네도 들어봐. 들리지 않는다구? 그렇다면 눈을 감게. 감은 눈꺼풀을 통해 보이지 않는 것을 보게나. 그러면 소리가 들릴 걸세. 옳지, 그렇게…… 몸을 편안히 하고 머릿속 생각들을 하나하나 지워. 난 이제 정말 가겠네."

바스락거리는 소리가 났다. 사내의 발자국 소리인 것 같았다. 그 소리가 사라지면서 먼 곳에서 다른 소리가 들려왔다. 꽃이 지는 소리였다.

5
신성한 고통

1

마을 앞은 강이 흐르고 있다. 바닥이 깊지 않고 폭이 좁아 물살이 제법 세차다. 그렇다고 강변마을이라 할 수 없는 것이 산이 뒤에서 마을을 감싸고 있기 때문이다. 북서쪽에 위치한 그 산은 마을로 휘몰아쳐 들어오는 겨울의 차가운 바람을 막아준다.

강을 등지고 마을을 보면 산의 왼쪽 언덕 위에 우뚝 서 있는 수도원이 눈에 들어온다. 담쟁이 덩굴로 덮여 있는 수도원은 유럽의 고성처럼 보이는데, 저녁 무렵 안개라도 피어오르면 신비스러운 모습마저 띠어 보는 이를 경탄케 한다.

수도원 원장 빈첸시오 신부는 마을사람들에게 안개 속의 수도원처럼 신비한 인물이었다. 우선 수도원이 운영하는 임종의 집에 관한 전설적인 이야기는 경외감을 불러일으켰다. 절망 속에 죽어가는 이들이 임종의 집으로 들어오는 순간부터 기쁨의 얼굴로 바뀐다는 것이다. 다분히 과장된 이 이야기는 수도원의 헌신적인 보살핌에서 비롯되었는데, 헌신의 중심에 빈첸시오 신부가 있었다.

그는 가끔 허름한 작업복 차림으로 수도원을 빠져나가곤 하는데, 하루 만에 돌아오는 경우도 있고, 사흘 나흘이 지나서야 돌아오는 경우도 있었다. 하지만 어떤 경우든 혼자 오지 않았다. 어디서 발견했는지 죽어가는 사람과 꼭 함께 왔다.

2

봄의 기운이 움트고 있던 3월 어느 날 이 마을로 들어오던 황인후는 강 앞에서 걸음을 멈추었다. 태양은 중천에 있었고 주위에 아무도 없었다. 한동안 강을 내려다보던 그는 옷을 벗기 시작했다. 마침 강과 가까이 있는 어떤 집에서 빨래를 널기 위해 마당으로 나오던 아낙네가 옷을 벗고 있는 그를 보았다. 그녀는 눈을 휘둥그레 떴다. 알몸이 된 남자가 강물 속으로 들어가고 있었다. 언제 사람이 나타날지 모르는 곳에서 벌거벗은 것도 그렇거니와 봄이라고는 하지만 아직도 쌀쌀한 이런 날씨에 강물 속으로 들어간다는 것은 정상이 아니었다.

강물에 몸을 담근 황인후는 두 손을 받쳐 물을 마셨다. 차가운 물맛은 과일처럼 달았다. 과일을 먹는다는 것. 그것은 땅의 아름다운 생명을 삼키는 일이다. 오, 짐승이 아름다운 생명을 삼킬 수 있는가. 짐승에게 어울리는 건 식물의 쓰디쓴 즙일지니.

그는 무릎을 꿇었다. 강바닥은 거칠고 딱딱했다. 무릎은 그것에 익숙해 있었다. 얼어붙은 땅에서, 모래언덕에서, 불똥이 튀고 있는 재 위에서, 무릎은 학대받았다. 그 학대는 절정에 이르러서야 멈추었다. 때로는 절망이 독버섯처럼 피어오르면서 정신을 물어뜯었다. 그것을 견디지 못하면 발작이 일어났다. 발작은 피폐한 정신 속으로 새로운 짐승의 힘을 불어넣었다.

강혜경과 작별한 후 정처없이 떠돈 지 이 년의 세월이 지나 있었다. 그 세월 동안 황인후는 끊임없이 짐승의 영혼을 꿈꾸었다. 인간의 고통과 운명에서 짐승의 고통과 운명 속으로 들어가기를 열망했다. 그것은 신 앞에서 아름다운 피조물이고자 하는 열망을 버림으로써 비로소 가능했다. 새로운 열망은 그를 짐승의 집에서 살게 했다. 그리하여 그곳은 낮음과 천함이 기쁨이 되는 이상한 공간이 되었다. 치욕은 영광이었고, 저주와 학대는 축복이자 구원이었다.

강물이 목까지 차올랐다. 황인후는 머리를 높이 쳐들었다. 언덕 위 수도원 건물이 한눈에 들어왔다. 흰 태양빛 속에서 십자가는 강철처럼 번쩍였다. 하지만 강철 십자가가 아니라 나무 십자가임을 그는 알고 있었다. 사 년 전 여름, 황인후는 처음 이 마을로 들어왔다. 그리고 저 언덕 위 수도원에서 아버지 빈첸시오 신부를 보았다. 하지만 그는 자신을 드러내지 않았다. 다만 멀리서 어렴풋이 보았을 뿐이다. 왜 그랬을까.

보이지 않는 아버지를 찾아 수도원을 떠돌아다닐 때 아무런 계획도 준비도 없었다. 하다 못해 전국에 수도원이 몇 개 있는지조차 파악하지 않았다. 수도원에 머물다보면 다른 수도원에 대해 듣게 된다. 물론 그가 묻는 경우도 있었다. 그런 식으로 다음의 여정이 결정되었다. 수도원이 마음에 들면 오래 머물렀다. 수도원 독방에서 침묵과 고독의 기쁨을 맛볼 때 아버지는 정말 아무것도 아닌 존재였다. 하지만 그 시간이 지나면 어느덧 고통이 되어 있었다.

어느 날 여름, 뜨거운 태양이 서녘으로 넘어가고 있을 때 황인후는 이 마을로 들어왔다. 그는 마을에 수도원이 있으리라고 생각지 않았다. 버스를 타고 가다 작은 강의 아름다움에 끌려 충동적으로 내린 것뿐이었다. 그가 수도원의 십자가를 본 것은 강물에 얼굴을 씻고 마악 일어설 때였다. 붉게 물든 십자가를 본 순간 아픔이 예리하게 가슴을 긋고 지나갔다. 그것은 징후였다.

수도원 수사로부터 수도원장에 대한 이야기를 들었을 때 징후는 실체를 빠르게 드러내고 있었다. 그것은 어느 시간의 입구에서 그가 다가오기를 기다리며 입을 벌리고 있었던 삶의 불가해한 덫이었다. 수도원 뜰을 지나 아치형의 낮고 작은 성당으로 들어갔을 때 어둑한 빛 속에서 사람들은 신부의 기도에 귀를 기울이고 있었다.

— 저희는 아버지께서 베풀어주신 선물 가운데서 이 깨끗한 선물, 거룩한 제물, 흠 없는 제물, 영원한 생명의 빵과 구원의 잔을 존엄한 대전에 봉헌하나이다.

그것은 누구도 아닌 아버지의 목소리였다. 그 옛날 들었던, 유한의 존재들에게 불멸을 부여했던 장려한 목소리. 눈을 감았다. 램프를 들고 알 수 없는 곳으로 내려가고 있는 하얀 손이 보였다. 불꽃 같은 천사의 날개도 보였다. 강물이 되어 흐르는 시간이, 그 시간을 빨아들이는 검은 심연이, 비명을 지르며 뛰쳐나오는 한 마리 짐승이, 공포에 질려 도망가는 소녀의 모습이 동시적으로 떠올랐다.

— 이 제물을 인자로이 굽어보시고 일찍이 주님의 의로운 종 아벨의 제물과 저희 조상 아브라함의 제사와 대사제 멜키세덱이 바친 거룩하고 흠 없는 제물을 받아주셨듯이 이를 받아들이소서.

깊은 곳에서 증오가 끓어오르고 있었다. 비밀스러운 기쁨과 설레는 열망을 순식간에 삼켜버린 운명에 대한 증오였다. 그 운명을 잉

197

태시킨 이는 지금, 그의 눈앞에서 거룩한 제물에 대해 장려한 목소리로 말하고 있었다.

　―하느님 아버지, 간절히 청하오니 거룩한 천사의 손으로 이 제물이 존엄한 천상제단에 오르게 하소서. 그리하여 이 제단에서 성자의 거룩한 몸과 피를 받아 모실 때마다 하늘의 은총과 축복을 가득히 내려주소서.

　증오 속에 질투가 요동치고 있었다. 자신이 이루고자 했던, 그러나 이룰 수 없었던 그는, 거룩한 구별에 의해 이루어진 존재가 된 아버지를 향해 가눌 길 없는 질투에 사로잡혀 있었다. 그는 후들후들 떨리는 다리를 간신히 지탱하며 돌아섰다. 그때 명료한 의식이 있었던가. 알 수 없었다. 다만 황급히 수도원을 빠져나올 때 이곳을 다시 찾게 되리라는 예감에 사로잡혀 있었다. 삶의 불가해한 덫에서 빠져나온다는 것은 불가능했다.

　황인후는 강물에서 일어났다. 차가운 물방울이 후두둑 떨어지고 있었다. 언덕 위 십자가는 여전히 강철처럼 번쩍거렸다. 그는 눈을 찌르는 십자가의 빛을 받았다. 가슴 깊은 곳에서 고통의 불이 고요히 타고 있었다. 그것은 입을 벌리고 있는 덫을 향해 다가가고 있는 짐승의 고통이었다. 그는 한 송이 꽃을 보듯 일렁이는 불을 내려다보았다.

3

　빈첸시오 신부가 들어서자 노인의 시선이 그를 향해 움직였다. 검푸른 얼굴과 꺼져가는 눈빛, 차가운 이마는 임종이 가까이 왔음을 알리고 있었다. 신부는 노인 곁에 앉아 그의 흑갈색 손을 잡았다.

죽음은 소멸이며, 단절이며, 떠남이며, 어둠이다. 그 죽음은 지상에 자신의 집을 짓지 못한다. 그의 세계는 지하에 있다. 그리하여 죽어가는 자는 지하와 가장 가까운 곳, 지상에서 가장 낮은 곳에 누워 시름 깊은 눈으로 다가오는 죽음을 본다. 죽음의 손이 몸을 더듬을 때 그는 두려움에 떤다. 무엇을 두려워하는가. 소멸과 단절을, 떠남과 어둠을 두려워한다. 두려움은 나눌 때 작아진다. 그는 두려움을 나누고 싶어한다. 어떻게 두려움을 나눌 수 있는가. 결코 나눌 수 없다. 같이 나누어야 할 사람이 너무 높은 곳에 있는 까닭이다. 샘처럼 고여 있는 고통을 떠서 주기에는 팔이 너무 짧다. 그가 할 수 있는 일은 아무것도 없다. 높이 있는 자가 내려오기 전까지는. 하지만 내려간다는 것이 얼마나 어려운가.

신부는 노인의 숨결에 맞춰 숨을 쉬었다. 노인이 숨을 들이키면 그도 숨을 들이켰고, 숨을 내쉬면 그 역시 내쉬었다. 노인의 몸 속에서 사위어가는 생명의 쇠잔한 기운이 또렷이 감지되었다. 그것은 자연의 이치였다. 생명의 불을 안고 시간 없는 세계 속으로 들어갈 수는 없다. 한 생명이 꺼짐으로써 시간 없는 세계는 새로운 생명을 잉태한다. 그러므로 죽음이란 생명의 거름이다. 이것이야말로 살아 있는 자로서 조용히 기뻐해야 할 일이다.

두 사람의 호흡이 점차 하나의 호흡으로 변하고 있었다. 노인의 숨결이 신부의 숨결이 되었고, 신부의 숨결이 노인의 숨결이 되었다. 고요한 평온이 두 사람을 감싸고 있었다. 조금 후 노인은 평안한 잠 속으로 빠져들어갔다.

빈첸시오 신부는 소리 없이 일어나 바깥으로 나왔다. 해가 지고 있었다. 그는 가만히 서서 황혼의 하늘을 보았다. 안개 섞인 바람이 불어왔다. 꽃 향기가 바람 속에 묻어 있었다. 그는 잠시 무엇을 생각하다가 느릿느릿 걸었다. 갈색 수도복을 입은 수사가 그에게 정중히 인사하며 옆으로 비켜섰다. 그러나 신부는 수사를 전혀 의식하지 못하고 있었다. 수사는 목을 왼쪽 어깨로 기울이고 구부정한 자세로 걷고 있는 신부를 보면서 미소지었다. 그가 무언가를 골똘히 생각하고 걸을 때면 언제나 저런 자세를 취한다는 것을 알고 있었다.

조금 후 빈첸시오 신부는 걸음을 멈추었는데, 그곳이 뜰이라는 사실을 알고 약간 어리둥절해 있었다. 내가 왜 여기로 왔을까, 하고 그는 생각하기 시작했다. 바람 속에 묻어 있는 꽃 향기에 이끌린 것일까. 그렇다면 왜 꽃 향기에 이끌렸을까.

신부는 뜰 앞에 있는 나무 벤치에 앉았다. 아마도 그것은 방금 노인으로부터 맡았던 죽음의 냄새를 잊기 위함이 아니었을까. 그런데 꽃 향기가 죽음의 냄새를 쫓아낼 수 있는가. 이승에서의 마지막 자리에서 사람들은 죽은 자에게 한 송이 꽃을 바치지만, 그 쌓인 꽃들이, 그 향기가 죽음의 냄새를 쫓아낼 수 있을까. 그는 왼쪽 어깨로 구부린 목을 바로 했다.

삶은 늘 죽음과 마주 보고 있지. 그럼에도 불구하고 삶의 눈은 죽음을 쉽게 들여다보지 못해. 그 깊은 세계를, 너무나 깊어 견딜 수 없는 세계를 어이 쉽게 들여다볼 수 있을까. 그런데 죽음의 눈은 삶을 깊숙이 들여다보거든. 죽음의 시선을 느낀다는 것은 무서운 일이지. 그 무서움 때문에 사람들은 애써 외면하고, 마침내 잊어버리고 말아. 그런데 그게 정말 무서운 것일까. 만약 죽음이 살아 있는 자를 향해 손을 내밀며, 그대 나한테로 오라, 이제 그대에게 허용된 시간이 다 되었으니 내 속으로 들어와 무와 어둠이 되어라, 라고 한다면 그는 어떤 생각을 하게 될까. 안에 있는 자가 바깥으로 나가듯 그렇게 나갈 수는 없을까. 아주 자연스럽게. 그러나 약간의 설렘으로.

―나는 아먼드나무에게 말했노라. 그대여 나에게 신을 이야기해 다오. 그러자 아먼드나무에 꽃이 활짝 피었다.

왜 갑자기 프란체스코 수도원의 기도문이 떠오르는가. 그런데 참 이상도 하지. 돌의 견고함보다 꽃의 작고 부드러운 움직임 속에서 신을 볼 수 있다니. 그는 고개를 흔들었다. 어리석은 상념이었다. 이마에 뜨거운 열이 느껴졌다. 그는 지금 자신이 마음의 평정을 잃고 있다고 생각했다. 며칠 전부터 아무런 이유 없이 마음이 자꾸 흐트러졌다. 아니, 그렇지 않았다. 무엇인가 있었다. 그 청년의 얼굴. 그날이 언제였던가. 지난주 일임에도 불구하고 어제처럼 느껴졌다. 시간의 어이없는 착란 현상도 심상치 않았다. 불길하기까지 했다.

그날의 미사는 여느 때와 다름없었다. 침묵과 장엄, 깊은 기도, 밀물처럼 덮쳐오는 은총과 진리의 광채. 그리고 영성체의 신비.

― 하느님의 어린 양, 세상의 죄를 없애시는 주님, 평화를 주소서.

성반을 받쳐들고 무릎 꿇고 있는 한 청년의 입으로 성체를 내미는 순간 빈첸시오 신부는 흠칫 놀랐다. 광대뼈가 앙상히 드러난 청년의 야윈 얼굴은 얼음처럼 차가웠다. 그 차가움은 살에 닿듯 생생했다. 게다가 움푹 파인 눈에서 뿜어져 나오는 빛은 가슴을 뚫을 듯 강렬했다. 청년의 얼굴은 고통의 얼굴이었다. 고통은 청년의 얼굴 위에서 살아 있는 생명처럼 꿈틀거렸다. 그 고통이 순식간에 그의 육신 속으로 꿰뚫고 들어왔다. 그랬다. 그것은 분명 육신의 감각이었다. 고통은 속삭였다. 지금 내 앞에서 무릎을 꿇으라고. 그는 무릎을 꿇고 싶었다. 무릎 꿇고 고통을 향해 기도하고 싶었다. 당신이 무엇인지 누구인지 가르쳐주소서, 라고. 미사를 어떻게 마쳤는지 알 수 없었다. 그가 정신을 차렸을 때 보좌신부가 걱정스러운 얼굴로 그를 보고 있었다.

빈첸시오 신부는 나무 벤치에서 일어났다. 붉게 타던 노을은 어느덧 사라지고 회색빛 어둠이 내려오고 있었다. 그는 선 채로 턱을 가슴에 괴었다. 그날 이후 청년의 얼굴은 뇌리에서 한시도 떠난 적 없었다. 그는 청년을 다시 보고 싶었다. 그런데 좀처럼 마주치지 않았다. 수도원의 어느 누구도 그 청년에 대해 아는 이가 없었다. 물론 직접 찾아갈 수도, 또 부를 수도 있었다. 신부와 신자와의 만남은 지극히 자연스러운 일이다. 그럼에도 불구하고 그는 망설였다. 두려움 때문이었다. 논리적으로 전혀 납득되지 않는 두려움이었다.

산수유나무가 바람에 흔들리고 있을 때 그는 가슴에 괸 턱을 들었다. 그리고 피정자들이 기거하는 객사를 향해 느릿느릿 걷기 시작했다.

4

황인후는 객사 독방 들창 밑에서 홀로 마른 빵을 씹고 있었다. 공동으로 식사하는 곳이 있었으나 짐승의 시간에 길들여진 그에게 맞지 않았다. 불을 켜지 않아 방 안은 어두웠다. 그는 어두운 게 좋았다. 더욱이 빵을 먹을 때는 필연코 어두워야 했다. 밝은 불 아래서 빵을 먹는 광경은 상상조차 하기 싫었다. 그는 접시 위에 떨어진 빵가루조차 혀로 핥으며 남김 없이 먹어치웠다. 그는 텅 빈 접시를 고통스러운 눈으로 내려다보았다.

전혀 예기치 못한 그의 식욕은 영성체 이후부터 생겨났다. 긴 잠에서 막 깨어난 것처럼 식욕은 주위를 두리번거리며 게걸스럽게 먹을 것을 찾았다. 그리고 닥치는 대로 입 안으로 쑤셔넣었다. 굶주림에 익숙한 그의 몸은 탐식을 배겨내지 못했다. 다음날 당장 탈이

났다. 그럼에도 불구하고 식욕을 죽이기 참으로 힘들었다. 그는 느닷없는 식욕의 정체에 대해 곰곰이 생각했다. 아버지였다. 아버지는 아들의 몸에 식욕의 씨앗을 심었다. 그가 아들의 입 안에 넣은 그리스도의 몸이, 그 작은 빵 한 조각이 씨앗이 되었고, 씨앗은 눈 깜빡할 사이 열매 무성한 나무로 자랐다. 그는 느끼고 있었다. 열매 무성한 나무에 대한 살의를.

노크 소리가 났다. 그는 재빠르게 소리 없이 빈 접시를 치웠다. 그리고 식사의 흔적이 될 만한 것이 없는가 살핀 후 입 안을 물로 헹궜다. 그 사이 노크 소리가 한 번 더 났다. 그는 방문자가 누구인지 본능적으로 느끼고 있었다. 그에게 방금 아들이 게걸스럽게 빵을 먹고 있었다는 사실을 보여준다는 것은 용납되지 않는 일이었다. 황인후는 다시 한번 방 안을 확인한 후 문을 열었다. 복도의 어둠 속에서 신부는 덩그렇게 서 있었다. 황인후는 홀로 하얗게 빛나고 있는 로만칼라를 가만히 보았다.

"내가 젊은이의 기도를 방해했나?"

부드러우면서도 낮은 목소리였다. 신부의 입가에 미소가 있음에도 불구하고 얼굴은 돌처럼 딱딱했다. 황인후는 그가 긴장하고 있음을 알았다. 그는 대답하지 않고 한켠으로 비켜섰다. 신부는 조심스럽게 안으로 들어섰다.

"이곳은 자유와 침묵을 즐길 수 있는 곳이지. 그렇기 때문에 두려운 곳이기도 하고."

신부는 무엇을 찾듯 방 안을 둘러보다가 방금 황인후가 식사했던 식탁에 시선을 멈추었다.

"자넨 왜 혼자서 식사를 하나?"

탁자를 손으로 만지작거리던 신부는 등을 보인 채 고개를 돌리지 않고 물었다. 황인후는 소스라치게 놀랐으나 내색을 않으려고 애를 썼다. 심장 뛰는 소리가 그에게 들릴 것 같아 숨을 쉴 수 없었다. 신부는 고개를 돌려 황인후를 보았다. 신부의 얼굴은 근심으로 가득했다.

"홀로 식사를 한다는 건 나눔의 마음이 없기 때문이야. 마음먹기에 따라 우리의 식탁은 주님의 식탁이 될 수 있어."

우리라는 말을 할 때 신부의 눈은 유난히 빛났다.

"우리의 식탁은 이미 있었지. 영성체라는 식탁 말일세. 세속적으로 말한다면 난 그 식탁의 주인이었고, 자넨 손님이었어. 그리고 우린 음식을 나누었어. 주님의 살과 피로써 이루어진 음식을 말일세. 주님은 그 식탁에 대해 이렇게 말씀하셨지. 내 살을 먹고 내 피를 마시는 사람은 영원한 생명을 누릴 것이라고. 얼마나 가슴 벅찬 말인가. 하지만 그 식탁의 빵과 포도주가 언제나 주님의 살과 피일수 있을까. 주인의 마음이 어긋나고 있을 때, 혹은 손님의 마음이다른 곳에 있을 때 그것은 한갓 빵 한 조각에 불과할 걸세. 주님은 진정으로 마음을 나누지 않는 식탁에 머무시지 않거든. 그때 우리의 식탁은 뭔가 어긋나 있었어. 그런데 난 아무리 생각해도 그 이유를 알 수 없었네. 그래서 이렇게 자네를 찾아온 것일세. 대답해줄수 있겠나?"

"왜냐하면……."

황인후는 처음으로 신부를 똑바로 보았다.

"식탁에 초대된 손님이 한 마리 짐승이었기 때문입니다."

"자네가 짐승이라구?"

신부는 입가에 희미한 미소를 지으며 반문했다.

"네."

"왜 자네가 짐승인지 궁금하군."

"그리스도를 증오하기 위함이었습니다."

황인후는 가슴을 찌르는 듯한 고통에 자신도 모르게 파르르 떨었다.

"그리스도를 증오하기 위함이라…… 참으로 불꽃 같은 말이군. 왜 그분을 증오하고 싶었나?"

"그리스도는 말했습니다. 빵을 원하는데 돌을 얻는 일이 없다고."

"자넨 기적을 원하였군."

"저에겐 기적이 필요했습니다."

"어떤 기적을 원했나?"

"한 생명을 살리고 싶었습니다."

"그 생명에 대해 말해줄 수 있겠나?"

"제 아들이었습니다."

"아들, 아들이라…… 그래, 자네에겐 정말 소중한 생명이었군. 자네 아들에 대해 말해주게나. 난 그 아이를 알고 싶네."

신부는 황인후의 얼굴을 뚫어질 듯 보면서 재촉했다.

"그 아인 주님의 은총이었습니다. 깊고 아름다운 은총이었습니다. 너무나 깊은 아름다움이라 두려울 지경이었습니다. 그 두려움이…… 아이는 태어나자마자…… 아직 세상을 보기도 전에……."

숨쉴 때마다 목구멍에서 그렁그렁 하는 소리가 났다.

"전 모든 고통을 받아들였습니다. 조금도 거역하지 않았습니다. 더욱이 그냥 받아들이기만 하지 않았습니다. 아름다운 꽃으로, 달콤한 약으로 바꾸었습니다. 주님이 저에게 주신 것은 무엇이든 꽃이고 약이었습니다. 하지만 아이의 죽음은 달랐습니다. 그것은 꽃으로도, 약으로도 바꿀 수 없는 것이었습니다. 그것은 독이었습니다. 치명적인 독이었습니다. 그 독을 마시지 않게 해달라고 주님께 빌었습니다. 하지만 그냥 빌지는 않았습니다. 제 생명을 걸었습니다. 한 생명을 위해 제 생명을 걸었습니다. 그건 결코 탐욕이 아니었습니다."

"그건 탐욕이었네."

신부의 목소리는 차가웠다.

"그것이 탐욕이라구요? 그건, 그건 탐욕이 아니었습니다."

황인후는 소리치듯 말했다.

"기적을 간구한 자체가 탐욕이네."

"그것이 탐욕이라면…… 만약 그렇다면 그리스도는 무엇 때문에 그토록 많은 기적을 행했습니까? 복음서를 보십시오. 그분이 행하는 기적과 마주치지 않고서는 도저히 읽어나갈 수 없습니다. 마가복음서를 볼까요. 첫째 장에서만 무려 여섯 번의 기적이 있습니다. 가버나움 회당에서 귀신 들린 사람을 치유하고, 열병에 걸려 누워 있는 베드로의 장모를 일어나게 하고, 문둥병자를 한마디 말로 깨끗한 몸으로 만듭니다. 이 모든 것은 사람들이 기적을 간구했기 때문입니다. 다른 복음서들도 마가와 조금도 다를 바 없습니다. 온갖 질병과 고통으로 고생하는 사람들이 그리스도에게 몰려왔고, 그분은 모두 고쳐주었습니다. 심지어 죽은 자까지 소생시키고 있습니다. 그야말로 기적의 잔치를 열었던 것입니다."

황인후의 입가에 조소가 스쳤다. 그는 지금 자신의 눈이 토끼처럼 붉을 것이라 생각했다.

"자네 말이 맞아. 정말 기적의 잔치지. 어디 그뿐인가. 주님은 기적의 잔치를 더 벌이기 위해 제자들에게까지 치유의 능력을 부여하셨으니 말일세."

신부는 표정 하나 바꿈 없이 태연히 말했다.

"자네는 묻고 싶겠지. 그런 기적의 잔치를 벌인 주님께서 왜 자네의 애절한 간구는 들어주시지 않으셨을까, 하고 말이야."

신부는 탁자에 앉으라는 손짓을 했다. 이제 어둠은 더욱 짙어져

상대의 얼굴이 거의 보이지 않았다. 어둠 속에 파묻힌 신부는 좀처럼 입을 열지 않았다. 고개는 왼쪽 어깨로 기울어져 있고, 등은 구부정했다. 복도에서 발자국 소리가 났다. 누군가가 객사를 나가는 모양이었다. 신부의 눈꺼풀이 조금씩 움직이기 시작했다.

"성체를 받아들일 때 자네의 얼굴은……."

신부는 눈꺼풀을 치켜올리며 조용히 말했다.

"고통이었어. 자네의 얼굴이, 고통이었단 말이야. 난 많은 사람들에게 성체를 주었지만 그렇게 고통스러운 얼굴은 한 번도 보지 못했다네. 영성체는 어떠한 고통도 환희로 바꾸어놓는 축복의 순간이지 않은가. 그런데 자네는 고통 속에서 성체를 받았어. 게다가 그 고통에는 누구와도 나누기를 거부하는 오만이 있었어. 그건 어리석은 고통이야. 타인과 나눌 수 없는 고통만큼 어리석은 고통은 없어. 무슨 말인지 알겠나. 만약 어떤 이가 자네의 고통을 나누기 위해 다가간다면 그는 분명 그 오만의 불에 데일 걸세. 다가서기도 전에 뜨거움에 놀라 돌아서버릴지도 모르겠군. 그런데 알 수 없는 건……아니, 이 이야긴 나중에 하는 게 좋겠네."

신부의 눈꺼풀이 다시 내려가고 있었다. 턱도 같이 내려가면서 거의 가슴에 닿을 듯했다. 다시 침묵 속으로 잠겨드는 그의 모습은 이 방 안에 자신 외에 아무도 없다고 생각하는 사람처럼 보였다. 문이 닫히는 소리와 함께 발자국 소리도 끊어졌다.

"내가 하느님을 참된 주인으로 섬기기까지 줄곧 품고 있었던 의문이 한 가지 있었네. 하느님을 의심한다는 건 불경이지만 그 의심을 내려놓을 수가 없었다네."

어느덧 그는 반듯한 자세로 황인후를 보고 있었다.

"인간은 늘 고통 속에서 신음해왔어. 그런데도 하느님은 고통을 멈추어주시지 않았네. 의문은 여기에 있었네. 하느님이 전지전능한 분이라면, 그리고 한없이 자비로운 분이라면 인간의 고통을 어떻게 보고만 계실까, 하는 의문이었지. 그 침묵의 뜻을 풀지 않고서는 그 분에게 한 발자국도 다가갈 수 없었다네. 구약성서 속의 하느님은 당신의 피조물인 인간에 대해 다음과 같이 묻고 계시네. 내가 땅의 기초를 놓을 때 너희들은 어디에 있었느냐고. 바다가 모태에서 터져나올 때 누가 문을 닫아 바다를 가두었느냐고. 빛과 어둠의 근원과, 그 근원으로 가는 길을 알고 있느냐고. 바람이 갈라지는 곳이 어디이며, 메말랐던 땅에 푸성귀를 돋아나게 하는 이가 누군지 아느냐고. 폭포수처럼 쏟아져내리는 이 물음의 원천은 세계를 만든 신의 절대성과 인간의 무능이네. 하느님은 인간의 무능을 아무리 강조해도 모자람 없다고 생각하셨던 것일세."

신부는 입 속에서 되뇌이듯 말했다.

"이러한 신의 절대성은 인간에게 한없는 두려움을 주네. 그 절대성 앞에 인간은 한마디 변명도 할 수 없네. 눈물조차 흘릴 수 없다네. 무능하기 때문이지. 무능은 죄를 낳네. 완전한 존재는 죄로부터 벗어나 있지만 무능한 존재는 벗어날 수 없네. 이 죄에 대한 하느님의 노여움은 참으로 크시네. 땅을 잿더미로 만들고 죄인들을 불살라버릴 것이라고 질타하셨네. 더 나아가 별들이 빛을 내지 아니하며, 해가 돋아도 어두우며, 달이 그 빛을 숨길 것이라고 우주적 재앙까지 예고하셨네. 난 이런 하느님을 받아들일 수 없었네. 인간은 무능한 존재이나 고통의 능력은 결코 무능하지 않네. 인간의 고통은 하느님이 창조한 대지를 덮고 바다를 메울 만큼 깊고 넓네. 죄를 낳을 수밖에 없는 불완전한 존재인 인간에게 하느님은 무엇 때문에 이러한 고통을 주시는지 난 이해할 수 없었네. 만약 그 고통이 하느님의 의지라면 난 기꺼이 하느님을 버릴 수 있었네. 하느님을 버리기 위해 팔 한쪽을 떼어놓으라면 서슴없이 떼어놓을 수 있었네. 눈 한쪽을 뽑으라면 기쁨으로 뽑았을 걸세. 하지만 나의 생각은 무지였네. 무지의 어둠 속에서 난 길을 잃고 있었다네. 그 어둠 속으로 한 줄기 빛을 내려주신 분이 있었지. 그분이 바로 그리스도였다네."

그리스도라고 말할 때 신부의 목소리는 다정함으로 빛났다.

"그분은 이렇게 말씀하셨네. 마음이 가난한 이는 행복하며, 하늘나라가 그들의 것이라고. 슬퍼하는 사람은 위로를 받을 것이고, 온유한 사람은 땅을 차지할 것이라고. 땅과 하늘나라를 차지하게 되는 엄청난 이들이 누구인가. 마음이 가난하고, 슬퍼하고, 온유한 사람이네. 죄많은 인간을 질타하는 하느님의 목소리와 너무나 다른 세계가 아닌가. 자, 생각해보세. 그리스도가 하느님의 아들이라면, 그래서 아버지의 뜻으로 지상에 내려왔다면 말의 세계가 어떻게 그리 다를 수 있겠는가. 그래서 난 이렇게 생각했지. 그리스도께서 지상에 태어나신 이유는 사람들에게 잘못 알려진 아버지의 모습을 바로잡기 위함이었음을. 골고다 언덕의 십자가를 생각해보게. 하느님의 아들인 예수는 십자가의 고통에 철저히 무력했네. 왜 그렇게 무력했을까? 예수는 그렇다치고 하느님은 왜 가만히 계셨을까? 신성의 인간을 서슴지 않고 죽이는 이들을 왜 벌하지 않았을까? 왜 땅을 잿더미로 만들지 않았고, 해와 별과 달의 빛을 가려 죄의 세상을 암흑으로 만들지 않았을까? 그렇다면 하느님은 당신의 아들이 죽음의 고통 속에서 신음하는 동안 도대체 무엇을 하고 계셨을까? 자네처럼 기적을 간구하셨을까? 더 큰 존재에게."

신부는 묻고 있었으나 황인후에게 답을 구하는 게 아니었다.

"아파하고 슬퍼하지 않았을까? 자넨 어떻게 생각하나? 하느님이 아파하고 슬퍼하신다는 사실을."

나의 하느님, 나의 하느님, 어찌하여 나를 버리시나이까. 한 남자의 애절한 목소리가 바람에 떠다니는 엉겅퀴 씨처럼 허공을 떠돌고 있었다.

"아파하고 슬퍼하기만 하는 존재가 하느님이란 말입니까?"

황인후의 말에 신부는 고개를 끄덕였다.

"그렇다네. 하느님은 아파하고 슬퍼하는 것 이외에 아무것도 할 수 없는 존재라네. 왜냐하면 하느님은 전지전능한 존재가 아니라 무력한 존재니까. 하지만 그 무력 속에 진정한 힘이 있지."

"무력 속에 진정한 힘이 있다구요?"

"우리가 고통을 당할 때 누군가 똑같이 그 고통을 느끼면서 슬퍼하고 있다고 생각해보게. 한없이 큰 위로가 될 걸세. 이 위로야말로 고통을 응시하고 초극하게 하는 힘이지. 더구나 슬퍼하는 이가 무한히 높은 존재라면 위로의 힘은 한층 더 클 걸세. 반면 혼자서 고통받고 있다고 생각된다면 억울하고 부당하다는 감정으로 빠져들면서 고통의 실체를 왜곡하게 되네. 고통의 왜곡은 필연적으로 증오를 불러들이네. 운명을 저주하고, 자신을 이렇게 만든 세상과 신을 저주하게 되지. 하느님을 전지전능한 분으로 생각하는 이들은 내 생각에 펄쩍 뛰겠지. 하지만 그들은 하느님의 권능, 하느님의 영광이라는 이름하에 저지른 기독교인의 죄를 곰곰이 생각해볼 필요가 있어. 하느님에게는 권능도 영광도 없어. 오직 슬퍼하는 능력만 갖고 계시지. 이런 하느님의 모습에서 난 비로소 신성을 느낄 수 있었다네. 그런데 자넨 자신의 아들조차 살리지 못하는 무능한 하느님에게 기적을 간구했네. 이제 알겠나? 그것이 얼마나 큰 탐욕인가를."

"하지만……."

"자네가 비통해하고 있을 때 하느님 역시 자네와 똑같이 비통해하고 계셨네. 자네가 무섭고 끔찍한 고통에 아파하고 있었을 때 하

210

느님 역시 똑같이 아파하고 계셨다네. 그런데 자네는 기적을 내려주지 않았다고 하느님에게 투정을 부리고 있어."

"그렇다면 그 기적들은 무엇입니까? 그리스도가 행한 숱한 기적들 말입니다. 신부님도 기적의 잔치라고 말씀하시지 않았습니까."

"그래, 기적의 잔치라고 했지. 기적이란 지상에서 가장 아름다운 꽃이니, 기적의 잔치 광경이 얼마나 아름답겠나. 참으로 눈부신 아름다움이지. 그런데 자네에게 그 꽃을 보여주기엔 지금 너무 어두워. 꽃은 어둠 속에서 보는 게 아냐. 난 지금 일어나야겠네. 우린 다시 만날 걸세. 그렇지 않은가? 다시 만날 때까지 기적이란 아름다운 꽃을 생각해보게나."

신부는 문을 열고 조용히 나갔다.

5

봄의 햇살 속에서 산수유의 갈색 꽃눈은 활짝 열려 있었다. 빈첸시오 신부는 벌어진 비늘잎 사이로 모습을 드러낸 노란색 꽃봉오리를 보며 미소지었다. 생명의 지고 피어남은 언제나 경이였다. 얼음과 서리 속에서 땅의 비밀스러운 원천을 빨아들이며 보이지 않게 자란 생명이 머리를 내밀 때 그는 누군가 곁에 있다는 느낌을 뿌리칠 수 없었다. 그 느낌은 너무나 생생해 곁에 있는 이가 팔을 툭 치면서 곧 말을 걸어올 것 같아 눈을 크게 뜨고 주위를 두리번거리곤 했다.

그 동안 하늘은 우중충하게 흐렸고, 비가 오락가락했다. 빈첸시오 신부는 어두운 하늘을 올려다보며 한숨을 쉬곤 했다. 그는 전에 없이 초조하게 날이 맑기를 기다렸다. 심지어 기도중에 자신도 모르게 햇살을 기원하는 말을 중얼거려 소스라치게 놀라기까지 했다. 그는 청년을 향한 이해할 수 없는 사랑에 당혹했다. 그것은 분명 사랑이었다. 하지만 하느님 앞에서 맹세한, 그리하여 정신으로 이루어지는 사랑과는 판이하게 달랐다. 그것은 오히려 정신을 삼켜버리는 사랑이었다. 청년은 정말 한 마리 짐승이었다. 그 짐승의 깊고 검은 눈은 싸늘하게 정신을 삼키고 있었다.

객사에서 나오는 정원지기가 보였다. 그 뒤에 청년이 따라나오고 있었다. 황인후였다.

"내가 왜 자네를 불렀는지 알겠나?"

정원지기가 가고 청년과 단둘이 되자 신부는 눈을 반짝이며 물었다.

"기적의 꽃을 보여주시기 위함이겠죠."

황인후는 냉랭하게 말했다.

"나에겐……."

신부는 눈에 미소를 머금으며 말했다.

"이 햇살 속의 꽃 자체가 기적이네."

"하지만 전 지상의 꽃이 아니라 천상의 꽃을 보고 싶습니다. 지상에 피어나는 천상의 꽃 말입니다."

황인후의 목소리는 여전히 냉랭했다.

"참으로 놀라운 말이군. 그런데 어떻게 해야 천상의 꽃이 지상에 피어나겠나?"

"지상의 눈물이 천상으로 올라가야겠지요."

"천상의 신비로운 힘을 지상으로 끌어내리기 위해?"

신부의 즉각적인 물음에 황인후는 고개를 끄덕였다.

"슬픔은 물과 같은 것이라 위에서 아래로 흐르지. 눈물처럼 말일세. 그런데 어떻게 지상의 눈물이 천상으로 올라갈 수 있겠나?"

"지상의 눈물이 천상으로 올라갈 수 없다면 하느님은 무엇 때문에 존재하지요?"

"슬퍼하는 하느님을 느껴보게나. 자네가 흘린 눈물이 곧 하느님의 눈물이라고 생각해보게나. 거기에서 솟아나오는 한없는 위로야말로 천상의 신비로운 힘이라는 것을 깨닫게 되네."

"하지만 인간은 기적을 원합니다. 그리고 기적은 있었습니다. 그리스도에 의해."

"맞아 그리스도의 기적이 있었지. 그 기적이야말로 하느님을 전지전능한 존재로 떠받드는 말의 기둥이었네. 그 결과 헤아릴 수 없는 많은 사람들이 이 기둥에 매달려 울부짖었지. 기적을 내려달라고. 하지만 하느님은 응답할 수 없다네. 그럼에도 불구하고 예수는 기적을 이야기하고, 더 나아가 기적을 실현시키네. 소경의 눈을 뜨게 하고, 앉은뱅이를 일으키며, 문둥이를 낫게 하고, 귀머거리를 듣게 하고, 죽은 이를 살려내지. 기록자의 의도적 오류라고 보기에 병을 고치는 예수의 모습은 너무나 생생히 드러나. 게다가 그것이 예수의 아름다운 모습을 결코 손상시키지 않는다는 점일세."

"무력한 하느님과는 모순이군요."

"비통한 모순이지. 왜 이런 모순이 생겨났을까?"

신부는 손으로 햇빛을 가리며 산수유나무를 올려다보았다.

"저 나무는 꽃을 가장 먼저 피우지. 그런데 자넨 알고 있는가. 잎에서 꽃으로의 변모가 생명력의 결정적인 쇠퇴를 의미한다는 것을. 식물에서 꽃이란 죽음 쪽과 가까운 기관이라네. 하지만 그것은 존재를 위한 죽음이지. 난 종종 이런 상상을 한다네. 젊은 목수 예수는 이른 봄 꽃을 피우는 나무를 보면서 어떤 생각을 했을까, 하고 말이야. 묘하게도 난 그분을 상상하면 손이 제일 먼저 떠올라. 나무를 다듬는 섬세하고 아름다운 손 말일세. 전해져오는 얘기에 불과

하지만, 예수가 갈릴리에서 멍에를 제일 잘 만들었기 때문에 먼 곳에 사는 이들도 나사렛 마리아의 집을 찾아왔다더군. 멍에를 사기 위해. 그래서인지 그분은 이런 말씀을 하셨지. 수고하고 짐진 자들아, 다 나에게 오너라. 내가 너희를 쉬게 하겠다. 내 멍에를 메고 내게 배워라. 그러면 너희 영혼은 쉼을 얻을 것이다. 내 멍에는 메기 쉽고, 내 짐은 가볍다. 어떤가? 그분의 멍에 만드는 솜씨가 정말 뛰어났을 것이라고 생각되지 않나? 하지만 그분의 멍에는 정말 메기 쉬웠을까? 그분의 짐은 정녕 가벼웠을까?"

작은 종소리가 봄날의 고요 속으로 들어와 주위를 맴돌았다.

"내가 가장 궁금했던 건 목수였던 그분에게 사람들은 무엇으로 신성을 느꼈을까, 하는 점이었네. 기적이었네. 신성의 표징은 기적이네. 기적을 실현시킨 이는 예외 없이 신성한 인간이네. 기적 없는 신성은 신성이 아니며 사람들은 결코 움직이지 않네. 기적이야말로 인류의 순결을 타락시킨 악의 영혼을 쳐부숨으로써 세계를 갱신시키는 힘의 원천일세. 그럼에도 불구하고 왜 세계는 갱신되지 않았을까? 이천여 년 전 그토록 아름다운 기적이 있었음에도."

신부는 수심이 가득한 눈으로 뜰의 나무들을 올려다보았다.

"인간은 신의 존재에 눈뜬 이래 기적을 끊임없이 요구해왔네. 왜 그랬을까? 불완전함 때문이지. 기적의 간구야말로 불완전한 존재가 완전한 존재에게 할 수 있는 유일한 행위일지도 모르네. 그렇다면 기적의 부정은 곧 신의 부정이 되겠지. 더욱이 오늘날보다 신의 존재를 더욱 생생히 느끼고 있었던 고대인들에게 기적은 가장 매혹적인 몰입의 대상이었지. 그러면 이천여 년 전 유대인들이 살았던 세계는 어땠을까. 그들에게 하늘은 열려 있었지. 돌베개를 벤 야곱이 하늘과 땅 사이를 오르락내리락하는 천사들을 보고 있었던 세계에 그들은 살고 있었던 것일세. 한마디로 말하면 그들은 기적에 열중

하고 있었네. 당시 유대인이면 누구나 품고 있었던 기적은 신의 도시 예루살렘이 전 세계의 중심, 온 인류가 목메게 그리는 꿈의 도시가 되는 것일세. 참으로 찬란한 환상이었지. 로마제국으로부터 독립을 꿈꾸는 세력들이 예수에게 접근한 이유도 여기에 있네. 그들은 예수에게 기적을 간구했지. 왜냐하면 하느님에게서 온 자, 예언자의 표징이 기적이었으니까. 하지만 예수는 그들의 요구를 거절했어. 단호하게. 그러나 병자들의 요구는 거절하지 않았어. 왜 그랬을까?"

신부의 고개가 조금씩 왼쪽으로 기울어지고 있었다.

"당시 유대인들은 병의 원인을 두 가지로 생각하고 있었네. 하나는, 죄를 지은 자에게 내리는 하느님의 벌이 곧 병이었네. 따라서 하느님이 죄를 용서하기 전까지 누구도 병상에서 일어날 수 없다고 생각했지. 또 하나는 귀신의 소행이네. 귀신에 사로잡힌 상태가 병이라는 거지. 그러니까 죄를 용서해주든지 귀신을 쫓아내면 병을 고칠 수 있는 거야. 이것은 그들의 믿음이었어. 이런 믿음이 없는 사람들에게 아무리 죄를 용서하고 귀신을 쫓아내준들 병은 절대 낫지 않아. 하지만 믿음을 갖고 있는 이들의 경우는 달라. 철석같은 믿음이야말로 가장 강한 치유의 힘이니까. 물론 그 힘이 모든 병을 다 낫게 할 수는 없지만."

그는 손으로 볼을 만지작거리며 말을 계속했다.

"그렇다면 누가 죄를 용서하고 귀신을 쫓아낼 수 있는가. 신으로부터 온 사람이지. 그러니 젊은 목수 예수가 하느님의 나라에 대해 말하기 시작했을 때 병든 사람들이 모여들 수밖에. 기적은 분명 있었네. 그 누구도 기적을 부정할 수는 없어. 문제는 그 다음이야. 기적이란 신의 행위이기 때문에 인간에겐 신비일세. 따라서 이 신비를 잘못 해석하면 신의 뜻을 잘못 해석하는 결과가 되네. 신비를 왜곡하면 신을 왜곡하는 것이며, 신비를 훼손시키면 신을 훼손시키는 걸세. 그러므로 기적에 대한 잘못된 해석이야말로 인간이 저지르는 죄 중에서도 치명적인 죄지. 난 이 죄를 생각하면 고통스러워."

신부의 눈가에 주름이 잡히고 있었다.

"당시 종교적 헤게모니를 장악하고 있었던 율법학자와 바리새파 사람들은 죄인에 대해 엄격한 태도를 가지고 있었네. 죄인에 대한 그들의 유일한 목적은 어떤 일도 같이 하지 않는 것이었지. 오죽했으면 죄인의 옷을 건드리기만 해도 자신이 불결해진다고 생각했을까. 하느님을 섬기려는 그들의 정성은 참으로 지극했지. 그들은 죄를 멀리하는 자신들만이 하느님의 나라로 들어갈 수 있다고 굳게 믿고 있었다네. 그런데 예수는 참으로 놀랍게도 이렇게 선언했네. 하느님의 나라를 세우는 이는 사제, 권력자, 부자가 아니라 약하고 비천하고 가난한 사람들이라고. 이 선언은 세계를 새롭게 하는 근원적 혁명사상이었네. 내가 모든 것을 새롭게 하리라, 는 묵시록 속의 그 말. 높은 자가 낮은 자 되고, 앞선 자가 뒤에 서게 되는 새로운 세계 말일세. 그 선언은 거대한 폭풍우가 되어 유대사회를 강타했네. 하느님을 노엽게 하는 죄인이 세상에서 멸망할 때 하느님 앞에 기쁨이 있다고 한 율법학자와 바리새파 사람들에게 예수는 말했네. 세리와 죄인과 창녀들이 너희보다 먼저 하느님 나라에 들어갈 것이라고. 그러면서 그분은 죄의 굴 속으로 들어가 죄인들과 함께 했네. 자, 이제 예수의 기적에 대해 생각해보세."

신부는 천천히 걷고 있었다. 작은 새 한 마리가 날개를 접고 나무 위에 사뿐히 앉았다.

"기적의 신비에 가장 가까이 있었던 이는 누구였을까. 예수의 추종자들? 아니면 기적을 목격한 이들? 물론 그들도 가까이 있었지

만 그들보다 더 가까이 있었던 이들은 기적의 대상자였던 죄인들이
었네. 기적의 현장을 아무리 가까이서 보았다 한들 기적의 은혜를
입은 이들보다 가까울 수는 없지. 기적의 은혜를 입지 못했을 뿐
아니라 현장에서 구경조차 하지 못한 우리들에게 기적의 신비를 올
바르게 해석하는 가장 정확한 길은 죄인의 입장에 서는 것일세. 그
러니 지금부터 자네는 죄인이 되는 걸세."

그러면서 신부는 입가에 보일 듯 말 듯한 미소를 지었다.

"자넨 죄인이라 지금 몹쓸 병에 걸려 있어. 눈이 먼 자일 수도,
귀가 먼 자일 수도, 서지 못하는 자일 수도, 혹은 귀신이 들린 광인
이나 간질병자일 수도 있어."

간질병자라는 말이 나왔을 때 황인후는 날카로운 창날이 가슴에
박히는 듯했다.

"자네를 어떤 종류의 죄인으로 만들까? 눈이 먼 자? 아니면 서지
못하는 자? 아니야. 전혀 어울리지 않아. 자넨 지금 너무나 멀쩡히
보고 듣고 하니까. 그렇다고 문둥병자로 만들자니 조금 미안하고.
자네에게 어울리는 건 아무래도 귀신 들린 자야. 자넨 스스로 짐승
이라고 했으니까. 아, 간질병자가 좋겠군. 그 당시엔 간질을 인간
속에 있는 신의 힘이라고 생각한 이들도 있었으니 자네 기분도 그
다지 나쁘지 않을걸. 더우기 사도 바울께서도 간질병자라고 알려져
있으니."

자신의 말에 몰두해 있는 신부는 창백해진 황인후의 얼굴을 보지
못하고 있었다.

"자네에게 가장 절실한 소망은 죄를 용서받는 일이야. 그것이야
말로 병을 치유할 수 있는 유일무이한 길이니까. 그런데 어떻게 하
느님의 용서를 받을 수 있을까? 설사 하느님이 자네의 죄를 용서했
다 하더라도 무슨 수로 그 사실을 알 수 있지? 그러던 어느 날 나

217

사렛 출신의 한 예언자가 자네가 살고 있는 죄의 골짜기로 들어와 다정한 목소리로 하느님의 나라에 대해 이야기를 했네. 자네에겐 참으로 믿을 수 없는 일이었지. 사람들은 자네를 귀신 들린 자라고 손가락질하며 가까이 오지도 못하게 했네. 그래서 할 수 없이 자넨 죄의 골짜기에 있는 한 묘굴에서 살았지. 귀신 들린 자들만 모여 사는 그곳에 사람들은 얼씬도 하지 않았어. 그런데 그 예언자는 서슴지 않고 자네 묘굴 속으로 들어와 악령에 사로잡힌 자네의 몸을 끌어안으며 사랑에 가득 찬 목소리로 나는 너의 죄를 용서하러 왔다고 말했을 때 자네 영혼은 어떠했을까. 도저히 믿어지지 않는 기적에 전율하지 않았을까. 그것으로 병이 치유되었을 수도 있고 되지 않을 수도 있네. 하지만 치유되지 않았다고 해서 기적은 결코 사라지지 않아. 왜냐하면 그분이 묘굴 속으로 들어와 귀신 들린 자네의 몸을 껴안으며 너의 죄를 용서하러 왔다고 한없는 사랑으로 말한 그 자체가 기적이었기 때문이네. 그분은 자네가 짊어지고 있는 죄의 고통과 슬픔을 함께 나누기 위해 거룩한 자신을 죄인인 자네와 일체화시켰네. 그분이 자네가 됨으로써 자네는 거룩한 그분이 되었네. 얼마나 아름다운 기적인가. 완전한 사랑이란 기적이."

신부의 눈에는 눈물이 글썽이고 있었다.

"죄인들의 낮은 땅으로 내려와 그들과 일체가 됨으로써 이루어지는 기적. 이제 알겠나? 그 기적의 신비를. 소경이 눈을 뜨지 못하고, 앉은뱅이가 일어서지 못하고, 귀신 들린 자가 깨끗한 몸이 못 되었을지언정 기적의 꽃은 그분의 숨결이 닿는 곳마다 피어났네. 그분은 무력한 하느님, 인류의 고통과 슬픔에 대해 함께 아파하고 눈물 흘리는 능력밖에 없는 하느님의 모습으로 지상에 나타났던 것일세. 하지만 기적의 신비를 제대로 보지 못한 무지한 영혼들은 무력한 그분에게 기적을 내려달라고 아우성을 쳤어. 그 아우성은, 그

무지의 죄는 지금도 하늘을 찌르고 있지. 자네도 마찬가지였어. 자네는 기적을 내려달라고 했고, 응답이 없자 자네 영혼은 뱀처럼 뒤틀렸어. 자네의 사랑하는 아들이 죽음의 고통 속에 빠져 있었을 때 하느님 역시 똑같은 죽음의 고통 속에서 있었음을, 자네가 아이의 죽음에 비탄하고 있었을 때 하느님 역시 그 비탄 속에 있었음을 자네가 알았다면."

걸음을 멈춘 신부는 무언가를 찾는 듯한 눈으로 황인후를 보았다.

"영성체 때 보았던 자네의 얼굴은 고통으로 가득했어. 이제 고통을 흘려보내고 죄인으로서 기도하게. 용서의 기도를. 그런데 내가 알 수 없는 건 그때 자네의 고통이 내 고통인 것처럼 느껴졌다는 점일세. 아니 이건 정확한 말이 아니네. 뭐라고 설명해야 할까…… 자네의 얼굴에서 고통을 보는 순간, 똑같은 고통이 나에게도 일어났네. 똑같은 고통이라는 것은 물론 느낌이지. 실제로 어떻게 똑같을 수 있겠나. 어쨌든 자네의 고통이 나에게로 고스란히 옮겨온 것 같은 느낌이 들었다네. 그것도 화살처럼 빠르게. 난 한 발자국도 자네의 고통으로 다가가지 않았어. 왜냐하면 다가갈 틈이 없었으니까. 이 점이 날 무척 혼란스럽게 했어. 그러니까……"

신부는 잠시 말을 멈추고 손으로 이마를 짚었다.

"타인의 고통으로 다가간다는 건 노력이 필요해. 남의 고통을 나눈다는 건 쉽지 않으니까. 고통의 나눔이야말로 사제가 짊어진 짐의 모든 것이지만, 부끄럽게도 난 가끔 한계를 느껴. 그리스도를 생각하면 정말 숨어버리고 싶지. 그런데 왜 자네의 고통이 그렇게 빠르게 나에게로 옮겨왔을까? 난 분명 그리스도가 아닐세. 더욱이 어떤 힘이, 자네의 얼굴에 서린 불꽃 같은 어떤 힘이 무릎을 꿇으라고 했어. 난 무릎을 꿇고 싶었다네. 자네 앞에, 아니 자네의 고통 앞에 무릎을 꿇고 싶었다네. 난, 난 그 이유를 알고 싶네."

황인후를 주시하는 신부의 눈은 어두운 그늘과 의혹이 함께 서려 있었다.

"그 이유는……."

황인후는 몸 깊숙한 곳에서 싸늘한 시체처럼 누워 있는 또다른 생명이 눈을 뜨고 있음을 어렴풋이 느꼈다.

"신부님은 나에게 그리스도였기 때문입니다."

"내가? 자넨 날 알고 있었나?"

"네."

"하지만 난 자네를 전혀 몰라."

"신부님은 알고 있어요. 다만 잊었을 뿐이지요. 아니 잊지 않았어요. 한순간도 잊지 않았을 거예요. 왜냐하면…… 그 이유를 말하기에 여긴 너무 밝아요. 저 햇살을 가리고 새로운 뜰을 보여주세요. 그것은 허물어진 뜰이에요. 잡초 무성한 폐허의 뜰 말이에요. 그러면 말을 할 수 있어요."

황인후의 숨결이 조금씩 높아지면서 눈이 흐려지고 있었다. 그는 기묘한 감각상태 속으로 빠져드는 자신을 느꼈다. 눈을 뜬 생명이 뒤척이면서 일어서는 모습이 보였다. 그와 함께 자신이 어디론가 알 수 없는 곳으로 사라져가고 있다는 것을 무섭도록 또렷이 인식했다.

"한때 그 뜰은 아름다웠지요. 낙원처럼. 바람이 불고 구름이 흘러가면 그 낙원의 생명들은 아름다운 삶의 꿈을 보여주었어요. 푸르른 잎이 만드는 그늘은 긴 밤의 편안한 잠을 약속했지요. 그러던 어느 날 뜰의 주인이 돌아올 수 없는 길로 가버리자 뜰은 폐허가 되고 말았어요. 주인의 아들에겐 뜰을 가꿀 마음이 추호도 없었던 거지요. 밤이 오고, 어두운 영혼들이 폐허의 정원에서 반딧불처럼 떠돌아다닐 때 아들은 울었어요. 무서움에 몸을 떨며 울었지요. 그

아들은 신부님을 알고 있었어요. 세상에 태어나는 순간부터 알고
있었어요."

황인후는 눈앞에서 섬광처럼 지나가는 세계를 하나도 놓치지 않
고 보고 있었다. 떨어지는 꽃잎과 소녀의 비명, 크고 밝은 별, 죽은
소녀를 살리는 그리스도, 구유의 빛, 저녁의 식탁, 텅 빈 섬, 어두
운 사원 속의 새, 폐허의 성당, 그리고 짐승의 집과 기울어진 저울
을.

신부는 전율했다. 황인후의 얼굴은 희열과 고통이 쉴새없이 교차
하면서 수많은 얼굴을 만들어내고 있었다. 얼굴이 변할 때마다 성
스러움이 물결처럼 흘렀다. 그리고 그 물결 사이로 악령의 불꽃이
너울거렸다. 신부는 자신도 모르게 한 걸음 뒤로 물러섰다.

"아시나요? 신부님이 그 아들을 버린 것을. 쏟아지는 빗속에서,
차가운 땅으로. 그때 나를 버리지 않았다면, 정말 버리지 않았다
면······."

황인후의 몸은 바람 속의 가랑잎처럼 격렬히 떨고 있었다. 이어
터져나온 비명은 봄날의 고요를 찢으며 수도원으로 울려퍼졌다. 나
뭇가지 위에 앉아 봄햇살을 즐기고 있던 작은 새는 화들짝 놀라며
하늘로 솟구쳐올랐다.

6

맑은 날씨가 일 주일째 계속되고 있었다. 그늘진 골짜기에 히끗
히끗하던 잔설은 보이지 않았고, 사람들은 무거운 옷을 벗었다. 그
동안 수도원은 보이지 않게 술렁거렸다. 그것은 한 간질병자의 발
작에서 비롯되었는데, 이상한 이야기로 변질되어 수도원을 은밀하

게 떠돌았다. 그 이야기는 수도원을 빠져나와 마을사람들에게까지 알려졌는데, 때로는 그것을 두고 격론이 벌어지기도 했다. 격론의 내용은 간질병자와 빈첸시오 신부의 관계였다. 그것에 대해 갖가지 소문이 떠돌았으나, 무엇보다 사람들의 흥미를 불러일으킨 것은 발작 이후 소리 없이 사라져버린 간질병자가 신부가 젊었을 때 버린 아들이라는 소문이었다. 소문이 으레 그렇듯 근거가 모호할 뿐 아니라 그 내용이 너무나 황당해 대부분의 사람들은 믿지 않았다. 하지만 소문이 뿜어내는 극적인 통속성은 사람들을 자극하기에 충분했다. 그래서 몇몇 호사가들은 상상력까지 발휘, 소문에다 그럴듯한 이야기를 채색하면서 그것이 사실일지 모른다고 떠들어댔다. 그럼에도 불구하고 빈첸시오 신부는 그것에 대해 일체 언급이 없었다. 소문의 불온성에 비추어 한마디 정도는 할 법한데, 마치 소문 자체를 모르고 있다는 듯 내색조차 하지 않았다.

어쨌든 주일미사 때 평소에 참석하지 않던 사람들까지 몰려들어 성당은 참으로 오랜만에 가득 찼다. 빈첸시오 신부가 나타나자 사람들의 시선은 일제히 제대로 향했다. 하지만 그날 미사에서 신부는 여느 때와 다름없었다. 신자들에게 인사할 때도, 사죄경과 사도신경을 외울 때도, 기도와 강론을 할 때도 사람들은 그에게서 추호의 다른 점을 발견할 수 없었다. 그의 목소리는 여전히 맑고 힘찼다.

그날 이후 소문에 대한 사람들의 관심은 급격히 시들해져갔다. 소문의 진위는 고사하고 간질병자의 발작이 정말 있었는지 의심부터 먼저 하는 이들이 늘어났다. 그렇게 되자 호사가들의 상상력은 비웃음을 사게 되었고, 마침내 소문은 이야깃거리에 끼지도 못하는 지경에 이르렀다.

7

가을이 깊어가고 있었다. 강가의 갈밭에 서리가 쌓이고, 새들은 따뜻한 곳을 찾아 떠났다. 그때까지 수도원 사람 중 빈첸시오 신부가 누구를 애타게 기다리고 있다는 사실을 아무도 눈치채지 못했다.

그날은 안개가 자욱했다. 아침과 저녁을 뒤섞어놓은 듯한 안개는 수도원을 뒤덮었다. 주일을 맞아 사람들은 안개를 헤치며 조심조심 수도원으로 올라왔다. 미사는 여느 때와 다름없이 진행되었고, 빈첸시오 신부의 강론은 사람들의 마음속에 잔잔한 파문을 일으켰다. 미사가 끝나자 사람들은 여전히 사라지지 않은 안개를 헤치며 마을로 내려갔다. 수도원은 다시 적막 속으로 들어갔다. 가난하고 자유로운 적막이었다. 그 가난과 자유 속에서 침묵의 기도는 하느님에 대한 순결한 사랑을 드러내었다.

피에타상 앞에서 무릎 꿇고 기도하던 빈첸시오 신부는 몸을 일으켰다. 어제부터 시작된 뜨거운 열은 조금도 가라앉지 않고 있었다. 숨을 쉴 때마다 가슴이 저렸다. 그는 성당을 나와 길고 어두운 복도를 터벅터벅 걸었다.

―너는 벙어리가 되어 말을 못 할 것이다.

느닷없이 나타난 이 말은 그의 귀를 때렸다. 그는 걸음을 멈추고 말의 뜻을 생각했다. 그것은 주의 천사가 요한의 아버지 사가랴에게 한 말이었다. 성전에서 분향하고 있는 사가랴에게 천사가 나타나 네 아내 엘리사벳이 아들을 낳을 것이니 요한이라 불러라, 하고 말했다. 나는 늙었고 내 아내도 나이가 많은데 어떻게 그런 일이 있을 수 있습니까, 하고 사가랴가 묻자 천사는 대답했다. 나는 하느님을 모시고 있는 가브리엘이다. 하느님께서 이 기쁜 소식을 너에게 알리라고 나를 보내셨다. 네가 내 말을 믿지 않았으므로 이런 일이 일어날 때까지 벙어리가 되어 말을 못 할 것이다.

하지만 요한의 아버지 사가랴나 가브리엘 천사에 대한 생각은 그의 머릿속에서 수증기가 증발하듯 금방 사라져버렸다. 오직 처음 들었던 말만 어둠 속의 발광체처럼 떠돌았다. 그런데 조금 후 그 말은 곧 다른 말을 끌고 왔다.

—그를 나에게 제물로 바쳐라.

처음에는 누구의 무슨 말인지 몰랐다. 하지만 곧 아브라함이 떠오르면서 말의 전체적 모습이 보였다.

하느님께서 아브라함을 부르시며 다음과 같이 분부하셨다. 너는 사랑하는 네 외아들 이삭을 데리고 모리아 땅으로 가 내가 지시하는 산에서 그를 나에게 제물로 바쳐라.

바깥은 습하고 추웠다. 그는 몸을 웅크리며 오랫동안 어둠 속을 배회했다. 뜨거운 열 속에서 그 말들이 환청처럼 들려왔다.

사제관으로 들어온 그는 불도 켜지 않고 소파에 몸을 묻었다. 수단의 윗단추를 풀고 눈을 감았다. 어둠 속에서 무엇이 떠오르고 있었다. 이번에는 아무런 소리가 없었다. 그것은 창백한 남자의 몸뚱이였다. 누군가를 향해 손을 벌리고 있는 남자를 한 사람이 부축하고 있었고, 그를 둘러싼 사람들은 어둠에 묻혀 있었다. 낯익은 모습이었으나 언제 어디서 보았는지 기억나지 않았다. 그들 중 한 여자의 얼굴이 어렴풋이 보였다. 그녀는 남자의 얼굴에 자신의 얼굴을 묻고 울고 있었다. 마르타였다. 오빠 나사로의 죽음에 울고 있는 마르타.

문 열리는 소리가 났다. 눈을 떴다. 누군가 들어오고 있었다. 조용히 문을 닫은 침입자는 그에게로 다가왔다. 얼굴은 잘 보이지 않았지만 누구인가 느낌으로 알 수 있었다.

"그 동안 어디 있었나?"

가슴속에서 치받쳐오르는 뜨거운 불덩이를 누르느라 목소리가 떨렸다.

"주님의 십자가 아래에 있었습니다. 신부님께 청이 있어 도둑처럼 이렇게 몰래 들어왔습니다."

황인후의 목소리는 거의 속삭이는 것 같았다.

"말해보게."

"지금 고해를 하고 싶습니다."

"이 밤중에 고해를?"

"부디 청을 들어주십시오."

"하지만 지금 성당은……."

"여기서 하고 싶습니다. 이 어둠 속에서."

마르타의 얼굴이 바뀌고 있었다. 그 여인 역시 울고 있었다. 향유가 든 옥합을 가슴에 안고 시몬의 집으로 들어와 눈물로 그분의 발을 적신 여인. 그녀는 그분의 두 발에 향유를 바르면서 하염없이 울고 있었다. 여인의 주위에는 향기가 가득했다.

―네 죄는 용서받았다.

향기가 아스라이 사라지고 있었다. 하얀 연기처럼 사라져가는 향기 너머 여인은 여전히 울고 있었다. 울음소리가 귀에 닿으면서 빛이 모여들었다. 자디잔 유리조각 같은 빛의 가루들이 여인의 얼굴 주위로 모여들고 있었다. 물처럼 투명한 여인의 얼굴이 보였다. 그의 입에서 신음이 새어나왔다. 그 여인이었다. 쓰디쓰면서 감미로웠던 사랑. 무릎을 꿇게 했던 사랑. 그 치명적 열정과 쓰라린 빙결.

어둠 속에서 황인후는 돌처럼 서 있었다. 빈첸시오 신부는 수단의 윗단추를 채우고 옷을 여몄다. 그리고 성직자에게 부여된 직책과 의무를 상징하는 영대를 목에 둘렀다.

"하느님의 자비와 은총을 굳게 믿으며 그 동안 지은 죄를 뉘우치고 사실대로 고백하십시오."

신부의 말에 황인후는 무릎을 꿇었다. 어둠 속에서 그의 작은 몸이 더욱 작아 보였다.

"제가 저지른 첫번째 죄는……"

목소리가 바람에 끊어지듯 멈추었다. 하지만 그것은 질주를 위한 멈춤이었다. 황인후는 사냥꾼처럼 죄의 숲속으로 질주해 들어갔다. 그의 눈은 작은 움직임에도 장작불처럼 타올랐고, 화살은 가차없이 죄의 몸뚱이 속을 파고들었다. 그는 피 흘리는 짐승이었고, 세상과 격절한 늙은이였으며, 굶주린 어린아이였다. 고백이 끝났을 때 그의 몸은 종이처럼 얇아 보였다.

8

"그대의 죄는 오만에서 비롯되었다. 그 오만은 그대를 선택된 자로 만들었고, 선택된 자가 누려야 하는 하느님의 은총과 영광만을 생각했다. 그리고 오만은 무지를 낳았고, 무지는 빛을 앗아갔다. 그대는 눈먼 자였다. 그 눈먼 자는 어느 날 하느님에게 기적을 간구했다."

어둠이 떠올랐다. 비가 쏟아지는 어둠이었다. 그 속에서 아이를 안은 여인이 간절한 눈으로 그를 보고 있었다. 번개가 검은 하늘을 갈랐다. 이어 천지를 흔드는 천둥 소리. 그는 여인을 향해 두 팔을 벌렸다.

"기적은 이루어지지 않았고, 그대는 암흑의 황야 속으로 들어갔다. 그곳은 짐승이 그리스도가 되며, 그리스도가 짐승이 될 수 있는 허위의 세계였다. 만약 그대가 자신의 모습을 바로 보았다면, 그리하여 무섭게 버림받은 그대의 모습 위로 흘러내리는 신의 눈물을 보았다면 암흑 속으로 들어가지 않았을 텐데. 영혼이 갈기갈기 찢기고 불에 태워지는 그 고통 속으로."

여인은 두 팔을 벌리고 있는 그를 두려운 눈길로 보고 있었다. 그는 당혹했다. 그녀는 두려워한 적이 없었다. 그 절망적 사랑 앞에서도 슬픔에 차 있을지언정 결코 두려워하지 않았다. 그녀와의 사랑은 기쁨이었다. 기쁨은 수정처럼 빛났으나 기쁨을 버리기로 맹세했다. 여인의 눈물도 맹세를 깨뜨리지 못했다. 어느덧 맹세는 기쁨이 되었고, 여인과의 사랑은 차디찬 얼음으로 변했다. 그 차디찬 얼음 속으로 여인은 새싹 같은 생명을 안고 들어왔다. 그런데 왜 여인은 지금 저토록 두려워하고 있는가.

그는 다시 여인을 향해 두 팔을 벌렸다. 아이가 울기 시작했다. 여인은 주춤주춤 뒤로 물러났다. 그는 믿기지 않는 눈으로 멀어져 가는 여인을 보았다. 아이의 울음소리는 점점 높아지고 있었다.

"악의 세력은 하느님의 눈물을 가리면서 인간을 유혹한다. 기적의 영광에 싸인 신을 보라고. 그리고 속삭인다. 피조물을 고통 속에 버려두는 신에게 반역하라고. 그대는 기적의 영광에 싸인 신을 보았고, 그 신에게 버림받자 반역했다. 그대의 반역은 가혹한 자유 속에서 이루어졌다. 가혹한 자유는 그대를 짐승으로 만들었다. 그 짐승이야말로 무섭게 버림받은 존재의 모습이었다. 그대는 반역을 위해 짐승이 되었으나, 그 모습은 신성했다. 그대는 모르고 있었다. 신의 눈물에 젖어 있는 그대의 얼굴을."

그는 멀어진 거리만큼 여인에게 다가갔다. 여인은 그를 올려다보았다. 빗물이 그녀의 얼굴 위로 줄줄 흘러내렸다. 그녀의 검은 눈은 여전히 두려움으로 차 있었다.

"악은 고통 속에서 자라지만 고통을 싫어한다. 이것이 악의 실체이자 본능이다. 고통을 싫어하는 악은 고통과 먼 곳으로 끊임없이 움직인다. 환희와 영광, 안락과 기적이 있는 곳으로. 그러므로 고통을 견디는 것은 악을 멸하는 행위다. 고통을 사랑하는 것은 악의 본능을 죽이는 행위다. 그대는 고통을 피하지 않았다. 오히려 고통을 끌어안고 암흑의 황야 속으로 들어갔다. 그 칠흑같은 어둠 속에서 그대는 고통과 마주했고, 고통과 함께 숨을 쉬었다. 혹시 그대는 고통을 사랑하지 않았는가? 내가 그대에게 성체를 주었을 때 그대의 얼굴에서 난 보았다. 생명처럼 꿈틀거리고 있는 고통을. 그때 난 무릎을 꿇으라는 목소리를 들었다. 누구의 목소리였을까. 그대의 버림받은 얼굴 위로 흘러내린 신의 눈물, 그 눈물의 주인이 나에게 속삭인 것이다. 그대의 고통 앞에 무릎 꿇으라고."

이윽고 여인은 조심스럽게 아이를 그에게 건넸다. 그는 떨리는 손으로 아이를 받았다. 아이는 작고, 가벼웠다. 무게조차 느낄 수 없었다. 그의 품에 안긴 아이가 울음을 뚝 그쳤다. 울음소리로 가득 찼던 세계는 불현듯 침묵에 잠겼다. 그 침묵은 낯설고 기이했다. 그는 침묵을 들여다보기 위해 아이를 들여다보았다. 그를 올려다보고 있는 아이의 눈은 거울처럼 맑았다. 그는 무릎을 꿇고 싶은 충동을 느꼈다. 그 충동은 강한 힘으로 그의 어깨를 눌렀다. 무릎이 꺾이고 있다고 느끼는 순간 아이는 차갑게 젖은 땅으로 굴러떨어졌다.

"구원이란 고통의 얼굴 위로 떨어져내리는 신의 눈물을 발견하는 순간 이루어진다. 희생자가 구원자인 것이다. 나는 그대의 얼굴에서 구원의 눈물을 보았다. 내 평생 원했던 구원의 눈물을. 이제 그대는 누구의 얼굴에서 구원의 눈물을 발견할 것인가. 약하고 약한 존재인 우리들은 하느님의 눈물을 쉽게 보지 못한다. 하느님의 눈

물을 보기 위해서는 피투성이가 되도록 싸워야 한다. 예수 그리스
도처럼 무섭고 가차없이."

6
죄의 거울

1

  마을과 멀리 떨어진 산골짜기 외딴 곳에 움집이 한 채 있었다.
고개를 숙여야 들어갈 수 있는 낮은 집이었는데, 황토로 이겨 바른
벽은 군데군데 갈라져 있었고, 지붕을 덮고 있는 거적은 비바람에
삭아 너덜거렸다. 초봄의 햇살이 눈부신 한낮임에도 움집 안은 동
굴처럼 어두웠다. 낮이 밤이 되고 밤이 낮이 되어도 그곳의 어둠은
여전했다. 물론 낮과 밤의 차이는 있었다. 낮이면 지붕의 틈으로 새
어들어오는 가느다란 빛으로 어둠이 약간 풀어지면서 엷은 회색빛
이 감돌았다.
  이 음산한 움집 안에 태어난 지 두 달도 채 안 된 영아와 노인이

누워 있었다. 포대기에 싸여 있는 아이는 이미 죽어 있었고, 살 썩는 냄새가 방 안을 떠돌았다. 그럼에도 불구하고 노인은 꼼짝도 하지 않았다. 그 역시 죽어가고 있었다. 피하지방층이 사라진 노인의 얼굴은 거의 해골에 가까웠다. 먹을 것이 끊어지자 굶주리다 못한 육신이 자신의 살을 먹기 시작한 것이다. 그는 어렴풋한 의식 속에서 육신이 자신의 살을 뜯어먹는 것을 보고 있었다.

그런데 노인은 누군가 자신의 입으로 죽을 떠넣고 있는 것을 느꼈다. 그는 납득이 되지 않았다. 우선 짐승우리 같은 움집에 사람이 들어와 있다는 것이 이상했다. 혹시 부랑자나 걸인이 빈집인 줄 알고 들어올 수도 있겠지만 사람이 있으면 나가버린다. 더욱이 아이의 시체를 보게 되면 질겁을 할 것이다. 그런데 나가기는커녕 송장이나 다름없는 자신의 입 속으로 따뜻한 죽을 넣고 있는 것이다. 노인의 입은 본능적으로 죽을 삼키고 있었다.

2

황인후가 움집에 들어왔을 때 노인은 스스로 움직이는 힘을 상실한 채 자신의 배설물 속에 누워 있었다. 처음 그는 아이의 시체를 발견하지 못했다. 방 안이 어두운데다 아이가 포대기에 둘둘 말려 있어 볼 수가 없었다. 노인은 분명 죽지 않았는데, 부패의 내음이 진한 연기처럼 떠돌고 있었다. 조금 후 냄새의 진원을 찾아낸 그는 털썩 무릎을 꿇었다. 그토록 작은 생명의 주검과 마주친 것은 그의 아이 이후 처음이었다. 기도를 하는 동안 눈물이 걷잡을 수 없이 흘러내렸다.

기도를 끝낸 그는 재빨리 움직였다. 미지근한 물에 적신 수건으로 노인의 입술을 축인 후 쌀을 갈아 미음과 비슷한 죽을 만들고 배설물을 깨끗이 치웠다. 노인을 위해 할 수 있는 일을 다 한 황인후는 자진을 택한 노인과 아이의 관계가 궁금해 집 안을 살펴보았다. 움집 안에 아이가 먹는 암죽이 있는 걸로 보아 노인 혼자 아이를 키운 것이 틀림없었다. 그러다 아이가 죽자 스스로 음식을 끊은 것 같았다. 움집 안에서 발견한 약간의 식량이 그것을 증명하고 있었다.

황인후는 아이를 안고 움집 뒷산으로 갔다. 노인의 허락 없이 아이를 땅에 묻는 일이 마음에 걸렸으나 이미 부패된 아이의 시체를 더이상 방치할 수 없었다. 더욱이 끔찍한 아이의 모습은 노인에게 심한 충격을 줄 것임이 틀림없었다.

노인의 몸은 빠르게 회복되고 있었다. 혈색이 되살아나면서 나흘 후에는 스스로 몸을 움직일 수 있을 정도까지 되었다.

노인의 모습은 신산한 삶을 그대로 드러내고 있었다. 얼마 남아 있지 않는 머리카락은 하얗게 세어 있었고, 근육이 빠져나간 턱은 얇고 헐렁한 주머니를 연상케 했다. 더욱이 몸 전체가 앙상하게 쪼그라들어 있는데다, 손과 발이 흉하게 뒤틀린 불구였다.

황인후에 대한 노인의 반응은 특이했다. 우선 그와 눈이 마주치는 것을 두려워했다. 한사코 시선을 피했을 뿐 아니라 어쩌다가 시선이 마주치면 거의 공포에 가까운 표정이 되어 고개를 돌렸다. 그리고 먼저 말을 거는 법이 없었다. 황인후가 물으면 마지못해 우물거릴 뿐 거의 입을 닫고 있었다.

또 한 가지 이상한 점은 죽은 아이에 대한 노인의 태도였다. 황인후는 노인의 충격을 염려해 아이 이야기는 하지 않았다. 그가 물어오면 허락 없이 아이를 묻은 데 대해 사과할 작정이었다. 그런데 기력을 어느 정도 회복한 후에도 아이에 관해 아무것도 묻지 않았다. 묻기는커녕 얼굴에 아이를 생각하는 표정조차 찾을 수 없었다. 마치 아이라는 존재 자체를 잊어버리지 않았나 생각될 정도였다. 기다리다 못한 황인후는 아이 무덤이 집 뒷산에 있다고 조심스럽게 말했는데, 노인은 시선을 피하기 위해 고개만 돌리고 있었을 뿐 한 마디 말도 하지 않았다.

어느 날 황인후는 새로운 사실을 알게 되었다. 눈 마주치는 것을 병적으로 두려워하고 있는 노인이 황인후가 그의 배설물을 치울 때는 시선을 피하지 않는다는 사실이었다. 오히려 무엇을 찾기라도 하는 듯 황인후의 눈 속을 뚫어지게 들여다보았다. 며칠 후 황인후는 노인이 일부러 옷에 똥을 싼다는 것을 알았다. 곰곰이 생각한 결과 일단 모른 척하는 게 좋겠다는 결론을 내렸다.

다음날 황인후가 배설물을 치우고 있는데 노인은 갑자기 손으로 똥을 집어 황인후의 얼굴에 발랐다. 그리고는 유심히 그의 눈을 들여다보았다. 그 모습은 일을 저질러놓고 어른의 반응을 살피는 어린아이와 흡사했다. 황인후가 빙긋이 웃자 노인은 지극히 흡족한 표정을 지으며 똥 묻은 손을 내밀었다. 씻어달라는 뜻이었다.

그날 이후 노인은 일부러 똥을 싸지 않았다. 더욱이 그전처럼 시선을 피하지도 않았다. 피하기는커녕 오히려 황인후와 시선을 맞추기 위해 부자유스러운 몸으로 괜히 방 안을 빙글빙글 돌기까지 했다. 노인이 아이 이야기를 꺼낸 것은 그로부터 사흘 후였다.

3

그날은 비가 추적추적 내리고 있었다. 노인은 오래 전부터 방 구석에 웅크리고 앉아 무언가를 골똘히 생각했다. 가끔 이상한 소리를 내며 쿡쿡 웃다가도 불현듯 몸을 심하게 떨었다. 그럴 때마다 짓무른 눈이 일그러지면서 얼굴에 괴로운 빛이 보였다. 노인이 괴로워하는 모습을 보인 것은 처음이었다. 그 동안 노인을 지배하고 있었던 감정은 시선에 대한 두려움이었다. 노인의 정신은 온통 그것에 사로잡혀 있었다. 그 두려움이 사라지자 노인에게 새로운 모습이 나타난 것이다.

고개를 숙이고 있던 노인이 갑자기 방 안을 두리번거리기 시작했다.

"무얼 찾으세요?"

황인후의 물음에 노인은 빤히 그를 쳐다보았다.

"응, 난 아이를 찾고 있어. 작은 아이."

노인의 말은 어눌하기는 했지만 분명했다. 그것은 노인이 지금까지 황인후에게 한 말 중 가장 긴 말이었다.

"아저씨 아이는……."

"나도 알아. 뒷산에 묻었지."

뜻밖에도 노인은 천연스레 말했다. 조금 전과는 전혀 다른 표정이었다.

"누가 그 아이를 죽였지?"

황인후가 놀라자 노인은 누런 이를 드러내며 히죽 웃었다.

"내가 죽였어."

"아저씨가 죽였다구요?"

"그래 내가 죽였어. 이 손으로."

그는 뒤틀린 손을 앞으로 내밀며 흔들어댔다.

"왜 죽였는지 내가 가르쳐주지. 넌 멍청이니까. 우선 이걸 알아야 해. 그 아인 내 거였어. 내가 주웠으니까."

"아저씨가 아이를 주워요?"

"그럼 내가 주웠지. 넌 정말 멍청이야."

노인은 멍청이라는 말이 무척 마음에 든 듯 그 말을 할 때마다 헤벌쭉이 웃었다.

"그러니까 말이야. 새벽에 내가 걸어가는데……."

쓰레기를 뒤지기 위해 아침 일찍 집을 나선 노인이 주택가로 들어서는데 아이 울음소리가 들렸다. 가보니 태어난 지 얼마 안 된 아이가 포대기에 싸여 있었다. 그렇게 작은 아이는 처음이었다. 그는 잠시 망설이다 아이를 들고 움집으로 돌아왔다. 움집은 동네와 뚝 떨어져 있어 아이 울음소리는 별 문제가 안 되었다.

"아이를 키우고 싶었어요?"

노인은 고개를 가로저었다.

"그럼 왜 데려왔어요?"

"내가 보았으니까. 내가 본 건 주워야지. 쓸모가 없으면 다시 버리면 되니까."

"쓸모가 있었나요?"

"응."

"왜요?"

"날 보지 못했으니까."

"보지 못하다뇨?"

"난 누가 날 보는 걸 싫어해. 아주 싫어하지."

그러면서 노인은 고집스럽게 머리를 흔들었다.

"근데 아이는 날 보지 못했거든. 그건 분명해. 여러 번 확인했으니까. 그 대신 소리는 잘 듣더군. 소리가 나거나 살을 건드리면 그쪽으로 머리를 재빨리 움직여. 재미있는 장난감이었지. 먹은 걸 잘 토해서 약간 귀찮긴 했지만."

"무얼 먹였는데요?"

235

"암죽. 내가 직접 만들었지."

"그런데 왜 죽였어요?"

"아이가 날 보기 시작했으니까."

한 달쯤 지난 어느 날 밤, 램프불을 켜던 노인은 몸에 닿은 싸늘한 기운을 느꼈다. 비록 약하기는 했으나 그것은 분명 시선이었다. 두려움 속에서 주위를 두리번거린 그는 전혀 뜻밖에도 아이의 눈과 마주쳤다. 당황한 그는 램프불을 이리저리 옮겨보았는데, 끔찍하게도 아이의 눈은 불빛을 따라 움직이고 있었다. 그의 손에서 램프불이 툭 떨어졌다. 그날 밤 그는 아이의 목을 졸라 죽였다.

"왜 아저씬 누가 보는 걸 싫어하죠?"

"무서워."

"뭐가요?"

"누가 날 보는 게."

"왜요?"

"난 이모를 죽였거든."

"이모를 죽였다구요?"

"이모는 나보고 엄마를 죽였다고 했어. 하지만 난 엄마를 죽인 기억이 없어."

노인의 목소리는 퉁명스러웠다.

"난 엄마의 얼굴을 본 적이 없어. 그런데 어떻게 엄마를 죽여."

"아저씨 이름이 뭐예요?"

"장, 선, 용."

노인은 또박또박 말했다.

"왜 이모는 장선용 아저씨한테 그런 말을 했나요?"

"난 태어난 지 며칠 안 돼 경풍을 만났어. 얼마나 지독했는지 몇 번을 죽었다 깨어났다 했대. 그것 때문에 손발이 이렇게 됐지."

그러면서 그는 뒤틀린 손발을 흔들어댔다.

"엄만 날 낳은 지 한 달도 못 돼 죽었고, 아버진 술만 취하면 날 두들겨팼어."

그가 열 살 때인 여름 어느 날 아버지는 그를 이모에게 맡기고 어디론가 떠나버렸다. 이모부는 아무짝에도 쓸모없는 저런 아이를 왜 맡았느냐고 이모를 노골적으로 몰아세웠다. 부부싸움이 잦아지자 이모는 그에게 돈 몇 푼 쥐어주면서 집을 나가달라고 했다. 이모집을 나온 그는 발길 닿는 대로 떠돌아다니며 구걸로 연명했다. 원인을 알 수 없는 병에 걸려 사경을 헤매기도 했고, 다른 거지 아이들에게 몰매를 맞아 사흘 동안 일어나지 못한 적도 있었다.

오 년이 지난 어느 봄날 그는 가족이 그리워 고향마을을 찾았다. 그가 살던 옛집에 아버지는 없었고 생판 모르는 사람들이 살고 있었다. 그의 발길은 자신도 모르게 이모집으로 향했다. 대문은 열려 있었고, 마당에는 아무도 없었다. 그는 잠시 머무적거리다 안으로 들어갔는데, 마당가에 피어 있는 붉은빛 선연한 꽃이 눈을 찔렀다. 그때 대문에서 불쑥 마당으로 들어온 이모가 그를 보자 질겁을 하며 "네놈이 네 에미를 죽였으면 됐지 이제 나까지 죽이려 하느냐"고 소리쳤다. 그의 얼굴은 하얗게 변했는데, 이모는 그 얼굴에서 무엇을 보았는지 주춤주춤 뒤로 물러났다. 여기서부터 기억은 캄캄해진다.

가슴이 부풀어오르면서 무언가 튀어나오는 느낌만 어렴풋이 남아 있을 뿐 아무리 기억을 더듬어도 떠오르는 게 없었다. 그가 정신을 차렸을 때 그의 손이 이모의 목을 누르고 있었다. 황급히 손을 떼었으나 이모는 이미 죽어 있었다. 뒤틀린 그의 손이 무슨 힘으로 사람을 죽였는지 참으로 불가사의했다. 그는 짚단처럼 스르르 주저앉았다. 속이 메슥거렸고, 머리가 깨어질 듯 아팠다. 그의 나이 열

일곱 살 적의 일이었다.

"그런데 말이야."

노인은 주위를 둘러보면서 목소리를 낮추었다.

"누가 날 보고 있었어."

"누가요?"

"그건 몰라. 보이지 않았으니까. 그러니까 그놈은 내가 모르는 곳에 숨어 있었던 게지. 그래서 난 재빨리 이모집을 도망쳐 나왔어."

그후 그는 발길 닿는 대로 떠돌아다니며 살았다. 뒤틀린 손발로 인해 그가 할 수 있는 일이란 공사장의 허드렛일이나 고물상에서 쓰레기 분류하는 일 등 하찮은 것들이었다. 하지만 그런 일도 쉽게 얻어지는 게 아니어서 자연히 떠돌게 되었는데, 어렵게 얻은 일자리도 두 달을 넘기지 못했다. 물론 쫓겨나기도 했지만 대부분은 스스로 나가버렸다. 한 군데 오래 붙어 있으면 까닭 없이 마음이 불안해지면서 이모집 마당에서 느꼈던 시선이 몸에 닿았던 것이다. 그런 까닭에 떠돌이 생활의 태반을 거렁뱅이나 다름없이 살았다.

"자넨 모르지?"

노인은 갑자기 눈을 빛내며 은밀한 표정을 지었다.

"하긴 자네 같은 멍청이가 그걸 알 리 없지."

"전 몰라요. 그러니 말씀해주세요."

"내 말 듣고 나면 자넨 분명 놀랄 거야."

노인의 목소리는 음울하면서도 약간 들떠 있었다.

"난 그전에도 아이를 죽여봤어."

그러면서 노인은 타는 듯한 눈길로 창백해진 황인후의 얼굴을 뚫어질 듯 보았다.

"그때 난……."

스물네 살 때의 일이었다. 당시 그는 강원도 산골 공사장에서 허드렛일을 하고 있었는데, 몸집이 작고 어깨와 얼굴이 동그스름한 벙어리 여자가 함바식당에서 일하고 있었다. 그녀가 애지중지하는 세살배기 딸은 뜨내기 노무자가 뿌리고 간 씨라는 소문이 인부들 사이에 퍼져 있었다. 온전한 몸이 아닌 장선용에게 유난히 마음을 썼던 벙어리 여자는 어느 날 밤 몰래 그의 숙소를 찾았다. 작업도 구를 넣어두는 창고 옆 칸막이방이 그의 숙소였는데, 인부들의 방과 비교적 멀리 떨어져 있었다. 그녀가 가져온 보따리 속에는 방금 부친 감자전과 막걸리가 있었다. 그날 밤 그들은 몸을 섞었다.

겨울이 오면서 공사는 봄으로 연기되었다. 인부들이 떠나자 주인은 함바식당을 벙어리 여자에게 맡기고 읍내로 내려갔다. 떠들썩하던 식당은 갑자기 적막해졌다. 칼날 같은 바람과 천지를 하얗게 덮어버리는 폭설, 자욱이 흩어지며 휘날리는 산안개 사이로 시간은 느릿느릿 흘러갔다. 타인과의 대화에 무능력한 장선용에게 벙어리 여자는 참으로 편안했다. 벙어리에게 말을 건네본들 알 수 없는 손짓만 돌아올 뿐이어서 침묵은 자연스럽게 그들을 감쌌다. 그 사이 벙어리 여자는 장선용 앞에서 거리낌없이 옷을 벗게 되었고, 그는 어렴풋이나마 쾌락을 느꼈다.

맑은 겨울 햇살이 비치는 2월 어느 날, 벙어리 여자는 읍내에 내려가면서 아이를 그에게 맡겼다. 그 동안 낯이 익었는지 세살배기 계집아이는 그를 보고도 울지 않았다. 그는 얼굴을 찡그리며 싫다고 말했다. 그런데 벙어리 여자는 무슨 마음에선지 그의 말에 아랑곳않고 생글생글 웃으며 혼자 내려갔다.

잠을 자던 아이가 깨어나 울자 그는 벙어리 여자가 시킨 대로 우유를 먹였다. 아이는 우유를 먹으면서 다시 잠 속으로 빠져들었다. 그는 식당 앞 마당으로 나와 풀밭에 드러누웠다. 아이와 단둘이 남게 된 이후 까닭 없이 마음이 불안했다. 신경이 예민해지면서 머리가 조이듯 아팠고, 손바닥이 축축해질 정도로 땀이 났다. 그러다가 잠이 들었는데, 그가 눈을 떴을 때 속이 메슥거렸고, 머리가 아팠다. 꿈을 꾼 것 같았으나 붉은색만 어른거릴 뿐 또렷이 떠오르는 게 없었다. 몽롱한 의식 속에서 붉은색이 꽃이었다는 생각이 들면서 뭔가 그의 몸을 쿡 찌르는 듯한 느낌에 사로잡혔다. 그것은 이 모집 마당에서 느꼈던 시선이었다. 그는 몸을 떨면서 시선 쪽으로 고개를 돌렸다. 그가 본 것은 세살배기 계집아이였다. 아이는 검고 맑은 눈으로 그를 빤히 보고 있었다. 그는 비틀거리며 일어나 아이에게 다가갔다. 그리고 뒤틀린 두 손으로 아이의 목을 눌렀다. 그의 눈에서 눈물이 줄줄 흘러내리고 있었다.

벙어리 여자가 돌아온 것은 해가 산등성이로 막 넘어갈 무렵이었다. 처음 그녀가 본 것은 마당에서 아이를 안고 있는 장선용의 모습이었다. 그는 그녀가 온 줄 모르는 듯 고개를 숙인 채 아이에게 뭐라고 쉴새없이 중얼거리고 있었다. 흐뭇한 표정으로 그에게 다가가던 그녀는 걸음을 멈추었다. 아이를 안고 있는 모습이 이상한데다 아이의 머리가 축 늘어져 있었다. 불길한 예감에 그녀는 아이를 빼앗듯 자신의 품에 안았는데, 곧이어 그녀 입에서 비명이 터져나왔다.

벙어리 여자가 죽은 아이를 안고 밤새 우는 동안 장선용은 불빛 하나 없는 방 한구석에 돌덩어리처럼 웅크리고 앉아 울음소리를 들었다. 먼동이 트면서 방 안이 희끄무레해지자 그는 몸을 꿈틀거리며 일어났다. 더이상 참을 수 없었다. 사람의 생명이란 손 한번 움직이면 사라져버리는 것인데, 그 하잘것없는 죽음을 너무나 비통해하는 그녀가 가소로웠다. 그런 그녀를 비웃지 않고서는 견딜 수 없었다. 그는 벙어리 여자에게 다가가 무릎을 꿇었다. 그리고 그녀의 귀에 입을 대고 속삭였다.

— 아이는 내가 죽였어. 손으로 목을 졸랐지. 참으로 쉽게 죽더군.

말을 끝낸 장선용은 조용히 일어나 방을 나갔다. 자욱한 새벽안개를 헤치고 그의 숙소인 창고 옆 칸막이방으로 들어간 그는 군용담요를 펴고 누웠다. 그리고 죽음과도 같은 깊은 잠 속으로 빠져들었다. 그가 눈을 뜬 것은 정오 무렵이었다. 하지만 그는 일어나지 않았다. 그는 이제 자신이 기다려야 한다는 것을 알고 있었다.

저녁이 오고 밤이 지나가고 해가 다시 떠올라도 기척 하나 없었다. 그는 슬그머니 일어나 방을 나왔다. 주위는 괴괴했다. 소리 없이 식당문을 연 그는 안을 들여다보았다. 달라진 게 아무것도 없었다. 그는 왼쪽 끝에 있는 벙어리 여자의 방을 보았다. 방문은 굳게 닫혀 있었다. 무슨 소리가 나지 않나 해서 한참 동안 귀를 기울였으나 정적뿐이었다. 이윽고 그는 발끝을 죽이며 벙어리 여자의 방으로 다가갔다. 문 앞에서 다시 귀를 기울였으나 그가 들은 건 자신의 거친 숨소리뿐이었다. 이윽고 그는 문의 손잡이를 잡고 조금씩 조금씩 열었다. 대들보에 목을 맨 채 대롱대롱 매달려 있는 벙어리 여자의 몸이 보였다. 그는 살며시 문을 닫고 바깥으로 나왔다. 동녘하늘에서 아침햇살이 부챗살처럼 내려오고 있었다. 갑자기 허기를 느낀 그는 부엌을 뒤져 식은 밥을 찾아내었다. 그는 두 손으로 밥덩이를 미친 듯이 입 안으로 쑤셔넣었다.

"아저씬……."

황인후는 격심한 심장의 고동 때문에 말을 제대로 잇지 못했다. 그의 눈에는 눈물이 글썽이고 있었다.

"정말 불쌍한 분이시군요."

"내가 불쌍하다구?"

노인은 눈을 가늘게 뜨며 되물었다.

"아저씬 참으로 불쌍한 분이세요."

황인후의 말에 노인은 몸을 웅크리며 곰곰이 지난날을 생각했다.

그 사건 이후 그의 떠돌이벽은 더욱 심해졌다. 때로는 자다가도 벌떡 일어나 짐을 싸곤 했다. 보이지 않는 시선은 집요하게 그를 따라왔고, 그는 끊임없이 도주했다. 그는 사람들에게 결코 자신을 드러내지 않았다. 누구에게도 먼저 말을 걸지 않았으며, 누가 말을 걸어와도 대꾸하지 않았다. 불가피한 경우에는 최대한 짧게 말했고, 가끔 상대의 말을 끊기 위해 입을 열었다. 그는 밝은 길과 사람들의 시선이 무서웠다. 자신을 쫓고 있는 시선과 사람들의 시선이 다르다는 것을 어렴풋이 깨닫고 있긴 했으나 비슷한 것만은 틀림없었다. 그래서 일하러 나가지 않는 날이면 어두컴컴한 방 안에 틀어박혀 잠만 잤다. 하지만 종일 잘 수는 없는 법이다. 잠에서 깨어나면 가만히 누워 있거나 웅크리고 앉아 있었다. 그렇게 있다보면 저습지 같은 곳에 잠겨 있는 느낌이 종종 들었는데, 특별히 불쾌한 느낌도 아니지만 그렇다고 좋은 느낌도 아니었다. 그는 그림자가 되고 싶었다. 보이기는 하나 흐릿하고, 종이처럼 납작하고, 만져지지도 않고, 냄새도 없으며, 숨소리조차 들리지 않는 그림자를 꿈꾸었다.

"난 불쌍하지 않아."

생각에 잠겨 있던 노인은 배시시 웃으며 말했다.

"왜 그렇게 생각하세요?"

"이젠 무섭지 않으니까. 난 네가 하나도 안 무서워."

"처음에는 무서워하셨잖아요?"

"지금은 안 그래."

"왜요?"

"내 똥을 치웠으니까."

"그래요. 이제 더이상 무서워하지 마세요. 하지만 아저씬 괴로워하셔야 돼요."

"난 괴로워 안 해."

"아저씬 지금도 괴로워하고 있어요."

"넌 멍청이야."

"그럼 한 가지 묻겠어요. 아이를 죽인 후 아저씨도 죽으려 했어요. 왜 그전처럼 도망가시지 않구 죽으려 하셨나요?"

"그건……."

"아이를 죽이고 나니 괴로웠지요? 그 괴로움을 참지 못해 죽으려 하셨지요? 그렇지요?"

한참 동안 입을 다물고 있던 노인은 고개를 끄덕였다.

아이를 죽인 후 그를 찾아온 것은 낯선 고통이었다. 지금까지 그가 겪은 고통이란 몸의 외부에서 오는 고통이었다. 고통의 원천인 시선은 비록 보이지는 않았지만 외부의 존재였다. 그는 끊임없는 도주를 통해 쫓아오는 시선을 피했다. 그가 벙어리 여자의 아이를 죽인 것은 시선과 정면으로 마주쳤기 때문이었다.

그런데 새로운 고통은 외부에 있지 않았다. 그것은 몸의 내부에 있었다. 무슨 이유인지 도무지 알 수 없었다. 고통을 빼낼 수도 없거니와 도주할 수도 없었다. 그렇다면 뭔가 다른 방법이 있어야 하는데 아무리 생각해도 알 수 없었다. 그는 고통을 견디지 못했다. 그에게는 고통을 견디는 힘이 없었다. 그 점에서 그는 어린아이와 조금도 다를 바 없었다. 극심한 괴로움 속에서 마침내 한 가지 방법을 생각해냈다. 그것은 스스로 몸을 죽이는 일이었다. 몸을 죽이면 몸 속에 있는 고통도 죽게 되리라 생각했다. 그래서 그는 곡기를 끊었다. 그의 마지막 도주였다.

"왜 아저씨가 괴로워하신 줄 아세요?"

"난…… 몰라."

"아저씨가 하느님을 느꼈기 때문이에요."

"하느님? 하느님이 누구지?"

"아저씨를 늘 보고 계셨던 분이에요."

"날?"

"이모집 마당에서 누가 아저씨를 보고 있었다고 했죠?"

"응."

"그분이 바로 하느님이었어요."

"하지만 그곳엔 아무도 없었어."

"그분은 사람처럼 보이지 않는 분이에요."

"그럼 어떻게 봐?"

"그분의 마음을 먼저 느끼셔야 해요."

"난 무슨 소린지 모르겠어."

"아저씨가 이모를 죽였을 때 하느님 마음이 어땠는지 아세요?"

"몰라."

"마음 아파하셨어요. 너무나 마음이 아파 눈물을 흘리셨어요. 그런데 아저씬 그런 하느님의 마음을 느끼시지 못하고 무작정 도망만 치신 거예요."

"하지만 난……."

"아저씬 겨우 눈을 뜨기 시작한 아이를 죽인 후에야 비로소 하느님의 마음과 닿았어요."

"그건 아냐. 난 아무것도 느끼지 못했고, 누구도 보지 못했어."

노인의 얼굴을 물끄러미 내려다보던 황인후는 짐을 챙기기 시작했다.

"어딜 가?"

노인은 겁먹은 얼굴로 물었다.

"아저씬 좀더 괴로워하셔야 돼요. 그리고 괴로움을 피하지 마시고 똑바로 마주 서보세요. 혼자 그렇게 하셔야 돼요."

황인후는 배낭을 짊어지고 조용히 움집을 나갔다.

4

보름 후 황인후가 움집으로 돌아왔을 때 노인은 혼수상태에 있었다. 몸은 불덩어리처럼 뜨거운데도 오들오들 떨고 있었고, 알아들을 수 없는 헛소리를 끊임없이 했다. 흙빛 얼굴은 너무 여위어 볼이 움푹 꺼져 있었고, 입술은 허옇게 말라 있었다. 다음날 새벽, 혼수상태에서 깨어난 노인은 자신을 간호하고 있는 황인후를 알아보았고, 아침에는 거짓말처럼 자리에서 일어났다. 그런데 그는 황인후와 가장 멀리 떨어진 구석에 웅크리고 앉아 황인후를 쏘아보았다. 흐리멍텅한 그전의 눈빛과 판이하게 달랐다. 황인후가 다가가자 이번에는 반대편 구석으로 갔다. 황인후는 그를 보며 빙긋이 웃었는데, 노인의 눈빛은 조금도 달라지지 않았다. 그는 몸을 공처럼 웅크리고 황인후를 뚫어질 듯 응시했다. 너무 웅크려 팔과 다리가 없는 것 같았다. 황인후가 움직이면 노인 역시 재빨리 움직이면서 그와의 거리를 유지시켰다. 황인후는 다가가는 것을 포기하고 노인과 마주 보며 앉았다.

시간이 꽤 흘렀음에도 노인은 조금도 움직이지 않았다. 간혹 눈을 깜박였을 뿐 시선은 여전히 황인후에게 고정되어 있었다. 노인이 입을 연 것은 해가 지고 방이 어두워지고 있을 때였다.

"넌 날 버리지 못해."

황인후는 고개를 돌렸다. 노인의 눈은 발광체처럼 번쩍거리고 있었다.

"왜요?"

"날 버리면 아프니까."

노인은 어깨를 으쓱거리며 말했다.

"아저씨를 버리면 왜 제가 아파요?"

"너의 것이니까."

"아저씨가 제 것이라구요?"

"넌 날 살렸어. 그러니 난 너의 것이야."

"그건……."

"난 너의 것이야."

노인은 황인후의 말을 다급하게 막으며 힘을 주어 말했다.

"그래요. 아저씬 제 것이에요. 그런데 제가 아저씨를 버리면 괴로운지 어떻게 아세요?"

"아이는 내 것이었어. 난 내 것을 버렸어. 너무 아파 참을 수 없었어."

"아이의 진짜 주인이 누군지 아세요?"

"몰라."

"하느님이세요."

"하느님?"

"네, 하느님. 그러니까 진짜 주인이신 하느님의 아픔은 아저씨의 아픔보다 훨씬 컸을 거예요. 아저씬 하느님께 용서를 빌어야 해요."

"……."

"아저씨에게도 진짜 주인이 있어요."

"네게도?"

"네."

"누군데?"

"하느님이에요. 하느님은 모든 사람의 주인이세요. 그래서 전 아저씨를 버릴 수가 없어요. 아저씨를 버리면 하느님이 아파하실 테니까요."

노인은 슬그머니 시선을 거두며 조개껍질 속으로 들어가듯 몸을 웅크렸다.

5

칠흑같은 밤이었다. 비는 그쳤으나 바람이 거세게 불고 있었다. 뒷산 잡목 숲을 흔들며 내려오는 바람은 움집을 두드렸고, 습기찬 문은 음울한 소리를 내며 삐걱거렸다.

뒷산에서 아이 울음 같은 들고양이 울음소리가 들려왔을 때 노인은 살며시 일어났다. 그리고 어둠을 더듬으며 램프를 찾아 불을 밝혔다. 황인후는 곤히 잠들어 있었다. 짐승처럼 웅크리고 앉아 황인후의 얼굴을 한참 들여다보던 노인은 거칠게 숨을 토했다. 간혹 고개를 흔들기도 했고, 무언가를 밀어내는 것처럼 두 손을 앞으로 뻗기도 했다. 들고양이 울음소리가 다시 들려왔다. 노인은 부르르 몸을 떨며 자신의 손을 내려다보았다. 거무튀튀한 손은 어느덧 갈퀴처럼 되어 있었다. 벙어리 여자의 아이 얼굴이 떠올랐다. 암죽을 먹이며 키운 아이의 얼굴도 떠올랐다. 그들의 목을 조르고 있었을 때 손에 가득했던 살의 감촉이 되살아나고 있었다.

목을 조를 때 그는 자신도 모르게 눈을 감았다. 눈을 감고 크륵크륵하는, 종이 같은 것이 구겨지는 듯한 소리를 듣고 있었다. 그 소리가 자신의 목구멍에서 나는 것인지 아니면 죽어가는 아이의 목구멍에서 나는 것인지 도무지 알 수 없었다. 하지만 누구에게서 나든 상관없었다. 그를 오랫동안 생각하게 만든 것은 목을 졸랐을 때 가슴 깊은 곳에서 솟구쳐오르는 이해할 수 없는 감정이었다.

손에 가득한 살의 감촉은 그에게 친밀감을 불러일으켰다. 그 친밀감은 너무나 깊고 생생해 자신의 살처럼 느껴질 정도였다. 한순간도 타인과 같은 세계 속에 있어본 적이 없었던 그에게 그것은 말할 수 없는 쾌감이었다. 크륵크륵하는 소리가 누구의 소리인지 구분이 안 되었던 이유도, 목을 조를 때 뜨거운 눈물이 흘러내렸던 이유도 거기에 있었다. 아이들을 죽인 이유가 무서움 때문이었음에도 불구하고 죽임을 통해 그들과 한없이 가까워지고 있었다. 그 친밀감 속에서 그는 눈을 뜨려고 애를 썼다. 그들의 얼굴이 보고 싶었던 것이다. 사람의 얼굴을 끊임없이 피해왔던 그로서는 놀라운 일이었다. 타인에 대해 그토록 순수한 호기심을 느낀 적은 한 번도 없었다. 하지만 그는 눈을 뜨지 못했다. 두려움은 여전히 그를 사로잡고 있었다.

노인은 곤히 잠든 황인후를 내려다보았다. 난 네가 무서워. 그는 중얼거리며 두 손으로 황인후의 목을 감아쥐었다. 그의 목은 아이의 목과 달랐다. 그럼에도 불구하고 가볍고 부드러웠다. 목을 조르기 시작했다. 이를 악물고 혼신을 다해 조르면서 생각했다. 이제는 눈을 감지 않으리라고. 그의 손에 잡힌 아이가 버둥거리기 시작했다. 그의 머릿속에서 황인후는 어느덧 아이가 되어 있었다. 버둥거리는 힘이 그전의 아이와 달랐다. 하지만 아이가 버둥거릴수록 노인의 몸 속에서 알 수 없는 힘이 솟구쳐오르고 있었다. 그는 자신이 눈을 감고 있다는 사실을 깨닫고 소스라치게 놀랐다. 힘겹게 눈을 떴다. 어스레한 불빛 속에 황인후의 얼굴이 보였다. 그 얼굴에 뭔가 낯익은 것이 있었다. 처음에는 가는 선으로 나타났다. 너무나 가늘어 공기 속에서 그냥 사라져버릴 것만 같았다. 그러나 선은 점차 또렷해지고 있었다. 그의 입에서 신음이 새어나왔다. 그것은 한 개의 선이 아니었다. 수없이 많은 선들이 모여 하나의 빛을 이루고 있었다. 비로소 그는 낯익음의 정체를 깨달았다. 그것은 시선이었다. 이모를 살해한 후 평생 동안 그를 쫓고 있었던 시선이 바로 그의 눈앞에 있었다. 그럼에도 불구하고 전혀 두렵지 않았다. 두렵기는커녕 시선 속으로 뛰어들고 싶었다. 지금까지 그를 짓누르고 있었던 모든 것, 지금까지 그를 갉아먹어왔던 모든 것들이 시선 속으로 사라지고 있었다. 바짝 마른 우물 같았던 눈에 눈물이 고이면서 목을 조르고 있던 손에 힘이 빠지고 있었다.

6

노인은 하염없이 울었다. 앙상한 몸 어디에서 눈물이 그렇게 많이 나오는지 신기할 지경이었다. 황인후는 울음이 그칠 때까지 묵묵히 기다렸다. 숲을 쓸고 내려오는 바람은 조금도 수그러들지 않았다. 오히려 더 세게 부는 것 같았다. 습기찬 문은 여전히 삐걱거렸다.

"난…… 네가 무서웠어."

노인은 울음을 삼키느라 애를 쓰고 있었다.

"아저씬 절 무서워하지 않았잖아요."

"하지만 다시 무서워졌어."

"그래서 절 죽이려고 했어요?"

"응."

"왜 다시 무서워졌어요?"

"난…… 난 아이 둘을 더 죽였어."

그러면서 그는 두 손으로 눈을 가렸다. 황인후는 단호하게 노인의 두 손을 떼어내었다.

"말씀하세요. 하느님 앞에 다 말씀하세요."

그는 빠르고 낮은 목소리로, 그러나 엄격하게 말했다. 노인은 고개를 끄덕였다.

두 번 다 우연이라고 했다. 한 번은 길을 지나다 빈집에 아이 혼자 있는 걸 알고 들어가 목을 졸랐다. 또 한 번은 길을 잃고 울고 있는 아이를 다리 밑 움막에 데려가서 죽였다. 이 두 번의 살인은 그전의 살인과 달랐다. 그전의 살인은 원하지 않는 가운데 이루어졌다면 두 번의 살인은 의도적인 행위였다.

"난…… 그렇게 하, 하고 싶었어. 그, 그렇게 하면…… 기, 기분이 좋아질 것 같아서……."

노인은 말을 더듬으며 간신히 말하고 있었다.

"아저씬 절 무서워했던 게 아니었어요."

"아냐 무서웠어."

"제가 무서웠던 게 아니라 그 죄를 고백하는 게 무서웠던 거예요. 이제 아시겠어요?"

굳어 있던 황인후의 얼굴이 풀어지자 노인은 다시 울음을 터뜨렸다.

"난, 요, 용서를 빌고 싶어."

울음 섞인 노인의 목소리는 간절했다.

"용서를 비세요."

"어, 어떻게 해야 하는지 모, 모르겠어."

"제가 가르쳐드릴게요. 아저씬 누구보다 잘 하실 수 있을 거예요."

황인후는 노인을 껴안으며 다정하게 말했다.

7

새벽이 움트고 있었다. 스테파노 수사는 창가에 섰다. 수도원 마당에 사람의 그림자가 보였다. 누구인지 보지 않아도 알 수 있었다. 장선용이었다. 그는 누구보다도 먼저 일어나 뒤틀린 손으로 미사길 마당을 쓸었다. 주님의 만찬과 죽으심 그리고 부활의 시간 속으로 들어가는 미사는 신앙생활의 핵심이다. 그러기에 어떤 이는 일평생의 기도도 한 번의 미사보다 못하다고 하지 않았는가. 그 미사길을 하얗게 쓸고자 하는 장선용의 마음이 훤히 보였다.

석 달 전 그가 빈첸시오라는 청년에게 이끌려 이곳에 왔을 때 하느님의 존재조차 모르는 사람처럼 보였다. 하지만 아니었다. 그는 하느님을 알고 있었고, 감탄스러울 정도로 빠르게 신앙인으로 변해 갔다. 하느님 말씀을 사람의 영혼에 심는 일만큼 엄청난 일이 또 있을까. 그런데 장선용은 하느님의 말씀을 빈 그릇에 물을 받듯 고스란히 받아들였다.

처음 장선용을 보았을 때 스테파노 수사는 두 번 놀랐다. 우선 장선용의 나이가 마흔여덟이라는 사실에 놀랐다. 누가 보아도 그는 등 굽은 노인이었다. 두번째 놀람은 그의 어린아이와 같은 모습이었다. 그는 누구하고도 얘기하지 않았고, 누구의 말에도 귀를 기울이지 않았고, 누구 곁에도 있지 않았다. 오직 빈첸시오라는 청년에게만 말을 했고, 귀를 기울였고, 그의 곁에 있었다.

그는 청년에게 비상한 흥미를 느꼈다. 그의 무엇이 장선용을 그렇게 만드는지 궁금했다. 물론 그전부터 그를 알고 있었으나 특별한 관심을 끌지 못했다. 고통받는 이들에게 민감한 영혼을 가진 젊은이들 중의 하나로 보았을 뿐이다. 수도자들이 그에 대해 이야기하는 것을 간혹 듣곤 했는데, 다 잊어버리고 간질병 환자라는 말만 머릿속에 남아 있었다. 그 간질병 환자에게 비상한 관심을 갖게 만든 이는 장선용이었다.

장선용은 하느님을 안다고 서슴지 않고 말했다. 스테파노 수사는 혼란스러웠다. 자신은 감히 하느님을 안다고 말할 수 없었다. 부득이 말해야 한다면 하느님에 대해 안다고 말할 수밖에 없다. 하느님을 안다는 것과 하느님에 대해 안다는 것은 근본적으로 다르다. 전자가 친교의 대상이라면 후자는 인식의 대상이다. 이런 점에서 그는 자신에게 수도자로서 치명적인 결점이 있다는 것을 스스로 알고 있었다. 하지만 그 앎조차도 부분에 불과했다. 하느님에 대해 안다는 것은 어두운 악이 소용돌이치는 인간과 세계에 대해 아는 것이다. 어떻게 그것을 다 알 수 있겠는가. 그런데 장선용은 하느님을 안다고 천진스럽게 말하고 있었다. 스테파노 수사는 장선용의 그 말이 빈첸시오라는 청년과 깊은 연관이 있음을 느꼈다. 이것이었다. 청년이 그의 관심을 팽팽히 끌어당기는 이유는 바로 여기에 있었다.

인간의 마음속에는 신을 보고자 하는 욕망이 있다. 이 욕망이 유달리 강한 이들은 보이지 않는 신을 견디지 못한다. 따라서 그들은 인간을 신으로 숭배한다. 하지만 인간은 결코 신이 될 수 없다. 그리고 되어서도 안 된다. 오직 신을 닮을 수 있을 뿐이다. 그리스도를 닮는다는 것. 이 눈부신 영광을 위해 얼마나 많은 영혼들이 불의 길 속으로 뛰어들었던가.

하느님의 섭리를 온몸으로 받아들인 인간의 표상, 참혹한 내적 투쟁을 통해 자신을 완전히 버린 이, 하느님이 인간에게 맡긴 물질을 영적 가치로 전환시킨 위대한 이. 이러한 전설의 소낙비 속에 있는 성 프란체스코는 불의 길 속으로 뛰어든 영혼이었다. 그리스도의 고통을 생각하면 온 세상을 돌아다니며 운다 해도 부끄럽지

252

않다고 말했던 그분의 영혼 앞에서 누가 외경의 마음을 갖지 않겠는가. 그분의 영성이 세운 아름다운 수도원과 그분의 영성 아래 이루어진 수도자들의 헌신과 봉사는 어두운 세상의 등불이었다. 그럼에도 불구하고 그분의 손과 발에 못자국이, 오른쪽 옆구리에 창에 찔린 자국이 나타났다는 후세 사람들의 붓놀림이 그를 불쾌하게 했다.

그것은 보이지 않는 신을 견디지 못하는 이들이 만들어낸 금빛 휘장일 뿐이었다. 진정한 신성은 금빛 휘장과 가장 먼 거리에 있다. 그리고 사람들을 결코 소리쳐 부르지 않는다.

그는 옷을 갈아입고 바깥으로 나왔다. 하늘에는 샛별이 외로이 반짝이고 있었다. 미사길 마당을 쓸고 있는 장선용이 그를 보자 공손히 인사했다. 그의 비는 이제 길의 끝부분에 있었다.

8

아무도 없는 성당 안은 어두웠다. 장선용은 십자가상 앞에 무릎 꿇고 기도를 시작했다.

　　저는 가난하고 불쌍하오니
　　주님, 저를 보살펴주옵소서
　　저를 구하고 돌보실 분 당신이시니
　　주님, 더디 오지 마시옵소서

나직하게 기도문을 읊조리던 그는 몸을 굽혀 예수의 발에 입을 맞추었다. 그리고 뭐라고 중얼거리다 멈추면서 귀를 기울였다. 조금 후 뺨을 예수의 발에 갖다 대며 다시 중얼거리기 시작했다. 그는 누군가와 이야기하고 있었는데, 대화의 상대자는 예수이기도 했고 빈첸시오이기도 했다.

빈첸시오가 오기 전 그는 죽음 속에 있었다. 빈첸시오는 그 깊고 깊은 죽음의 어둠 속으로 들어와 죽음으로 누워 있는 그를 일으켜 세웠다. 그는 죽은 나사로였고, 빈첸시오는 그에게 새 생명을 주었다. 그는 모든 죄를 고백했고, 빈첸시오는 모두 용서했다. 그는 시선이 두려워 평생을 도주했으나 시선이 그를 놓치지 않고 쫓아온 것은 벌을 주기 위함이 아니라 용서하기 위함이었음을 빈첸시오를 통해 깨달았다.

용서는 죄의 거울이었다. 그는 그 거울을 통해 처음으로 자신의 죄를 응시했다. 죄를 응시한다는 것은 고통을 응시하는 것이다. 그는 고통을 두려워하고 고통을 견디지 못했다. 한 번도 고통 앞에 눈을 뜨지 않았다. 그는 눈먼 이로 살아왔다. 그런데 그가 눈을 뜨자 고통이 도망갔다. 그는 도망가는 고통을 놓치지 않고 쫓아다녔다. 그가 사람들을 죽였을 때 그들이 겪었던 고통을 고스란히 느끼고 싶었다. 그 고통 속으로 뛰어들어 그들과 똑같은 희생자가 되고 싶었다. 그는 끊임없이 기도했다. 그들의 고통을 느끼게 해주소서, 하고. 기도 속에서 그는 자신을 위해 기도하고 있는 주님을 보았다. 그의 서투르고 불완전한 기도에 대해 그분은 완전한 기도로 답하고 있었다.

어느 날 그가 암죽을 먹이며 키운 아이가 처음으로 기도 속에서 나타났다. 주님의 기도가 아이를 불러온 것이다. 아이는 슬픈 눈으로 그를 내려다보고 있었다. 그것은 주님의 눈이면서 빈첸시오의 눈이었다. 모든 것을 슬픔으로 용서하는 아이의 눈 앞에서 그는 오열했다.

아이는 그에게 해방감과 희열을 동시에 준 최초의 존재였다. 평생 동안 그는 사람들의 천대 속에서 살았다. 그를 따뜻한 눈으로 보는 사람은 아무도 없었다. 그는 자신을 보지 못하는 사람들 속에 살고 싶었다. 모든 사람들의 눈을 뽑아버리고 싶기도 했다. 그런데 아이는 그를 볼 수 없었고, 그는 처음으로 타인에게서 해방감을 맛보았다. 게다가 아이는 아무것도 할 수 없는 무력한 존재였다. 스스로 일어나지도 못했고, 입 안으로 음식조차 넣을 수 없었다. 그는 아이에게 절대적 존재였다. 자신이 절대적 존재라는 사실이 그에게 말할 수 없는 희열을 부여했다. 그가 아이에게 암죽을 먹인 것은 희열을 연장하기 위함이었다. 하지만 아이의 눈이 빛을 느끼면서 해방감은 산산이 깨어졌고, 두려움에 사로잡힌 그는 아이를 죽일 수밖에 없었다. 아이의 죽음과 함께 희열은 사라졌다. 절대적 존재에서 순식간에 가장 낮은 존재로 추락한 것이다. 그 추락 속에서 그는 처음으로 상실의 고통을 느꼈다. 소중한 것을 잃어버린 고통은 참으로 견디기 힘들었다. 그것은 내부의 고통이었고, 고통을 죽이기 위해 자신을 죽여야 했다.

그는 신의 품안에 있는 자신의 모습이 아무것도 할 수 없는 아이와 조금도 다를 바 없다는 것을 깨달았다. 그가 아이 앞에서 희열을 느꼈듯 신 역시 자신에게서 희열을 느끼고 있었다. 그가 아이에게 암죽을 먹였듯 신 역시 그에게 암죽을 먹이고 있었다. 신의 암죽이 끊어지면 그의 목숨 역시 끊어질 수밖에 없었다. 하지만 신이 아이에게 암죽을 먹이는 것은 자신의 희열을 연장하기 위함이 아니라 아이가 하루빨리 자신의 모습을 보기 원하고 있기 때문이었다. 그는 아이에게 자신을 숨겨야 했지만 신은 아이에게 자신의 모습을 보여주고 싶어했다. 아이의 눈이 촛불이 되어 자신을 둘러싸고 있는 어둠을 걷어내어주기를 간절히 바랐다.

예수의 발치에 엎드려 눈을 감고 있던 장선용은 기척을 느꼈다. 눈을 떴다. 성체등의 고요한 불빛 속에 빈첸시오가 서 있었다. 그는 꿈속에서처럼 이렇게 불쑥 나타났다 홀연히 사라진다. 언제나 그랬다. 장선용은 다시 눈을 감았다. 빈첸시오는 찬란함 그 자체였다. 그 찬란함을 견디기 위해 잠시 눈을 감아야 했다. 장선용은 비틀거리며 일어났다. 그의 영혼은 어느새 취해 있었다. 빈첸시오는 비틀거리는 그를 안았다.

7
크리스토퍼의 강

1

강혜경은 눈을 떴다. 머리가 개운했다. 손으로 이마를 짚었다. 깊은 잠 덕분일까. 어젯밤의 뜨거운 열은 사라지고 없었다. 번역을 끝내고 책을 덮었을 때 새벽 두시가 조금 넘어 있었고, 이마는 불처럼 뜨거웠다. 완벽한 번역의 불가능함을 그녀는 이미 체득하고 있었다. 하지만 거기에서 비롯되는 허망감은 의외로 깊었다. 이 허망한 작업을 그만두리라 수없이 다짐했건만, 다짐은 번번이 깨졌다. 번역이 주는 묘한 매력 때문이었다.

그녀에게 독일어는 하나의 형태였고, 이 형태에 맞는 우리 말 찾기 과정이 번역이었다. 하나의 형태에 때로는 수십 개의 언어가 달려와 아우성을 친다. 아우성은 거품이 되어 머릿속에서 부글부글 끓는다. 부글거리는 거품 속에서 말갛게 씻긴 하나의 언어, 빙어처럼 투명한 언어를 포획할 때의 상쾌함이란. 하지만 그 상쾌함은 결코 오래가지 않는다. 그것이 종이 위의 검은 글자로 변하는 순간 싸늘하게 식어버린다. 이 순간적 변신 앞에서 이제 그녀는 놀라지 않는다. 엄살도 부리지 않는다. 그저 냉정한 눈으로 바라볼 뿐이다. 이것이야말로 허망감을 무력화시키는 가장 현명한 방법이라는 것을 그녀는 경험으로 터득했다.

어젯밤도 마찬가지였다. 그녀는 이마의 뜨거운 열을 가볍게 받아들였다. 냉장고에서 찬 맥주를 꺼내 단숨에 마신 후 이부자리로 들어갔다. 그리고 방금 전 눈을 뜰 때까지 꿈 한번 꾸지 않고 달게 잤다.

가느다란 햇살 한 줄기가 두꺼운 커튼 틈을 비집고 방 안으로 들어오고 있었다. 이부자리로 들기 전 커튼을 꼼꼼히 여몄음에도 소리 없이, 천연스럽게 새어들어오는 햇살은 방 안의 적요를 일깨우고 있었다. 그 적요는 커튼 바깥의 세상이 잠들어 있다고 속삭이는 것 같았다. 그러자 그녀 역시 꼼짝도 하기 싫었다. 세상은 고요히 잠들어 있는데 홀로 꾸물꾸물 움직인다는 건 미련스러운 짓이다. 잠에서 깨어나면서 딱딱하게 굳어가던 그녀의 정신이 다시 풀리기 시작했다. 조금 후 그것은 비늘처럼 가벼워졌다. 몸은 비늘의 무게를 느끼기나 할까.

무언가 불편한 것이 자꾸 몸에 닿고 있었다. 무엇일까? 그녀는 이 평온을 깨뜨리는 낯선 감촉의 정체를 알기 위해 애를 썼다. 하지만 아무리 의식을 모아도 무엇인지 알 수 없었다. 마침내 그녀는 눈을 떴다. 은회색 빛줄기가 흔들리고 있었다. 아니 그렇지 않았다. 빛줄기가 아니라 방 안 전체가 흔들리고 있었다. 그녀는 상체를 일으키며 주위를 두리번거렸다.

　으음.

　그녀의 입에서 낮은 신음이 새어나왔다. 그것은 작은 탁자 위에 놓인 전화기의 벨소리였다. 그녀는 손을 뻗어 가까스로 수화기를 잡았다.

　"여보세요."

　남자의 목소리가 보이지 않는 세계 저편에서 아득히 들려오고 있었다. 그녀는 말을 하기 위해 입을 벌렸으나 소리는 목구멍 깊숙한 곳에서 좀처럼 나오지 않았다.

　"여보세요, 저……."

　남자의 목소리는 무척 조심스러웠다.

　"말씀하세요."

　그녀는 힘들게 말을 뱉었다.

　"강혜경씨예요?"

　"네, 그렇습니다만……."

　"저, 이상웁니다."

　이상우? 이상우가 누구…… 그녀는 불에 덴 듯 놀랐다.

　"상우씨가 웬일로…… 미국에 계시는 줄 알았는데……."

　그녀는 더듬거리며 간신히 말을 이어나갔다. 가슴 밑바닥에서 무엇인가 요동하고 있었다. 그것은 소리였다. 새의 날갯짓 같은 소리.

　"귀국한 지 몇 달 됐습니다. 대학에 자리가 있다 해서 왔지요."

　"아, 그랬군요. 늦게나마 축하드립니다."

　새의 날갯짓 같은 소리는 점차 커지고 있었다.

　"감사합니다. 그런데 제가 전화한 이유는……."

　이상우의 말끝이 흐려지고 있었다. 그녀의 머릿속에서 한 마리 새가 떠올랐다.

"인후 때문인데······."

예감은 정확했다. 황인후와 관련되지 않는다면 그가 이렇게 느닷없이 전화할 리 없었다.

"전화상으로는 좀······."

황인후가 나오고부터 이상우의 목소리는 불안정해지고 있었다.

"오늘 시간이 있을까요?"

"네 있어요. 그런데 인후씬······."

그녀는 목소리의 떨림을 죽이기 위해 안간힘을 썼다. 새가 눈에 또렷이 보였다. 철사로 엮어놓은 것 같은 차갑고 앙상한 새였다.

"아무튼 전화상으로 말하기가······ 만나서 얘기하죠."

햇빛 한 줄기가 날카롭게 눈을 찔렀다. 이제 햇빛은 커튼의 틈을 노골적으로 벌리고 있었다.

수화기를 놓고 창가로 갔다. 겨울 하늘은 차갑고 투명했다. 얼음 속에 갇힌 새. 언젠가부터 황인후를 생각할 때마다 얼음 속에 갇힌 새가 떠올랐다. 새가 어떻게 얼음 속에 갇힐 수 있는가. 그럼에도 불구하고 분명 갇혀 있었다. 죽음 같은 정적과 냉기 속에 갇힌 새는 무서운 고독과 싸우고 있었다. 하지만 자세히 보면 새는 결코 갇혀 있는 게 아니었다. 얼음의 공간은 사방이 열려 있어 마음만 먹으면 얼마든지 나갈 수 있었다. 그러나 그 새는 스스로 얼음의 벽을 쌓아 지상의 따뜻함과 단절시켰다. 철저히.

왜 나는 그 새를 사랑했을까? 무엇 때문에 그토록 사랑했을까? 그를 본 순간 사랑의 불은 무섭게 피어올랐다. 그 순간은 영원이었고, 운명이었다. 하지만 나의 사랑은 이루어지지 않았다. 그리하여 나의 영원, 나의 운명은 또다른 얼음 속에 갇혀버렸다. 내 가슴속 얼음장 안에. 그 얼음을 얼마든지 버릴 수 있었다. 아니 이 말은 틀렸다. 인간이 영원을, 운명을 버릴 수 있는가. 인간에게 영원과 운

260

명을 버릴 수 있는 힘이 있는가.

벽에 걸린 그림이 빨려들듯 눈 안으로 들어왔다. 아이보리색 마트 위의 그림은 엘 그레코의 〈십자가의 그리스도〉였다. 황인후의 방에서 그녀가 보았던 그림이 저 그림임을 안 것은 독일에서였다. 귀국할 때 그녀는 똑같은 색의 마트 위에 담긴 저 그림을 갖고 왔다. 그런데 언젠가부터 저 그림을 떼고 싶었다. 처음 그림을 보았을 때도 마음에 들지 않았다. 그림이 너무 어두웠다. 그런데 황인후는 그 어둠을 빛이라고 했다. 어둠은 어둠일 뿐이라는 그녀의 말에 그는 어둠 속에서도 빛을 느낀다고 했다. 그때는 그의 말이 이해되지 않았으나 지금은 충분히 이해되었다. 그럼에도 불구하고 그녀는 그의 말을 여전히 받아들일 수 없었다. 그는 빛을 느끼기 위해 일부러 어둠 속으로 들어가는 사람이었다. 그 어둠이 그녀는 싫었다. 아니, 두려웠다는 것이 더 정확한 말이다.

저 그림을 떼리라, 그 동안 수없이 마음먹었음에도 그림은 지금도 여전히 그녀를 내려다보고 있다. 어느덧 햇살은 방 안 깊숙이 들어와 있었다.

2

문을 열자 바로크 음악이 귓속으로 흘러들어왔다. 부드럽고 낮은 현악기 소리 속에서 쳄발로의 경쾌함이 톡 튀었다. 갈색 통나무로 이루어진 실내의 고전적 은은함은 여전했다. 벽에 걸린 첼로는 옛 모습 그대로였다. 강혜경은 주위를 두리번거렸다. 의자에서 몸을 일으키는 이상우가 보였다.

"오랜만이네요."

강혜경의 인사에 이상우는 미소 지으며 고개를 끄덕였다.

　"여기서 혜경씨 기다리면서 계산해봤는데 육 년 만의 재회더군요. 혜경씬 생각보다 변하지 않으셨군요."

　"제가 늙기를 바라신 모양이죠."

　"그렇게 되는 건가요 허허."

　웃고 있음에도 이상우의 얼굴은 굳어 있었다. 그 표정은 전화에서 받았던 불길한 느낌을 증폭시켰다.

　"뭐 드시겠어요? 전 맥주 한잔 하고 싶은데."

　"저는 커피 할래요."

　조금 후 웨이터는 맥주와 커피를 가져왔다. 음악이 바뀌면서 성악곡이 나오고 있었다.

　　이제 눈부신 해가 떠오르리라

　　밤의 불행이 없었던 것처럼

　　그 불행은 나에게만 일어났지

　　태양은 모든 이에게 비치건만

　구스타프 말러의 성악곡 〈죽은 아이를 그리는 노래〉였다. 독일 시인 프리드리히 뤼케르트의 시를 말러가 작곡한 곡으로, 아이 잃은 아버지의 애절한 슬픔을 담고 있다.

　강혜경의 입가에 실낱같은 미소가 어렸다. 독일 유학 시절의 추억이 되살아났다. 그녀가 세들고 있었던 집 뒤에는 작은 숲이 있었다. 그녀의 방은 이층이었는데, 창문을 열면 울창한 숲이 보였다. 가을 어느 날 저녁 숲속의 나무 벤치에 앉아 있는데 어디선가 노래소리가 들려왔다.

너는 간절한 눈빛으로 나에게 말하고 싶어했지
지상에서 나와 함께 살기를 원한다고
그러나 운명에 의해 거부당했다고

그녀는 자신도 모르게 벤치에서 일어나 노래가 흘러나오는 곳으로 걸어갔다. 얼마나 걸었을까. 자주색의 낡은 벽돌집이 보였다. 그녀는 집 앞 나무 울타리 곁에 서서 노래에 귀를 기울였다.

너의 엄마가 램프를 들고 방으로 들어올 때
그 옛날 그랬던 것처럼
네가 엄마 뒤에서 나풀거리며 들어오는 것 같구나
너는 나의 작은 등불이었고 기쁨의 빛이었는데
아, 그 빛은 너무나 빨리 꺼져버렸구나

그녀는 인기척에 고개를 들었다. 울타리 안 마당에 머리가 히끗히끗한 중년의 독일남자가 그녀를 보고 있었다. 그녀는 황급히 돌아섰는데 숲속에 들어가서야 얼굴이 온통 눈물로 젖어 있다는 것을 알았다.
"뭘 그렇게 골똘히 생각하세요?"
이상우의 목소리에 그녀는 추억에서 깨어났다.
"저 노래가 옛날 일을 잠시 떠오르게 했어요."
"좋은 기억이었어요?"
"무척 좋은 기억이었어요."
"듣고 싶군요."
"다음에 얘기해드릴게요."
"아직도 인후를 생각하세요?"

이상우는 불쑥 그렇게 물었다.

"……."

"저는 혜경씨가 변했기를 바라고 있습니다. 조금이라도."

"무슨 말씀인지 잘 모르겠네요."

"그러니까 인후와 헤어진 지 오래 되었고, 또 세월은 상처를 누그러뜨리는 법이니까……"

"말을 너무 어렵게 하시네요."

"인후는 죽었습니다."

그녀는 눈을 크게 떴다.

"지, 지금 뭐라고 하셨죠?"

"인후는 죽었습니다. 제가 혜경씨를 만나고자 한 것은 인후의 죽음을 알리기 위함이었습니다."

한동안 멍하니 이상우를 바라보던 그녀는 머리를 흔들었다. 입술은 약간 벌어져 있었는데, 무슨 말을 하려고 안간힘을 쓰는 것 같았다.

　　내 아이들은 단지 외출했을 뿐이니
　　이제 곧 집으로 돌아올 거야
　　오, 그러니 걱정할 필요가 없지
　　날씨가 얼마나 화창한데
　　아이들은 다만 언덕 너머로 산책하러 나갔을 뿐이야

오케스트라의 선율은 아버지의 애달픈 자위의 노래를 따뜻이 감싸고 있었다. 내가 저 노래를 들으면서 눈물을 얼마만큼 흘렸을까. 주인집 남자는 내 눈물을 보았을까. 보았다면 어떻게 생각했을까. 삐쩍 마른 동양의 여자가 울타리 바깥에 덩그렇게 서서 우는 모습이 무척이나 청승스러웠을 거야. 그때 내 눈물은 어디로 흘러갔는가. 아, 생각난다. 노을에 젖은 하늘이, 그 하늘을 비껴 날던 새들이.

"괜찮겠어요?"

이상우는 걱정스러운 표정으로 그녀를 살폈다.

"인후씬, 왜 죽었어요?"

"행려사망자라는 말 들어보셨죠? 길거리나 공원 등지에서 얼어죽는 사람들 말입니다. 인후는 그렇게 죽었습니다. 병원측 말로는 사인이 순환기질환이었지만 선행사인은 영양실조에 의한 전신쇠약이라고 했습니다. 말하자면 쇠약해서 얼어죽은 것입니다."

이상우의 말은 전혀 현실감이 없었다. 말의 내용도 그렇거니와, 목소리도 아무런 뜻도 없이 혼자 중얼거리는 소리처럼 들렸다.

"얼마 전 집으로 웬 신부가 전화를 했습니다. 마침 제가 받았는데, 인후의 일로 만나고 싶다고 하더군요. 당장 달려나갔지요. 그 녀석에게 소식이 끊긴 지 꽤 오래 되었거든요."

그는 담배를 꺼내 입에 물고 탁자에 있는 성냥을 집었다. 그가 긋는 성냥에 불이 잘 붙지 않았다. 고개를 숙이고 있는 그의 얼굴은 어두웠다.

"그 신부의 인상은 어떻게 보면 늙은이 같기도 하고, 또 어떻게 보면 청년 같기도 하고…… 좀처럼 나이를 짐작할 수 없었습니다. 지금 생각해보면 두 가지 다 섞여 있었지 않나 싶어요. 아무튼 그 신부가 저를 데리고 간 곳은 어느 대학병원 해부학 실습교실이었습니다. 그곳에서 제가 본 것은……."

시선을 허공에 둔 이상우는 입술을 깨물었다.

"인후의 주검이었습니다. 무연고 시체로 처리되면서 의과대학생들의 인체해부용으로 팔려온 것이라더군요. 그 녀석의 몸뚱이는 포르말린 탱크 속에 썩지 않고 고스란히 보관되어 있었습니다. 행인지 불행인지 방학때라 해부용으로 쓰이지 않았던 거죠. 포르말린 냄새는 정말 지독하더군요. 물기가 다 빠져나간 몸뚱이는 고목등걸처럼 거무틱틱하고……."

내 아이들은 우리보다 단지 앞서갔을 뿐이야
비록 집으로는 돌아오지 못하더라도
머잖아 우리는 아이들과 나란히 설 수 있겠지
언덕 너머에서
태양이 빛나는 화창한 날에

태양이 빛나는 화창한 날이 잘 생각나지 않아. 뮌헨은 진눈깨비가 자주 내렸지. 하늘은 뿌옇게 흐리고, 안개 낀 숲속에는 새들이 떨고 있었어. 그가 죽었다고. 새들은 공중에서 떨고 있는데 그는 지상에서 얼어죽었다고.

"어떻게 그런 일이 일어날 수가 있나요? 누구의 주검인가 확인도 않고 시체해부실로……."

"저도 그렇게 생각했습니다. 하지만 걸인이 그렇게 사망한 경우 신원 확인은 그저 요식에 불과하다는 것을 알았습니다. 대부분 무연고고, 또 설령 가족이 있다 해도 시체인수를 꺼려한다더군요. 그러니 어이없는 일이 생기곤 하지요. 그 신부는 인후를 빈첸시오라고 부르더군요. 우연인지 몰라도 그 신부 세례명도 빈첸시오였습니다."

그러면서 이상우는 신부가 인후의 죽음을 알게 된 경위를 담담히 이야기했다.

"결국 그 십자가가 인후의 죽음을 알려준 셈이지요. 신부의 이야기를 반추해보면 인후와 굉장히 가까운 사이였던 것 같아요. 딱히

266

꼬집어 말할 순 없지만 그 말투나 표정이 예사롭지 않았습니다. 게다가 두 사람이 무척 닮았다는 느낌이 들었는데…….''

"닮았다는 건…….''

"단순한 느낌일 수도 있지만…… 모르겠어요.''

그는 고개를 흔들며 담배를 깊숙이 빨아들였다.

"인후의 시신을 보는 순간 전 눈을 감았습니다. 모습이 너무 끔찍했으니까요. 구토하고 싶을 정도였습니다. 그런데 빈첸시오라는 그 신부는 끔찍해하기는커녕 오히려 행복한 표정을 짓고 있었습니다. 제 말 오해마십시오. 행복한 표정이라고 말한 것은 신부의 미소 때문이었습니다. 제가 구토하고 싶었을 때 신부의 입가에는 미소가 어리고 있었으니까요. 징그러운 시신 앞에서 그런 미소를 짓는다는 건…… 제가 행복한 표정이라고 한 건 그 불가사의한 미소가…… 제대로 표현하기가 힘들군요.''

맞은편에서 창문 여는 소리가 났다. 머리 긴 여자가 녹색 창문을 조심스럽게 열고 있었다.

"인후씨가 어떻게 걸인이…….''

그녀는 말을 잇지 못하고 손을 눈가로 가져갔다.

"저도 그걸 신부에게 물었습니다. 하지만 신부는 아무런 말도 없이 나를 보고만 있더군요. 신부의 눈에는 눈물이 그렁그렁했는데, 더이상 물을 수가 없었습니다.''

강혜경의 입에서 울음이 새어나오기 시작했다. 처음에는 거의 들리지 않는데, 소리가 조금씩 높아지면서 사람들의 시선을 두리번거리게 했다.

3

눈 덮인 마을은 적막했다. 산에서 휘몰아쳐오는 바람이 나뭇가지를 흔들면서 적막을 깨뜨리곤 했는데, 그럴 때마다 눈가루가 휘날렸다.

늙은 대추나무가 서 있는 마을 어귀에 작은 버스 한 대가 멈추었다. 문이 열리고 사람들이 내리기 시작했다. 맨 처음 내린 이가 이상우였다. 상복 차림의 그는 황인후의 영정을 들고 있었다. 입을 꼭 다물고 고개를 약간 숙이고 있는 그 사진은 이상우가 집 안을 샅샅이 뒤져 찾아낸 것이었다. 원래 사진 상태가 좋지 않은데다 확대를 한 탓에 얼굴 전체가 흐렸다. 게다가 어떻게 생긴 것인지 모르지만 눈가에 진 얼룩이 눈물과 비슷하게 보여 보는 이의 마음을 아프게 했다.

사제복 차림의 신부가 버스에서 내렸다. 빈첸시오 신부였다. 그는 고개를 숙이고 눈길을 조심스럽게 밟았는데, 마치 어둠 속으로 들어가는 듯한 모습이었다. 눈발이 많이 가늘어져 있었다. 하늘 일부가 트여 있는 걸 보아 머지않아 눈이 그칠 것 같았다. 빈첸시오 신부가 우두커니 서서 하늘을 보고 있는 동안 검은 코트를 입은 남자가 버스에서 내렸다. 박영호였다. 그는 누군가를 기다리는 듯 버스 앞에 서 있었다. 조금 후 상복을 입은 여자가 나왔는데, 강혜경이었다.

대추나무에서 새 한 마리가 푸드덕 소리를 내며 날아올랐다. 강혜경의 시선은 새를 따라 움직였다. 얼굴은 푸른기가 감돌 정도로 창백했고, 눈은 충혈되어 있었다. 하늘을 맴돌던 새는 잿빛 겨울하늘 속으로 사라져갔다.

"구름이 걷히고 있어. 날씨가 좋아지겠군."

박영호의 말에 허공을 맴돌던 강혜경의 시선이 천천히 내려왔다. 멀리서 나뭇가지 꺾이는 소리가 났다. 그녀는 뭐라고 말할 듯하다가 고개만 끄덕였는데, 입에서 하얀 입김이 새어나왔다.

병원 영안실에 박영호가 나타났을 때 강혜경은 침착하게 그를 맞았다. 이상우와 가장 가까운 친구임을 생각할 때 그의 문상은 충분히 예견되었다. 그가 결혼했다는 소식을 들은 것은 독일에 있을 때였다. 딸을 보러 온 어머니는 이런저런 이야기를 하다가 그의 결혼 소식을 전했다. 박영호는 그전보다 살이 좀 쪄 보이긴 했지만 그다지 변한 것 같지 않았다. 늦게나마 결혼 축하한다는 강혜경의 말에 그는 딸만 둘 두었다면서 멋쩍게 웃었다.

작은 야산에 위치한 천주교 공원묘지는 관리가 잘 되어 있었다. 묘지 입구는 정원에 들어가는 느낌마저 들 정도로 조림이 산뜻했다. 특히 돌을 다듬어 만든 커다란 십자가는 사람들의 눈길을 오래 붙잡았다.

강혜경은 황인후에게 흰 꽃 한 송이를 바쳤다. 장례식이 진행되는 동안 흰 꽃 향기는 내내 그녀 주위를 맴돌았다. 때로는 그 꽃이 한 그루 나무로 변해 바로 눈앞에 보이기도 했다. 그 나무 위에 얇은 구름이 떠 있고, 부드러운 털을 가진 작은 새가 눈송이처럼 탐스럽게 핀 꽃들 사이에 앉아 있건만 나무 아래는 텅 비어 있었다.

"그들의 눈에서 모든 눈물을 씻어주실 것이니, 다시는 죽음도 없고, 슬픔도 없고, 울음도 없고, 고통도 없으리라. 전에 있던 모든 것들이 사라졌음이니, 보아라, 이제 내가 모든 것을 새롭게 함을."

빈첸시오 신부의 청아한 목소리가 묘역에 울려 퍼졌다. 강혜경은 고개를 흔들었다. 나는 이해할 수 없어. 어떻게 모든 것이 새롭게 될 수 있는지. 그때도 그랬지. 아이를 떠나보낼 때 다시는 죽음도,

슬픔도, 울음도, 고통도 없다고.

관이 땅속으로 내려갈 때 그녀는 자신의 울음소리를 들었다. 그
것은 아이가 죽었을 때 그녀가 들었던 울음소리였다. 아이의 얼굴
이 황인후의 얼굴과 겹쳐지면서 아이 같기도 하고 어른 같기도 한
얼굴이 되었다. 그 얼굴은 슬픈 눈으로 울고 있는 그녀를 내려다보
고 있었다.

4

빈첸시오 신부는 은사시나무가 서 있는 언덕에서 걸음을 멈추었
다. 뒤를 따르던 강혜경이 그 옆에 섰다. 이제 구름이 많이 얇아져
주위가 환했다.

그와 처음 인사를 나누었을 때 강혜경은 자신의 얼굴을 깊숙이
들여다보는 그의 눈길을 느꼈다. 그 눈길 속에는 따뜻하면서도 미
묘한 애정이 깃들여 있었다.

"오늘 떠나신다죠?"

그녀의 물음에 신부는 고개를 끄덕였다.

"수도원을 너무 오래 비워두었어요."

"신부님은……."

강혜경은 잠시 머뭇거리다 말을 이었다.

"저보다 인후씨를 더 잘 아시는 분 같아요."

"왜 그렇게 생각해요?"

"인후씨 죽음에 대해 전 아무것도 몰라요. 그런데 신부님은 다
알고 계시는 것 같더군요."

"어떤 부분에서는 그럴지 모르겠군요. 하지만 나 역시 빈첸시오

의 죽음에 무지합니다. 성스러운 죽음이었으니까요. 성스러운 죽음
은 언제나 신비의 구름 속에 쌓여 있지요. 그리스도처럼."

"전 알 수 없어요. 그 참혹한 죽음이 왜 성스러운지."

신부는 물끄러미 강혜경을 내려다보았다. 그의 눈은 슬퍼 보였다.

"크리스토퍼의 강 이야기를 아십니까?"

"크리스토퍼라면……."

"아기예수를 등에 업고 강을 건넜다는 성인 크리스토퍼 이야기
말입니다."

"아, 들은 적 있어요."

"옛날에 한 힘센 젊은이가 있었지요. 그는 자기보다 더 강한 자
를 찾아 세상을 떠돌다가 마귀를 만났습니다. 마귀는 그 젊은이보
다 강했지요. 그래서 젊은이는 마귀를 따라다녔습니다. 어느 날 황
혼 무렵 그들은 하룻밤 묵기 위해 강가에 있는 은둔자의 움막으로
들어갔습니다. 그런데 움막 벽에 걸려 있는 십자가상을 본 마귀는
겁에 질려 도망쳤습니다. 젊은이는 알았지요. 마귀보다 예수가 더
강하다는 것을. 그후 젊은이는 은둔자의 권고대로 움막에 살면서
사람들을 등에 업고 강 너머로 옮겨주는 일을 했습니다. 세월은 흘
러 그의 얼굴에 주름살이 늘어갔건만 예수는 좀처럼 나타나지 않았
습니다."

날이 몹시 궂은 어느 날 밤, 작고 남루한 한 소년이 강을 건너게
해달라고 청했다. 그는 가볍게 소년을 업고 강물 속으로 들어갔다.
그런데 강 속으로 들어가면 갈수록 소년이 무거워지면서 마침내 세
계의 무게가 되어 등을 짓눌렀다.

"잠자리처럼 가벼운 소년이 세계의 무게가 되었습니다. 아무도
없는 어두운 강물 속에서 그는 세계의 무게를 짊어지고 있습니다.
과연 그가 지탱할 수 있을까요? 지탱하지 못하면 버려야지요. 그것

을 버리는 순간 등은 가벼워질 것이며, 뭐라고 할 사람도 없습니다. 아기예수는 보이지 않으니까요. 그런데 버릴 수 없다면 어떻게 해야 합니까? 생명을 걸어야지요. 오직 하나밖에 없는 자신의 생명이야말로 세계의 무게에 대항할 수 있는 유일한 무기니까요."

뿌옇게 흐려진 신부의 눈은 무엇을 보는지 알 수 없었다. 마른 잎 하나가 굴러와 그의 발끝에 닿았다.

"인후씨가 생명을 걸었나요? 그 성인처럼."

"빈첸시오는……."

그가 뭐라고 말하려는데 박영호가 언덕 아래서 버스가 출발한다고 소리쳤다.

"제가 한번 수도원으로 찾아가 뵈어도 될까요?"

"언제든지 오십시오. 참으로 반가운 손님이니까요."

그는 입에 천진한 미소를 머금으며 말했다. 황인후와 너무나 닮은 그 미소에 강혜경의 가슴이 서늘해지고 있었다.

5

수도원 건물은 단아했다. 그 단아함은 깨끗한 마당과 조화를 이루면서 마음을 푸근하게 했다. 강혜경은 우물가에서 빨래하는 아낙에게 다가갔다. 차가운 겨울바람이 그녀의 머리를 흩날렸다.

"빈첸시오 신부님을 뵈러 왔습니다."

아낙은 하던 일을 멈추고 고개를 들었다.

"신부님과 약속을 했어요? 사람 만나시는 걸 워낙 싫어하시는지라……."

"네. 찾아뵙기로 했어요. 시간약속도 했구요."

"그럼 사제관으로 들어가보세요. 저기 저 건물이에요."

아낙은 일어서서 손으로 적벽돌 건물을 가리켰다.

"감사합니다. 그런데 저긴 무슨 집이에요?"

강혜경은 성당 왼편에 있는 지붕 낮은 집들을 가리켰다.

"아, 임종의 집 말이군요. 죽음만을 기다리시는 분들의 집이지요. 우리 신부님 참 훌륭한 분이세요. 그분들을 어찌나 지극히 보살피시는지 여자인 제가 부끄러울 지경이에요. 나도 저 집에서 죽는 게 소원인데 잘 될지 모르겠네요."

아낙은 수줍게 웃으며 말했다.

빈첸시오 신부의 방은 삼층 복도 끝에 있었다. 작은 탁자와 나무 침대, 책이 빽빽하게 들어찬 책장이 가구의 전부였다. 벽 위에 걸린 십자가만 없다면 흔히 볼 수 있는 방이었다.

전기포트에 물이 끓고 있었다. 빈첸시오 신부는 투박한 사기 그릇에 차를 넣고 뜨거운 물을 부었다.

"자, 마셔보세요."

그의 권유에 강혜경은 푸른빛 감도는 차를 한 모금 마셨다. 쓰면서도 입 안을 환하게 하는 향기가 있었다.

"솔내음이 나는군요."

"성스러움 속에는 향기가 있기 마련이지요."

"네?"

"모든 식물은 성스럽습니다."

"……."

"식물은 욕망이 없는 생명입니다. 목이 마르면 목마름 자체를 생명 속으로 받아들입니다. 목마름이 생명의 일부가 되는 것이죠. 말하자면 식물은 고통을 거역하지 않고 받아들임으로써 생명화합니다. 고통을 생명화한다는 건 참으로 성스러운 힘이지요."

그는 두 손으로 사기 그릇을 감싸 안으며 향기를 맡았다.

"지금 이 차의 향기는 고통을 생명화한 성스러움의 발화입니다. 성스러움은 죽음에 의해서도 단절되지 않는 강인한 힘이지요. 오히려 죽음 속으로 파고들어 향기를 피워올립니다. 빈첸시오의 죽음에서 난 향기를 느꼈습니다. 성스러운 향기 말입니다."

"전 이해할 수 없어요. 인후씨 죽음은 애처롭고 끔찍했어요. 어떻게 그런 모습에서 향기를……."

"그 죽음은 빈첸시오가 선택한 것입니다."

"인후씨가 선택했다구요?"

"그렇습니다. 기쁨에 넘쳐."

"인후씬 영양실조로 얼어죽었습니다. 그런데……."

"빈첸시오는 분명 기뻐했을 것입니다."

"전 신부님 말씀 이해할 수 없습니다. 그리고 전 인후씨를 알 뿐 빈첸시오라는 사람은 몰라요."

"빈첸시오를 알고 싶습니까?"

"네, 알고 싶어요."

"황인후와 빈첸시오 사이에는 강이 흐르고 있습니다. 아기예수를 업고 건넌 크리스토퍼의 강입니다. 인간이 건널 수 있는 가장 깊은 강이지요."

"그 강은 어디 있나요?"

"동구 밖 우물가에 한 문둥이가 있습니다. 종기가 온몸에 덕지덕지 나 있고, 무릎의 상처에는 피고름이 흘러내립니다. 그 문둥이는 우물가를 지나가는 사람들을 애처로운 시선으로 쳐다봅니다. 그 동안 많은 사람들이 지나갔건만 그에게 다가오는 이는 아무도 없었습니다. 그러던 어느 날 한 사람이 다가와 금화 한 닢을 던져줍니다.

이 사람이 강을 건넌 사람일까요? 아닙니다. 또 어느 날 한 사람이 빵이 가득 담긴 소쿠리를 들고 옵니다. 빵뿐만 아니라 문둥이에게 입힐 새옷도 있습니다. 이 사람이 강을 건넌 사람일까요? 아닙니다."

그는 고개를 가로저었다.

"또 한 사람이 다가옵니다. 그는 피고름을 빠는 파리떼를 쫓고 우물에서 물을 길어 문둥이 몸을 정성스럽게 씻깁니다. 그리고 식을까봐 품속에 넣은 따뜻한 빵을 꺼내 문둥이에게 줍니다. 그가 강을 건넌 사람일까요? 아닙니다. 그는 아직도 강을 건너지 못했습니다. 강을 건넌 이는 스스로 문둥이가 됩니다. 옷을 벗고 맨살로 문둥이를 껴안음으로써 문둥이와 일체가 됩니다. 버림받은 처참한 모습이 되어 상처와 고통을 함께 짊어집니다. 그것은 완전한 자기부정으로 전신적인 성실, 전신적인 순수, 전신적인 진실을 요구합니다."

"완전한 사랑이군요."

"그렇습니다. 완전한 사랑입니다."

"그래도 전 모르겠어요. 아니, 더 모르겠어요. 왜 하필 인후씨가…… 전 받아들이기 힘들어요. 제가 알았다면 말렸을 거예요. 필사적으로 말렸을 거예요. 신부님은 왜 말리지 않으셨나요? 인후씨를 사랑하지 않으셨나요? 아들을 한 번 버리셨으면 됐지 왜 또 버리셨어요?"

강혜경의 말에 신부는 눈을 감았다. 고통을 견디고 있는 듯 핏기 잃은 얼굴이 파르르 떨고 있었다.

"전 신부님을 보자마자 알았어요. 인후씨의 가슴에 못처럼 박혀 있는 분이라는 걸. 인후씬 왜 신부님을 찾아갔을까요? 그냥 잊어버리지 못하고."

"난 인후를 버리지 않았습니다."

그는 눈을 뜨면서 말했는데, 처음으로 그의 입에서 아들의 이름이 나왔다.

"난 인후를 통해 구원을 받았습니다. 구원받은 이가 어떻게 구원자를 버릴 수 있단 말입니까. 인후는 나보다 높은 곳에 있었습니다. 낮은 자는 높은 자를 버릴 수 없습니다. 무릎을 꿇을 수 있을지언정."

"인후씨가 어떻게 신부님을 구원했나요? 모든 것을 용서한 모양이지요? 하느님이 허락하지 않는 생명을 배게 하고, 그 생명을 차가운 땅에 내팽개쳐 아들을 병들게 한 죄를 말이에요. 인후씨가 왜 간질을 갖게 된 줄 아세요? 그때 뇌를 다쳤기 때문이에요. 이제 아시겠어요. 신부님의 죄를. 그 죄를 다 용서했나요? 성인 같은 아들이."

그녀의 목소리에 울음이 섞여 있었다. 신부는 맑은 눈으로 강혜경을 보았다. 놀란 표정이란 티끌만큼도 없는 그 눈은 모든 것을 다 알고 있다고 그녀에게 말하는 것 같았다.

"맞습니다. 빈첸시오는 나의 모든 죄를 용서했습니다."

그의 목소리는 조용했다.

"그래서 신부님은 무릎을 꿇으셨나요?"

"난 늘 무릎을 꿇고 있습니다."

"전 모르겠어요. 아마 평생 동안 모를 거예요. 그 빈첸시오라는 사람을."

"그렇지 않아요. 지금은 어둠이 혜경씨 앞에서 빈첸시오를 가리고 있지만 머지않아 그 어둠은 벗겨질 것입니다. 사랑 앞에 견딜 수 있는 어둠은 없으니까요."

"전 인후씨를 사랑하지 빈첸시오를 사랑하지 않아요."

"혜경씬 빈첸시오를 사랑하지 않을 수 없습니다."

"그건 억지예요."

"억지가 아닙니다. 인후와 마지막 작별 때 혜경씨가 한 말 기억해봐요. 그때 인후는 두렵다고 말했어요. 그러자 혜경씬 두려워하지 말라고 하면서 무어라고 했죠?"

강혜경은 놀란 눈으로 신부를 보았다. 그녀의 눈썹은 노여움으로 치켜올라가 있었다. 신부는 여전히 맑은 눈으로 그녀의 시선을 받았는데, 그 맑음 앞에 노여움은 맥없이 스러졌다.

"나비라고…… 했어요. 인후씬 나비니까 두려워하지 말라고."

"그 나비가 힘을 잃으면 하늘에서 손이 내려와 생명의 입김을 불어넣을 거라고 혜경씬 말했지요. 그러면 나비는 날개를 펴고 힘차게 강을 건널 것이라고. 이제 그 나비는 강을 건넜어요. 나비가 강을 건넜다고 사랑하지 않겠다구요?"

가볍게 질책하는 듯한 말투였으나 그의 입가에는 따뜻한 미소가 감돌고 있었다.

"인후씨 새 이름이 왜 빈첸시오죠? 신부님과 똑같은."

강혜경은 갑자기 생각난 듯 물었다.

"빈첸시오는 세 분이 있습니다. 성 빈첸시오 페 레리오 사제 증거자, 성 빈첸시오 부제 순교자, 그리고 성 빈첸시오 아 바울로 증거자가 그분들입니다. 난 첫번째 빈첸시오지요. 중세기의 이름 높은 설교자였습니다. 인후는 마지막 빈첸시오입니다. 주님과 가장 닮은 삶을 살다 가신 분이지요."

그의 속눈썹에서 눈물이 반짝거렸다.

"어느 날 밤 인후는 아무도 몰래 나를 찾아와 고해성사를 부탁했습니다. 난 사제로서 그의 고백을 들었고, 그를 묶고 있던 죄의 끈을 기쁘게 풀어주었습니다. 죄의 끈에서 풀려난 인후는 또 청하더군요. 이제 짐승에서 새로운 생명으로 태어났으니 이름을 지어달라고."

그래, 그는 그랬지. 자신이 짐승이라고.

"그날 밤 우리는 처음으로 같이 잤지요. 바로 이 방에서."

신부는 입가에 살짝 미소를 띄우며 작은 목소리로 말했다.

"인후씨가 원했나요?"

"우린 똑같이 원했습니다. 처음 인후는 가려고 했지요. 도둑처럼 들어왔으니 도둑처럼 가야 한다면서. 하지만 난 인후의 얼굴을 보고 알았습니다. 그가 가고 싶어하지 않는다는 것을. 그런데 둘이 자기엔 침대가 너무 좁았어요. 우린 곰곰이 생각한 끝에 혜경씨가 앉아 있는 이 소파를 침대 가까이 옮겼습니다. 그리곤 한참 동안 실랑이를 벌였어요."

"왜요?"

"인후는 내가 침대에서 자야 한다고 고집하고, 난 인후가 침대에서 자야 한다고 고집했으니 실랑이가 벌어질 수밖에요."

"누가 이겼나요?"

"내가 이겼습니다."

신부의 얼굴은 자랑스러운 일을 한 소년처럼 빛났다.

"인후씨 고집을 어떻게 꺾으셨어요?"

"난…… 아버지니까요."

그는 눈을 내리뜨면서 낮은 목소리로, 빠르게 말했다.

"전 한 번도 인후씨를 이겨본 적 없는데, 신부님은 이기셨군요."

강혜경은 그를 다정한 눈으로 보았다. 처음으로 그가 가까운 사람처럼 느껴졌다.

"하지만 우습게도 우린 잠을 한숨도 못 잤습니다."

"그냥 누워만 계셨나요?"

"아니에요. 이야기를 많이 했어요."

"무슨 얘기를 하셨어요?"

"인후는 혜경씨 이야기를 많이 했습니다."

"제 이야기를요?"

"세상에서 어머니 외에 유일하게 사랑한 사람이라고 하더군요. 그런데도 아픔을 많이 주었다면서 눈물을 글썽였습니다."

"그건 아니에요."

그녀는 고개를 가로저었다.

"인후씬 저에게 아픔보다 훨씬 더 큰 기쁨을 주었어요. 오히려 제가 인후씨를 아프게 했지요. 아이의 죽음은…… 제 탓이었습니다."

가벼운 경련이 강혜경의 얼굴을 스쳐 지나갔다. 그녀는 고개를 숙였는데, 어깨가 조금씩 들썩거리기 시작했다. 조금 후 눈물이 볼을 타고 입 언저리로 흘러내렸다. 신부는 손을 뻗어 그녀의 얼굴을 조심스럽게 만졌다. 눈물이 그의 손등 위로 뚝뚝 떨어지고 있었다.

저를 씻어주소서. 눈에서 더 희어지리이다. 그의 입 속에서 기도 소리가 맴돌았다.

"죄송해요."

강혜경은 손수건으로 눈물을 훔치며 조그맣게 말했다.

"신부님한테 궁금한 게 있어요."

"무엇이 궁금하지요?"

"참 많아요."

"그 중에서 가장 궁금한 것 하나만 말해봐요."

"제가 가장 궁금한 건…… 정말 말해도 돼요?"

그녀는 발갛게 된 눈으로 신부를 올려다보았다. 그는 빙그레 웃으며 고개를 끄덕였다.

"그러니까 신부님이 비 오는 날 수도원 마당에서……."

"알았어요. 혜경씨에게 가장 궁금한 게 무엇인지."

별다른 변화가 없는 그의 표정에 강혜경은 안도했다.

"그때 난 두려웠습니다. 너무나 두려워 몸이 와들와들 떨리기까지 했으니까요."

"무엇이요?"

"어린 생명이 두려웠습니다. 그 생명이 이제 겨우 신의 품에 안긴 나를 떼어놓을지도 모른다는 두려움이었습니다. 난 피하고 싶었습니다. 피할 수 있는 곳이라면 어디든 가고 싶었습니다. 정신없이 수도원 마당으로 나왔습니다. 난 그저 아이가 오지 못하는 곳으로 가야겠다는 생각밖에 없었습니다. 그런데 인후 어머닌 계속 따라왔습니다. 더이상 피할 곳이 없었습니다. 걸음을 멈추고 아이를 달라고 했습니다. 피할 수 없으면 마주칠 수밖에 없지요. 그러자 인후 어머니가 나를 두려워하기 시작했습니다. 무서워 벌벌 떨고 있는 나를 말입니다. 내가 아이에게 어떤 짓을 할까 두려웠을까요? 하지만 난 피할 수가 없어 그랬던 것뿐입니다. 이유는 오직 그것뿐이었습니다."

창 밖이 어두워지고 있었다. 구름이 해를 가리는 모양이었다.

"그렇게 울던 아이가 내 품에 안기자 울음을 뚝 그쳤습니다. 참으로 놀라운 일이었습니다. 하지만 그땐 놀라움을 느낄 겨를이 없었지요. 갑작스런 침묵이 기이하게만 느껴졌습니다. 난 지금도 생각하고 있습니다. 그 침묵의 뜻을."

신부는 무엇인가를 응시하고 있었는데, 그 대상이 무엇인지 알 수 없었다. 단지 허공을 보고 있다고 하기에는 눈빛이 너무 강렬했다.

"혹시 그것이 신의 침묵이었다면……."

신부의 고개가 옆으로 기울어지면서 이마에 주름이 잡히고 있었다.

"정녕 그것이 신의 침묵이었다면…… 내가 어느 쪽을 선택하든 허락하시겠다는 뜻을 나타내신 게 아닐까 하는…… 그러니까 침묵으로."

그는 마치 시간 밖으로 던져진 사람처럼 꼼짝도 하지 않았다. 눈은 절반쯤 감겨져 있었는데, 조금 전의 강렬한 빛은 꺼진 듯했다. 오히려 어두워 보였다. 침묵은 길었다. 무어라고 말하고 싶었으나 어떤 말이라도 그의 침묵을 깨뜨릴 수 없을 것 같았다. 얼마나 시간이 지났을까. 무릎 위에 단정히 올려져 있던 손이 조금씩 움직이기 시작했다.

"어쨌든 난……."

그는 무겁게 보이는 눈꺼풀을 들어올리며 침묵을 깨뜨렸는데, 잠에서 막 깨어난 것처럼 얼굴이 핼쑥했고, 목소리가 분명치 않았다.

"아이를 보려고 고개를 숙였습니다. 그때 내 마음 상태는 아이를 본다기보다 갑자기 소리를 삼켜버린 이상한 존재를 본다는 느낌이 더 강했습니다."

그의 눈꺼풀이 다시 내려가고 있었다. 손은 무릎 위에 여전히 단정하게 있었다.

"아이의 눈은 나의 모든 것을 꿰뚫어보고 있었습니다. 왜냐하면…… 아이의 눈은 빛 그 자체였으니까요. 빛 앞에서 숨는다는 것은 불가능합니다. 한치의 어둠도 용납치 않고 깡그리 드러냅니다. 아이 앞에서 난…… 그렇게 드러난 것입니다. 돌연 무릎을 꿇고 싶었습니다. 그건 명령과 같았습니다. 아닙니다. 거역할 수 없는 명령이었습니다. 주님에게 하듯 아이 앞에 무릎을 꿇으라는."

무릎 위에 놓인 손이 천천히 올라오고 있었다. 그 손은 어깨 근처에서 멈추었는데, 허공에 뜬 밀랍 같았다.

"그 이유를 물을 틈도 없이 명령의 힘은 나를 눌렀습니다. 내 어깨를, 내 무릎을. 난 아이가 땅으로 굴러떨어진 줄도 몰랐습니다. 아이의 자지러지는 울음소리에 비로소 깨달았습니다. 그때 나를 보는 그녀의 눈은…… 아마 내가 아이를 버린 줄 알고……."

"왜 말씀을 안 하셨나요? 그렇지 않다는 것을."

"말할 틈도 없었습니다. 아이를 안고 도망치듯 가버렸으니까."

"무서운 오해였군요. 그런데…… 그 무서운 오해를 왜 내버려두셨나요?"

강혜경은 안타까움과 의혹이 뒤섞인 시선으로 그를 보았다.

"어쩌면…… 실제로 내가 버린 것인 줄도 모릅니다."

그는 거의 중얼거리듯 말했다.

"네?"

"그날 이후 난 스스로에게 내가 아들을 버렸다고 수없이 되뇌었으니까요."

"이해가 안 돼요."

"신의 품속으로 더 깊이 들어가고 싶었던 거지요. 아이처럼 그렇게 떨어지지 않기 위해."

목소리는 낮았으나 또렷했다. 해가 구름에서 빠져나오는 듯 창밖이 밝아지고 있었다.

"그 이야기를 인후씨에게 하셨나요?"

"나에겐 숨길 수 있는 힘이 없습니다."

"인후씬 언제 떠났어요?"

"인후가 떠난 건…… 다음날 새벽이었습니다."

"그후 한 번도 오지 않았나요?"

"네."

"인후씨가 오지 않겠다고 했나요?"

"인후는 아무 말도 하지 않았습니다."

"신부님은 인후씨가 오지 않으리라는 걸 알고 계셨나요?"

"느끼고 있었습니다."

"연락조차 없었나요?"

"없었습니다."

"그럼 그 동안의 인후씬 어둠이군요. 신부님에게는 어둠이 아닐지 모르지만 저에겐 어둠이에요. 전 신부님처럼 눈이 그렇게 밝지 못하니까요."

"그 어둠 속을 보고 싶습니까?"

"보고 싶어요. 볼 수만 있다면."

"혜경씨 마음이 그렇다면 보게 해드리지요."

"네?"

"인후 장례식을 끝내고 수도원으로 돌아온 다음날 한 청년이 찾아왔습니다. 그 청년이 인후를, 아니 빈첸시오를 잘 알고 있더군요."

강혜경은 놀란 눈으로 신부를 보았다.

"말을 들어보니 빈첸시오의 지난 삼 년간의 행적을 소상히 알고 있었습니다. 장례식에도 왔다더군요."

"장례식에요? 전 그런 분이 온 줄 몰랐는데요."

"아무도 몰랐습니다. 자신을 숨겼으니까요."

"왜 숨겼나요?"

"궁금하면 직접 그 청년을 만나보십시오. 연락처를 가르쳐주겠습니다."

그는 무겁게 몸을 일으키며 창가로 갔다.

"인후씨와 작별은 어떻게 하셨나요?"

신부의 뒷모습이 황인후와 무척 닮았다고 생각하면서 강혜경은 물었다.

"난 작별하지 않았습니다."

그는 돌아서며 말했다. 창을 등지고 선 그의 얼굴은 짙은 그늘 속에 있었다.

"네?"

"엠마오 마을을 아시지요?"

"성경 속에 나오는 마을 말인가요."

"누가복음 속에 쓸쓸하고 아름답게 그려져 있는 마을이지요."

예수의 두 제자는 스승의 죽음을 이야기하며 엠마오 마을로 터벅 터벅 걷고 있다. 한 제자는 예수야말로 이스라엘을 구원해줄 메시 아로 믿었는데 십자가 처형을 당한 지 사흘이나 지났음에도 기적이 일어나지 않는다고 말하자 다른 제자는 어두운 표정으로 고개를 끄 덕인다. 그때 낯선 남자가 다가와 그들과 함께 걷는다. 하룻길을 걸 어 엠마오 마을에 도착한 그들은 낯선 동행자를 식사에 초대한다. 그 남자가 빵을 뗄 때 두 제자는 비로소 그가 예수라는 사실을 깨 닫는데, 남자는 홀연 사라진다.

"난 나그네가 되어 길을 걸을 때 언제나 엠마오 마을로 향합니다. 그러면 누군가 다가와 나와 함께 걷지요. 난 그의 발자국 소리는 물론 숨소리도 듣습니다. 바람이 불면 휘날리는 머리카락도 보입니 다. 성경 속의 나그네는 낯선 동행자가 빵을 뗄 때 누구인지 알았 지만 난 발자국 소리만 들어도 알 수 있습니다. 가끔 그는 나보다 앞서가서는 나를 기다리곤 합니다. 내가 다가가면 그는 어린아이 같은 미소를 짓지요."

빈첸시오 신부의 입가에 미소가 번지고 있었다. 그것은 황인후의 미소였다.

6

그의 이름은 최정오였고 세례명은 스테파노였다. 그는 성 프란체스코가 창설한 작은 형제회 소속의 수도자였는데, 종신서원을 앞두고 무슨 이유인지 돌연 옷을 벗고 나가버렸다고 했다. 이것은 빈첸시오 신부가 가르쳐준 베들레헴의 집이라는 행려자를 위한 숙소에서 알아낸 사실이었다. 그곳 사람들을 그를 스테파노 수사라고 불렀다. 강혜경은 그들이 말하는 최정오의 모습이 어딘지 모르게 황인후와 닮았다는 느낌을 받았다. 물론 그것은 최정오가 정착지 없이 전국의 수도원을 떠돌아다닌다는 점과, 그를 잘 안다는 이도 그에게 가족이 있는지조차 모를 정도로 그의 폐쇄적인 대인관계에서 비롯된, 다분히 막연한 느낌이었다.

그를 꼭 만나야 한다는 강혜경의 말에 베들레헴의 집 사람들은 그가 언제 불쑥 나타날지 모르니 용건과 연락처를 남겨놓으라고 했다. 그녀는 메모지에 빈첸시오에 관한 일 때문에 꼭 만나고 싶다는 요지의 글과 함께 전화번호를 적어 그들에게 주었다. 그녀가 최정오의 전화를 받은 것은 그날로부터 열흘 후였다.

7

강혜경이 베들레헴의 집에 들어서자 검은 스웨터를 입고 있는 한 남자가 일어섰다. 그가 최정오임을 그녀는 직감적으로 알았다. 흐트러진 긴 머리와 얼굴을 덮고 있는 숱 많은 수염이 창백한 안색과

대비되면서 강렬한 인상을 풍겼다. 키가 컸고, 마른 어깨는 약간 굽어 있었다. 그는 차가운 눈빛으로 강혜경을 보고 있었다.

"최정오씬가요?"

강혜경의 물음에 그는 고개를 끄덕였다.

"전 강혜경이라고 합니다. 연락해주셔서 감사합니다."

그는 웃는 듯한 표정을 지었는데, 억지 웃음인 듯 부자연스럽게 보였다.

"전 알고 싶은 게 많아요. 절 위해 시간을 내주시겠어요?"

그는 다시 고개를 끄덕이면서 구석에 있는 탁자를 가리키며 앉으라고 말했다.

"절 아시는 것 같은데……"

탁자에 마주 앉자 강혜경은 궁금한 점을 조심스럽게 건드렸다.

"그분의 장례식 때 보았습니다."

그분이라는 말이 무척 생소하게 들렸다.

"그때 저희들은 최정오씨가 오신 줄도 몰랐습니다. 왜 말씀을 안 하셨나요?"

"제가 간 것은 그분의 마지막 모습을 보기 위해서였습니다. 그것뿐이었습니다."

그는 어깨를 약간 움츠리며 말했다.

"최정오씨가 오셨다는 걸 알았으면 무척 반가워했을 거예요. 고인의 죽음에 대해 너무 모르고 있었거든요."

"하지만 전……"

적당한 말이 떠오르지 않는 듯 최정오는 한참 머뭇거렸다. 강혜경은 그가 이 자리를 몹시 부담스러워한다는 것을 느꼈다.

"누구에게도 알리고 싶지 않았습니다."

그는 고개를 들고 처음으로 강혜경을 응시했다. 지금까지 그는 줄곧 시선을 피하고 있었다.

"왜요?"

"마땅히 숨어야 하는 존재였으니까요."

"그런데 빈첸시오 신부님은 왜 찾아가셨죠?"

"그건……."

그는 다시 머뭇거렸다. 대답하고 싶지 않은 기색이 역력했다.

"장례식은 어떻게 알고 오셨나요?"

강혜경은 그가 입을 닫지 않을까, 하는 불안에서 다른 질문을 했다.

"그분의 시신이 옮겨졌다는 사실을 알았으니까요."

그녀는 숨이 막혔다. 지금 그는 무슨 말을 하고 하는가. 그것은 황인후의 죽음은 물론 그 기막힌 과정을 거쳐 해부용으로 팔렸다는 사실까지 알고 있다는 뜻이었다.

"차근차근 말씀해주실래요. 전 지금 무슨 말씀을 하시는지……."

"신부님한테 전혀 듣지 않으셨군요."

강혜경의 표정을 뚫어져라 보고 있던 최정오는 곤혹스러운 표정으로 말했다.

"신부님은 아무것도 말씀해주시지 않았어요. 최정오씨의 연락처 외엔."

"부인께서 알고 싶어하시는 건 뭐죠?"

부인이라는 호칭에 그녀는 약간 당황했다. 처음 듣는 그 호칭은 무척 낯설고 어색했다.

"뭐든지 다 알고 싶어요. 인후씨와 관계된 것이라면."

"술 마실 줄 아십니까?"

엉뚱한 그의 말에 강혜경은 의아한 눈으로 그를 보았다.

"자리를 옮기고 싶어서요."

그러면서 그는 강혜경의 대답도 듣지 않고 일어섰다.

8

최정오가 들어간 곳은 근처의 낡은 술집이었다. 주막이라고 해야 어울릴 듯한 그 집은 천장이 너무 낮아 키가 큰 최정오는 머리를 숙이고 들어가야 했다. 흐린 날씨 탓인지 대낮임에도 불구하고 실내는 침침했다. 그는 구석자리에 앉았다.

여기까지 오는 동안 그는 줄곧 입을 다물고 있었다. 그가 다시 입을 연 것은 소주를 석 잔째 마신 직후였다. 그 사이 강혜경은 한 모금 마셔봤는데, 쓴맛밖에 없었다. 그녀에게 소주는 맞지 않았다. 포도주 생각이 났으나 참을 수밖에 없었다.

"사 년 전 저는 종신서원을 앞두고 있었습니다. 수도회에 입회한 이래 칠 년 만이었지요. 그 감격의 시간 앞에서 전 그만 도망쳐버리고 말았습니다. 저의 유약한 영혼에 대한 절망 때문이었지요. 수도자의 궁극적인 소망이 뭔지 아십니까?"

"글쎄요."

"하느님을 기쁘게 하는 것입니다. 부인께선 하느님을 믿으시나요?"

"신자는 아닙니다만 좋은 느낌을 갖고 있어요."

"그분의 부인 되시는 분이 신자가 아니라니 뜻밖이군요. 하긴 전 그분에게 부인이 있으리라고는 꿈에도 생각을 못 했습니다. 장례식 때 정말 놀랐습니다. 슬퍼하시는 모습이……."

그는 말끝을 흐리며 술잔을 만지작거렸다.

"이야기가 엇나갔군요. 수도자로서 하느님을 기쁘게 할 수 있는 일들이 많이 있을 것입니다. 그중에서도 하느님을 가장 기쁘게 하는 일은 그리스도를 닮는 것입니다. 바로 여기에 부활의 참된 뜻이 있습니다."

등이 굽은 할머니가 구운 꽁치를 탁자 위에 놓으면서 강혜경을 힐끔 보며 갔다.

"부활은 일회적인 사건 속에 가두어지는 것이 아닙니다. 그리스도는 십자가의 죽음을 통해 피조물인 인간의 영혼 속에 그분의 아름다운 모습을 닮고자 하는 열망의 씨앗을 심어주셨습니다. 이 씨앗의 피어남이 바로 부활인 것입니다."

"그리스도를 닮는 행위가 곧 부활이란 말씀인가요?"

"저는 그렇게 생각합니다. 그 부활의 씨앗이 피어날 때마다 하느님은 너는 내 아들, 내 마음에 드는 아들이라고 기뻐하셨을 것입니다. 저는 이렇게 피어나 하느님을 기쁘게 해드리고 싶었습니다. 하지만 제 영혼은 너무나 유약했습니다. 그리스도에 이르는 길은 멀고 험하나, 제 영혼의 다리는 튼튼하지 못했습니다. 너무나도 뚜렷한 한계 앞에서 저는 절망했습니다. 큰 기쁨을 못 드리면 작은 기쁨이라도 드리자고 수없이 자신을 타일렀으나 소용없었습니다. 마침내 저는 이런 생각까지 하게 되었습니다. 하느님은 자신의 아들을 미리 선택하고 계시는 게 아닐까. 그렇다면 선택받지 못한 존재는 아무리 몸부림을 쳐봐야 하느님의 아들이 될 수 없는 게 아닌가, 하고 말입니다. 급기야 선택의 대상에서 저를 제외시키신 하느님을 원망하는 데까지 이르렀습니다. 그 원망은 달콤한 독이었습니다. 독의 달콤함 속에서 욕망은 은밀히 피어올랐습니다. 하느님이 선택하신 아들의 모습을 확인하고 싶은 욕망이었습니다. 불경스럽게도 그것은 얼마나 잘났는지 보자, 하는 질투의 감정에 가까운 것이었습니다. 그리하여 저는 종신서원을 앞두고 옷을 벗었던 것입니다."

종신서원이라는 말을 할 때 최정오의 목소리가 약간 떨리고 있었다.

　"그때부터 저는 전국의 수도원을 미친 듯이 떠돌아다니며 하느님의 아들을 찾기 시작했습니다. 하지만 얼마 후 그것이 얼마나 어려운 일인가를 깨닫게 되었습니다. 세상에 널리 알려진 이들은 물론 가난한 자 병든 자를 보살피는 이름 없는 수도자들을 살폈지만 도무지 찾을 수가 없었습니다. 마음에 닿는 이가 있어 가까이 가보면 아무것도 볼 수 없었습니다. 처음의 마음이 오히려 멀어져버리더군요. 그러던 어느 날 빈첸시오 그분을 만났습니다."

　"그때가 언제였던가요?"

　"재작년 봄이었습니다."

　재작년 봄이라면 황인후가 빈첸시오 신부와 작별한 지 사오 개월 후였다.

　"서울 근교의 한 수도원에 머물고 있을 때였는데, 어떤 노인이 제 관심을 끌었습니다. 장선용이라는 노인이었는데, 오랫동안 행려 생활을 한 사람임을 한눈에 알 수 있을 만큼 몸이 찌들어 있었습니다. 행려자로 떠돌다 수도원으로 들어온 지 얼마 안 된 그 노인은 고아원에 갓 들어온 아이처럼 겁에 질려 있었습니다. 누가 다가가기만 해도 얼굴에 두려운 기색이 역력했습니다. 며칠 후 외출했다 들어온 저는 어떤 남자와 이야기하고 있는 노인을 보았습니다. 그 노인이 남과 이야기하는 모습을 처음 보는지라 유심히 지켜보았지요. 그런데 노인은 남자의 말을 경탄이 나올 정도로 몰두해서 듣고 있었습니다. 무슨 이야기를 하는지 모르겠지만 몰두는 조금도 흐트러지지 않았습니다. 평소와는 판이하게 다른 모습이었습니다. 옆에 있는 수사에게 물어보았더니 노인을 수도원으로 데리고 온 이가 그 남자라고 하더군요. 관심은 자연히 그에게로 옮겨졌습니다. 가만히 보니 그전에도 본 적이 있는 얼굴이었습니다. 하지만 주위에서 흔히 볼 수 있는 평범한 남자였을 뿐 별다른 느낌을 받지 못했습니다. 그런데 노인의 기도하는 모습을 우연히 본 저는 어떤 징후를 느꼈습니다. 노인의 기도 모습을 가만히 보고 있노라면 하느님의 육신이 바로 그의 눈앞에 있는 게 아닌가 생각될 정도였습니다. 게다가 노인은 하느님을 보았다고 서슴지 않고 말했습니다. 어떻게 보았느냐는 물음에 그는 하느님이 죽어가는 자신 앞에 나타나 먹을 것을 주셨고, 입을 것을 주셨고, 자신의 죄를 모두 용서해주셨다고 대답했습니다. 노인이 보았다는 하느님 속에 그 남자가 어른거리고 있음을 저는 느꼈습니다. 빈첸시오 그분이 말입니다."

눈썹이 치켜올라가면서 깊이 파인 그의 눈에 부드러운 빛이 서리고 있었다.

"그분은 수도자도 아니었고, 자원봉사자도 아니었습니다. 그분은 아무것도 아닌 사람이었습니다. 아무것도 아닌 사람이 수도원에 바람처럼 나타났다 바람처럼 사라졌습니다. 자주 오지 않았을 뿐더러 오래 머물지도 않았습니다. 얼마 후 저는 그분이 나타나면 수도원의 몇몇 병든 노인들의 얼굴이 환해진다는 것을 알았습니다. 물론 그들을 보살피는 수도자나 자원봉사자 앞에서도 그런 표정을 짓기는 하지만 뭔가 다른 게 있었습니다. 그들은 수도자와 그분을 구별하고 있었습니다. 막연한 느낌이었지만 그 구별이야말로 그분만이 갖고 있는 힘인 듯했습니다. 저는 그 힘을 알고 싶었습니다. 하지만 노인들은 가르쳐주지 않았습니다. 무엇 때문인지 모르겠으나 그들은 그것을 숨기고 싶어한다는 것을 어렴풋이 깨달았습니다."

그는 술을 빨리 마시는 편이 아니지만 쉬임 없이 마시고 있었다. 등 굽은 할머니는 그가 술 달라는 말을 하지 않았는데도 빈 병을 가져가고 새 병을 갖다놓았다. 그의 술버릇을 잘 아는 모양이었다.

"그때부터 전 그분의 행적을 캐기 시작했습니다. 그분의 행적은 전국의 수도원 곳곳에 있었습니다. 어느 곳이든 그분은 한 수도원에 결코 오래 머물지 않았습니다. 그분은 끊임없이 떠돌았으며, 그분이 머무는 곳에는 그분을 추앙하는 이들이 반드시 있었습니다. 그러면서도 그분은 누구에게도 자신을 드러내지 않았습니다. 그분을 안다고 하는 수도자들은 한결같이 그분을 모르고 있었습니다. 심지어 그분을 수없이 본 어떤 수도자는 그분의 얼굴조차 기억하지 못했습니다. 그것은 그분이 사람들의 시선에서 자신의 모습을 끊임없이 숨기고 있었기 때문이었습니다."

몸이 뚱뚱한 여자가 문을 열고 고개만 내민 채 실내를 휙 훑어보다 나가버렸다. 아마 누구를 찾는 모양이었다.

"처음 저는 그분의 쉬임 없는 떠돎이 수도원을 중심으로 이루어지는 줄 알았습니다. 하지만 몇 달에 걸친 추적 결과 제 생각이 잘못되었음을 알았습니다. 그분은 버려져 있는 이들을 찾아 움직이고 있었습니다. 그분은 어둠 속에서, 아무도 모르게, 홀로 죽어가는 이들을 기가 막히게 찾아내었습니다. 그런 그분의 모습은 빠르고 예민한 짐승을 연상케 했습니다. 냄새로 목표물을 찾아내는 개와 같았습니다."

강혜경은 소주를 조금씩 마시기 시작했다. 최정오의 이야기는 그녀에게 괴로움을 주고 있었다. 괴로움과 마주칠 때 술은 유익한 음료였다.

"목표물을 찾아내면 그곳이 바로 그분의 집이 됩니다. 아무리 더러운 곳이라도 말입니다."

"수도원으로 데려가지 않나요?"

"그분은 절대 처음부터 그들을 수도원에 데려가지 않습니다. 버려진 이들은 한결같이 타인의 멸시와 적의 속에서 살았던 사람들입니다. 그들의 영혼은 상처투성이입니다. 악에 물든 영혼도 많습니다. 그분은 그들의 상처를 치료하고 악을 쫓아낸 후 비로소 수도원에 데려갑니다. 그분의 신성은 바로 여기에 있지요."

"무슨 말씀인지……."

"버려진 이들이 자신을 극진히 보살피는 그분에게 처음부터 감사하는 줄 아십니까? 물론 그런 사람들도 있지요. 하지만 그 상처투성이 사람들은 좀처럼 감사할 줄 모릅니다. 감사는커녕 그분의 선 앞에서 오히려 악을 드러냅니다. 그들은 낮은 자로서 거의 평생 동안 머리를 숙여왔던 사람들입니다. 그런 까닭에 기회만 있으면 머리를 들고 싶어하지요. 자신보다 더 낮은 자를 만들고 싶어하는 것입니다. 그분은 그들보다 더 낮은 자, 더 천한 자가 되어 그들을 섬겼습니다. 전 그분을 노예처럼 부리는 이들을 많이 보았습니다. 그분은 기꺼이 노예가 되어 그들을 주인으로 섬겼습니다. 그들은 그분을 멸시하고 박해하면서 마음껏 부립니다. 때로는 침을 뱉으며 꺼져버리라고 소리 지르기도 합니다. 하지만 그들은 결국 고개를 숙이고 말지요. 일단 고개를 숙이면 글자 그대로 어린 양이 되어버립니다. 그러면 그분은 어린 양을 품고 수도원에 갖다놓지요. 어떤이는 아무리 그분을 괴롭혀도 변함이 없자 무서움에 도망쳐버리더군요."

강혜경은 입술을 깨물며 생각했다. 빈첸시오 신부는 이런 이야기를 들으면서 기뻐하셨을까, 하고.

"그분의 신성은 낮음과 천함 속에 숨어 있었습니다. 저는 그 모습을 보면서 나도 저 속으로 들어갈 수 있을까, 생각했습니다. 그분과 나란히 걷는 모습도 수없이 상상했습니다. 하지만 아니었습니다. 저는 도저히 그 속으로 들어갈 수 없었습니다. 그 더러움 속으로 들어가기에 전 너무 깨끗했습니다. 제가 할 수 있는 일은 고작 그 속을 엿보는 것뿐이었습니다. 그 모습이야말로 제 영혼의 크기에 알맞는 삶의 양식이었습니다. 전 엿봄을 통해 말할 수 없는 쾌락을 느꼈습니다. 그토록 강렬한 쾌락을 느껴본 적이 없었습니다."

그의 술 마시는 속도가 빨라지고 있었다. 소주 세 병이 비워졌고, 할머니는 슬그머니 다가와 두 병을 더 놓고 갔다.

"그 쾌락을 어떻게 설명해야 할지 모르겠습니다. 사람에게는 무엇인가를 엿보고 싶은 본능이 있습니다. 조그만 구멍을 통해 누구도 모르게, 혼자서 엿보는 것이죠. 그 구멍이 은밀하면 할수록, 엿봄의 대상이 진귀한 것일수록 보는 이의 쾌감은 그만큼 커질 것입니다. 그런데 저는 무엇을 보고 있었습니까? 신성이었습니다. 신의 선택에서 제외된 보잘것없는 존재가 신의 모습을 엿보고 있었습니다. 누구도 찾을 수 없는 그 신성의 광채를 저는 홀로 보고 있었던 것입니다. 그것은 결코 환각이 아니었습니다."

그는 말하기가 힘겨운 듯 눈을 감고 깊이 숨을 몰아쉬었다. 창백한 얼굴이 발그레지고 있었는데, 그것은 황홀의 표정이었다. 그가 눈을 떴을 때 눈물이 반짝거렸다.

"늘 그렇게 쫓아다녔나요?"

강혜경은 그의 눈을 들여다보며 조용히 물었다.

"그렇게 하려고 애를 썼습니다만, 그러지는 못했습니다. 때로는 그분을 놓치기도 했고, 때로는 제 할일도 있었으니까요."

"놓치면 어떻게 다시 찾나요?"

"그곳과 가까운 수도원에서 기다리지요. 그분에게 수도원이란 일종의 정거장과 같은 곳이었으니까요."

"인후씬 최정오씨를 알고 있었나요?"

"얼굴 정도는 기억하고 있었을지도 모르지요. 수도원에서 몇 번 부딪쳤으니까요. 하지만 저는 가능한 한 그분을 피했습니다. 그리고 불가피하게 마주쳐도 모른 척했습니다."

"이해가 안 가는군요. 그토록 관심을 기울인 사람이라면 대화를 하고 싶었을 텐데요."

"물론 그런 마음이 있었지요. 하지만 그분이 저에게 중요한 사람이 된 것은 엿봄의 대상이었기 때문입니다. 엿보는 자는 엿봄의 대상으로부터 자신의 모습을 숨기고 싶어합니다. 아니 숨겨야 하지요. 자신의 쾌락을 잃지 않기 위해서는. 부끄러운 고백입니다만 전 그분에게 숭배는커녕 존경의 감정조차 갖지 않았습니다. 그분은 오직 엿봄의 대상으로서만 빛을 발하고 있었을 뿐입니다."

"그럼 최정오씨가 따라다니는 것을 인후씨가 몰랐단 말이에요?"

"단언하건대 그분은 전혀 몰랐습니다."

"어떻게 모를 수가 있어요?"

"사람이 집념을 가지게 되면 불가능하게 보이는 일도 가능하게 만듭니다. 당시 저의 유일한 집념은 그분을 아무도 모르게 엿보는 일이었습니다."

"그날도 그러셨나요? 인후씨 죽음이 있던 날 말이에요."

최정오는 말없이 고개를 끄덕였다. 술잔을 든 그의 손이 미세하게 떨고 있었다.

"그날은 몹시 추웠습니다. 게다가 폭설이 쏟아져 길이 얼어붙었지요. 그분은 추위 속에서도 성 프란체스코처럼 장터를 떠돌면서 구걸하고 있었습니다. 병들어 움직이지 못하는 노인에게 줄 양식이 필요했던 것입니다. 하지만 그분은 프란체스코와 달랐습니다. 프란체스코는 제자들을 거느리고 있었지만 그분은 혼자였습니다. 프란체스코는 하느님을 외치고 다녔지만 그분은 침묵 속에 있었습니다. 아무도 그분을 알아보지 못했고, 아무도 그분의 목소리를 듣지 못했습니다. 오직 저만이 그분을 알고 있었습니다."

강혜경은 자신의 빈 잔에 술을 채웠다. 벌써 넉 잔째였다.

"그날따라 그분은 양식을 제대로 구하지 못했습니다. 그래서 해가 지고도 한참 후에야 장터를 떠났습니다. 겨울의 어둠은 금방 오지요. 눈은 펑펑 쏟아지고, 바람은 칼날 같았습니다. 그분의 걸음걸이가 위태롭더군요. 그러다가 조용히 쓰러졌습니다. 흰 양털 같은 눈 위에."

그는 나직이 말했다.

"전 그렇게 눈부신 흰 눈을 처음 보았습니다. 그것은 흰빛 순결한 융단이었습니다. 그러니까 그분은 흰빛 순결한 융단 위에 쓰러진 것입니다. 저는 그분을 구하고 싶었습니다. 정말 구하고 싶었습니다. 하지만 감히 그분의 몸에 손을 댈 수 없었습니다. 그 신성 속으로 들어가기에, 저는 너무나 남루한 존재였습니다."

강혜경은 숨을 쉬기가 힘들었다. 목이 조이는 듯한 느낌과 몸 속의 힘이 모두 빠진 듯한 허탈감이 동시에 밀려왔다.

"그 앞에서 제가 할 수 있는 유일한 행위는 신성의 완성을 지켜보는 일이었습니다. 제 말 이해하시겠습니까? 누구도 알 수 없는 외로움 속에서, 누구에게도 보이지 않는 완벽한 어둠 속에서의 죽음이야말로 신성의 완성이었습니다."

그는 음울한 목소리로 거의 속삭이고 있었다.

"솔직히 털어놓자면 전 기쁘기도 했습니다. 제 예감이 맞았으니까요. 만약 그분이 사람들이 지나다니는 한낮의 울타리 밑 길가에서, 혹은 그분을 추앙하는 무리들의 애도 속에서 죽음을 맞이했다면 제 실망은 참으로 컸을 것입니다. 물론 전 저의 예감을 신뢰했지만 완전히 믿지는 못했습니다. 신성의 영역에 대해 남루한 존재의 예감을 어떻게 완전히 믿을 수 있겠습니까. 그런데 감격스럽게도 신성은 제 예감과 일치했습니다."

"최정오씬……."

강혜경은 간신히 말문을 열었다.

"죽어가는 사람을 보고도 구하지 않았습니다. 그것은 살인 행위와 마찬가지라는 생각을 하지 않았습니까?"

"아니지요. 그건 아니지요. 제가 신성의 융단에서 그분을 끄집어내는 것은 그분을 훼손시키는 행위입니다. 저는 그렇게 눈먼 인간이 아닙니다."

"빈첸시오 신부님에게도 똑같이 말씀하셨나요?"

"조금도 숨김없이 말씀드렸습니다."

"그분은 뭐라고 하시던가요?"

"그분은 저에게 아무 말씀도 안 하셨고, 아무것도 묻지 않으셨습니다."

"그분과 달라서 미안하군요. 하지만 전 계속 물어야겠어요. 인후씨 죽음을 어떻게 확인하셨나요?"

"아침에 청소부가 그분의 시체를 발견한 것을 보았습니다."

"그럼 거기서 꼬박 밤을 새웠단 말인가요?"

"그렇게 하고 싶었지만 너무 추웠습니다. 제가 머물고 있는 곳에서 잠시 몸을 녹이다 새벽 일찍 나왔지요."

"죽음을 확실히 확인하고 싶었던 모양이지요?"

"신성의 모습을 끝까지 보고 싶었습니다."

"그 뒤 어떻게 했나요?"

"그분의 주검이 시립병원에서 의과대학 해부학교실로 옮겨진 것을 알았습니다. 전 가끔 그 안으로 들어가 포르말린 탱크 속에 떠 있는 그분의 모습을 보곤 했지요."

"어떻게 그 안으로……."

강혜경은 충격에 말을 제대로 잇지 못했다.

"경비원에게 돈을 좀 주었습니다. 만약 그분의 시신에 변동이 있으면 연락해달라는 부탁과 함께. 그곳에서 변동이란 학생들의 해부용으로 쓰이는 것밖에 없지요."

"경비원이 이상하게 생각하지 않던가요."

"이상하게 생각했겠지요. 하지만 그것이 자신에게 해가 되지 않는다는 사실도 알았겠지요."

"그래서 빈첸시오 신부님이 오시자 그쪽으로 연락이 갔군요."

"그렇습니다."

"신부님이 인후씨 아버님이라는 사실 알고 계세요?"

"네."

"신부님은 최정오씨를 용서하시던가요?"

"거듭 말씀드리지만 그분은 처음부터 끝까지 듣기만 하셨습니다."

"말씀은 않더라도 느낌이 있잖아요."

"그건…… 제가 대답하기 힘든 질문입니다."

그는 눈을 내리깔며 말했다.

"장례식에서 무슨 생각을 하셨나요?"

강혜경은 이제 그만 일어서야 한다고 생각하면서도 말을 멈출 수 없었다.

"……"

"말하기가 힘드신가요?"

그는 고개를 숙인 채 미동도 하지 않았다.

"그럼 요즘은 어떻습니까? 후회하지는 않으세요? 여전히 입을 다물고 계시는군요. 그럼 마지막으로 한 가지만 묻겠어요. 왜 빈첸시오 신부님을 찾아가셨지요? 아무도 모르게 엿본 즐거움을 끝까지 간직하시지 않고."

강혜경의 말에 그는 고개를 들었다. 그의 얼굴은 밀랍처럼 창백했다.

"그분의 죽음을 확인한 후 한동안 전 상상하기 어려운 희열에 빠져 있었습니다. 남루한 존재로서 신성의 완성을 목격한 최초의 존재가 되었다는 희열이었지요. 그런데 시간이 지나자 그 희열을 남에게 알리고 싶은 생각이 들었습니다. 그건 분명 이율배반적인 생각이었습니다. 희열의 바탕은 아무도 모르는 것을 혼자 알고 있다는 것이었습니다. 그런데 그 사실을 남에게 알리고 싶은 것입니다. 물론 제가 알리고 싶은 대상은 그분의 신성이 아니라 그 신성을 유일하게 목격한 나였습니다. 그런 나를 알리기 위해서는 불가피하게 신성을 밝혀야 하는 거죠. 그런데 머지않아 전 좌절에 빠졌습니다. 제가 아무리 말을 해도 사람들은 제 말에 전혀 귀를 기울이지 않는 것이었습니다. 그분의 신성을 믿지 않으면 저의 존재를 알릴 수 없습니다. 하지만 비통하게도 이 세상에서 그분의 신성을 믿을 사람이 아무도 없다는 사실을 뼈아프게 깨달은 것입니다. 그런데 홀연 기적이 일어났지요. 제 말에 귀를 기울일 사람이 나타난 것입니다. 빈첸시오 신부님이었습니다. 그것은 정말 기적이었습니다. 이 세상에서 그분의 주검이 그곳에 있다는 사실을 아는 이는 저 이외에는 아무도 없다고 확신하고 있었으니까요. 그분은 신의 빛을 따라 죽음 속으로 들어갔고, 그 신의 빛을 본 이는 아무도 없었습니다. 그런데 어떤 신부가 그 빛 속으로 들어와 그분의 시신을 가져가버렸습니다. 그때의 충격이란……."

"그 기적으로 또다시 즐거움을 만끽하셨겠군요."

"그렇지 않습니다. 오히려 그 반대였습니다."

"반대였다구요?"

"빈첸시오 신부님은 알고 계셨습니다. 그분의 신성을 말입니다.

신부님은 그분과 헤어진 후 그분을 한 번도 보지 못했음에도 불구하고 믿어지지 않게도 그분의 신성을 낱낱이 알고 계셨습니다. 신부님은 저에게 한마디 말씀도 안 하셨지만 전 깨닫고 있습니다. 저보다 훨씬 깊이 알고 계시다는 것을. 그 깨달음은 순식간에 저를 유일한 존재에서 아무것도 아닌 존재로 만들어버렸습니다. 아시겠습니까? 전 순식간에 전락해버리고 말았습니다."

"최정오씬 참 불쌍한 분이군요."

강혜경은 약간 빈정대면서, 그러나 진심으로 말했다.

"제가 불쌍하다구요? 그럴지도 모르지요. 하지만 전 지금 행복을 느끼고 있습니다."

"어떤 행복인지 궁금하군요."

"그것은 사랑의 행위였습니다."

"뭐가요?"

"그분을 엿본 행위가 말입니다."

"어째서 그것이 사랑의 행위가 되는 건가요?"

"어둠 속에서, 아무도 모르게, 홀로, 누군가를 바라보는 것이 사랑의 감정 없이 가능할까요?"

"최정오씬 자신의 말을 금방 잊어버리시는군요. 그분을 끈질기게 따라다닌 건 엿봄의 쾌락 때문이었다고 말했습니다. 게다가 그분에게 숭배는커녕 존경의 감정조차 느끼지 않았다는 고백까지 하지 않았습니까."

"사랑은 쾌락과는 전혀 다른 감정이었습니다. 그 사랑은 쾌락과 다른 곳에 있었습니다. 그런 까닭에 사랑의 존재를 까맣게 몰랐던 것입니다. 제가 전락의 고통 속으로 던져진 후에야 비로소 자신의 모습을 드러냈으니까요."

"전, 이해할 수 없어요."

강혜경은 차갑게 말했다.

"저도 이해할 수 없었습니다. 지금도 이해하지 못합니다. 하지만 사랑은 저를 기다리고 있었고, 저는 어쩔 수 없이 보았습니다. 그리고 지금 저는 그분을 사랑합니다. 이 이해할 수 없는 사랑이 저를 행복하게 하고 있습니다. 비로소 저는 이것이 그분의 마지막 신성의 발현임을 깨달았습니다. 하지만 그분의 신성을 더이상 가두어 놓아서는 안 된다는 것을 알고 있습니다. 갇혀 있는 사랑은 진정한 사랑이 아니니까요. 누군가에게 그 사랑을 전해주어야지요. 때로는 지붕 위에 올라가 소리치고 싶은 충동에 사로잡히기도 합니다. 그 사랑에 대해."

9

강혜경은 하늘을 올려다보았다. 금방 눈이 내릴 것처럼 어두웠다. 최정오와 헤어진 후 그녀는 목적지 없이 터벅터벅 걷고 있었다. 겨울의 흐린 날씨는 스산했다. 대기는 습기에 차 있었고, 잿빛 거리는 우중충했다.

그녀는 걸으면서 줄곧 최정오가 말한 사랑에 대해 생각했다. 처음 그가 사랑이라는 말을 썼을 때 그녀는 어이없어했다. 너무나 엉뚱할 뿐 아니라, 전혀 맞지 않는 말을 그는 하고 있었다. 그가 말로써 자신의 모습을 위장하고 있다고까지 그녀는 생각했다. 황인후의 죽음을 방치한 그에게 자신의 모습을 위장할 필요가 충분히 있었다. 하지만 조금 후 그게 아님을 깨달았다. 그는 그녀가 알지 못하고 있었던 사랑에 대해 말하고 있었다. 그 순간 그녀는 괴로움과 함께 질투의 감정에 사로잡혔다. 그냥 살짝 스쳐 지나가는 감정이 아니었다. 얼굴에까지 드러나게 한 그 또렷한 감정의 분출은 그녀를 당황하게 만들었다.

어떤 면에서 최정오는 그녀보다 더 깊이 황인후를 본 사람이었다. 그녀라면 도저히 볼 수 없는 것을 그는 보고 있었다. 곰곰이 생각하면 최정오의 그 이상한 열정이 설사 도착적 정신에서 나온 것이라 할지라도 참으로 경이로웠다. 그의 말대로 그것이 정말 사랑의 행위였다면 그 사랑은 황인후에 대한 그녀의 사랑이 끝난 지점에서 오히려 시작되고 있었다. 바로 이것이 그녀에게 괴로움과 질투의 감정을 불러일으켰다. 물론 그것들은 형태가 서로 다른 사랑이다. 형태가 다른 사랑을 나란히 비교한다는 자체가 잘못된 일이다. 그럼에도 불구하고 그녀는 괴로웠다. 사랑이 그 형태에 따라 나누어지는 것이라면 결국 그것은 상대적 사랑이 아닌가. 그녀는 자신이 절대적 사랑을 했다고 믿어왔다. 그녀의 사랑은 운명적 사랑이었다. 그 사랑이 어처구니없게도 최정오에 의해 허물어지고 있었다.

그녀는 빈첸시오 신부를 생각했다. 황인후의 죽음에 대해 가장 가슴 아파했을 그가 최정오의 고백을 어떻게 받아들였는지 궁금했다. 아들의 죽음 앞에서 그는 한마디 말도 하지 않았다고 했다. 하지만 침묵을 통해 오히려 더 절실한 말을 했다는 느낌을 받았다. 어쩌면 최정오에게 사랑을 일깨운 것은 빈첸시오 신부의 침묵일지도 몰랐다.

어두운 하늘에서 눈이 내리기 시작했다. 구름의 두께로 보아 곧 그칠 눈이 아니었다. 차고 부드러운 눈송이가 그녀의 마른 뺨에 상쾌하게 와 닿았다. 이제 세상은 흰빛으로 덮일 것이다. 그 흰빛 세상 속에서 그와 만날 수 없을까. 죽었으면서도 살아 있는 그를.

문득 그녀는 따뜻한 봄이 오면 빈첸시오 신부와 함께 섬으로 가야지, 생각했다. 그분이 젓는 배를 타고 섬에 닿으면 우리는 그와 함께 있었던 바위에 앉아 붉은 포도주를 마시며 이야기할 것이다. 흐르는 강물을 내려다보며. 무슨 이야기를 할까? 강을 건넌 나비 이야기나 할까? 그 가볍고 투명한 나비 이야기를.

눈발이 굵어지면서 바람이 불기 시작했다. 차가우면서도 따뜻한 눈보라 속에서 그녀는 대지가 점차 흰빛 융단으로 변해가는 것을 가만히 보고 있었다.

하느님의 슬픔, 문학의 슬픔

김주연(문학평론가, 숙명여대 독문과 교수)

1

"슬픔의 주인은 영혼이지요. 그런데 슬픔은 주인의 힘을 알아요. 그 힘이 약하다는 걸 알면 스스로 떠나지요. 왜냐하면 슬픔은 주인을 사랑하니까요……."

히틀러의 유태인 학살 사건은 시간을 뛰어넘는 비극으로 기억될 것이다. 천인공노할 이 사건은 사실 새삼스럽게 그에 대한 해석이 요구될 것도 없다. 어떤 경우 시오니즘적 관점에서, 어떤 경우 독일 낭만주의적 관점에서 이 엄청난 비극의 원인을 찾아보려고 하는 시도들이 있었으나, 가장 근본적인 심연에는 인간의 저 끔찍한 죄악

성이 결국 문제시될 수밖에 없을 것이다. 따라서 유태인 학살 사건 이후 가장 곤혹스러웠던 문제제기는 기독교에 대해서(혹은 기독교 내부로부터) 행해졌다. 즉 이러한 가공할 사건이 벌어졌을 때 도대체 하느님은 어디에 계셨느냐는 질문이 그것이다. 이 물음은, 만약 하느님이 계시다면 이같은 사건이 일어날 수 있겠느냐는 회의와 공박으로 함께 제기되었다. 사실 하느님을 믿는 사람이든 아니든 이 질문 안에서 한 발짝도 밖으로 나갈 수 없었던 것이다. 어떻게? 어떻게 그같은 일이 신의 묵인 혹은 방조 아래 일어날 수 있단 말인가. 이 때문에 많은 목회자들과 신학자들은 난처해졌고 피곤해졌다. 그들만이 아니다. 수많은 기독교인들이 실망의 늪에 빠졌고, 비기독교들은 합리성의 무기로 기독교인들을 공격하였다. 유태인 학살 사건에 이어서 세계는 강화된 무신론의 짙은 암영(暗影) 아래 더욱 우울해질 수밖에 없었다.

이때 나타난 것이 '하느님의 눈물론'이었다. 즉 아우슈비츠의 가스실에서 수백만 명의 유태인들이 죽어갈 때 하느님은 너무 슬퍼 울고 계셨다는 주장이었다. 이러한 견해는 신학자 불트만(Rudolf Karl Bultmann)에 의해 튀어나왔다. 하느님은 그때 울고 계셨던 것이다! 자, 그렇다면 고작 눈물을 흘리기만 하는 존재가 신이란 말인가. 소박한 수준의 비기독교들의 조롱과 환멸은 더욱 거세어졌고, 일부 기독교인들조차 고개를 까닥거렸다. 그러나 불트만 이후 이 주장은 차츰 설득력을 얻어갔고, 하느님의 눈물에 대한 해석과 그 의미가 관심의 대상이 되었다. 그 의미는 당연히 십자가에 '힘없이' 돌아간 예수의 죽음과 눈물을 통해 연결되었고, 신과 인간의 진정한 관계에 새로운 조명이 가해졌다. 하느님의 눈물은 값싼 감상이나 맥없는 무력함이 아니라, 가장 강력한 힘이라는 가설, 그것에 대한 믿음이었다. 물론 이를 뒷받침하기 위해서는 신학적인 논리와 성경 해석이 요구되었다. 바야흐로 중견에 접어드는 작가 정찬의 야심작 『세상의 저녁』은 우리에게 이러한 문제들을 환기시켜 주는, 한국 문단에 매우 특이하면서도 소중한 문제작으로 평가될 수 있을 것이다.

정찬은 이 장편소설에서 황인후라는 인물을 만들어냈다. 무릇 모든 소설들이 인물들을 만들어내고 있지만, 그들이 모두 이른바 하나의 전형 창조에 성공적으로 가담하고 있는 것은 아니다. 이런 사정을 감안할 때, 황인후라는 인물은 매우 인상적으로 형성되고 있어서, 관념적인 주제를 즐겨 다루는 이 작가가 자칫 빠지기 쉬운 함정이 우선 적절히 제어되고 있다. 병들고 가난한 사람들을 돕다가 이름없이 죽어가는 그 같은 인물은 그 숭고한 사랑과 죽음에도 불구하고, 마치 진지라는 말이 그러하듯, 그 지극한 당위성 때문에 소설 공간의 자율적인 전개와 귀납적인 결론을 저해하기 일쑤다. 말하자면 선험적인 인물형이 부과됨으로써 환원론적인 구성만을 보여주기 쉽다는 것인데, 작가는 이러한 위험을 치밀하게 극복함으로써 황인후라는 독자적인 성격을 통해 꽤 어렵다고 할 수 있는 메시지를 성공적으로 전달한다. 자, 황인후는 누구인가. 이 소설의 독법은 이 이상한 남자의 추적기 이외에 다름아니다.

황인후는 그 출생부터 남다르다. 남다르다는 것은 가문의 위세나 재능의 특출함을 말하는 것이 아니다. 그와 반대다. 그는 가톨릭 신부의 사생아다. 아버지가 누구인지 알려져 있고, 또 생존해 있으므로 사생아라는 표현이 반드시 적절하지 않을 수도 있다. 그러나 현실적으로 그는 그 아버지의 존재를 모르는 상태에서 성장했으므로 아버지는 부재의 형태로 먼저 나온다. 그러나 곧 신부인 아버지에 의해 그가 신생아 시절 잘못 다루어졌고 그 결과 간질병에 걸리게 되었다는 사실이 알려진다. 그는 사춘기 시절 사귀던 여학생으로부터 상처를 받기도 하는 등 폐쇄적 성격으로 성장했으며 이종사촌의 별장에 칩거한다. 그러던 어느 날 강혜경이라는 처녀와―그녀는 사실 한 남자와 이미 약혼한 처지였다―사흘 낮밤을 함께 지내고 사실상의 부부가 된다. 두 사람에게 아이가 생긴다. 세속적인 행복의 시간이 얼마쯤 지나간다. 그러나 출생한 아이는 선천성 심장기형으로 판명되고 이로부터 황인후의 고난에 찬 나날이 계속된다. 그는 울부짖는다. 죽음의 사슬에서 아이를 풀어달라고 눈물의 기도를 한다. 그러나 아이는 결국 죽고 그는 이상하게 바뀌어간다. 자신을 짐승이라고 느끼면서 홀로 수도원으로 떠난 뒤 황인후와 강혜경 두 사람의 부부관계는 사실상 단절된다.

황인후는 극심한 자학의식에 시달리면서 수도원 생활을 거쳐 마침내 유리걸식하는 부랑 상태로 들어간다. 폐가에 살면서 짐승 행세를 하는 그에게 어느 날 낯모르는 사내가 나타나 마치 선지자나 되듯 그의 과거와 현재, 그리고 신에 관하여 주문처럼 읊조리는 이상한 장면이 등장한다. 그의 의식에 적잖은 영향을 미치는 그 진술 가운데에는 이런 것들이 있다.

"아버지의 정체가 드러나자 자넨 자신이 죄의 씨앗이라는 사실을 깨달았어. 죄가 있다면 그것에 대한 벌이 따라야겠지. 물론 영혼이 시커먼 자들은 모른 척하겠지만 자네같이 순결한 영혼은 벌이 없으면 오히려 견디지 못하는 법이야. (……) 고통이 곧 황홀이 되는 비밀이 여기에 있어……."

"아이의 죽음 앞에서 자넨 얼마만큼 슬퍼했나? 내가 보기엔 조금도 슬퍼하지 않더군. (……) 자넨 아이를 살릴 수 있다고 믿었어. 왜? 자넨 그리스도였으니까……."

낯선 사내에 의해 신앙의 허점을 지적받은 황인후는 희생 제물로서 자신을 바치는 길이 속죄의 길이라고 생각하게 된다. 그러나 이 제물은 아이를 살려주지 않은 신에 대한 질투·증오의 감정과 섞여 있었다. 자신의 기도로 기적을 일으키겠다는 교만이었다. 특히 아이의 죽음을 진정 슬퍼하였느냐는 질책은 그의 가슴을 찌른다. 기적의 이해는 죄인의 입장에 서는 것이라는 지적에 따라서 죄를 용서받는 일의 긴요함이 깊이 인식되고, 그것이 현실적으로 실감됨으로써 예수를 통한 하느님의 기적이 그 자신에게 이미 이루어지고 있음을 알게 된다. 그것은 '죄인들의 낮은 땅으로 내려와 그들과 일체가 됨으로써 이루어지는 기적'이다. 이 사실은 그의 숨겨진 아버지 신부의 말씀으로 더욱 고조된다. 황인후는 외딴 곳 움집의 어느 노인을 돌보면서 질병과 오욕으로 죽어가는 그 노인과 일체감을 얻어간다. 사랑의 기적을 몸소 행하는 수준으로 믿음이 깊어간 것이다. 마침내 황인후는 노인에게 줄 양식을 찾아 헤매다가 눈 쌓인 겨울 거리에서 조용히 쓰러져 숨진다.

그러나 이 소설에는 주인공이라고 할 수 있는 황인후 이외에도 주목되어야 할 여러 인물들이 나온다. 그 가운데에서도 황인후의 파트너였던 강혜경, 황인후의 숨겨진 아버지 빈첸시오 신부, 움막 속의 노인, 그리고 황인후의 일거수일투족을 집요하게 따라다녔던 최정오 등은 세심한 분석의 대상에 값한다. 보다 정확하게 말한다면 황인후와 이들과의 관계 혹은 그 관계에 작용하고 있는 힘의 본질이 주의 깊게 읽혀져야 할 것이다. 우선 황인후와의 사이에 아이까지 낳았던 사실상의 아내 강혜경에 대해서 살펴보자. 무엇보다 약혼자까지 있는 그녀가 왜 돌연 간질병 환자인 황인후에게 접근, 그를 사랑하게 되었는가.

"전 인후씨를 통해서 소중한 것을 얻었어요."

"어떤 소중한 것을 얻었습니까?"

"제 자신이에요."

"자신이라뇨?"

(……)

갑자기 강혜경은 머리를 흔들었다.

"그건 만들어낸 말일 뿐이에요. 인후씨 눈물을 본 순간부터 그를 사랑했어요……."

그녀는 그러니까 황인후의 눈물을 보고 그를 사랑하게 되었고 그 사랑을 통해 자기 자신을 발견하게 되었다는 것이다. 이러한 진술은 일견 평범하다. 대부분의 사랑하는 사람들에게서 공통으로 볼 수 있는 현상이므로 특별한 주의점은 없어 보인다. 그러나 다르다. 문제는 눈물인데 이 눈물이 센티멘털한 감상으로서의 눈물이 아니라는 점이다. 소설의 근본 모티프를 이루는 이 눈물은 강혜경의 진술에서부터 시작하여 황인후의 세계 인식 깊숙한 곳을 거쳐 마침내 신의 눈물에 닿는다. 눈물에 대한 강혜경의 관심은 그녀가 아이를 배고 황인후에게 하는 말 속에서도 드러난다.

"난 아이의 눈물을 보았어요. 그 아인 눈물로 말하고 있었어요. 자신을 버리지 말라고. 난 버리지 않을 거예요. 우리의 아이를."

슬프면서도 기쁜 목소리가 황인후의 귓전을 맴돌았다.

눈물에 대한 평가와 존중. 소설 『세상의 저녁』은 이에 관한 한 리포트라고 해도 무방할 정도로 이 문제에 깊은 인식을 보여준다. 강혜경에게서 발단한 눈물이 황인후에게 어떻게 연결되고 어떤 의미를 갖게 되는지 다음 인용 부분이 흥미 있게 요약한다.

> 어둠 속에서 울고 있는 남자가 떠올랐다. 이제 새로운 시간은 그 남자의 아들을 아버지로 만들고 있었다. 아이는 시간을 새롭게 변화시키는 원천이었다. 그 원천은 황인후를 아버지에게로 밀고 있었다. 아버지의 눈물은 뱃속의 아이가 만든 것임을 황인후는 비로소 깨달았다.

여기서 남자란 황인후 본인일 터이고 그 아들은 아이, 그리고 '아버지'로 표현된 존재는 주님이 아닐까. 뱃속의 아이가 아버지의 눈물을 만들었다는 말은 그러므로 아이를 잉태한 뒤 주님의 존재를 더욱 의식하게 되었고, 그의 눈물, 즉 연민과 사랑 안에서 아이를 바라보게 되었다는 뜻이리라. 아무튼 아이는 기형으로 세상에 나왔고 그를 살려달라는 기도를 통해 황인후는 하느님에게 가까이 간다. 그러나 그가 거기서 만난 하느님은 그의 존재를 왜곡시키는 잘못 만난 하느님으로 나타난다. 이것이 황인후 믿음의 첫번째 단계다. 그 믿음은 자기비하의 형태이며 처절한 죄의식의 체제 안에 있다. 자신을 짐승으로 느끼는 전도된 의식에 사로잡힌 것이다. 기도와 간구에도 불구하고 아이가 죽은 사건에서 온 충격이 그를 그쪽으로 바꾼 것이다. 물론 이 믿음은 잘못된 믿음이다.

> "내가 변하고 있어. 난 그것을 느껴."
>
> (……)
>
> "난 짐승을 느껴. 내 몸을 두드리는 짐승의 발을 느끼고, 내 몸을 핥고 있는 짐승의 혀를 느껴. 내 몸을 물어뜯고 있는 짐승의 이빨을 느끼고 상처에서 흘러내리는 내 짐승의 피를 느껴."

내 짐승의 피? 황인후는 알 수 없는 말을 하고 있었으나 그의 얼굴은 두려움에 사로잡혀 있었다.

　사실 황인후의 이같은 자학 감정이 어디서 발원하고 있는지 소설이 분명히 밝히고 있지는 않다. 아이의 죽음과 간질병, 그리고 혈혈단신의 소외감, 열등감 등이 고려될 수 있겠으나 강혜경의 헌신적인 사랑과 그에 대한 그 자신의 동의(同意)를 생각할 때 쉽게 납득되지 않는 부분이 있다. 그러나 이 부분은 황인후가 아이의 병을 악령의 표징으로 생각하고 그 스스로 악령을 쫓는 그리스도를 닮으려고 했다는 점에서 이해된다. 말하자면 그는 병 고치는 신유의 은사, 즉 기적을 일으키는 그리스도라는 관점에서 주님을 바라보았던 것이다. 그리고 그것이 불가능해지자 자신이 불결한 존재였기 때문에 그렇게 되었다고 생각한다. 그 결과 자신은 저주받았다는 생각에 도달한다. 기독교 신앙에 대한 엄청난 오해에 기인한 이러한 발상은 기본적으로 구약의 율법주의에 많은 부분 놓여 있음을 알 수 있다. 특히 인간이 속죄의 희생 제물로 신에게 짐승을 바치는 제사 행위에서 황인후는 많은 생각들을 빚지고 있었고, 그 스스로 그 제물이 되어야 하지 않겠느냐는 의식에 시달리고 있었다. 말하자면 자기 자신에게서 짐승을 느끼는 의식은 이중적인 것이었다. 그 하나는 자학·자조이며, 다른 하나는 희생 제물이 되고 싶다는 그리스도 모방심리이다. 그는 결국 이 두 가지 의식을 현실적으로 실현한다. 즉 겉보기에는 한없이 초라한 짐승 같은 모습으로, 그러나 남을 위해 목숨까지 던지는 자기희생으로 그의 삶을 마감한다.

2

이 소설에서 주목되는 인물들 가운데 나로서는 최정오라는 존재가 못내 잔상에 남는다. 그는 왜, 마치 몰래 카메라를 찍듯이 황인후를 미행했으며, 그의 죽음을 방조했는가. 그러나 보다 중요한 것은 그 이유가 아니다. 황인후의 짐승 같은 생활, 거룩한 구걸 행각, 그리고 희생적인 죽음을 집요하게 따라다닌 사람은 최정오만이 아니다. 다른 한 사람이 더 있다. 작가 정찬이 바로 그이다. 그렇다면 작가의 시선은 미상불 최정오의 그것과 겹칠 수밖에 없으며 최정오의 시선은 다시 작가에 의해서 쫓기는 형세를 취하고 있다. 이것은 이른바 주인공과 작가의 동일화(同一化, Identification)라는 관점에서 작가가 황인후 아닌 최정오와 그 일을 함께 하고 있다는 점에서 흥미롭다. 말하자면 작가는 작가이지 짐승도 희생 제물 그 자체도 될 수 없다는 입장과 관계된다. 이러한 입장은 다시 두 가지 관점으로 나뉘어 살펴질 수 있을 것이다.

첫째는 작가, 즉 문학의 본질이나 운명과 관계된 부분이다. 문학은 오랫동안의 논란에도 불구하고(혹은 결과에 의해) 그것의 사회적 실현의 직접성·즉각성에 대해서 이미 어떤 한계를 동의받아오고 있다. 대신 그 간접성·초월성의 힘에 대해서 또한 확인받아오고 있는바, 그것이 말하자면 예술의 능력이다. 예술은 그러므로 현실의 창조 내지 그 수행 아닌 관찰과 성찰의 범주 속에 존재한다. 이 소설에서 황인후가 현실 속의 인물이라면, 최정오는 현실 밖의 인물이다. 작가는 미상불 최정오일 수밖에 없는 것이다. 그렇다면 이 거룩한 사랑의 희생, 산 제사 앞에서 문학은 고작 '관찰' 따위나 행하는 부질없는 장난이란 말인가. 신이 죽었다고 하면서 근대 이후 짐짓 구원의 주인 노릇을 자청해온 문학은 기껏 거룩의 현장을 뒤

쫓는 미행자의 자리에 만족해야 하는가. 작가가 말하고자 하는 메시지가 그것은 아닐 것이다. 이런 말이 나온다.

"최정오씬 참 불쌍한 분이군요."
강혜경은 약간 빈정대면서, 그러나 진심으로 말했다.
"제가 불쌍하다구요? 그럴지도 모르죠. 하지만 전 지금 행복을 느끼고 있습니다."
"어떤 행복인지 궁금하군요."
"그것은 사랑의 행위였습니다."
(……)
"전, 이해할 수 없어요."
강혜경은 차갑게 말했다.
"저도 이해할 수 없었습니다. 지금도 이해하지 못합니다. 하지만 사랑은 저를 기다리고 있었고, 저는 어쩔 수 없이 보았습니다. 그리고 지금 저는 그분을 사랑합니다. 이 이해할 수 없는 사랑이 저를 행복하게 하고 있습니다. 비로소 저는 이것이 그분의 마지막 신성의 발현임을 깨달았습니다. 하지만 그분의 신성을 더이상 가두어놓아서는 안 된다는 것을 알고 있습니다. 갇혀 있는 사랑은 진정한 사랑이 아니니까요. 누군가에게 그 사랑을 전해주어야지요. 때로는 지붕 위에 올라가 소리치고 싶은 충동에 사로잡히기도 합니다. 그 사랑에 대해."

누군가는 구걸을 해다가 알지도 못하는 노인을 봉양하다가 죽어가고, 또다른 누군가는 그의 기사(奇事)를 숨어 따라다니면서 오직 눈에 담아두기만 한다면 이 두 사람 사이의 관계가 어떻게 평가될 것인가. 아니, 그런 기사를 행하는 사람이 과연 이 땅 위에 있기나 하는가. 있다. 모든 기록은 그런 사람이 딱 한 사람 있었다고 전해준다. 그는 예수다. 그 예수는 그뒤 부활의 기적까지 보여준 분이기에 우리는 그를 기이한 위인 정도로 생각하는 수준을 뛰어넘어 그를 하느님의 아들, 즉 하느님과 같은 존재로 받아들인다. 이 소설에서 황인후는 거의, 부활이 생략된 예수의 모습으로 나타난다. 그런 의미에서는 작품의 리얼리티가 조금 흔들리기도 한다. 그러나 작가는 바로 이러한 비탄을 의식한 듯, 소설 도처에 현실감을 강화하기 위한 많은 배려를 하고 있으며, 그 배려는 사뭇 성공적이다. 자, 문제는 최정오의 주장대로 문학의 이러한 미행 기능이 정말로 사랑의 행위, 그 산물일 수 있겠느냐는 질문이다. 작가는 여기서 우리로 하여금 강혜경과 최정오 가운데 어느 한쪽을 선택하기를 요구하는 것 같아 보인다. 불우한 처지의 황인후를 사랑해 그와 한 몸이 되고 그의 아이를 낳기까지 했던 강혜경. 그녀는 그를 사랑하기 때문에 그녀의 약혼자와 유복한 가정·환경을 모두 내버렸었다. 다른 한편, 처음에는 호기심에서, 그리고 쾌락의 마음씨를 거쳐 마침내 존경과 사랑의 느낌으로까지 승화하는 가운데 황인후의 행적을 긴장 속에서 관찰하다가 그것을 알리게 된 최정오.

두번째 관점은, 작가가 짐승도 희생 제물도 될 수 없으면서 어떻게 '관찰'이 사랑의 행위로 연결될 수 있겠느냐는 문제와 관계된다. 다시 말하면 강혜경과 대립되는 자리에서의 최정오 아닌, 강혜경의 자리와 만나는, 또는 그쪽으로 가까이 가는 최정오의 자리는 불가능한 일인가 하는 질문이다. 이 질문은 이 소설의 주제를 가로지른다. 거칠게 요약한다면, 이 소설은 황인후라는 인간에 대한 강혜경의 사랑, 보다 보편적인 인류애 실천으로서의 황인후의 사랑, 그리고 그러한 황인후라는 인간에 대한 최정오의 사랑으로 구분될 수 있는데, 이들 사랑들 가운데 소설의 주제가 어느 한쪽에 기울며 숨어 있다. 그 주제는 일차적으론 신의 사랑을 실천한 황인후의 위대

함에 대한 묘사로 나타난다. 그러나 나로서 보다 관심이 무겁게 떠오르는 부분은 황인후와 강혜경을 함께 아우르는 최정오의 사랑, 말을 바꾸면 최정오의 사랑 속에서 황인후와 강혜경의 그것을 함께 넣어서 바라볼 수는 없겠느냐는 흥미다. 이 문제가 풀리지 않고서는 미행과 관찰을 사랑의 산물이라고 주장한 최정오의 입장은 허구일 수밖에 없고, 거룩한 이의 삶을 기록하는 문학 속에서 문학 특유의 자부심—문학도 사랑이고 구원이라는—역시 동요되기 쉽다.

그렇다면? 나의 결론을 고백한다면, 하느님의 눈물이 황인후를 변화시키고 세상을 감동시키듯이, 소설을 포함한 문학의 시선 또한 하느님의 눈물을 닮을 수밖에 없고, 그를 통해 감동을 빚어내는 길밖에 없다. 이른바 연민의 눈길(Blick des Mitleides)이다. 유태인 학살을 내려다보면서 슬픔에 겨워 눈물을 흘렸던 하느님, 황인후의 기사를 호기심으로 뒤쫓았던 최정오도 황인후가 결국 죽음으로 그 거룩한 삶을 끝내자 슬픔과 눈물의 감정으로 뒤바뀐 자신을 보았던 것이다. 감동과 사랑은 그 순간 발생한다. 하느님의 능력이 슬퍼하는 능력 속에 있다면, 문학도 슬퍼하는 능력 속에서 세상에 영향을 주고 사람을 변화시킨다. 하느님의 능력이 거대한 질서 속에서 일어나는 거대한 초월이라면, 문학의 능력은 유한한 질서 속에서나마 작은 초월을 지향한다. 『세상의 저녁』에서 관찰자 최정오의 자리는 여기에 있어야 한다. 소설에서 그 몫을 깨달아가는 자로 등장하며, 그렇기 때문에 황인후와 강혜경의 사랑을 이해·흡수·대화하는 공간이 결여되어 있다. 그러나 그 결여는 동시에 우리가 채워가야 할 빈 공간이다. 문학의 본질은 운명적으로 결정되어 있지 않고, 더 큰 충족을 향해 열려 있어야 한다는 깨우침이기도 한다. "신성의 발현임을 깨달았다"는 최정오의 고백이 우리의 고백으로 거듭 바뀌어갈 때 호기심으로 가득 찬 관찰의 나라에 머물던 문학은 홀연히 모든 사랑을 껴안는 연민의 시선으로 눈물을 흘릴 수 있을 것이다. 그 슬픔 속에 황인후의 슬픔도 강혜경의 슬픔도 함께 있다.

사랑은 슬픔이다. 이 말은 바꾸어놓아도 마찬가지다. 어떤 사람을, 혹은 어떤 현상이나 사물을 슬픔의 감정 없이 어떻게 사랑할 수 있겠는가. 그들을 슬퍼한다는 것은 곧 그들을 사랑한다는 뜻 이외 무엇일까. 황인후의 아픔에 동참하여 그의 모든 것을 슬퍼한 강혜경의 사랑은 아름답다. 자신을 내버리고 가버린 부모를, 자신의 간질병을 저주하지 않고 온갖 자학 끝에 결국 타인에 대한 희생양으로 삶을 내놓은 황인후의 사랑은 슬프도록 아름답다. 그 모든 일을 추적·관찰하면서 거룩한 신성을 깨달은 최정오의 사랑은 거듭 음미된다. 그러나 이런 사랑들은 모두 이해관계에 얽매인 세속의 범인들이 좀처럼 흉내낼 수 있는 영역이 못 된다. 하느님을 바라보고 그의 슬픔과 눈물이 공감될 때 터득되는 놀라운 능력이 동반될 때에야 인간들에게 일어날 수 있는 일. 본능과 물질로서의 존재로 자신을 비하시키며 절망을 모방하는 최근의 유행성 문학 안에서 이 소설은 한 줄기 감동의 눈물을 자아낸다. 하느님의 슬픔이 작가 정찬에게 무슨 영력(靈力)을 끼치기라도 했던 것인가. 의사(擬似)자연주의 내지 신표현주의 문학의 탁류 속에서 그의 고군분투가 눈물겹다.

문학동네 장편소설
세상의 저녁
ⓒ 정찬 1998

| 1판 1쇄 | 1998년 9월 11일 |
| 1판 4쇄 | 2009년 5월 25일 |

지 은 이	정찬
펴 낸 이	강병선
펴 낸 곳	(주)문학동네
출 판 등 록	1993년 10월 22일 제406-2003-000045호

주 소	413-756 경기도 파주시 교하읍 문발리 파주출판도시 513-8
전 자 우 편	editor@munhak.com
전 화 번 호	031) 955-8888
팩 스	031) 955-8855

ISBN 89-8281-134-6 03810

✳ 이 책의 판권은 지은이와 문학동네에 있습니다. 이 책 내용의 전부 또는 일부를
  재사용하려면 반드시 양측의 서면 동의를 받아야 합니다.
✳ 이 도서의 국립중앙도서관 출판시도서목록(CIP)은
  e-CIP 홈페이지(http://www.nl.go.kr/cip.php)에서 이용하실 수 있습니다.
  (CIP제어번호: CIP2009001488)

www.munhak.com